이각 박안경기 5

二刻 拍案驚奇

Amazing Stories (the 2nd version)

옮긴이

문성재 文盛哉, Moon Seong-jae

우리역사연구재단 책임연구원, 국제PEN 한국본부 번역원 중국어권 번역위원장. 고려대학교 중어중문학과를 졸업하고 국비로 중국에 유학하여 남경대학교(중국)와 서울대학교에서 문학과 어학으로 각각 박사 학위를 받았다. 그동안 옮기거나 지은 책으로는 『중국고전희곡 10선』·『고우영 일지매』(4권, 중역)·『도화선』(2권)·『간전노』·『회란기』·『진시황은 몽골어를 하는 여진족이었다』·『조선사연구』(2권)·『경본통속소설』·『한국의 전통연희』(중역)·『처음부터 새로 읽는 노자 도덕경』·『루쉰의 사람들』·『한사군은 중국에 있었다』·『한국고대사와 한중일의 역사왜곡』·『정역 중국정사 조선·동이전』1~4·『격강투지』·『남채화』 등이 있다.

2012년에 케이블 T채널이 기획한 고대사 다큐멘터리 『북방대기행』(5부작)에 학술자문으로 출연했으며, 현대어로 쉽게 풀이한 정인보 『조선사연구』가 대한민국학술원 '2014년 우수학술도서'(한국학 부문 1위), 『루쉰의 사람들』이 한국출판문화산업진흥원 '2017년 세종도서'(교양 부문), 『한국고대사와 한중일의 역사왜곡』이 롯데장학재단의 '2019년도 롯데출판문화대상'(일반출판 부문 본상)을 수상했으며, 작년에는 『박안경기』가 대한민국 학술원 '2023년 우수학술도서'(인문학 부문)로 선정되었다. 현재는 『금관총의 주인공 이사지왕은 누구인가』의 저술과 함께 『정역 중국정사 조선·동이전』5(신당서권)의 역주작업을 진행 중이다.

이각 박안경기 5

초판발행 2025년 4월 10일

지은이 능몽초
옮긴이 문성재

펴낸이 박성모
펴낸곳 소명출판
출판등록 제1998-000017호
주소 06641 서울시 서초구 사임당로14길 15 서광빌딩 2층
전화 02-585-7840
팩스 02-585-7848
이메일 somyungbooks@daum.net
홈페이지 www.somyong.co.kr

ISBN 979-11-5905-961-2 94820
      979-11-5905-956-8(전 8권)
정가 37,000원

이 책은 2019년도 정부재원(교육부)으로 한국연구재단의 지원을 받아 연구되었음(NRF-2019S1A5A7069359)
This work was supported by National Research Foundation of Korea Grant funded by the Korean Government(NRF-2019S1A5A7069359).

한국연구재단
학술명저번역총서

이각 박안경기 5

二刻 拍案驚奇

Amazing Stories (the 2nd' version)

능몽초 저

문성재 역

일러두기

1. 이 책은 번역과정에서 일본 도쿄[東京]의 내각문고(內閣文庫)에 소장되어 있는 상우당(尙友堂) 『이각 박안경기(二刻拍案驚奇)』('내각문고본')의 상해고적(上海古籍) 출판사판 영인본(1988)을 저본으로 삼고, 강소고적(江蘇古籍)·천진고적(天津古籍) 두 출판사에서 펴낸 동 미비본(眉批本), 그 밖에도 다수의 주석본들을 참조하였다.

2. 이 책에 사용된 각종 도판들은 『이각 박안경기』 속 상황에 최대한 가까운 이미지를 제시하기 위하여 『삼재도회(三才圖會)』·『장물지(長物志)』·『소주청명상하도(蘇州淸明上河圖)』 등, 능몽초와 비슷한 시기에 간행된 명대의 백과전서·문학작품·회화·지도 등에서 우선적으로 선별하여 활용하였다. 그리고 보다 정확한 설명이 요구될 경우에는 근래에 작성된 도판·지도·사진들도 추가로 사용하였다.

3. 본문에서 내용이나 맥락을 이해하는 데에 지장에 없는 경우에는 번역이 다소 투박하거나 어색하더라도 한 문장 한 단어까지 가능한 한 문법에 충실하게 직역(直譯)을 하였다. 다만, 독자가 혼동할 우려가 있는 경우에는 의역(意譯)을 하고 새로 주석을 붙이거나 접속사 등을 추가하여 독자들이 맥락을 파악하는 데에 지장이 없도록 하였다.

4. 상우당본 원문에는 현대식 문장부호가 전혀 사용되지 않았으며, 20세기 이래로 문장부호를 표시한 현대의 역주본들은 모두가 편집자의 입장에서 임의적으로 문장을 끊어 읽은 경향이 있다. 이 책에서는 그같은 기존의 끊어 읽기가 원작의 호흡이나 리듬을 살리는 데에 미흡하다는 판단에 따라 역자가 독자적인 방식으로 끊어 읽고 새로 문장부호를 표시하였다.

5. 화본소설은 원래 판소리나 '모노가타리(物語)·조루리(淨瑠璃)' 등과 같은 서사예술에서 비롯된 문학 장르이다. 그래서 이야기꾼의 해설 부분은 어투를 통상적인 예사체(하게체)가 아닌 경어체(합쇼체)로 번역하여 독자들이 공연장에서 직접 이야기를 듣는 것 같은 느낌을 가질 수 있도록 하였다.

6. 『이각 박안경기』가 지닌 송·원대 화본 본연의 특색과 풍격을 최대한 재현한다는 취지에 따라 독서나 이해에 지장을 주지 않는 한 동어 반복이나 상투어, 호칭 변동, 과장된 어투 등, 서사예술의 전형적인 연출상의 장치들을 최대한 활용하였다.

7. 소설과 희곡은 장르의 특성상 장면마다 호흡·발화·동작이 이루어질 때마다 휴지(休止, pause)가 발생한다. 이 점에 착안해 독자들이 맥락을 이해하는 데 도움을 주고자 짧은 휴지는 "…"로, 장면이나 동작이 전환될 정도로 긴 휴지는 "(…)"로 표시했다.

8. 본문과 제40권 희곡에 삽입된 가사 제목을 표시할 때에는 독자들이 쉽게 식별할 수 있도록 【서강월】식으로 두꺼운 꺾쇠(【】)를 사용하였다. 제목을 표시할 경우, 역사서·시문집·소설·희곡 등의 도서명이나 회화(그림)명·지도명 등에는 겹낫표(『』), 장절(章節, chapter)·논문 등 그 내용의 일부에는 홑낫표(「」)를 사용하였다.

9. 독자가 400년 전에 출판된 『이각 박안경기』의 원형을 이해하는 데에 편의를 제공하기 위하여 원본의 미비(眉批)·방비(旁批)·삽화를 모두 반영하고 미비에는 '【즉공관 미비】', 방비에는 '【즉공관 방비】'식으로 표시하여 쉽게 식별할 수 있게 하였다. 또, 명대 출판계에서 상용되었던 각종 약자(略字)·별자(別字)·고체자(古體字)·이체자(異體字)들도 그대로 반영하고 '[교정]' 표시를 붙여 설명하였다. 다만, 원본의 권점(圈點)은 현실적으로 표시할 방법이 없어서 생략하였다.

10. 본문에 한자어를 사용해야 할 경우, 번잡함을 피하기 위하여 익숙한 표현이나 관련 주석을 붙일 때에는 한글로만 표기하였다. 그러나 생소한 표현이어서 오독의 우려가 있거나 독자의 이해를 도울 필요가 있을 경우에는 '거인(擧人)'·'덤받이[拖油瓶]' 식으로 추가로 괄호 안에 한자를 병기하였다.

11. 이 책의 마지막 작품인 제40권은 명대 잡극(雜劇) 희곡으로 체제가 다른 가사와 대사와 시가 함께 사용되었다 그래서 이 삼자를 시각적으로 구분하기 위하여 가사는 굵은 글자로 처리하였다. 또, 잡극 가사에서는 간혹 일종의 감탄사가 사용되는데 이 경우는 일률적으로 위첨자로 처리하였다.

12. 맞춤법과 외래어 표기는 1989년 3월 1일부터 시행되는 「한글 맞춤법 규정」과 『문교부 자료』·『표준국어 대사전』(국립국어연구원) 등을 따랐다.

『이각 박안경기』 완역본 출판에 즈음하여

중국문학사에서 '소설novel'은 입에서 입으로 전승되던 고대의 신화나 전설들에서 유래하였다. 그것들이 지식인들에 의하여 문언文言, 서면체 중국어으로 기록·개작되면서 위·진대의 '지괴志怪'소설과 '지인志人'소설을 거쳐 당대의 전기傳奇소설로 발전되었다. 이 소설의 전통과는 별도로 당대에는 서역西域의 불교가 중국에 수용되는 과정에서 이야기의 구연과 시가의 가창이 조화된 서역의 서사예술敍事藝術, narative arts이 도입되면서 백화白話, 구어체 중국어로 이야기를 들려주는 변문變文이 출현하게 된다.

송대에는 직업적인 이야기꾼인 '설화인說話人, narrator'이 저잣거리 공연장에서 불특정 다수의 청중 / 관중을 대상으로 이야기를 들려주는 공연행위를 '들려준다telling'는 뜻의 '설', '이야기story'라는 뜻의 '화'를 써서 '설화說話'라고 불렀다. 당시에 설화는 시각적인 효과도 중시되었지만 주로 청각에 호소하는 서사예술이었다. 그래서 단시간 내에 생생하고 명쾌한 서사를 통하여 흥미를 자극하여 좌중을 휘어잡는 데에는 과장된 추임새, 만화화 된 인물형상, 참신한 줄거리, 치밀한 구성이 대단히 중요한 요소로 간주되었다. 이때 이야기꾼이 청중 / 관중에게 들려주는 이야기의 줄거리를 기록해 놓은 일종의 공연 비망록narrative script이 바로 '화본話本'이다. '이야기 대본story script'이라는 뜻의 화본은 송대에 몇 가지 유형이 유행했는데, 그 중에서 대표적인 것이 길이가 짧은 '소설小說'과 역사 이야기를 다루어 길이가 긴 '강사講史'였다. 당시의 이야기꾼들은 소재나 체제가 서로 다른 이 두 가지 중에서 상대적으로 길이가 짧고 짜임새가 있는 소설을 선호하였다. 이렇게 저잣거리에서 연행되던 화본이 목판 인쇄를 통하여 통속적인 읽을거리로서의 화본소설로 거듭난 것은 그로부터 3~4백 년이 지난 명대부터이다.

명대의 경우 건국 초기에는 대부분 이른바 '정통문학'으로 일컬어지던 시가·산문을 다룬 도서들이 주종을 이루었다. 그러나 중기인 가정嘉靖 연간부터 상업경제가 발전하면서 크고 작은 도시들이 도처에 형성되기 시작하였다. 그 과정에서 글자를 읽을 줄 알고 제법 구매력을 갖춘 도시인들이 유력한 사회계층으로 정착하게 된다. 그러자 당시 도서의 상업적인 출판과 판매를 겸하는 출판업자인 서상書商들은 목판 인쇄술의 발달로 대량인쇄가 가능해지자 당시 상당한 구매력을 가지고 있던 도시민들의 문화 취향에 영합할 수 있는 도서들을 경쟁적으로 선보였다. 『중국판각종록中國版刻綜錄』에 따르면, 가정 연간부터 말기인 숭정 연간까지 120년 사이에 새로 선보인 도서들만 해도 2,019종을 넘을 정도였다.

시민들을 대상으로 한 소설·희곡·민요 등의 통속 예술이 그 유례類例를 찾아보기 어려울 정도의 번성기를 맞이한 것도 이 무렵이었다. 그렇다 보니 내용이 통속적이면서도 가격도 현실적인 화본소설들이 독서시장에서 베스트셀러로 각광 받고 또 그것을 모방한 다양한 아류작들이 줄을 잇는 것은 아주 자연스러운 현상이었다.[1] 지식인은 지식인들대로 독서시장의 그 같은 추세에 발맞추어 당시 민간에 전해지던 화본을 수집해

---

1 명대의 소설·희곡과 독서시장의 관계에 관해서는 문성재, 「명말 희곡의 출판과 유통─강남지역의 독서시장을 중심으로」, 『중국문학』 제41집, 2004, 제147~164쪽을 참조하기 바람.

소설집을 엮고 거기에 자신들의 의견이나 해설을 붙여 부가가치를 높이는 일도 많아졌다. 처음에는 이야기꾼들이 '손님들'에게 이야기를 들려줄 때 참고하던 투박한 비망록이 어느 사이에 서재에서의 품격 있는 독서를 위한 읽을거리로 격상된 것이다. 그 '고상한' 화본소설집들 중에서 가장 유명한 것이 바로 풍몽룡馬夢龍이 엮은 『유세명언喩世明言』·『경세통언警世通言』·『성세항언醒世恒言』이다. 중국문학사에서 '삼언三言'으로 통칭되는 이 소설집들이 독자들에게서 큰 인기를 끌자 학식이 풍부한 지식인이 송·원대 화본의 틀을 모방하여 비슷한 성격의 소설을 짓는 풍조가 유행하게 되는데, 그 서막을 연 것이 바로 '즉공관주인即空觀主人' 능몽초였다.

능몽초凌濛初, 1580~1644는 생전에 활발한 저술활동을 벌여 역사서나 문학이론서는 물론이고 시문·산곡·희곡·소설 등의 방면에서 주목할 만한 작품들을 남겼는데 그 중에서도 송·원대 화본話本의 문체를 모방해 지은 이야기들'의화본'을 모아 놓은 소설집 『박안경기』와 『이각 박안경기』가 가장 유명하다.

중국문학사에서 '이박'으로 일컬어지는 이 두 소설집은 『태평광기太平廣記』·『이견지夷堅志』·『전등신화剪燈新話』·『정사情史』 등, 서면체 중국어고문로 지어진 송·원·명대에 소설집들에서 참신하고 흥미로운 소재를 취하여 당시 독서시장에서 인기를 끌던 화본의 양식을 모방하여 구어체 중국어백화로 새로 지은 2차 창작의 결과물이다. 특히 『이각 박안경기』는 당·송·원·명 등 언어 층위가 서로 다른 역대 왕조의 서면체와 구어체의 표현들이 복잡하게 뒤섞여 있다. 쉽게 말하면 고려시대를 배경으로 한 이야기인데 등장인물이나 이야기꾼이 '노다지'니 '낭만적' 같은 표현들을 사용한 것과 같은 격이다. (두 표현은 근대에 '노 터치No touch'와 '로맨틱 romantic'이 우리말과 한자어로 수용된 표현이다.) 이런 식으로 시대와 층위에서 상이한 표현들이 뒤섞여 있다 보니 언어적인 견지에서는 『박안경기』에 그다지 좋은 점수를 주기 어려운 것이다. 그럼에도 불구하고 문학적인 견지에서 이야기한다면 그 평가는 사뭇 달라진다. '설화'를 생업으로 하는 이야기꾼이 아닌 정통 지식인이 송·원대 화본을 모방해 창작한 최초의 의화본 소설집일 뿐만 아니라, 저잣거리의 공연예술에서 서재의 읽을거리로 이행하는 중국소설의 발전과정을 고스란히 보여 주는 산 증거이기 때문이다. 중국의 소설사학자 석창유石昌渝가 중국 화본소설의 문인화文人化 작업을 최종적으로 완성시킨 것이 능몽초의 '이박'이라고 높이 평가한 것도 바로 이같은 이유 때문이다. 그렇다 보니 지금까지 관련 학자들은 말할 것도 없고, 문학·연극·오락·출판 관련 종사자들에게도 '이박'이 대단히 중요하고 흥미로운 텍스트로 간주되어 왔다.

『이각 박안경기』에 대한 번역작업은 중국에서 처음으로 시도되었다. 30여 년 전1992에 경관교육警官教育출판사를 통하여 『백화 이각 박안경기 상석白話二刻拍案驚奇賞析』이라는 제목으로 현대중국어로의 완역이 이루어졌다. 그로부터 10년 뒤2003에는 외문外文 출판사를 통하여 마문겸馬文謙이 『놀라운 이야기들Amazing tales』이라는 제목으로 영문판 번역이 이루어졌다. 그러나 전자에서는 장르가 다른 희곡인 제40권이 번역대상에서 제외되었고 후자에서는 수록 작품의 절반 수준인 19편만 번역되었다. 게다가, 정도의 차이는 있지만, 두 번역본 모두 작품 줄거리를 이해하는 데에 단서를 제공하는 시가나 은유적인 성 묘사가 등장하는 대목들이 맥락을 무시한 채 일률적으로 배제되었다. 번역의 수준이나 책의 완성도 등 여러 면에서 완역으로 보기 어려운 것이다. 이 같은 기계적인 배제는 줄거리의 맥락과 스토리텔링의 리듬을 파괴하여 독자들이 능몽초가 제시한 메시지에 다가서는 것을 방해한다. 그런 점에서 본다면, 역자가 이번에 선보이는 『이각 박안경기』는 능몽초 원작의 진면목眞面目 그대로 최대한 보전保全했으니 그야말로 명·실名實이 상부相符하는 최초의 완역본이라고 하겠다.

역자는 2019년도 한국연구재단 명저번역사업의 지원 덕분에 일본에서 발견된 중국의 고전소설집을 한국인인 역자가 처음으로 완역해 내었다는 점에서 큰 자부심을 느낀다. 개인적으로 그보다 더 감개무량한 것은 석·박사 시절 명대 희곡과 구어에 천착할 때에 수시로 접했던 능몽초·풍몽룡·탕현조湯顯祖·심경沈璟 등의 이름과 작품들을 이번 연구과제 수행과정에서 재회했다는 점이다. 이런저런 사정 때문에 본의 아니게 오랫동안 중단해야 했던 중국의 희곡·소설과 구어체 중국어에 다시 한번 집중할 수 있는 소중한 기회를 주신 한국연구재단과 심사위원 여러분께 진심으로 감사드린다. 학문적으로 부족한 점이 많음에도 불구하고 백락伯樂의 혜안으로 소중한 기회를 주신 한국연구재단과 심사위원 여러분이 아니었다면 이 책은 빛을 보기 어려웠을 것이다. 모쪼록 이 책이 중국의 구어체 문학·예술에 흥미를 가지고 있거나 관련 연구에 종사하는 독자들에게 유용한 지침서가 되기를 바랄 따름이다.

이번에 책이 나오기까지는 많은 분의 도움이 있었다. 역자가 역주작업에 만전을 기할 수 있도록 물·심 양면으로 응원해 주신 소명출판의 박성모 대표님, 그리고 최고의 책을 선보이겠다는 일념으로 디자인은 물론이고 삽화·지도·도판에까지 온 정성을 다해 주신 이선아 편집자 등 여러 선생님들께도 진심으로 감사의 말씀을 드리고 싶다. 이 모든 분의 도움과 격려가 없었더라면 이번의 쾌거는 이루어질 수 없었을 것이다.

2024년 8월 23일
서교동 조허헌에서
문성재

이각 박안경기 5 _ 차례

이각 박안경기 전체 차례

『이각 박안경기』 서

『박물지』[1]에 이런 말이 있었던 것으로 기억한다.

"한나라의 유포[2]가 『운한도』를 그리자 그것을 본 이들이 덥다고 느꼈다. 또 『북풍도』를 그리자 그것을 본 이들은 춥다고 느꼈다."

당시에 나는 개인적으로 '그림은 사실 실물이 아닌데 어떤 까닭에 그렇게 된단 말인가' 하고 의아하게 여겼었다. 그러나 그러면서도 '사람들이 그 작품을 보고 그렇게 여겼던 게지' 하고 말하였다. 그런데 거기서 더 나아가 승요[3]의 경우에는 용의 눈을 그리자 우레와 번개가 치더니 벽을 부수고 사라졌다고 하며, 오도현[4]의 경우에는 전각 안에 용 다섯 마리

---

1 『박물지(博物志)』: 명대의 동사장(董斯張, 1587~1628)이 엮은 『광박물지(廣博物志)』를 말한다. 이 책은 서진(西晉)의 학자 장화(張華)가 지은 『박물지(博物志)』를 증보한 것으로, 당대 이전의 역대 전적·문헌들에서 사물의 기원에 관한 자료들을 모아 총 22개 분야로 구분해 소개하였다. 동사장은 절강성 오정(烏程, 지금의 오흥) 사람으로, 자가 연명(然明), 호가 하주(遐周), 별호가 차암(借庵)·수거사(瘦居士)이다. 박학다식하여 강남에서 명성이 높았으며 당시의 명사인 풍몽룡(馮夢龍)·동기창(董其昌) 등과도 교분이 있었으나 몸이 약해 병치레를 하다가 마흔도 되지 않아 죽었다.

2 유포(劉褒): 중국 후한의 환제(桓帝) 때에 촉군태수(蜀郡太守)를 지냈다. 서화에 뛰어나 중국 산수풍경화의 선구자로 훌륭한 작품을 많이 남겼으며, 특히 산천의 풍광을 묘사하는 데에 탁월한 재능을 보였다.

3 승요(僧繇): 중국 남북조시기의 양(梁)나라 화가 장승요(張僧繇, 479~?)를 말한다. 지금의 강소성 소주(蘇州) 사람으로, 벼슬로는 우군장군(右軍將軍)·오흥태수(吳興太守)를 지냈다. 산수와 불화에 뛰어나서 산수화에서는 '몰골법(沒骨法)'이라는 독특한 그림체를 창안했으며, 불화의 경우 일가를 이루어 '장가양(張家樣, 장가 스타일)'이라는 찬사를 받기도 하였다. 풍격이 비슷하여 당대의 오도현과 나란히 일컬어지곤 하였다.

4 오도현(吳道玄): 당대의 유명한 화가 오도자(吳道子, 680?~759)를 말한다. 양적(陽翟,

를 그리자 큰 비가 쏟아져 이내와 안개가 꼈다고 한다. 물론 이런 일화들이 있다고 해서 그림 속의 용을 실제로 존재하는 것으로 여겨서는 안될 것이다. 그러나 그렇다고 해서 그것들을 허구라고 치부한다 한들 그런 일화 자체만으로도 그 작품들이 실제의 용을 능가했다는 뜻이 아니겠는가? 그렇다고 한다면 글을 짓는 사람들의 경우 역시 마찬가지일 수밖에 없을 것이다.

'몰골법'의 비조 장승요의 대표작 『설산홍수도(雪山紅樹圖)』와 그 확대 화면(우)

지금 소설들 중에서 세상에 간행된 것들은 대충 따져 보아도 백 가지

지금의 하남성 우주) 사람으로, 젊어서부터 그림으로 명성을 얻었으며 나중에는 '화성(畵
聖, 그림의 성인)'으로 일컬어졌다. 연주(兗州) 하구(瑕丘, 지금의 산동성 자양)의 현위
(縣尉)가 되었으나 얼마 되지 않아 사직하였다. 나중에는 낙양을 떠돌며 벽화를 그리다가
현종(玄宗)의 개원(開元) 연간에 궁중으로 영입되어 공봉(供奉)·내교박사(內敎博士)를
역임하였다. 장욱(張旭)·하지장(賀知章)에게서 글씨를 배웠고 인물·산수·금수·초목
·신귀·누각 그림에 뛰어났으며 특히 불교와 도교 등 종교 관련 그림에 정통하였다.

가 넘는다. 그렇기는 하지만 그 소설들은 사실적이지 못한 경향이 두드러지는데 그같은 병폐는 '신기한 것을 좋아하는' 사람들의 심리에서 비롯된 것이다. 그런 사람들은 신기한 것을 신기하게 여기는 것만 알 뿐 신기한 데가 없는 쪽이 더 신기하다는 이치는 알지 못한다. 그래서 눈 앞에 펼쳐지는 명심해야 할 이야기들은 제쳐 놓은 채 무작정 남들이 입에 올리지도 않고 거론하지도5 않는 세계에나 매달린다. 마치 화가가 개나 말은 그릴 생각을 하지 않고 그저 귀신이나 허깨비만 그리려 드는 것처럼 말이다. 그래서 '나는 그런 이야기를 듣는 것이 두려워 멈출 따름이다'라고 말하는 것이다.

유월석6은 청아하게 휘파람을 불고 피리를 부르는 것만으로도 오랑캐들이 눈물을 흘리고 심지어 포위를 풀고 물러가게 할 수 있었다. 그런데 지금 사물의 상태나 인간의 감정을 예로 들자면 겉을 꾸미는 일이나 장

---

5 거론하지도[議] : 중화서국(中華書局)판 『이각 박안경기』에서는 이 부분의 글자가 '의로울 의(義)'로 되어 있다. 그러나 원본인 상우당(尙友堂)본 『이각 박안경기』나 현대의 기타 판본들에는 모두 '논의할 의(議)'로 나와 있다. 실제로 전후 맥락을 따져 보더라도 이 글자는 '거론하다, 문제를 제기하다' 등의 의미를 나타내는 것으로 해석해야 옳다. '의로울 의'는 교열과정의 착오라는 뜻이다.

6 유월석(劉越石) : 서진(西晉)의 정치가이자 시인인 유곤(劉琨, 271~318)을 가리킨다. 중산(中山) 위창(魏昌, 지금의 하북성 무극) 사람으로, '월석'은 자이다. 진나라에 충성한 데다가 명망이 높아서 혜제(惠帝) 때에 광무후(廣武侯)로 봉해지고 원제(元帝) 때에는 시중태위(侍中太尉)로 임명되었다. 영가(永嘉) 연간 초기에 대장군(大將軍)·도독병주제군사(都督幷州諸軍事)를 지낼 때 군정(軍政)을 정비하였다. 나중에 오랑캐들이 진양(晉陽, 지금의 산서성 태원 일대) 성을 포위하자 성루에 올라가 휘파람을 불고 밤에는 호가(胡笳, 북방민족의 피리)를 불어 향수에 젖은 오랑캐들이 스스로 포위를 풀고 물러가서 성을 지켜 내었다. 정치적으로는 유연(劉淵)·석륵(石勒)과 대립했는데 나중에 상황이 역전되어 석륵에게 패하자 선비족 출신의 유주자사(幽州刺史) 단필제(段匹磾)에게 귀순했다가 죽음을 당하였다. 현존하는 작품으로는 『부풍가(扶風歌)』등 3편이 있다.

기로 여길 뿐이지 사람들로 하여금 그 속에서 노래 부르게 하거나 흐느
끼게 하는 데에는 뛰어나지 못 하다. 그런 경우가 어찌 '기이함과 기이하
지 않음은 굳이 지혜로운 사람이 나타날 때까지 기다리지 않아도 안다'
는 경우가 아니겠는가?[7] 그러니 이렇게 해명할 수밖에 없을 것 같다.

"중국에서 글은 남화[8]와 충허[9] 때부터 이미 우언이 많았다. 나중의 비
유선생[10]이나 빙허공자[11]의 경우라고 한들 어찌 내용의 사실성을 얻고자
그것을 추구한 것이었겠는가? 그러나 그런 경우들은 글로는 탁월하다고
할 수 있을지 몰라도 이야깃거리로는 탁월한 경우가 아닌 것이다. 연의[12]

라는 분야의 경우에는, 없는 것을 지어내는 일은 쉽지만 실제로 있는 것을 묘사하는 일은 어렵다. 그렇기 때문에 양쪽을 동등한 것으로 보고 논의해서는 안 되는 것이다. 『서유기』[13] 라는 소실이 기괴하고 황당하여 상식적이지 못하다는 사실만 해도 그렇다. 그것을 읽는 사람들은 누구라도 그것이 모순 투성이라는 사실을 다 안다. 그렇기는 하지만 그 소설에서 다루어진 내용에 따르면 그 스승과 제자 네 사람[14]은 저마다 각자 정체성을 가지고 저마다 각자 행동을 한다. 그래서 시험 삼아 그 소설 속의 한마디 말이나 한 가지 행동을 고르고, 이어서 사람들에게 가만히 맞추어보게[15] 해 보면 그것이 어느 등장인물의 말과 행동인지 알 수가 있다. 이

에 나오는 "주당 등은 문장으로는 의미를 잘 부연하지 못하거니와 무예에 있어서도 군주를 위하여 죽지 못하였다.(黨等文不能演義, 武不能死君)"에서 볼 수 있듯이, 글자 그대로 풀면 '의미(내용)를 부연하다' 정도의 뜻으로, 역사적 사실들에 관하여 그 사실들을 토대로 하되 민간에서 전해지는 전설이나 소문들을 곁들이면서 상세하게 기술하는 행위나 그 결과물(저술)을 가리킨다.

13 『서유기(西遊記)』: 명대 소설가 오승은(吳承恩)이 지은 100회본 장편 소설. 천상을 어지럽힌 뒤 500년이 지나 당나라의 승려 삼장법사(三藏法師) 현장(玄奘)의 제자가 된 손오공(孫悟空)이 저팔계(豬八戒)·사오정(沙悟淨)과 함께 불경을 구하기 위하여 천축국(天竺國)으로 가는 길에 요괴들을 제압하고 81가지 시련을 겪은 끝에 깨달음에 이르는 과정을 다루었다. 기본 줄거리는 당시까지 민간에 전승되던 현장의 일화들을 토대로 하되 당시의 소설인 화본(話本)과 연극인 잡극(雜劇)의 허구적인 이야기들을 곁들여 장편 소설로 완성되었다.

14 스승과 제자 네 사람[師弟四人]: 『서유기』의 주인공인 삼장 법사(三藏法師)와 그 제자 손오공(孫悟空)·저팔계(豬八戒)·사오정(沙悟淨)을 말한다.

15 가만히 맞추어 보게[暗中摹索]: 명대의 유행어. 원래는 어두움 속에서 물건을 더듬는 것을 가리키는 말이다. 당대에 유지기(劉知幾, 661~721)가 지은 『수당가화(隋唐嘉話)』에 따르면, 당나라 사람 허경종은 성정이 무척 오만해서 친구들의 이름을 외우는 것을 소홀히 여겨 상대방을 불쾌하게 만들기 일쑤였다. 그래서 한 친구가 허경종이 머리가 나쁘다고 빈정거리자 이렇게 말했다고 한다. "자네 이름을 기억하지 못하는 것은 자네 명성이 너무 하찮기 때문일세. 만약 조식·유정·심약·사조 같은 분들을 마주쳤다면 가만히 맞추어 보기만 해도 바로 알아 봤을 거야!" 나중에는 전례가 없거나 스승이 없는 상황에서 오로지 자신의 능력과 지식만으로 깨우치는 것을 가리키는 말로 사용되기도 하였다. 중

는 곧 '허구적인 내용 속에도 사실적인 요소를 담고 있는 경우'이니, 이것이야말로 '진수를 표현한다'[16]는 경우일 것이다. 그런데도 처음부터 『수호전』보다 못하다'고 비웃는다면 그것이야말로 어찌 '사실적이냐 그렇지 않으냐의 관문이 신기하냐 그렇지 않으냐의 대전제를 강화시킨다'는 논리가 아니겠는가?'

명대에 간행된 『이탁오선생비평 서유기(李卓吾先生批評西遊記)』의 삽화(일본 내각문고 소장)

화서국판 『이각 박안경기』에는 '모색'의 '모'가 '비빌 마(摩)'로 되어 있다. 그러나 원본인 상우당본은 물론이고 현대의 각종 판본 역시 모두 '본 뜰 모(摹)'로 나와 있다.

16 '진수를 표현한다'는 것[傳神阿堵] : '아도(阿堵)'는 남북조시대 강남지역의 구어적 표현으로, '이것(this 또는 the thing which~)'을 뜻한다. 유송(劉宋)의 유의경(劉義慶)이 지은 소설집 『세설신어(世說新語)』에서는 동진(東晉)의 화가 고개지(顧愷之)의 회화이론을 이렇게 소개하였다. "고장강이 인물을 그릴 때에는 더러 몇 년씩이나 눈동자를 그리지 않았다. 사람들이 그 까닭을 물었더니 고씨가 말했다. '신체의 아름다움과 추함은 본래 오묘함과는 관계가 없습니다. 진수를 표현하여 묘사하는 요체는 바로 이것에 있으니까요.(顧長康畫人, 或數年不點目睛, 人問其故, 顧曰, 四體妍蚩, 本無關于妙處, 傳神寫照, 正在阿堵中)" 여기서의 "이것"은 눈(eyes)을 가리킨다.

즉공관주인이라는 분은 그 사람 자체도 기이하거니와 그 글도 기이하며[17] 그 역정 또한 기이하다. 과거에서 뜻을 제대로 펼치지는 못 했으나 원대한 그 재능을 출판계에 발휘하는 기회를 만나자[18] 남은 재능을 끌어내어 전기를 짓고, 거기서 몸을 더 낮추어 연의를 지었기 때문이다. 그것이 이 『박안경기』가 두 차례에 걸쳐 간행되기에 이른 연유이다.

그가 수집한 이야기들은 대부분 매우 사실적이고 근거가 있는 것들이다. 비록 간혹 신이나 귀신의 이야기를 다룬 이야기들도 있지만 그렇다 보니 역사가인 사마천[19]이 역사를 기록할 때만큼이나 묘사가 사실적이다. 그리고 용이 또아리를 틀고 있었다거나 뱀이 길을 막고 있었다거나 귀신을 거론하는 논리 따위가 아무리 현실과 거리가 멀다고는 하지만 없는 일은 아닐 것이다. 그러니 이국적인 볼거리를 곁들임으로써 세속의 유생들이 가진 편견을 깨는 것도 나쁠 것은 없다고 본다. 또 요염한 미인이나 풍류 넘치는 밀회 같은 소재들도 소설집에는 꼭 수록해야 할 것들이었다. 다만 세상 풍속을 더럽히는 이야기들의 경우만큼은 모조리 배제시키려 노력하였다.

---

17 그 글도 기이하며[其文奇] : 중화서국판 『이각 박안경기』의 서문에는 이 구절이 빠져 있다.

18 뜻을 제대로 펴지는 못했으나 원대한 그 재능을 발휘하는 기회를 만나자[因取抑塞磊落之才] : 전후 맥락을 따져 볼 때 작자 능몽초가 과거시험에서는 뜻을 이루지 못했으나 출판업에 종사하면서 상당한 족적을 남긴 일을 두고 한 말로 보인다.

19 역사가인 사마천[史遷] : '사천(史遷)'은 중국 정사 '25사(廿五史)'의 첫 번째 정사인 『사기(史記)』를 편찬한 전한대 사관 사마천(司馬遷)을 말한다.

녹문자[20]가 늘 송광평[21]의 사람 됨됨이를 힐난한 것은 그 취지가 그의 냉철한 이성[22]을 비판하는 데에 있었다. 그런데 그가 지은 『매화부』[23]는 참신하고 활달하면서도 선명하게 빛나니 남조시대 서씨[24]와 유씨[25]의 문체를 터득했다고 할 만하다. 그 점을 놓고 본다면, 일반적으로 소박함과

---

20 녹문자(鹿門子) : 당대의 유명한 시인이자 문장가인 피일휴(皮日休, 838?~902)를 말한다. 생전에 양양(襄陽, 지금의 호북성)의 녹문산(鹿門山)에 머문 적이 있어서 그 이름을 호로 삼았다. 피일휴는 자가 습미(襲美) 또는 일소(逸少)이며, '녹문자'와 함께 간기포위(間氣布衣)를 호로 사용하였다. 진사로 급제한 뒤로 태상박사(太常博士)·비릉부사(毗陵副使) 등을 역임했으며, 당시의 문장가 육구몽(陸龜蒙)과 함께 '피·육(皮陸)'으로 나란히 일컬어졌다.

21 송광평(宋廣平) : 당대 중기에 승상(丞相)을 지낸 송경(宋璟, 663~737)을 말한다. 현종 때에 명재상으로 이름이 높았으며 국법을 준수하고 몸가짐을 바르게 하여 요숭(姚崇)과 함께 당나라를 대표하는 어진 재상으로 나란히 일컬어졌다. 매화를 좋아했으며 그가 지은 『매화부』는 특히 유명하다.

22 냉철한 이성[鐵石心腸] : '철석심창(鐵石心腸)'은 글자 그대로 풀면 '쇠나 돌 같은 마음'이라는 뜻으로, 의지가 강하여 감정에 쉬이 휘둘리지 않는 사람을 가리키는 말로 주로 사용된다.

23 『매화부(梅花賦)』 : 당나라 현종 때의 재상인 송경이 지은 노래. 피일휴가 지은 『피자문수(皮子文藪)』에 따르면, 송경은 공직에 오르기 전에 『매화부』를 지어 온갖 화초들 사이에서 외롭게 핀 매화를 예찬하면서 자신의 심정을 토로하였다. 당시의 문장가이자 정치가인 소미도(蘇味道)가 이 작품을 극찬하면서 그의 이름이 알려져 이후의 관직 생활에도 적잖은 도움을 받았다고 한다.

24 서씨[徐] : 남북조시대 진(陳)나라의 시인·문장가로 명성이 높았던 서릉(徐陵, 507~583)을 가리킨다. 동해(東海)의 담(郯, 지금의 산동성 담성) 사람으로, 자는 효목(孝穆)이다. 양(梁)나라 때에 동궁학사(東宮學士)를 지냈고 진나라에 이르러 상서 좌복야(尙書左僕射)·중서감(中書監)을 지냈다. '궁체시(宮體詩)'의 대표적인 작가의 한 사람으로, 나중에는 궁체시의 대표작들을 소개한 『옥대신영(玉臺新詠)』을 엮기도 하였다.

25 유씨[庾] : 남북조시대 양(梁)나라의 시인·문장가로 명성이 높았던 유신(庾信, 513~581)을 가리킨다. 양나라 신야(新野) 사람으로, 자는 자산(子山)이다. 양나라 원제(元帝)가 즉위하자 우위장군(右衛將軍)에 임명되었다. 사신으로 서위(西魏)에 파견되었을 때 서위가 양나라를 멸망시키자 서위에 남았으며, 북주(北周)가 건국되자 표기대장군(驃騎大將軍)·개부의동삼사(開府儀同三司) 등을 역임하며 '유개부(庾開府)'로 일컬어지기도 하였다. 서릉과 마찬가지로 문체가 화려하고 아름답기로 유명하여 당시에 그같은 문체가 '서·유체(徐庾體)'로 불려졌다.

누추함에 부쳐 세상 사람들의 이목을 어지럽히는 부류는 거의 믿을 바가 못되는 것들인 셈이다.[26] 즉공관주인의 말을 빌린다면 그야말로 '세상에서 내 이야기를 구할 수 있는 이들이 충신이나 효자가 되는 데에 어려움이 없게 해줄 것이고, 그렇게 되지 못하는 자들이라도 음행을 일삼지는 않게 될 것'이라는 격이다. 그 부분은 지은이가 애를 쓴 결과이거니와 '평범함 속의 기이함'의 틀을 초월한 경우라 할 것이다.

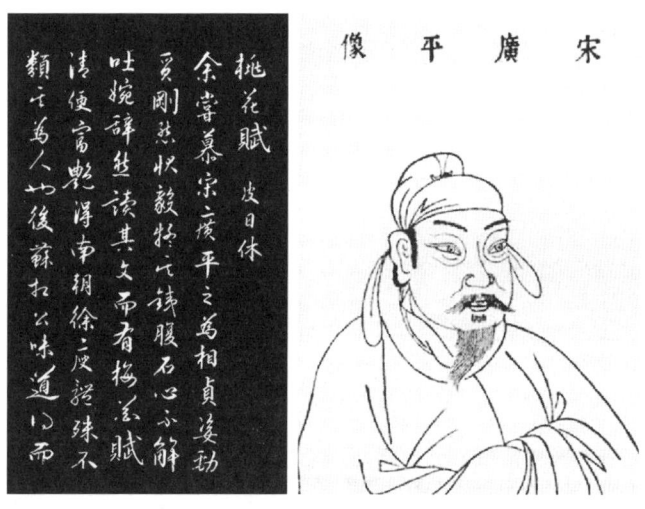

『매화부』(탁본 글씨 피일휴)와 그 작자 송경의 초상

이제 책은 마침내 완성되었지만 즉공관주인은 벼슬을 지내느라 아직

---

26 소박함과 누추함에 부쳐~[凡託於椎陋以眩世, 殆有不足信者夫] : 이 부분은 원래 북송의 정치가이자 문장가였던 소식(蘇軾)이 「모란기」서(牡丹記叙)」에서 한 말에서 유래하였다. 소식은 그 서문에서 "이제 내가 그것을 보니 일반적으로 소박함과 누추함에 부쳐 세상사람들의 눈을 어지럽히는 것들을 또 어찌 믿을 만하겠는가?(今以余觀之, 凡託於椎陋以眩世者, 又豈足信哉)"라고 하였다.

돌아오지 않았다. 그러나 서사에서는 서둘러 책을 펴내고자 하여 내게 서문을 써 달라고 청탁하였다. 나는 붓조차 제대로 잡지 못하는 주제이니 그야말로 "무염을 부각시킬 욕심에 서자를 능욕하고 마는 격"[27]이 아니겠는가! 그러니 나로서는 아무래도 "키 질 해서 까부르니 겨만 앞에 남더라"[28]라고 변명하는 수밖에 없을 듯하다.

임신년[29] 겨울날에 수향거사가 서문을 짓고 쓰다

---

27 무염을 부각시킬 욕심에~[刻画無鹽, 唐突西子] : 명대의 유행어. '무염(無鹽)'은 중국 전설에 등장하는 고대의 추녀, '서자(西子)'는 중국 춘추시대 월(越)나라의 미녀 서시(西施)를 가리킨다. 글자 그대로 풀면 추녀를 무리하게 미화하려고 애쓰다가 도리어 미녀가 무색해지게 만든다는 뜻으로, 주객이 전도된 상황을 가리키는 말로 사용되었다. 때로는 앞의 '무염을 부각시킨다(刻画無鹽)'만 사용하기도 하였다.

28 키 질 해서 까부르니~[簸之揚之, 糠秕在前] : 명대의 유행어. '공자 앞에서 문자를 쓴다'의 경우처럼, 재주가 없음에도 불구하고 과분한 자리를 지키고 있는 것을 겸손하게 표현하거나 비꼬는 말이다. 남북조시대 유송의 유의경이 지은 『세설신어』에 따르면, "왕문도와 범영기는 둘 다 간문제 때의 중신이다. 범씨는 나이가 많지만 자위가 낮았고 왕씨는 나이는 적지만 지위가 높았다. 그를 앞에 세우니 도로 서로 앞자리를 양보했는데 그렇게 오래 옮기고 옮긴 끝에 왕씨가 결국 범씨 뒤에 서게 되었다. 그래서 왕씨가 '키 질 해서 까부르니 겨만 앞에 남았군요!' 하고 계면쩍어 하니 범씨도 '체 질 해서 걸렀더니 모래가 뒤에 남았습니다 그려!' 하며 서로 겸양했다고 한다.(王文度范榮期俱爲簡文所要. 范年大而位小, 王年小而位大, 將前, 更相推在前, 旣移久, 王遂在范後. 王因謂曰, 簸之揚之, 糠秕在前. 范曰, 洮之汰之, 沙礫在後)" 여기서 '겨'는 왕문도가 자신을, '모래'는 범영기가 자신을 각각 겸손하게 빗대어 표현한 말이다.

29 임신년[壬申] : 숭정제 재위기간의 임신년을 말한다. 서기로는 1632년에 해당한다.

二刻拍案驚奇序

嘗記博物志云, 漢劉褒畫雲漢圖, 見者覺熱, 又畫北風圖, 見者覺寒. 竊疑畫本非眞, 何緣至是. 然猶曰, 人之見, 爲之也. 甚而僧繇點睛, 雷電破壁, 吳道玄畫殿內五龍, 大雨輒生煙霧, 是將執畫爲眞, 則旣不可, 若云贋也, 不已勝於眞者乎.

然則操觚之家, 亦若是焉則已矣. 今小說之行世者無慮百種, 然而失眞之病, 起於好奇, 知奇之爲奇, 而不知無奇之所以爲奇. 舍目前可紀之事, 而馳騖於不論不議之鄉, 如畫家之不圖犬馬而圖鬼魅者, 曰, 吾以駭聽而止耳. 夫劉越石淸嘯吹笳, 尚能使群胡流涕, 解圍而去. 今擧物態人情, 恣其點染, 而不能使人欲歌欲泣於其間, 此其奇與非奇, 固不待智者而後知之也.

則爲之解曰, 文自南華沖虛, 已多寓言, 下至非有先生馮虛公子, 安所得其眞者而尋之. 不知此以文勝, 非以事勝也. 至演義一家, 幻易而眞難, 固不可相衡而論矣. 卽如西遊一記, 怪誕不經, 讀者皆知其謬. 然據其所載, 師弟四人各一性情, 各一動止. 試摘取其一言一事, 遂使暗中摹索, 亦知其出自何人. 則正以幻中有眞, 乃爲傳神阿堵而已, 有不如水滸之譏. 豈非眞不眞之關, 固奇不奇之大較也哉.

卽空觀主人者, 其人奇, 其文奇, 其遇亦奇. 因取其抑塞磊落之才, 出緒餘以爲傳奇, 又降而爲演義, 此拍案驚奇之所以兩刻也. 其所捃摭, 大都眞切可據. 卽間及神天鬼怪, 故如史遷紀事, 摹寫逼眞. 而龍之踞腹, 蛇之當道, 鬼神之理, 遠而非無, 不妨點綴域外之觀, 以破俗儒之隅見耳. 若夫妖艷風流一種, 集中亦所必存, 唯污衊世界之談, 則戛戛乎其務去. 鹿門子常怪宋廣平之爲人, 意其鐵心石腸, 而爲梅花賦, 則淸便艶發, 得南朝徐庾體. 繇此觀之, 凡託於椎陋以眩世, 殆有不足信者夫. 主人之言固曰, 使世有能得吾說者, 以爲忠臣孝子無難, 而不能者, 不至爲宣淫而已矣. 此則作者之苦心, 又出於平平奇奇之外者也.

時剞劂告成, 而主人薄游未返. 肆中急欲行世, 徵言於余. 余未知捫管, 毋乃刻畫無鹽, 唐突西子哉. 亦曰籃之揚之, 糠粃在前云爾.

壬申冬日 睡鄉居士 題幷書

『이각 박안경기』 소인

　정묘년[1] 가을의 일은 뜻을 이루는가 싶었으나 급제하지 못하고 말았
다. 그래서 미련을 떨치지 못하고 남경으로 돌아와 전해 들은 고금의 신
기한 이야기들 중 특기할 만한 것들을 우연히 재미 삼아 골라 살을 붙이
고 이야기로 만들어 잠시나마 마음속의 응어리를 풀고자 했다. 애초에는
널리 전하려고 한 것이 아니라 잠시나마 장난 삼아 응어리 진 마음이라
도 후련하게 풀자는 생각이었다. 그런데 지인들 중에서 나와 내왕하던
이들이 한 편을 받아서 읽고 나면 한결같이 책상을 치면서 '참 기이하기
도 하구려 이 이야기는!' 하는 것이 아닌가. 그 일이 서상[2]의 귀에까지
들어가고, 그것이 계기가 되어 '정식으로 출판하자'며 알음 알음으로 사
람을 통해 요청해 왔다. 그래서 그 이야기들을 베끼고 모아 책으로 엮은

1　정묘년[丁卯] : 서기로는 1627년에 해당한다. 이 해는 명나라 황족으로 제14대 황제 희
　종(熹宗)의 배다른 동생인 주유검(朱由檢, 1611~1644)이 제15대 황제로 즉위한 숭정
　(崇禎) 원년에 해당한다. 능몽초가 과거시험에서 낙방한 일을 거론한 것을 보면 "정묘년
　가을"에 숭정제의 즉위를 축하하기 위하여 특별히 과거시험이 거행되었음을 알 수가 있
　다.
2　서상(書商) : 명대에 서점의 일종인 서방(書坊)을 경영하면서 동시에 도서의 판각·인쇄
　·출판·판매를 도맡았던 도서 관련 전문 상인. 중국에서 영리성 서점의 역사는 오대(五
　代) 시기의 서사(書肆, 서점)로부터 시작되었으나 서상이 출판과 판매에 본격적으로 나
　서기 시작한 것은 송대부터이다. 근세인 명·청대에는 서상의 활동이 행정수도로 북방에
　위치한 북경과 문화수도로 남방에 위치한 남경을 중심으로 활성화 되었다. 일부 지역의
　서상들은 북경에 개설한 상인들의 사교 장소인 회관(會館)을 거점으로 삼았는데 강서지
　역 서상들의 문창회관(文昌會館), 하북지역 서상들의 북직문창회관(北直文昌會館), 강
　남지역 서상들의 숭덕회소(崇德會所, 소주)이 그것이다. 명대 강남지역의 서상과 출판
　사업에 관한 문화사적 고찰은 문성재의 논문 「明末 희곡의 출판과 유통─江南지역의
　독서시장을 중심으로」 (『중국문학』, 제41집, 2004)를 참조하기 바란다. 전후 맥락을 따
　져 볼 때 여기서 능몽초가 언급한 "서상"은 박안경기를 두 차례에 걸쳐 출판해 준 소주
　상우당(尙友堂)의 운영자 안소운(安少雲)을 가리킨다.

것이 마흔 편이나 된 것이다. 그것들은 억지로 지어낸 말이거나 투박한 이야기들이어서 장독을 덮기에도 부족한 내용들이었다. 그런데 그럼에도 불구하고 날개가 돋아 날고 다리가 생겨 달리기라도 하는 것처럼 빠르게 유행하였다. 그렇다 보니 수염을 꼬고 피를 토하며 글공부[3]에만 몰두할 때와 비교해 보면 팔리는 쪽과 안 팔리는 쪽이 되려 하늘과 땅만큼 큰 차이를 보일 정도였다.

능몽초의 전작 『박안경기(拍案驚奇)』의 초판본 표지(좌)와 중판본 표지(우). 중판본 맨위에 '초각' 두 글자가 추가되어 있다

아아, 글에 언제 정해진 값이 있었다던가! 서상이 무심코 한번 시도해 보았다가 성공을 거두자 '또 내겠다'고 하길래 나는 웃으면서 "한번으로

---

3 필총(筆塚) : 글자 그대로 풀면 '붓무덤' 정도의 뜻이다. 당나라의 명필인 회소(懷素)는 오래 써서 닳은 붓을 그냥 버리지 않고 산 아래에 묻어 주고 그 자리를 '필총'이라고 불렀다고 한다. 나중에는 부지런히 글씨 또는 글을 공부하는 것을 가리키는 표현으로 사용되곤 하였다.

도 충분하지 않소?" 하고 말하였다. 그리고는 세상에 알려지지 않은 일화나 새로 나온 이야기들을 되돌아 보았다. 그랬더니 화제로 삼을 만한 데도 지난번에는 미처 책으로 엮지 못했던[4] 작품들 중에도 백량대[5]를 싯고 남은 목재나 무창의 남은 대나무[6] 같은 소재가 꽤 많았다. 그래서 '도중에 멈출 수는 없다'고 여겨 일단 이번에도 마흔 편을 엮기로 한 것이다. 그 작품들 중에서 귀신을 언급하고 꿈을 거론한 것들은 실제로 있었던 일도 있고 황당무계한 것도 있었지만 이번 책 역시 독자들을 설득하여 경계로 삼게 하는 데에 그 취지를 두었다. 교화의 죄인이 되기를 바라지 않는 심정은 이번이나 지난번이나 매 한 가지인 셈이다.[7]

---

4 미처 책으로 엮지 못했던[未及付之于墨] : '부지우묵(付之于墨)'은 글자 그대로 풀면 '글로 짓다' 정도의 뜻이다. 여기서는 서상이 『이각 박안경기』출판을 제안하기 전까지만 해도 작자 능몽초는 과거에 수집해 놓았던 의화본 소재들을 소장만 하고 있었을 뿐 창작(2차 창작)으로 옮길 생각은 하지 않고 있었다는 뜻으로 해석된다. 그러다가 서상이 정식으로 출판을 제안하자 소장했던 소재들을 추리고 자신만의 언어로 재창작하여 『이각 박안경기』를 선보인 것으로 보인다. 중화서국판 『이각 박안경기』에서는 세 번째 글자가 '아들 자(子)'로 나와 있으나 '어조사 우(于)'를 잘못 읽은 것이다.

5 백량대[栢樑] : '백량(栢樑)'은 한대에 지어진 백량대(柏梁臺)를 가리킨다. 지금의 섬서성 서안시 미앙구(未央區)의 장안 고성(長安故城) 안에 지어졌다고 전해지며 때로는 궁전을 뜻하는 말로 사용되기도 한다. "백량대를 짓고 남은 목재[栢樑餘材]"는 글자 그대로 풀면 '황제의 궁전을 짓는 데에 사용하고 남은 목재' 정도의 뜻이므로 품질이 아주 좋은 고급 목재를 말한다. 여기서는 재능이 출중한 인재를 뜻하는 말로 사용되었다.

6 무창의 남은 대나무[武昌剩竹] : 『진서(晉書)』의 「도간전(陶侃傳)」에 따르면, 동진 시기에 강서지역의 관리이던 도간은 공정하게 국법을 집행하고 성실하게 백성들을 대했는데 무창태수(武昌太守)를 지낼 때에는 매사에서 백성들의 권익을 최우선으로 두었다고 한다. 물자의 절약을 강조했던 그는 배를 건조하고 남은 나뭇조각들을 모아 놓았다가 겨울에 땅바닥에 깔아 물자나 행인들이 쉽게 이동할 수 있게 했으며, 남은 대나무는 전선의 대못으로 만들어 그 배를 고정하는 데에 사용하여 백성들로부터 칭송을 받았다고 한다. 원래는 그럭저럭 쓸 만한 목재를 가리키는데 여기서는 쓸 만한 인재를 뜻하는 말로 사용되었다.

7 이번이나 지난번이나 매 한 가지인 셈이다[後先一指] : '이번[後]'은 이각 박안경기, '지난번[先]'은 그보다 먼저 간행된 『박안경기』(초각)를 두고 한 말이다. 능몽초가 초심(初

축건씨[8]는 이 정도의 작품들조차 '야릇한 말로 업보를 짓는 짓'으로 여긴다. 그런 시각에서 본다면 아무리 패관[9]의 몸을 빌어 불법을 설파한다고 해도 '유마거사[10]가 과거시험을 감독하는 격'이니 시험장에서 면박을 당하고 쫓겨나는 수모를 피할 수 없으리라.

숭정 임신년[11] 겨울에 즉공관주인이 옥광재에서 글을 짓다

心)를 저버리지 않고 『박안경기』에 이어 『이각 박안경기』의 집필·간행 과정에서도 "교화의 죄인이 되지 않는 것[不爲風雅罪人]"을 가장 중요한 가치로 두었음을 알 수 있다.

8 축건씨(竺乾氏) : 명대의 유행어. 원래는 불교의 비조 석가모니를 가리키지만 때로는 불교 또는 불가를 일컫는 말로 사용되기도 한다. 여기서도 '불가'의 의미로 사용되었다.

9 패관(稗官) : 중국 고대의 하급 관리를 낮추어 일컫던 이름. 한대의 역사가인 반고(班固, 32~92)는 자신이 편찬한 『한서漢書』의 「예문지(藝文志)」에서 소설의 유래와 관련하여 "소설가 부류는 대개가 하급 관리들에서 비롯되었다. 거리의 대화나 골목의 이야기들이나 길가에서 듣거나 길에서 하는 말을 토대로 지은 것이다.(小說家者流, 蓋出於稗官. 街談巷語, 道聽塗說者之所造也)"라고 소개하였다. 반고의 설명에 등장하는 하급 관리 즉 '패관'과 관련하여 당대의 훈고학자이던 안사고(顔師古, 581~645)는 삼국시대 위나라의 학자인 여순(如淳, 3세기)의 "자잘한 알곡을 '패'라고 한다. 거리의 대화나 골목의 이야기, 그런 것은 하찮고 맥락 없는 말들이다. 임금은 민간의 풍속을 알고자 하기 마련이다. 그래서 '패관'을 두고 그들로 하여금 그런 이야기들을 소개하고 이야기하게 했던 것이다.(細米爲稗. 街談巷說, 其細碎之言也. 王者欲知里巷風俗, 故立稗官, 使稱說之.)"라는 설명을 근거로 "패관은 하급 관리이다.(稗官, 小官)"라고 설명하였다.

10 유마거사(維摩居士) : 인도 고대 불교의 고승으로 알려진 유마힐(維摩詰)을 말한다. 불교의 비조인 석가모니와 같은 시대 사람으로 '비마라힐(毗摩羅詰)'로 불리기도 하는데, 그 의미대로 풀면 '무구칭(無垢稱, 티 없는 이름)' 또는 '정명(淨名, 깨끗한 이름)' 정도의 뜻이라고 한다. 전설에 따르면 불제자인 사리불(舍利佛)·미륵(彌勒)·문수사리(文殊師利) 등과 함께 대승불교의 교리를 해설했다고 하며, 현재 전해지는 『유마경소설경(維摩經所說經)』에는 그가 여러 불제자들과 나눈 문답이 소개되어 있다. '유마거사가 과거시험을 감독한다'는 말의 경우, 유마거사는 불가의 성인이고 과거시험은 유가의 행사이므로 앞뒤가 맞지 않는 이율배반(二律背反)의 상황을 두고 한 말로 이해할 수 있겠다.

11 숭정 임신년[崇禎壬申] : 서기 1632년에 해당한다.

二刻拍案驚奇小引

丁卯之秋事, 附膺落毛, 失諸正鵠, 遲迴白門, 偶戲取古今所聞一二奇局可紀者, 演而成說, 聊舒胸中磊塊. 非曰行之可遠, 姑以遊戲爲快意耳. 同儕過從者索閱一篇竟, 必拍案曰, 奇哉, 所聞乎. 爲書賈所偵, 因以梓傳請. 遂爲鈔撮成編, 得四十種. 支言俚說, 不足供醬瓿, 而翼飛脛走, 較撚髭嘔血筆塚研穿者, 售不售反霄壤隔也. 嗟乎, 文詎有定價乎.

賈人一試之而效, 謀再試之. 余笑謂一之已甚, 顧逸事新語可佐談資者, 乃先是所羅而未及付之于墨, 其爲栝樵餘材武昌剩竹, 頗亦不少. 意不能恝, 聊復綴爲四十則. 其間說鬼說夢, 亦眞亦誕. 然意存勸戒, 不爲風雅罪人, 後先一指也. 竺乾氏以此等亦爲綺語障, 作如是觀, 雖現稗官身爲說法, 恐維摩居士知貢舉, 又不免駁放耳.

崇禎壬申冬日　即空觀主人題於玉光齋中

제22권

방탕한 도령이 많은 돈을
거침없이 써 제끼고
현명한 장인이 반성한 사위를
교묘하게 속이다

癡公子狠使噪脾錢 賢丈人巧賺回頭婿

해제

    절강 온주부溫州府의 요姚 도령은 부잣집 자제로 부친은 병부 상서兵部尙書이고 장인 역시 고위 관원으로 집안 형편이 부유하고 재산이 만금을 넘는다. 부모가 세상을 떠난 뒤로는 혼자 재산을 관리하지만 불한당 식객들의 사주로 큰 돈을 탕진한다. 게다가 장인 상관 옹上官翁과 아내 상관씨, 이웃 장삼 옹張三翁 등이 좋은 뜻으로 한 설득도 듣지 않고 몇 년도 되지 않아 재산을 모두 탕진해 버린다. 이때 그는 외톨이가 되어 아무도 그를 불쌍히 여기지 않는다. 상관 옹은 장삼 옹에게 부탁하여 거짓으로 40냥의 은자를 서서 요씨의 아내를 되사 오고 은밀히 그의 행동을 관찰한다. 요 도령은 40냥으로 빚을 갚고 수중에 돈이 떨어지자 구걸로 연명하며 편히 살지 못한다. 심지어 자신까지 종으로 팔아 온갖 고생을 다 겪는다.

    상관 옹은 그의 처지가 딱한 것을 보고 참회하면서 하인을 시켜 주인으로 꾸미게 하고 사람을 사서 그 일을 돕는 한편 자신의 방 한 칸까지 그가 지내도록 내어 준다. 그리고 차례로 한 전, 닷 전 씩 은자를 주면서 그를 떠 본다. 그러나 이때의 요 도령은 재물을 무척 소중하게 여기면서 다시는 왕년처럼 물 쓰듯 탕진하지 않는다. 오히려 돈을 모아서 장사의 밑천으로 사용한다. 상관 옹은 탕아이던 사위가 개과천선하자 그에게 그간의 진실을 모두 털어 놓는다. 그러자 깊이 감동한 요 도령은 그 뒤로 더욱 근검절약하고 부부과 화목하게 새로 가업을 발전시켜 행복한 생활을 누린다.

    이 이야기는 명대 후기의 소설가 소경첨邵景詹. 16세기이 지은 소설집『멱

등인화見燈因話』에 소개된「요 공자姚公子」이야기를 소재로 지어졌다. 부일신의『소문소』에 소개된「현옹격서賢翁激壻」에도 이 이야기가 다루어져 있다.

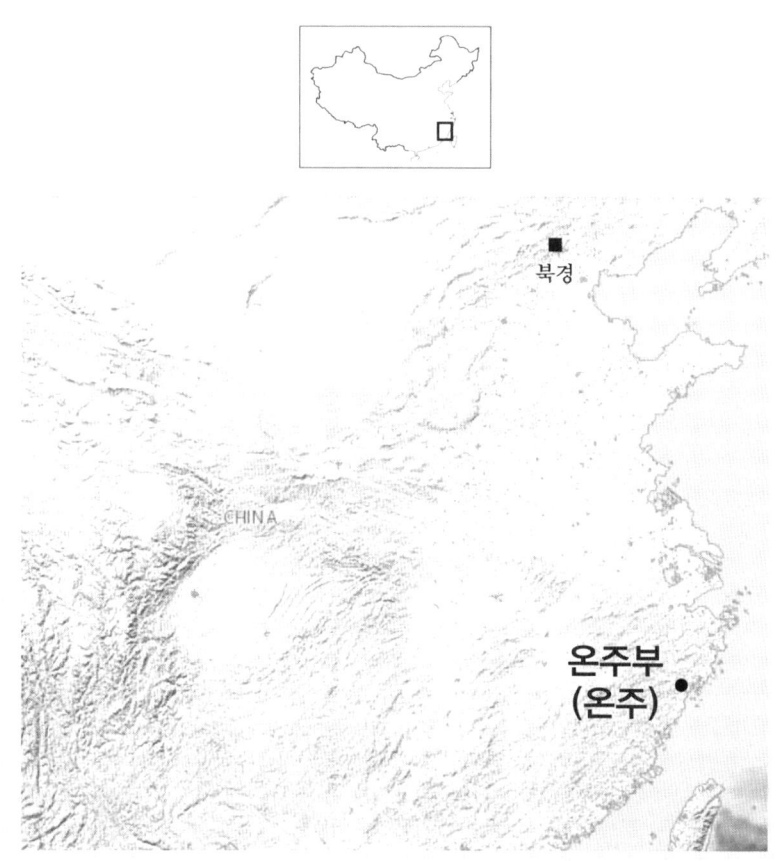

북경

CHINA

온주부
(온주)

번역

대단한 부잣댁 자제이다 보니	最是富豪子弟,
농삿일 얼마나 고된지 모르지.[1]	不知稼穡艱難.
부당하게 얻은 것은 부당하게 날리기 마련[2]	悖入必然悖出,
하늘의 법도는 한 이치로 돌고 돈다네.	天道一理循環.

이야기를 들려 드리도록 하겠습니다. 송나라 때 변경[3]에 성이 곽郭, 이름이 신信인 사람이 살았습니다. 그 부친은 내저사[4]의 관원이어서 집안 형편이 아주 넉넉했지요. 그러나 외동아들이었기 때문에 몹시 응석받이로 편애했답니다. 그래서 어려서부터 외지에 내보내지 않고 집안에 잡아

---

1 농삿일 얼마나 고된지 모르지[不知稼穡艱難] : 『서경(書經)』「무일(無逸)」에 나오는 말. 원문은 "그 부모는 농삿일에 열심히건만 그 자식들은 농삿일이 얼마나 고된지 알지 못하누나[厥父母勤勞稼穡, 厥子乃不知稼穡之艱難]" 풍몽룡의 『성세항언(醒世恒言)』제17권에도 "농삿일 고되다는 것을 전혀 알지 못한다네[稼穡艱難, 全然不知]" 식으로 같은 표현이 보인다.
2 부당하게 얻은 것은 부당하게 날리기 마련[悖入悖出] : 『예기(禮記)』「대학(大學)」에 나오는 말. 원문은 "그래서 말을 부당하게 내뱉으면 마찬가지로 부당하게 험담을 듣게 되고, 물건을 부당하게 얻으면 마찬가지로 부당하게 날리게 되는 것이다[是故言悖而出者亦悖而入, 貨悖而入者亦悖而出]" 부당하게 남의 재물을 얻으면 자신도 남들의 부당한 방법에 가지고 있던 재물을 빼앗기고 만다는 뜻이다.
3 변경(汴京) : 북송의 수도. 지금의 하남성(河南省) 개봉시(開封市) 일대에 해당하며, '변량(汴梁)'으로 부르기도 하였다.
4 내저사(內儲司) : 중국 고대의 관직명. 당·송대에 대궐에 설치했던 각종 관서들을 통틀어 일컫는 이름. 그 수장은 내시(內侍)를 담당한 환관들로 충당되었다. 당대 중엽 이후로는 황제의 총애로 환관이 국정을 농단하였다. 이때 환관들은 조정과 대립하여 선휘사(宣徽使)·학사사(學士使)·내장택사(內莊宅使) 등과 같이 자체적인 직제들을 두었는데 이 관서들을 통틀어 '북사(北司)'라고 불렀다. 송대에도 그대로 계승되었다. 때로는 당대의 추밀사(樞密使)에 대한 또다른 이름으로 사용되기도 한다.

놓고 폼 나는 책만 공부를 시켰습니다. 글공부 말고는 세상일은 터럭만큼도 관심을 두지 못하게 했지요. 그렇게 열예닐곱 살이 되자 명성을 얻기 위해서는 이름난 스승의 문하로 들어가야 했습니다. 그때 채원중蔡元中 선생이라는 이가 있었는데, 임안[5] 사람으로 서울에서 학당을 운영하고 있었지요. 곽신의 부친은 예물을 준비해 그에게서 학문을 배우라고 곽신에게 일렀습니다.

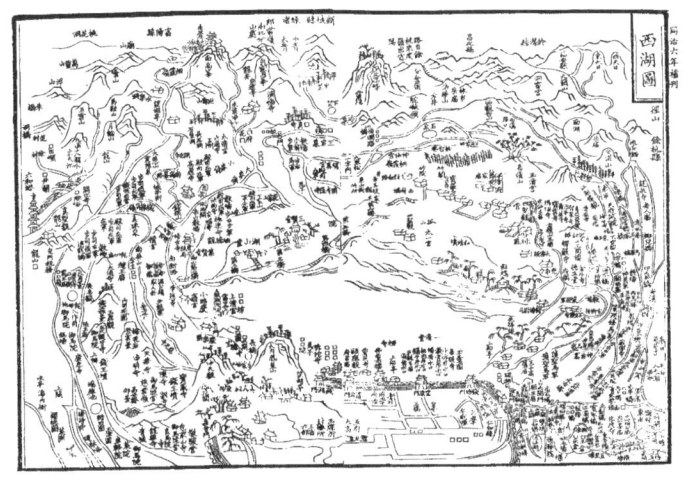

남송대 연혁지 『함순임안지(咸淳臨安志)』에 수록된 「서호도(西湖圖)」

그 선생이 학당을 연 곳은 승방으로 아주 가지런한 곳이었습니다. 곽씨네에서는 그 옆집 세 칸을 빌렸는데 역시 아주 조용하고 운치가 있었지요. 그런데 곽신은 들어가 살게 되기는 했지만 속으로는 못마땅해 하면서 '화려한 구석이 없다'고 여겼습니다. 그래서 그 집 뒤에 빈 땅이 있는 것을 확인하고 따로 건물을 짓기로 했지요.[6] 그러나 아무래도 숫자에

5   임안(臨安) : 송대의 지명. 지금의 절강성 항주시(杭州市) 임안구(臨安區)에 해당한다.

어두운 데다가 자재에 대해서도 아는 것이 없었습니다. 그렇다 보니 하인과 대목이 같이 경비를 쓰도록 내맡긴 채 얼마나 돈을 쓰든 간에 전혀 간섭하지 않았답니다. 그렇게 몇 칸이 지어지고 단장까지 해서 아주 근사해지자 그제서야 좋아하면서 들어가 사는 것이었습니다.

그런데 그는 하루 종일 서재의 동자에게 문이니 창이니 들보니 기둥이니 다 청소를 시켰습니다. 조금이라도 때가 타고 지저분할라치면 기어이 대목을 시켜 당일 밤에라도 바꾸어야 속이 시원해졌지요. 옷도 새 것만 입었는데 몸에 걸치기라도 하면 이리 보고 저리 살피면서 기네 짧네 난리도 아니었습니다. 어디가 마음에 들지 않거나 탐탁치 않은 구석이라도 있으면 당장 따로 옷감을 사다가 새로 맞추어 입으려고 들었지요. 신발이며 버선 같은 것들도 전부 최고의 비단으로 맞추었는데 역시 조금이라도 더러워지면 버리고 새것으로 바꿀 정도였습니다. 한번 빤 옷은 절대로 다시 입으려 들지 않았지요.

그때 마침 인사 이동 때문에 상경한 사람이 있었습니다. 그는 성이 황黃이고 자는 덕완德琬이었지요. 그의 처소는 공교롭게도 곽 씨네와 이웃해 있었습니다. 그러나 그는 곽신의 그같은 행동을 보고 속으로 마뜩지 않게 여겼지요. 그래서 나중에 서로 친해지자 번번이 좋은 말로 그를 설득했습니다.

---

6 【즉공관 미비】自在性. 성질이 제 멋대로로군.

"댁은 젊은 나이여서 아직 세상이 얼마나 무서운지 모르는 것 같군요. 돈이나 재물을 손에 넣기는 무척 어렵습니다. 댁이 아무리 부자라도 이렇게 마구 써 버릇해서는 안됩니다! 날이 가고 또 가다 보면 반드시 재물이 바닥나는 날이 오기 마련이니까요. 그때가 되어서 손을 써 보지도 못하고 뒤늦게 뉘우쳐도 돌이킬 길이 없어요!"

그 소리를 들은 곽신은 몰래 그를 비웃었습니다.

'궁상맞은 소리 하고 앉았군! 돈이며 재물이 어디 바닥 날 날이 있겠어? 우리 집은 부동산도 셀 수조차 없을 정도인데 나중에 손을 못 쓸 리가 있나? 집안에 돈이 없고 안목이 좁다 보니 그런 실없는 소리를 내뱉는 게지. 우리 같은 부잣집의 관행도 모르는 주제에!'

그는 황덕완의 좋은 말을 마이동풍으로 여기고 조금도 아랑곳하지 않았습니다. 그러면서 자기 마음대로 하던 대로 하면서 전혀 고칠 생각을 하지 않는 것이었지요. 황공은 그가 말을 듣지 않자 고삐 풀린 망아지 꼴인 것을 눈치챘습니다.

"나중에 어떻게 되는지 두고 봅시다!"[7]

---

7 【즉공관 미비】不卜可知. 점을 치지 않아도 알 수 있는 일이지.

발령을 받은 그는 그 길로 그와 작별하고 서울을 나가서 그 뒤로는 서로 소식을 끊고 지냈답니다.

그로부터 다섯 해가 지났을 때였습니다. 황공은 볼 일이 있어서 다시 서울에 온 김에 예전의 이웃집에 대해서 물어 보았지요. 아 그랬더니만 곽 씨네 집이 흔적조차 없지 뭡니까. 그렇게 큰 서울에서 수소문할 곳조차 없었습니다.

그러던 어느 날이었지요. 우연히 진신陳晨이라는 친척 집을 방문했는데 주인이 나오기 전에 먼저 사숙 선생이 나와서 응대하는 것이었습니다. 그래서 가만 보니 웬 사람이 주눅이 잔뜩 들어서 느릿느릿 걸어 나오는 것이었습니다. 자세히 보았더니 아 글쎄 곽신이지 뭡니까요! 그는 헤진 두건을 쓰고 남루한 옷을 입은 채 팔을 떨면서 예의를 갖추더니 의자를 바로 놓고 앉는 것이었습니다. 황공은 그의 얼굴에 굶주리고 추위에 시달린 기색이 역력한 것을 보고 거의 입을 열 수가 없었지요. 그래도 딱하게 여기면서 물었습니다.

"귀하께서 어째서 여기 계시오? 이 몰골은 … 또 어떻게 된 게요?"

그러자 곽신은 한숨을 쉬면서 말하는 것이었습니다.

"누가 이렇게 될 줄 알았습니까? 돈이며 재물이 없으려고 드니까 제대로 써 보기도 전에 이렇게 다 날아가 버렸지 뭡니까!"[8]

"그게 무슨 말씀이요?"

"선생과 작별한 뒤에 아버님이 불행하게도 세상을 떠나셨습니다. 그런데 나중에 들어온 계모가 부친상을 지내는 사이에 가산을 몽땅 챙겨서 본가로 돌아가 버렸더군요! 그래서 그 다음날에 따지러 갔더니 그 집까지 전부 이사를 가 버리는 통에 행방을 알 수가 없지 뭡니까! 얼마 뒤에 하인들도 전부 뿔뿔이 흩어지고 달아나 버리는 바람에 이 몸만 남고 하나도 가진 것이 없게 되고 말았답니다. (…) 그나마 다행스럽게도 글 줄을 좀 배운 덕에 되는 대로 이 댁에서 주인마님의 어린 학동들을 가르치면서 지내고 있지요!"

"가산이야 다 없어졌다지만 … 그 많은 부동산은 그대로 있을 것 아닙니까 …? 그것들은 훔쳐 갈려야 훔쳐 갈 수가 없을 텐데요?"

"평소에 부동산이 얼마나 되는지 모르고 있었고 … 부동산이 어디에 있는지 확인도 하지 않았었지요. 그러다가 부친상을 지내는 동안 장부며 문서들이 몽땅 사라져 버리는 통에 어디에 밭뙈기가 한 마지기라도 있는지 알 길이 없어졌습니다!"

"당초에 내가 좋은 말로 설득했던 일 … 기억 나시오?"

---

8 【즉공관 미비】 *妙語. 天然.* 기막힌 말이다. 자연스러워!

그러자 곽신이 말하는 것이었습니다.

"당초에야 손에 집히는 대로 물건을 써 버릇 했지요. 그게 어떻게 내 손까지 들어오는지 어디 신경이나 썼나요? (⋯) 결국 이렇게 될 줄은 짐작했지만 돈을 아끼라는 말을 들어도 그걸 아껴서 뭘 하는지도 몰랐습니다! 그랬는데 이제는 터럭만치도 구할 길이 없게 될 줄이야 누가 알았겠습니까!"

"지금 이 댁에서 받는 학비가 얼마나 됩니까?"

"얼마나 되겠습니까? 달마다 천 전[9] 씩인데 이 몸 하나 건사하기도 부족합니다! 아침저녁으로 입에 풀칠이라도 하면서 땔감 걱정 쌀 걱정이라도 없으면 다행이지요!"

"그때 하루 동안 쓰던 돈이 일 년치 학비가 되어 버렸구려. 부잣댁 자제께서 이 지경이 되다니 안됐소이다 안됐어!"

그는 마침 지니고 있던 몇백 전을 모두 그에게 건네므로써 옛 친구로서의 성의를 조금이나마 보였지요. 그리고 나서 얼마 뒤에 그 집 주인이

---

[9] 전(錢) : 고대의 중량 단위. 뜻을 따서 '돈'이라고도 한다. 1전(錢)은 10푼[分]에 해당하며, 10전은 1냥(兩)에 해당한다. 따라서 "몇십 전"은 곧 '몇 냥'이라는 뜻으로 이해할 수 있다.

나왔지 뭡니까. 황공은 다시 그에게 곽신의 집안과 부귀를 누릴 때의 일들을 들려주고 그를 잘 대해 주도록 당부했답니다. 곽신은 너무도 고마워서 그 몇백 전을 받들고 마치 진귀한 보배라도 구한 것처럼 단단히 간수하면서 원래대로 그 구차한 자리를 지키는 것이었지요.

중국에서 대규모로 발견된 송대 엽전들. 오른쪽은 북송 휘종 숭녕(崇寧)
연간(1102~1106)에 유통된 것이다

손님들, 애초에 그가 부귀를 누릴 때에는 몇백 푼 정도는 그 집에서 남에게 상으로 주는 것조차 민망스럽게 여길 정도였습니다. 그러다가 이제와서 얼마나 값진 것인지 깨달았을 때에는 이미 때가 늦어버리고 만 거지요. 어린 시절에 농사가 고된지도 모르고 지내다 보니 결국 그 지경이 되고 만 것입니다. 그래도 그 지경이 되어서라도 값진 것임을 깨달았으니 싹수는 있는 자인 셈이지요. 그래서 이런 말이 있습니다.

"탕아가 마음을 돌리면   敗子回頭,
집안을 잘 일구게 된다."   好作家也.

소생 계속해서 탕아가 개과천선한 몸 이야기를 들려 드리도록 하겠습니다.

공연히 탕아가 셈에 어두웠던 탓에　　　　無端浪子昧持籌,
그렇게 많은 가산 하루아침에 거덜났네.　佫大家緣一旦休.
장인이 기막힌 꾀 내지 않았더라면　　　　不是丈人生巧計,
부부가 어대 재결합할 수 있었으랴!　　　　夫妻怎得再同儔.

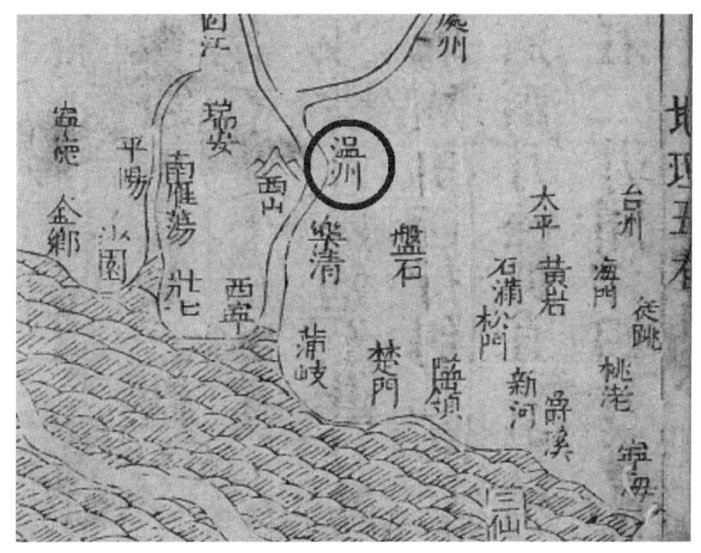

『삼재도회』의 「해운도(海運圖)」에 그려진 온주부(동그라미)

이야기를 들려 드리도록 하지요. 절강의 온주부[10]에 요姚씨 성의 도령이 살았습니다. 부친은 병부 상서[11]이고 장인인 상관 옹上官翁 역시 대단한

10　온주부(溫州府) : 명대의 지명. 지금의 절강성 남부에 자리잡은 온주시(溫州市) 일대에 해당하며, 남쪽으로는 복건성(福建省)과 가깝다.

벼슬아치였습니다. 그는 집안이 부유해서 가산이 만금이나 될 정도였지요. 게다가 사방으로 백 리 안에 있는 밭이며 못, 산림이며 소택이 전부요 씨댁 기업¹이었답니다. 그렇다 보니 요 도령은 매사를 자기 마음대로 했습니다. 그는 대단히 부유하다고 자부하면서 호사를 부리는 것이 습관처럼 되어 있었지요. 기방에 어울려 다니는 친구들과 사귀는 것도 좋아했는데, 그들은 말로 아부를 하고 그를 부추기면서 '예로부터 영웅호걸이라면 생업에 매달리지 않고 손도 시원시원해서 재물을 염두에 두거나음식에 집착하지 않아야 '의협심 넘치는 호걸'이라고 떠들어 대곤 했습니다.¹²

요 도령은 아무래도 젊은 사람이다 보니 그런 솔깃한 말을 하면 두고두고 마음에 새기곤 했지요. 혹시라도 남들이 이해타산을 따지고 돈이들고 나가는 것을 꼼꼼히 따지면서 근실하게 살림을 하는 사람을 보기라도 하면 '악착같은 소인배¹³들은 상종할 가치조차 없다'고 여겼지 뭡니까. 거기다가 글 공부를 게을리하고 과거시험 준비를 할 생각도 하지 않

---

11 병부 상서(兵部尙書) : 명대의 관직명. 지금의 국방부에 해당하는 병부(兵部)의 수장. 육부(六部)는 명대의 대표적인 중앙정부기관인 이부(吏部)·호부(戶部)·예부(禮部)·병부·형부(刑部)·공부(工部)를 아울러 부르는 말이다. 명나라 태조(太祖) 때에 설치된 육부는 처음에는 중서성(中書省)에 예속되었다가 중서성의 철폐와 함께 황제에 직속되었다. 각 부에는 관련 업무를 주재하는 상서(尙書)와 그를 보좌하는 좌·우 2명의 시랑(侍郎)을 중심으로 하되 그 아래에는 낭중(郎中)·원외랑(員外郎)·주사(主事) 등의 관리를 두었다.
12 【즉공관 미비】血氣未定者最喜聞此. 혈기가 아직 팔팔한 이들이 이런 말을 듣기를 가장 좋아하지.
13 【즉공관 방비】也不差. 틀림이 없지.

있습니다. 그러면서 글공부를 하는 선비를 보기라도 하면 얼굴이 벌겋게 달아오르면서 어쩔 줄을 모르면서 참을 수 없을 정도로 미워하면서 멀리 했답니다. 그래서 그저 말재주로 농담이나 떠벌리는 자들만 달변으로 혀를 놀리고 어깨동무를 하며 기분을 맞추면서 하루도 거르는 날이 없었지요. 때로는 용감하고 거친 패거리가 주먹을 휘두르고 힘을 뽐내면서 호걸을 자처하기도 했는데 만나 보면 유난히 신이 나서 이야기를 나눌 때마다 애가 타고 일을 할 때마다 신바람이 나는 것이 아닙니까. 그와 의기가 투합되는 것은 이런 두 부류뿐이었습니다. 이런 자들이 모이면 이번에는 가서 친구들을 불렀는데 자천타천으로 저잣거리의 껄렁한 젊은이들은 모조리 몰려와서 그 위세에 기대어 장기를 발휘하면서 아부를 떨어대었지요. 도령은 사람들과 어울릴 때 배포가 큰 것만 높게 치고 인성이 좋고 나쁜 것은 따지지 않고 모두 거두었습니다. 그렇다 보니 드나들 때마다 그를 떠받드는 사람이 어디 백 명뿐이었겠습니까? 백 명이나 되는 그 사람들은 도령 덕에 자신만 얻어 먹는 것이 아니었습니다. 각자 집안 식구들까지 챙기게 해 주어서 달마다 옷이며 양식까지 나누어 주었지 뭡니까. 요 도령은 그때마다 몹시 기뻐하면서 선심을 쓰는 데에 인색하지 않았지요. 그래서 그 사람들이 그것을 가지고 집으로 가는 모습을 보고 나야 후련해 하는 것이었습니다.

요 도령은 사냥을 즐겨서 빠른 말과 훌륭한 활을 좋아했습니다. 어쩌다가 '어디에 명마가 한 필 있는데 값이 천금이나 나가고 하루에 몇백 리를 달린다' 하고 식객이 말했다고 칩시다. 그러면 요 도령은 당장 부르는

값만큼 은자를 내고 사 오기만 하면 액수가 얼마가 들어도 따지지 않았습니다. 그리고 사 오더라도 겉모습이 보기 좋고 조금이라도 체구가 좀 커야 제 값을 한다고 여겼지요. 그러면서도 누가 '비싸게 샀다'고 토를 달기라도 하면 금방 언짢아하면서 '싸게 산 것'이라고 입씨름을 해야 속이 후련했답니다. 사람들

명대 황제의 사냥 행렬을 그린 『출경입필도(出警入蹕圖)』
속의 말을 탄 만력제의 모습

은 그의 성미를 눈치채고 그가 물건을 사는 광경을 보기만 하면 무조건 다가가서 온갖 아부를 다 떨어대었답니다.

　누가 훌륭한 활에 대해서 이야기를 해도 마찬가지였습니다. 그 집의 식객들은 말재주도 대단하고 아부도 잘 하다 보니 그때마다 사들인 좋은 말이 일이십 필이나 되고 훌륭한 활은 삼사십 개나 되었지요. 요 도령은 가장 좋은 말을 골라서 늘 타고 다녔고 나머지 말들은 생각이 날 때에만 타곤 했습니다. 그러면서 집에 더부살이 하는 식객들과 약속해서 각자 말을 타고 활을 지닌 채로 서로 다른 길로 전속력으로 달려 한 장소에서 만나되 먼저 도착한 사람에게는 상을 주고 나중에 도착한 사람에게는 벌을 주기로 했습니다. 물론 상은 언제나 요 도령이 자기 재물을 내놓았고

벌이라고 해 보았자 벌주 정도일 뿐이었지요. 그래서 요 도령이 먼저 도착하면 다른 사람들은 모두 벌주를 마시고 거기다가 큰 잔으로 요 도령에게 축하주를 바치는 식이었습니다. 때로는 몇 조로 나누어서 각자 사냥에 나서기도 했는데, 얼마 뒤에 한 데에 모여서 잡은 짐승 숫자를 세어서 상벌을 내리기도 했습니다. 상과 벌을 내리는 방법은 말 경주를 할 때와 같은 방식으로, 그 핑계를 대고 즐거움을 누리자는 의도 뿐이었지요.

이런 식으로 한번 모이기만 하면 그때마다 술에 음식에 상벌 등의 명목으로 쓰는 액수만 해도 만만한 것이 아니었습니다. 거기다가 때로는 일제히 말을 달리다 보니 남의 집 농작물을 망치거나 남의 집 가축들을 놀라 달아나게 만들기 일쑤였지요. 요 도령은 세상 물정에 밝은 데다가 씀씀이가 시원시원하고 승부욕도 강한 사람이었습니다. 그래서 더부살이를 하는 식객들은 그들대로 기꺼이 돈을 보태곤 했지요.

"도령님들께서 모처럼 바깥 바람을 쏘이실 때 민초들이 그것을 간절하게 바라게 해야지요. 우리를 원망하게 만들어서는 안됩니다![14] 오늘 혹시라도 남의 집에 손해를 끼친다면 그건 우리 잘못이올시다. 나중에 우리를 멀리서 발견하기만 해도 겁을 집어먹을 게 아니겠습니까? (…) 갑절로 배상해 주셔야 합니다! 그들도 이득이 좀 생겨야 도령님을 칭송하면서 거동하러 나오시기를 간절히 바랄 것이 아닙니까?"

---

14 【즉공관 미비】是好說話, 較生事害民者勝多矣. 맞는 말이기는 하다. 사달을 내고 백성들을 해치는 자들보다는 훨씬 낫지.

그러자 요 도령은 요란하게 고개를 끄덕이면서 말했지요.

"아주 지당한 말씀이오!"

그래서 손해를 본 액수를 계산할 때 더 잘 쳐 주도록 당부해서 훨씬 좋은 값으로 배상해서 그들이 손해 보는 일이 없게 해 주곤 했습니다. 식객들은 식객들대로 몰래 백성들과 짜고 금품이 생기면 똑같이 나누기로 했지요. 그래서 한 몫이 생기면 단단히 챙겨 주기로 약속했답니다. 그리고 나서 액수를 알려 주면 요 도령은 즉석에서 배상을 해 주니 더 이상 뒷말이 없었지요. 그것 역시 사냥 때마다 생기는 뜻밖의 부수입이 되는 경우가 때때로 있었답니다.[15]

요 도령 곁에는 마음이 뿌듯해질 정도로 아주 말재주가 좋은 식객이 두 사람 있었습니다. 하나는 통소 친구인 가청부賈淸夫이고 하나는 무술 교사인 조능무趙能武였지요. 한 사람은 학문을 한 사람은 무술을 맡는 식으로 그 집을 드나들면서 그의 곁을 떠나지 않았답니다. 도령에게 아부하거나 부추기는 자들이야 셀 수 없이 많았지만 크고 작은 일들은 모두 이 두 사람을 거쳐야 성사될 수 있을 정도였지요. 두 사람은 장단이 아주 질 맞았습니다. 그래서 도령이 조금만 팔기만 해도 다들 챙길 것이 생겼답니다.

---

15 【즉공관 미비】公子雖敗, 乃好人也. 도령이 탕아이기는 하지만 그래도 좋은 사람이기는 하지.

명대 화가 당인(唐寅)이 그린 『취소사녀도(吹簫仕女圖)』(중국 남경박물관 소장)

그러던 어느 날이었습니다. 요 도령이 사냥을 나갔는데 풀섶에서 토끼 한 마리가 놀라서 뛰어나오지 뭡니까. 그 토끼가 깡충깡충 날듯이 뛰어가자 요 도령은 말을 달려 쫓아 갔습니다. 그러면서 연거푸 화살을 두 대 쏘았으나 맞지 않았지요. 그 사이에 마침 후발대가 그를 따라오고

조능무가 화살을 쏘아 명중시켜 토끼를 쓰러뜨렸습니다. 그러자 요 도령은 손뼉을 치면서 큰소리로 웃는 것이었지요. 그런데 토끼를 쫓아오는 데에 몰두하여 멀리까지 달려왔더니 배가 고프지 뭡니까. 그래서 사방을 둘러보니 산천이 빼어난 것이 풍광이 무척 훌륭했습니다. 그런데 아쉽게도 황량한 들판이다 보니 술집도 밥집도 보이지 않는 것이었지요. 가청부와 젊은이들이 그 뒤에 모두 도착해서 이렇게 말하는 것이었습니다.

"참 근사한 곳이로군요! 다들 모여서 술이라도 한 잔 해야겠는 걸?"

요 도령은 요 도령대로 신바람이 나서 주체할 수가 없지 뭡니까. 그래

서 뒤 따라 온 사람들에게 물어 보니 수중에 은자를 지닌 이도 있고 엽전
을 지닌 이도 있는데 술과 안주는 구할 길만 막막했습니다.

능몽초가 『박안경기』를 집필하던 명대 말기 숭정 연간에 유통되었던 엽전
숭정통보(崇禎通寶)의 앞면(좌)과 뒷면(우)

"눈 앞에 이렇게 있는데 왜 안주가 없다고 속상해 하십니까?"

조능무가 이렇게 말하자 사람들이 말했지요.

"뭐가 있는데요?"

"방금 활로 잡은 토끼 말입니다. 불을 좀 구해서 구우면 도련님께서 안
주로 드시기에 충분하지요."

그러자 가청부가 말하는 것이었습니다.

"만약 술이 필요하다면야 날쌘 말의 도움을 빌리면 됩니다. 대여섯 리 길을 달려 마을을 만나면 어쨌든지 좀 구할 수는 있겠지요. 물론 많이 가져 와서 실컷 미실 수야 없겠지만 말입니다."

그래서 요 도령이 말했지요.

"이번에는 좀 적어도 괜찮습니다."

이렇게 상의를 하고 있을 때였습니다. 가만 보니 길 옆에 웬 사람들이 보이지 뭡니까. 늙은이와 젊은이가 섞여 있고 손에 각자 물건을 하나씩 들었는데 다가와서 인사를 하더니 말하는 것이었지요.

"저희들은 시골의 하찮은 민초들로, 대갓집 귀한 분은 뵌 적이 없었습니다. 헌데 오늘 뜻밖에도 도련님께서 예까지 귀한 걸음을 하셨군요. 외람되지만 외·과자·닭·기장이며 시골 술과 채소 몇 가지를 좀 챙겨 왔습니다요. 약소하지만 일행 분들 하고 같이 한 끼 드시지요!"

술과 안주 이야기를 들은 요 도령은 반가운 표정이 역력했습니다. 그는 자신을 따라 온 사람들을 뒤돌아 보면서 말했지요.

"세상에 이런 공교로운 일이 다 있고, 이런 경우 밝은 사람들이 다 있구려!"

그러자 가정부 등도 다같이 손뼉을 치면서 말하는 것이었습니다.

"이게 모두 도령님께서 행운을 타고 나셔서 그런 게지요! 술과 음식이 제 발로 굴러 들어왔으니 신령님들께서 도와주신 셈입니다!"

그리고는 다들 말에서 내려 음식들을 가지런히 벌여 놓고 땅바닥에 앉았지요. 그러자 시골 사람들이 말하는 것이었습니다.

"도령님께서 거친 음식을 마다하지 않으신다면 … 차라리 이 길로 저희 집까지 가셔서 제대로 앉아서 드시지요. 의자도 식탁도 다 있습니다요. 에서 이렇게 풀밭에서 술을 드시는 건 … 체통에 어울리지 않습니다요!"

그러자 사람들도 다같이 말했습니다.

"좋아요, 좋아! 아주 경우가 밝은 양반이로군!"

시골 사람들은 굽신거리면서 앞에서 길잡이를 서고 사람들은 요 도령 뒤를 따라서 우루루 초가로 들어 왔습니다. 그 집은 안이 비좁기는 해도 꽤 깨끗했지요. 그래서 의자와 식탁을 늘어 놓고 그 중에서 좀 멀쩡한 오래 된 의자를 하나 골라서 요 도령이 앉았지요. 나머지 사람들은 의자에 앉기도 하고 걸상에 앉기도 했습니다. 또 어떤 사람은 벼훑기[16]를 끌어다가 작은 걸상 삼기도 하면서[17] 옹기종기 모여 앉았지요. 그렇게 술과 음

벼 훑기

식을 먹노라니 저절로 신이 나는 것이었습니다. 그 집의 남녀노소가 잇따라 음식을 내오자 가정부가 이어서 사냥용 북을 두드리면서 말했습니다.

"술을 좀 많이 내 오시오. 실컷 좀 먹어 보게 말이요. (…) 도령님께서 남한테 폐는 끼치지 않는 분이올시다!"

그러자 그 집 식구들은 빚어 놓았던 술을 쉴 새 없이 데워 오는 것이었습니다. 급기야 몸을 주체할 수도 없을 정도로 먹어 대다 보니 배가 다 터질 지경이지 뭡니까. 시쳇말에 이런 말이 있지요.

"굶주린 사람은 먹게 만들기 쉽고   饑者易爲食,
목마른 사람은 마시게 하기 쉽지."[18]   渴者易爲飮.

---

16 벼훑기[稻床] : 수확한 벼를 내려쳐서 알곡을 훑는 데에 사용하던 도구.
17 【즉공관 미비】也自有興. 신이 절로 나는구만.
18 굶주린 사람은 먹게 하기 쉽고~[饑者易爲食, 渴者易爲飮] : 『맹자(孟子)』「공손축 상(公孫丑上)」에 나오는 말. 원래는 난리를 겪고 나면 선정을 베풀기가 수월하다는 뜻이다. 나중에는 사람들이 급하게 필요한 물건에 쉬이 만족하는 모습을 두고 하는 말로 사용되기도 하였다.

사람이란 보통은 배를 주리고 목이 마를 때 음식이 맛있다고 여기는 법입니다. 거기다가 신바람까지 한번 났다 하면 안주며 반찬이 좀 누추하거나 닭고기가 좀 기름기가 많거나 술맛이 좀 떨어지더라도 전혀 가리지 않지요. 세상 최고의 산해진미에 최고의 술로 여긴다 이겁니다!

요 도령이 몹시 즐거워하자 식객들은 저마다 한 마디씩 아부를 해 대었습니다.

"이렇게 기분을 잘 맞춰 주는 주인장한테는 … 아주 단단히 보답을 하셔야 겠습니다!"

"그거야 당연하지요!"

이렇게 말한 요 도령은 가청부를 시켜서 주인에게 값을 쳐서 돈을 주게 했습니다. 청부는 그 방면에는 도사였습니다. 그래서 몇 마디를 더 거들었더니 요 도령은 요 도령대로 세 갑절로 보상해 주게 하는 것이었지요. 그러자 집사와 사람들은 삼분의 일은 자신들이 챙기고 삼분의 이만 주인에게 주었습니다. 그러나 그

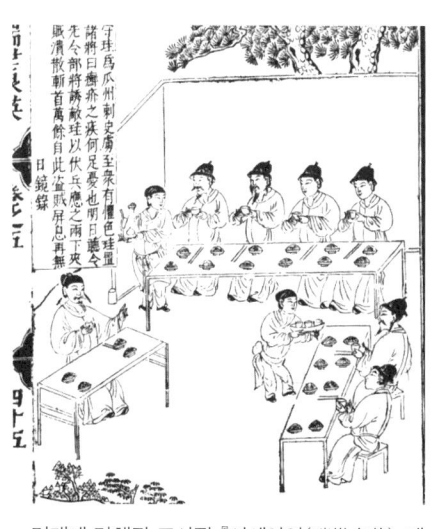

명대에 간행된 고사집 『서세양영(瑞世良英)』에 묘사된 잔치 장면

집 식구들이야 본전만큼의 이문[19]을 더 챙긴 셈인데 반가워하지 않을 턱이 있나요?

그리고는 요 도령이 말을 타고 돌아갈 때가 되었습니다. 그러자 늙은이 젊은이 할 것 없이 모두 말 앞으로 몰려 와서 고맙다고 절을 하면서 함께 요 도령을 배웅해 주는 것이었지요. 요 도령은 더더욱 즐거워하면서 말했습니다.

"이 집 식구들이 이렇게 극진하구려!"

"존경심만 있는 것이 아니라 예절까지 바르군요!"

조능무가 이렇게 말하자 요 도령은 또 뒤의 사람을 시켜 그에게 상을 주었습니다. 그러자 집사가 말에 채찍질을 해서 앞으로 오더니 말했습니다.

"상을 얼마나 … 드릴까요?"

그래서 요 도령이 은자 보자기를 열게 해서 보았더니 겨우 몇 냥 어치의 은자 부스러기뿐이지 뭡니까. 어디 몇백 덩이에 그치겠습니까!

---

19 본전만큼의 이문[對合利錢] : '대합(對合)'은 이문이 밑천과 비등한 수준인 것을 두고 하는 말이다. 『박안경기』(초각) 제1권에도 같은 표현이 보인다. "下等的無金無字畫, 將就賣幾十錢, 也有對合利錢, 是看得見的."

은자 부스러기

"많이 주게나! 뭘 많네 적네 따지는가!"

그러면서 요 도령이 한 손으로 들어 올렸습니다.[20] 그랬더니 은자가
우수수 떨어지면서 텅 빈 보자기만 남았습니다. 그 집 늙은이와 젊은이
들은 은자가 땅에 떨어지는 것을 보더니 다들 몰려 들어 나꿔 채려고 하
는 것이었지요. 지체가 높고 낮고 나이가 많고 적고를 따질 것도 없었습
니다. 다들 옷자락을 잡아 당깁네 서로 머리를 찧고 부딪칩네 아주 난리
가 아니었지요. 잽싼 자는 큰 덩어리를 줍고도 또 챙기려 들고, 굼뜬 자
는 손에 집으려다가 어느새 눈썰미 좋은 자한테 **빼앗기고** 마는 것이었습
니다. 늙은이는 몸을 벌벌 떨면서도 한 덩어리를 집더니 죽어도 놓지 않

---

20 **【즉공관 미비】** 公子氣質. 부잣집 도령들 습성이지.

았지요. 그 바람에 둘이서 땅바닥에 나뒹굴기까지 했습니다.

요 도령은 그 꼴을 보더니 식객들과 함께 말 위에서 손뼉을 치고 껄껄 웃으면서 말했지요.

"세상에 아무리 즐거움이 많다 해도 오늘만은 못하구나!"

요 도령은 이번에 상금을 좀 들이기는 했지만 부자 행세 한번 톡톡히 했지 뭡니까요. 그 집 식구들은 그 식구들대로 고생을 좀 하기는 했지만 챙긴 이득이 많았습니다. 그 소식은 널리 퍼져서 시골 사람들은 인연이 닿지 않아 요 도령을 마주칠 기회가 없는 것을 안타까워 할 뿐이었지요.

이 날 이후로 요 도령이 나들이를 한번 나갔다 하면 어김없이 누가 먼저 말이 향하는 방향을 확인하고 마을에서 술과 음식을 장만해서 앞다투어 몰려와서 대접을 하려고 난리였답니다. 그야말로 :

동쪽으로 말 달리면	東馳,
서쪽 사람들 벌써 음식을 준비해 놓고	西人已爲備饌,
남쪽으로 사냥 나가면	南獵,
북쪽 사람들 벌써 음식을 차려놓으니	北人就去戒廚.
병사들에게는 식량이 넉넉하고	士有餘糧,
말들에게는 여물이 남아 도는구나.	馬多剩草.

방탕한 도령이 많은 돈을 거침없이 써 제끼다

한 사람이 부르면 백 사람이 대답하니	一呼百諾,
뒤돌아 보는 그 모습 빛이 나는구나!	顧盼生輝.
이쪽은 배웅하고 저쪽은 마중하지만	此送彼迎,
존경과 영광은 둘 다 얻을 수 없는 법.	尊榮莫並.
그가 밖에 나와 몇십일째 즐기더라도	憑他出外連旬樂,
굳이 미리 야영할 장비 챙길 필요도 없단다.	不必先營隔宿裝.

요 도령이 떴다 하면 어디든지 다 이런 식이었습니다. 그 사람들은 기를 쓰고 받들어 모시고 도령은 도령대로 더 적극적으로 보답했지요. 그러면서도 겸연쩍었던지 이렇게 말하는 것이었습니다.

"상이 너무 약소해서 저들의 두터운 호의에 제대로 보답할 수가 없구려!"

식객들은 그러면 일제히 기를 쓰고 도령을 칭찬하고 아부해 대었습니다.

"그들은 지체 낮은 민초들입니다. 지금 어디를 가면 쉴 천막을 대령합네 집기를 준비합네 하면서 도령님을 받들어 모시니 그야말로 군왕의 경우보다 더 대단합니다! (…) 만약 큰 상이 아니라면 무엇으로 보답을 하시겠습니까요!"

"맞는 말씀입니다!"

그럴 때마다 상을 주고 또 주니 인파는 규모가 점점 늘어날 뿐 줄어드는 기색이 없었습니다. 그런데 알고 보니 이 속임수는 죄다 일부 식객이 민초들과 결탁을 하고, 그런 다음에 가청부와 조승무가 먼저 나들이 갈 방향을 정하고 약속을 빈틈없이 잡았던 것이었지 뭡니까요. 그래서 도령 일행이 가는 곳마다 바라는 대로 되지 않는 경우가 없었던 거지요. 상금을 받을 때에도 최대한 나누어 주었습니다마는 매번 '좀 더 주라'며 부추기기에 바빴습니다.

그런데 친척들 중에는 물정에 밝은 장삼 옹張三翁이라는 사람이 있었습니다. 그는 요 도령이 날마다 그렇게 돈을 쓰는 것을 보고 몹시 아깝게 여겼지요. 그는 당초에 상서 대감 관련 일을 처리하러 왔을 때 우연히 요 도령을 만난 적이 있었습니다. 그때 이렇게 설득했지요.

"댁에 가산이 많기는 하오마는 돌아가신 상서께서도 벼슬살이로 얻은 공금에만 의존하지 않고 대부분은 꼼꼼하게 집안을 꾸리셨소이다. (…) 이 늙은이가 예전에 뵈었을 적에는 돌아가신 상서께서 아침 일찍 일어나 밤 늦게 주무시면서도 주판과 천칭과 문서·장부들을 손에서 놓는 법이 없으셨소이다. 남이 조금이라도 덜 낸 돈이 있으면 기어이 찾아내서 얼굴을 붉히면서까지 입씨름을 하곤 하셨소. 그러다가 조금이라도 이익이 생기면 기쁜 표정이 얼굴에 역력하셨지요.[21] 그렇게 모은 가산이니 쉽게

---

21 【즉공관 미비】尙書如此, 原是不祥之兆, 然尙書不如此者寡矣. 상서라는 양반이 이렇게 처신한다는 것부터가 상서롭지 못한 징조이다. 그렇기는 하지만 상서로서 이런 경우는 드

모은 것이 아니지요. (…) 지금 도련님은 아주 손 크게 돈을 펑펑 쓰더니 … 어렵게 모으셨던 돌아가신 상서 대감과는 너무도 다르시구려!"

명대의 주판

그러자 요 도령은 얼굴이 벌게져서 대답을 하지 못했습니다. 그러자 가청부와 조능무 등의 술친구들이 큰 소리로 말하는 것이었지요.

"그런 천박하고 비루한 말을 어떻게 도련님 앞에서 하실 수가 있소! (…) 도련님은 우리나라의 영웅호걸이신데 그깟 재물 따위를 안중에 두실 턱이 있겠소? 더욱이 그런 일은 하늘께서 하시는 일이지 사람이 마음대로 할 수 있는 일이 아니올시다! 이태백[22]이 '하늘께서 내게 재주를 주

_____

물겠지.
22 이태백(李太白) : 당대의 시인인 이백(李白, 701~762)을 말한다. 촉군(蜀郡) 창륭현(昌

신 것은 언젠가는 쓸 데가 있어서이니, 황금도 다 쓰고 나면 되돌아 다시 오는 법[23]'이라고 한 말도 안 들어 보셨소? (…) 돌아가신 상서께서 그렇게 이익에 집착하신 일이야말로 잘못된 일이지요.[24] 도령님이 상서님 모습을 본받지 않고 왕년의 잘못을 모두 고치셨으니 이거야말로 도령님의 남다른 모습입니다. '영웅호걸'께서는 조금도 거리낌이 없으신데[25] 농삿군 영감님이 뭘 안다고 이러시오?"

요 도령은 그 말을 듣고서야 의기가 양양해져서 마음을 놓는 것이었지요. 장삼 옹은 '안되겠다' 싶었던지 이 소인배들이 버티고 있는 이상 아무리 좋은 말을 해 봤자 먹혀 들지 않을 거라고 여기고 더 이상 말을 하지 않았답니다.

요 도령은 그들에게 이런 식으로 몇 년 동안 우롱당한 끝에 결국 빈털

降縣, 지금의 사천성 청련향) 태생으로, 호는 청련거사(青蓮居士)이며 '태백'은 그의 자이다. 박학다식한 데다가 시를 짓는 데에도 남다른 천재성을 발휘하여 중국은 물론 한국 · 일본에까지 명성이 자자하였다. 술을 즐겨서 늘 술에 취한 채 시를 읊었기 때문에 '주선(酒仙)'으로 불려질 정도였으며, 대표작으로는 「장진주(將進酒)」 등이 있다. 황제 현종(玄宗)이 총애하는 양 귀비(楊貴妃)를 예찬하는 시를 짓게 하자 술김에 황제의 내시이자 당시의 권력자인 고력사(高力士, 684~762)에게 자신을 부축하게 한 일화는 유명하다. 고대 중국에서는 양조업자는 술을 처음으로 발명한 두강(杜康)을 수호신으로, 술을 파는 사람들은 이백을 수호신으로 섬겼다고 한다.

23 하늘께서 내게 재주를 주신 것은~[天生我材必有用, 千金散盡還復來] : 이백이 지은 당시들 중 대표작 「장진주」에 나오는 말. 하늘이 세상에서 쓰라고 이백에게 재능을 주었으니 재물도 아무리 써도 그 재능을 발휘할 수 있도록 결국은 이백에게로 돌아올 것이라는 낙관적인 인생관을 반영하고 있다.

24 【즉공관 방비】說得有理的. 일리 있는 말이다.

25 【즉공관 방비】好聽. 솔깃한 말이로군.

터리가 되어서 수중에 돈도 제대로 쥐어 볼 수 없게 될 판이었습니다. 소유하고 있던 곳간이며 집과 장원 건물 안에 쌓아 놓았던 쌀이며 곡식들은 은자로 바꾸어 쓰기도 하고 즉시 쌀을 내다가 은자 대신 쓰기도 하고 때로는 미리 거기에 은자를 옮겨서 썼다가 가을에 수확을 한 쌀로 갚기도 했지요. 그러나 그래 봤자 윗돌 빼서 아랫돌 괴는 식으로 바라는 대로 되는 것이 없지 뭡니까. 요 도령이 속이 다 후련하게 써 보려 해도 밑천이 다 드러나서 민망할 정도였습니다. 식객들은 요 도령이 부동산을 전혀 건드리지 않는 것을 보고 속으로 생각했지요.

'그쪽으로 궁리할 거리가 아주 많은 걸?'

그래서 가청부·조능무 두 사람과 상의한 끝에 요 도령을 찾아와서 이렇게 계책을 내는 것이었습니다.

"이런 기막힌 수가 있으니 도령님께서도 더 이상 쓸 은자가 없다는 걱정일랑 하지도 마십시요!"[26]

요 도령은 그렇지 않아도 은자가 부족해서 걱정하고 있던 차였습니다. 그런데 그 말을 듣고 나니 반가워서 물었지요.

---

26 【즉공관 방비】先扼其要. 기선을 제압하는 격이로군.

"어떤 기막힌 꾀가 있으시길래요?"

그러자 가청부·조능무 등이 손짓 발짓을 다 해 가면서 말했습니다.

"도령님께서는 가진 땅 마지기가 끝없이 펼쳐져서 땅이 우리 고을의 절반은 될 정도이시지요. 도령님 발자국이 닿지 않는 곳이 얼마나 될지 모를 정도 아닙니까.[27] 그 많은 땅들은 대개가 모두 상서 대감께서 권세를 가지고 계실 때에 민초들이 바치거나 부자들이 기부한 것들이지요. 애초부터 전부가 은자를 치르고 사신 건 아닌 셈이지요. 값을 치루고 산 땅들조차 빚과 이자를 따져서 받은 것들이니 누가 값을 깎으려 들겠습니까. 어떤 경우는 인적이 끊기고 그저 척박한 땅마지기만 남아 있던 것들을 하는 수 없이 이 댁 명의로 거두어 들인 것도 있으니 가치는 애초부터 낮았지요. 그래서 지금 황폐해져 땅만 많고 개간한 땅은 적은 데다가 큰 이문은 없고 돈과 양식이 절박해지신 겁니다요! 이런 문제들을 남겨 놓는다면 상당한 부담이 될 테지요. (…) 도령님께서 보시기에는 한낱 흙에 불과합니다. 하지만 민초들 입장에서는 그것을 얻으면 스스로 힘써 농사를 지을 수가 있으니 그거야말로 쓸모가 생기게 되는 셈이겠지요. (…) 도령님께서 만약에 그 땅들을 상금으로 삼으신다면 흙을 모두 은자처럼 쓰시는 격이 아니겠습니까?[28] 그렇게 되면 스스로 돈이나 양식 걱정도 덜게 될 테지요!"

---

27 【즉공관 미비】 焉得不敗. 그러니 어떻게 패가망신 하지 않을 수가 있겠는가!
28 【즉공관 미비】 中聽. 솔깃하군.

"내가 가장 힘든 일이 늘 와서 날더러 돈을 내라 곡식을 내라 사정하는 자들이요. 귀찮아서 못 살겠어! 이번에 그 땅들을 가져다 떠맡기고 은자 삼아 쓰게 한다닌 … 그기야말로 아주 쉬운 일이 되겠구려!"

명대 토지계약서 예시. 말기인 천계 7년(1627)에 작성된 것이다(호북성 당안관 소장)

이때부터 요 도령은 은자를 써야 할 때마다 토지매매 계약서만 써서 전답을 넘겨주곤 했습니다. 전답을 받는 쪽에서야 속으로는 간절하게 바라고 있었습니다. 그러면서도 짐짓 바라지 않는 척 '차라리 현물을 받는 편이 낫다'고 둘러 대는 것이었지요.[29] 식객들은 식객들대로 일부러 몇 번이나 설득하면서 그들에게 억지로 계약서를 가져가게 했지요.

요 도령은 그때마다 '받지 않으면 어쩌나' 싶어서 망설이고 불안해 했습니다.[30] 그러다가 그들이 계약서를 받아가고 나서야 마음을 놓곤 했지

---

29 【즉공관 미비】 好做法. 좋은 방법이지.
30 【즉공관 방비】 好人. 좋은 사람이다.

요. 그가 소유한 좋은 전답이나 땅들 중에서 부자들이 가지고 싶어 하는 것들이 있을 때에는 미리 가청부와 조능무에게 와서 알렸습니다. 그리고는 사냥을 핑계로 길을 돌아서 그 부잣집에 들렀을 때 극진하게 술과 음식으로 대접했지요. 심지어 자기 아내나 아들까지 바치는 일까지 있을 정도였습니다. 또 어떤 경우에는 기생을 집안에 데려다 놓고 있다가 아내나 딸로 속여서 요 도령에게 수작을 걸게 하기도 했답니다.[31]

물론, 요 도령도 그런 속임수를 어느 정도 눈치채기는 했습니다. 그러나 그대로 밀어붙여서 스스로 의기양양하게 여겼지요. 그리고 술자리가 끝나고 길을 나서려 하면 요 도령에게 계약서를 상으로 써 줄 것을 부탁했습니다. 그런데 도령이 글자를 쓰려고 하는데 손이 그다지 말을 듣지 않지 뭡니까. 그러자 식객들 중에 글을 잘 쓰는 자가 냅다 그 붓을 잡았지요. 한 사람은 돈을 세고 한 사람은 장부를 뒤지면서 내역을 다 작성한 다음 도령에게 서명을 부탁했습니다. 요 도령은 그 전답이 어디에 있는 것인지도 모른 채 좋은 것이든 나쁜 것이든 비싼 것이든 싼 것이든 서명을 하라고 하는 족족 다 해 주고 말았습니다. 거기다가 어떤 때에는 거꾸

---

31 【즉공관 미비】盲鰍. 눈 먼 미꾸라지로군.

'눈 먼 미꾸라지(맹추)'는 명·청대 소설이나 희곡에 더러 등장하는 유행어로, 그 정확한 뜻은 알 수가 없다. 다만, 관련 용례들을 분석해 볼 때 우리 말의 '맹추'와 비슷하게 제 구실을 하지 못하여 아무 짝에도 쓸모가 없는 사람을 가리키는 것으로 보인다. 명대 말기의 소설가 풍몽룡이 엮은 화본소설집『경세통언(警世通言)』제12권에서 "도적의 무리는 그가 매사에 기를 못 펴는 것을 보고 그의 '추아'라는 별명에 맞추어 '눈 먼 미꾸라지 범가(범맹추)'라고 고쳐 불렀는데 그가 아무 짝에도 쓸모가 없는 것을 비웃자는 의도였다(賊黨見他凡事畏縮, 就他鰍兒的外號, 改做范盲鰍, 是笑他無用的意思)"라고 한 것이나, 청대 초기의 극작가인 원우령(袁于令, 1592~1672)이 지은『서루기(西樓記)』에 나오는 대사에서 "이 자는 눈 먼 미꾸라지올시다. 그저 사고나 칠 줄 알지요(這個人是盲鰍, 只管亂撞)"라고 한 것이 그 증거이다.

로 은자를 몇 냥 거슬러서 도령에게 쓰라고 주었는데[32] 도령은 거저 생긴 것이라도 되는 양 유난히 기뻐하는 것이었습니다. 이런 식으로 여러 번 하다 보니 요 도령은 서녕하는 것도 귀찮지 뭡니까. 그래서 가청부를 보고 말했지요.

"요즘은 은자를 가지고 나올 것도 없이 글만 한 장 써 주면 되니까 꽤 수월하구려. 그건 그런데 … 날더러 기어이 붓을 잡고 서명을 하라고 해서 좀 지겹소이다."

"우리 같은 사람들이야 창이나 곤봉을 날렵하게 놀릴 수가 있습니다마는 … 이 붓만큼은 참 얄미울 정도로 무겁기는 하지요!"

조능무가 이렇게 말하자 가청부도 말했습니다.

"그건 문제가 되지 않습니다. 나한테 계책이 하나 있으니 … 다들 수고를 덜 수 있을 겝니다!"

"무슨 계책인데요?"

그러자 가청부가 말하는 것이었지요.

---

32 【즉공관 방비】 *妙處*. 기막힌 대목이로고!

"매매계약서의 상투적인 문구들을 목판에다 새기는 거지요. 연·월·일·시는 비워 두고 백 장을 찍어서 곁에 놓아두고 … 그때그때 땅의 위치며 규모가 얼마나 되는지만 적어 넣은 다음 날짜를 적으면 그만이지요! (…) 도령님의 서명[33]도 … 따로 하나 새겨 놓았다가 찍기만 하면 되니 … 얼마나 수월합니까요?"

서명을 새겨 놓은 원대의 화압인(花押印). 붕어 모양의 도장에 왕씨 서명이라는 뜻의 '왕압(王押)' 두 글자가 새겨져 있다

"기막히군요, 기막혀! 그런데 한 가지 … 매매계약서를 목판에 새기면 좀 안다 하는 자들이 나를 비웃을 것이 뻔한데 … 내가 그 작자들한테 일일이 해명할 여력이 어디 있겠습니까? 내가 구호口號를 한 수 지어서 그

---

33 서명[花押] : '화압(花押)'은 각종 문서에 본인임을 알 수 있도록 자신의 이름이나 직함 아래에 자필로 쓰는 일정한 서명(signature)이다. 토지·노비·가옥 등의 매매 문서나 권리관계를 밝힌 문서를 작성할 때 문서의 공적인 효력 및 신뢰를 위해 사용하였다. 수례(手例)·수압(手押)·수결(手決)·수촌(手寸)·서압(署押)·화서(花書)·화자(花字)로 불리기도 했으며, 줄여서 '압(押)'이라고 부르기도 하였다.

뒤에 새겨 놓지요. 그러면 남들이 그걸 보고 내 뜻이 얼마나 깊은지, 그들처럼 옹졸하지는 않다는 것을 깨달을 겁니다!"[34]

"어떤 구호입니까?"

"내가 읊을 테니까 두 분이 적으십시오.

천년 동안 전답 주인 팔백 명이 넘는 법	千年田土八百翁,
어째서 기를 쓰고 자웅을 겨루려 하나?	何須苦苦較雌雄.
고금에 부유하고 고귀한 자 그 누구였나?	古今富貴知誰在,
당·송 천하도 결국은 헛된 일 되었단다.	唐末山河總是空.

갈 때가 올 때 같이 쉽고	去時却似來時易,
그것 없는것이 그것 있는것과 같으니	無他還與有他同.
내가 선조의 기업 말아먹었다 남이 비웃으면	若人笑我亡先業,
내 그들을 꿈 속에서 비웃고 말리라."[35]	我笑他人在夢中.

도령은 시를 다 읊고 나서 한 식객에게 그것을 적게 했습니다. 그러자 가청부가 말하는 것이었지요.

---

34 【즉공관 미비】也只是好名之心重. 오로지 명성을 좋아하는 마음이 커서인 게지.
35 【즉공관 미비】此原傳中詩也. 多是達人口氣, 不似凝敗人語. 이것이 소설 원전에 소개된 시이다. 모두가 달인의 말투이지, 집착이 강한 파락호의 표현은 아니다.

"도령님께서는 하시는 말씀마다 명언이십니다! 이 정도면 부귀영화를 못 누릴까 걱정하실 것이 어디 있겠습니까? 자잘한 전답 따위에 미련을 가지실 것도 없겠습니다! 만약에 이 멋진 작품을 목판에 새기시고 남들이 그것을 한 장씩 가져간다면 도령님께서는 그럴 때마다 명성을 떨치게 되실 겝니다!"

요 도령은 몹시 기뻐하면서 그의 말대로 목판에 새겼습니다. 그래서 날마다 열 장 정도씩 찍어내서 가청부와 조능무 두 사람이 지니고 다니다가 상을 달라고 하는 사람을 마주칠 때마다 그것을 꺼내서 몇 글자를 적고 서명을 찍으면 바로 계약한 것으로 치기로 했지요. 요 도령은 웃으면서 말했습니다.

"정말 간편하군요! 이제 다시는 붓을 잡을 필요가 없겠어요! 속이 다 시원하군 그래!"

그 중의 식객들은 식객들대로 개인적으로 그 계약서가 필요할 때마다 직접 글자를 적고 몰래 서명을 도용하는 일이 훨씬 수월하게 되었지요.

그렇게 한 동안 시일이 지났건만 요 도령은 날마다 그렇게 몇 장 씩 적어 주는 것을 지켜만 볼 뿐 전혀 마음에 두지 않았습니다. 그러나 '살갗 밑으로 살이 빠지는 것'[36]을 어떻게 알 수가 있겠습니까! 전답은 몽땅 벌써 바닥나 버렸건만 요 도령은 그때까지도 눈치를 못 채고 있었지요. 공급이 여의치 않아 쌀이며 양식을 조달할 수 없게 되자 목판의 문서는 제쳐 놓고 쓰지 않다 보니 쓸 돈을 좀 구하려 해도 달리 얻을 데가 없었습니다. 급기야 하인들에게 '어째서 밭을 좀 팔아서 충당하지 않느냐'고 묻고 나서야 전답이 전부 다 사라진 것을 알았답니다.

식객들 중에서 요 도령이 좀 쪼들리는 것을 눈치채거나 거기다가 도령 덕분에 살림을 잘 해서 먹고 살게 된 사람들은 차츰 흩어지더니 다시는 그를 찾지 않았습니다. 유독 가청부와 조능무 두 사람만은 도령을 등쳐서 자기들 집에 온갖 재물을 다 재어 놓고도 '낙타는 아무리 야위었어도 고기가 천 근은 된다'[37]라는 생각으로 여전히 미련을 가지고 그 곁을 떠나지 않고 있었지요. 둘은 요 도령에게 '큰 집을 처분하시라' 부추기면서 중개비를 챙기는가 하면 그에게 작은 집을 사 주고 수고비를 받기도 했습니다. 거기다가 이사 간 새 집을 마음에 들어 하지 않자 이번에는 집을 개조하고 자재를 사들이는 데에 드는 돈까지 그에게 뒤집어 씌웠지요.

그렇게 그럴싸하게 짓고 나자 이번에도 수중에 돈이 딸리지 뭡니까. 요 도령은 '집안에 식객들이 줄어든 마당에 그렇게 많은 말은 불필요하다' 싶어서 두 사람에게 부탁해서 그 말들을 처분하게 했습니다. 이때도 값이 원가보다 십분의 일이 수준이었지요.

---

36 살갗 밑으로 살이 빠지는 것[皮裏走了肉] : 명대의 속담. 겉은 멀쩡해 보이지만 속으로는 사실상 기력이 다한 상황을 가리킨다.
37 낙타는 아무리 야위었어도 고기가 천 근은 된다[瘦駱駝尚有千斤肉] : 명대의 속담. 형편이 넉넉한 대갓집은 도중에 망해도 저력이 있다는 뜻이다. 우리나라의 "썩어도 준치"라는 속담과 비슷한 의미라고 할 수 있다.

명대의 목판인쇄물. 능몽초의 서사에서 펴낸 『후한서찬(後漢書纂)』

"어째서 차이가 그렇게 많이 납니까?"

요 도령이 물었더니 두 사람이 말하는 것이었습니다.

"그렇게 오래 타고 그렇게 많이 다녔으니 값어치가 떨어질 수밖에요."

그 말에 요 도령도 더 이상 추궁을 하지 않고 은자를 보자 일단 그 돈 부터 가져다 쓰는 것이었지요. 당초에 자신이 탈 요량으로 남겨 두었던 좋은 말 두세 필도 나중에는 상을 줄 데도 없고 종복도 줄어 들자 사냥을 다니려던 마음일랑 일찌감치 서른세 층이나 되는 높은 누각에 팽개치고 마는 것이었습니다.[38]

어쨌거나 말을 쓸 일도 없거니와 말을 먹이고 기르는 데에 힘도 들다 보니 가청부와 조능무 역시 방법을 강구해서 처분해 버렸습니다. 그러나 값이 얼마 나가지 않는 데다가 그 돈이 전부 도령 수중으로 간 것도 아니었지요. 그러니 그 돈을 언제까지 쓸 수 있겠습니까? 이번에도 상의를 한 끝에 새로 꾸몄던 그 집을 처분할 수밖에 없었습니다. 기껏 그렇게 잔뜩 꾸며 놓았더니 막상 급하게 처분할 때에는 겨우 당초의 집값만 손에 쥘 수 있을 뿐이었지요. 그 새 집을 떠나고 나서는 남의 집에 세를 들어 사는 수밖에 없었습니다. 그동안 집안에 있던 낡은 물건[39]이며 집기들도 놓아 둘 곳이 없자 값을 반이나 깎아서 아주 헐값에 전부 넘겨 버리고 말았지요.

세를 사는 집으로 입주할 때에 이르러서는 가청부·조능무 둘도 발길을 멈추었습니다. 오로지 아내인 상관上官씨만 요 도령의 곁을 지킬 뿐이었지요. 당초 방탕한 생활을 즐길 당시 몇 번이나 설득해도 쇠귀에 경 읽기이더니 결국은 사이가 틀어지고 말았습니다. 그러나 나중에는 이야기

---

38 서른세 층이나 되는 누각에 쌓아 두고 마는 것이었습니다[疊起在三十三層高閣上了] : 명대의 구어식 표현. '서른세 층이나 되는 누각'은 까마득히 높은 누각으로 엄두도 내지 못하는 것을 가리킨다. '첩기(疊起)'는 '접다'라는 뜻이어서 특정한 일을 아예 포기하고 뒷전에 제쳐 놓는다는 의미를 나타낸다.
39 낡은 물건[牢曹] : '뇌조(牢曹)'는 명·청대의 강남 방언으로, 쓸모 없는 낡은 물건들을 가리킨다.

를 해 봤자 아무 소용이 없다는 것을 깨닫고 그가 하는 대로 내버려 둘 뿐이었지요. 상관씨도 잘 사는 집안 출신이다 보니 그저 남이 차려 주는 차며 밥이나 먹을 줄 알 뿐이었지요. 일머리도 없을뿐더러 쌈짓돈을 챙겨 놓은 적도 없었던 거지요. 그렇다 보니 요 도령에게 돈이 있을 때에는 그녀 역시 써야 했고 요 도령에게 돈이 없을 때에는 그녀 역시 쥔 돈이 없답니다. 두 사람은 셋집에서 지내면서 일단 지난번에 집을 판 돈을 가지고 버텼습니다.

그러다가 거리에 나왔다가 왕년의 식객들을 마주쳤는데 저마다 새롭고 근사한 옷을 입고 종복들이 그 뒤를 따라다니지 뭡니까. 그들도 처음에는 요 도령을 마주치기라도 하면 그래도 잠시 잠깐이라도 안부 인사라도 나누었지요. 그러나 나중에는 차츰 얼굴을 가린 채 지나가 버리는 것이었습니다. 좀 더 지났을 때에는 정통으로 마주치더라도 아는 체도 하지 않았지요. 그러던 어느 날 이른 아침이었습니다. 무심코 조능무를 마주쳤는데 그가 말하는 것이었지요.

"도령님 … 조반은 드셨습니까?"

"마침 간식⁴⁰이라도 좀 사 먹으려고 나온 길이오."

---

40 간식[點心] : '점심'은 '오찬(lunch)'이라는 의미로 사용되는 우리나라의 경우와는 달리 허기가 졌을 때에 간단하게 요기나 하는 정도의 간식거리를 가리킨다. 원대 학자 도종의 (陶宗儀, 1329~1412?)는 『남촌철경록(南村輟耕錄)』 "점심(點心)"조에서 "지금은 아침 밥을 먹기 전후나 오전·오후에 밥(정찬) 밥을 먹기 전에 간단하게 먹는 것을 '점심'이라 고 한다[今以早飯前及飯後, 午前, 午後, 哺前小食爲點心]"라고 소개하였다. 또, 근현대 중국의 학자 응종(應鍾, 1907~1969)은 『용언계고(甬言稽詁)』 「석식(釋食)」에서 "정찬에

"도령님, 그 점심일랑 나중에 드시고 ⋯ 우리 집에 좀 들러서 뭐라도 드시지요."[41]

그래서 도령이 그를 따라 그 집으로 갔더니 조능무가 말했습니다.

"어제 개를 한 마리 잡아서 이렇게 푹 고았으니 ⋯ 도령님도 같이 드십 시다!"

그러더니 정말로 뜨끈뜨끈한 개고기를 가지고 나오는 것이 아닙니까. 그래서 요 도령과 함께 게눈 감추듯이 신나게 먹어 치웠습니다. 집에 돌 아온 도령이 하루 종일 배가 든든했던 것은 물론입니다.
그는 속으로 이렇게 생각했지요.

'그 양반이 역시 좋은 사람이야!'

그래서 생계거리가 없으면 어김없이 그를 찾아 갔지요. 그러나 나중에 는 항상 그를 피하면서 그다지 초대를 하지 않는 것이었습니다. 가청부 가 도령을 마주쳤을 때 처음에는 온 얼굴에 웃음을 머금고 그를 대했지 요. 그러나 그의 집에 따라 갔더니 좋은 맑은 차만 좀 우려서 차 맛을 평

비하여 간소하게 요리나 반찬을 차리지 않고 떡 같은 것만 간단하게 준비할 뿐이다[簡于 正餐, 不列看饌, 小具餅餌之屬而已]"라고 하였다.
41 【즉공관 미비】還有武人本色. 그래도 무인 기질은 가지고 있구만.

가해 달라고 하면서 허튼 소리만 늘어놓지 뭡니까![42] 그렇지 않으면 까치발을 한 채 피리나 퉁소를 한 곡 들려주는 것을 그에 대한 최고의 경의로 여기는 것이었습니다. 거기서 반 푼이라도 써서 음식을 좀 장만해서 대접을 할 생각은 아예 하지 않았지요. 결국 더 이상 허기를 참을 수가 없게 된 도령이 작별하고 그 자리를 떠나는 수밖에 없었지요. 그 두 사람 말고

원대 도종의 『남촌철경록』의 '점심' 대목

는 더 이상 그를 상대해 주는 사람이 없었답니다.

요 도령은 장인인 상관 옹은 세상사에 통달한 사람[43]이었습니다. 처음에 도령이 인생을 망칠 때에도 찾아와서 바른 말을 했고, 나중에는 도령의 행태들을 보고 끝이 나지 않을 것을 눈치 채고 아예 그를 방치하고 있었지요. '도령이 빈털터리가 되어서 온갖 고생을 다 하고 나면 생각을 바

---

42 【즉공관 미비】淸客小像. 식객의 소인 같은 짓이라니!
43 달인[達者] : 사리에 통달한 사람. 때로는 '달인(達人)'으로 쓰기도 한다.

꿀 날이 올 것'이라고 여기고 말입니다. 그래서 잘 살 때에도 설득하거나 경고하러 오지 않았고 못 살 때에도 도와 주러 오지 않았던 것입니다. 아무 상관도 없는 남남 사이인 것처럼 말이지요.

도령은 수중의 돈이 바닥나고 입고 먹는 것이 부족해도 집안에서 내다 팔 물건조차 따로 없는 신세가 되었습니다. 자기 몸 말고는 아내 뿐이었지요. 그는 더 이상 생각해 볼 여지가 없자 이런 미친 생각까지 했습니다.

"만약에 … 아내를 팔아 치우면 입도 하나가 줄고 … 거기다가 쓸 돈 푼도 좀 받을 수가 있겠지?"

그러나 장인이 무서워서 정작 입을 열지 못하고 있었지요. 그런 생각을 품은 이상 그럴 조짐이 드러날 수밖에 없었습니다. 진작에 그 속내를 눈치 챈 상관 옹은 생각했습니다.

'무모하게 일을 벌이기 전에 꾀를 써서 사위를 속인 다음 천천히 방법을 강구하는 수밖에 없다!'

그리고는 지난번에 요 도령에게 좋은 말로 타일렀던 장삼 옹을 끌고 와서 설득을 해 줄 것을 부탁했습니다.

상의를 하고 이야기를 마친 뒤에 장삼 옹은 그 길로 도령을 만나러 왔습니다. 도령은 지난번에 그의 말을 듣지 않는 바람에 지금 처량한 신세가 된 지라 온 얼굴에 부끄러운 기색이 역력했지요.

"도련님, 이제야 이 늙은이가 지난번에 한 말이 허튼 소리가 아니라는 걸 아셨소이까?"

장삼 옹이 이렇게 말하자 도령이 말했습니다.

"황공하고도 부끄럽습니다!"

"요즘 듣자니 '도련님이 살기가 어려워서 아씨를 개가시킬 생각을 가지고 있다' 던데 … 정말 그렇소이까?"

그러자 도령은 얼굴이 빨개지더니 말하는 것이었지요.

"어릴 적부터 부부로 산 정이 있는데 어떻게 경솔하게 그런 말을 하겠습니까? 다만…, 생계를 꾸릴 길이 없어서 두 식구가 먹을 음식을 구할 길이 막막하군요! 아내를 먹여 살리지 못할까 걱정이니 차라리 다른 좋은 곳으로 개가해서 편히 사는 편이 낫겠다 싶어서 그럽니다! 그렇게 되면 저도 입을 하나 줄이게 되고 … 아내는 아내대로 있을 곳이 생기는 셈입니다. 저를 따르느라 같이 굶주리는 일은 없을 것 아니겠습니까? 해서 그런 생각을 품고는 있었습니다마는 차마 … 입 밖으로는 내지도 못하고 있던 참입니다!"

"정말로 그럴 생각이 있다면 … 이 늙은이가 중신애비를 맡는 것이 어떻겠소?"[44]

"어르신, 생각하고 계신 좋은 집안이라도 있으십니까?"

"안 그래도 누가 한번 알아 보라고 하길래 하는 말이외다!"

"설사 받아 줄 집이 있다고 해도 … 장인어른 앞에서 어떻게 입에 올린단 말씀입니까!"

"귀하한테 알려 주리다. 귀하의 장인께서 안 그래도 귀하가 패가망신해서 앞으로 살기가 막막하니 기꺼이 개가시키려고 할 거라고 여기고 계십디다. 그건 그렇다지만 … 귀하 곁에서 개가하는 것은 몹시 불미스러운 일이외다. 해서 귀하 장인께서 '일단 본가로 데려간 다음 그 댁에서 사람을 골라서 개가시키겠다'고 하시는구려. (…) 그때 이 늙은이가 중신애비를 맡아서 부인이 개가하고 나면 은밀히 재물과 예단을 귀하에게 건네는 편이 상책이고 체면도 상하지 않을 것 같은데 … 귀하 의향은 어떠시오?"

"그렇게 수고해 주신다면 가장 좋겠지요. 눈 멀쩡하게 뜨고 저와 아내

---

44 【즉공관 방비】 妙. 기막히군.

가 생이별을 하느라 민망한 꼴을 보일 일도 없고요. 다만 … 그런 생각을 가지고 계시다니 장인 댁에는 저도 이제는 찾아뵙기가 민망한데 … 앞으로 어디서 기별을 들어야 할지요?"

"이 늙은이 집에서 대답을 들으면 됩니다. 부인이 개가하기만 하면 일을 성사시키기가 수월하지요. 나 역시 소식을 전하러 올 테니 걱정할 것 없소이다!"

"그러시면 처한테는 따로 이야기할 필요 없이 장인께서 데리고 본가로 돌아가게 해 드리면 되겠군요!"

"그렇지, 그렇지!"

그리고 나서 두 사람은 작별하고 그 자리를 떠났지요.

상관 옹은 그 길로 사람을 보내어 딸을 데리고 집으로 와서 지내게 해 주었지요. 그리고 이틀이 지나자 장삼 옹이 와서 요 도령을 만나 말했습니다.

"잘 성사되었소이다!"

그래서 도령이 말했지요.

"어떤 댁인데요?"

"그 댁은 내단한 부잣집인데 … 귀하 하고 같은 요씨더구려."

"부잣집이라니 빙례聘禮가 … 분명히 많겠군요."

"그 댁 말씀이 중년에 개가하는 경우라면서 많이 내려고 하지 않는구려. (…) 이 늙은이가 어질고 유능하다고 애써 칭찬을 해서 겨우 지참금으로 마흔 냥을 받아냈소이다! (…) 이제 좀 아껴 먹고 아껴 쓰도록 하시오. 계속 무모하게 써 버리고 나면 더 이상은 방법이 없으니까!"

도령은 은자가 생겼다는 소리를 듣더니 기대 이상으로 반가워하면서 연신 고맙다고 인사를 했습니다.

"아무리 은자가 몇 냥 생겼다고는 하지만 이제 부잣집에 들어가면 평생 상봉할 수가 없게 되었는데 … 어째서 그렇게 좋아하시오?"

그러자 도령이 말하는 것이었지요.

"두 식구가 똑같이 굶어 죽을 뻔 했는데 이제 아내한테 좋은 혼처가 생겼고 저는 저대로 은자가 생겼는데 왜 안 좋아 하겠습니까?"

그러나 알고 보면 그 은자는 바로 상관 옹의 것이었습니다. 요 도령이 딸을 정말 팔까 걱정이 되어서 그런 꾀를 써서 딸을 집으로 데려 오는 대신 그 은자로 은밀히 그가 쓸 수 있도록 도와 주면서 그 뒤로 그가 어떻게 하는지 두고 보려고 했던 것이었지요.

은자를 손에 넣은 도령은 그동안 돈을 펑펑 써 버릇 한 처지였으니 어디 그 정도로 충분할 리가 있겠습니까? 하물며 그동안 내내 쪼들리게 지내느라 집값이며 땔감·쌀값 같은 돈들도 빚을 진 상태였지요. 그래서 졸지에 '마하살타' 꼴이

『소주청명상하도』 속의 땔감 팔러 나온 나무꾼(좌)

되어서[45] 얼마 되지도 않아서 도로 빈 손이 되고 말았답니다. 그는 이리 저러 둘러 보았지만 더 이상 팔 만한 것이 없었습니다. 그저 자기 몸뚱이 하나만 남아 있었지요. 그래서 아예 자신을 팔면 몸값도 벌고 자기 입도 건사할 수 있겠다 싶었습니다. 그러나 그동안 내내 도령님으로 대접만 받고 살았던 양반이었습니다. 그러니 어느 누가 그를 불러다 쓰겠습니

---

45 '마하살타' 꼴이 되어서[孛來一出摩訶薩] : 명대의 유행어. '마하살(摩訶薩)'은 산스크리트 어에서 '대중생(大衆生)'을 뜻하는 '마하 사트바(Mahā sattva)'를 발음대로 한자로 표기한 '마하살타(摩訶薩埵)'를 줄여서 일컬은 말이다. 불교 경전 해석서인 『법화가상소(法華嘉祥疏)』에서는 "'마하'는 큰 것을 말하고 (…) '살타'는 중생을 말한다. 즉 ['마하살타'란] '대중생'인 것이다[摩訶言大, (…) 薩埵言衆生, 則大衆生也]"라고 설명하였다. 여기서 '마하살타'는 '도로아미타불'과 비슷한 어감으로 사용되었다.

까? 거기다가 지금은 이미 홀아비 노총각 신세였지요. 불씨를 지피기에는 길고 들창을 버티기에는 짧은 어정쩡한 자인데[46] 어느 누가 그런 쓸데없는 물건을 원하겠습니까? 그런데도 도령은 분수도 모르고 곳곳마다 사람들한테 방법을 모색해 줄 것을 부탁하고 있었지요. 상관 옹은 그 사실을 알고 이번에는 은자 몇 냥을 가지고 새로 한 사람을 끌고 가서 매매 계약서를 받아냈습니다. 그리고는 머슴에게서 그 땅을 받아 장원에서 쓰게 했지요. 그래서 머슴은 주인인 척 꾸미고 그와 계약을 했답니다.

"당신은 본래 부귀를 누리던 집안 출신이었지요. 그래서 값을 더 쳐 드렸소이다. 기왕에 나한테 몸을 팔았으니 내가 부리는 대로 따라야 합니다. 고초를 참으면서 절대로 게으름을 부리면 안됩니다! 분명히 약속을 해야 당신을 거두도록 하겠소."

그러자 도령은

'내 당초에 떵떵거리고 살 때에는 하인이 몇십 명이나 되고, 다들 빈둥빈둥 먹고 입었는데[47] 언제 무슨 고초 따위가 있었던가?'

---

46 불씨를 지피기에는~[種火又長, 拄門又短] : 명대의 속담. 나무 작대기는 적당히 크면 부지깽이 삼아 아궁이에서 불을 지필 수가 있지만 너무 크면 그렇게 할 수가 없다. 또 나무 작대기가 적당히 길면 지지대 삼아 들창을 버틸 수가 있지만 너무 짧으면 그렇게 할 수가 없다. "불씨를 지피기에는 길고 들창을 버티기에는 짧다[種火又長, 拄門又短]"는 것은 이것도 저것도 아닌 어중간한 상황을 가리키는 말이다.
47 【즉공관 미비】窮根在此, 猶不自知. 가난의 근본이 여기에 있건만 그래도 스스로 깨우치지 못하다니!

이렇게 생각하고 흔쾌히 승낙하는 것이었지요.

"그건 어렵지 않습니다! 이렇게 제 몸을 맡겼으니 얼마든지 부려 주십시요!"

요 도령은 처음에는 밥 나오면 밥을 먹고 죽 나오면 죽을 먹으면서 자신이 일을 할 필요가 없는 것을 보고 자신의 계획이 꽤 성공한 것으로 여겼습니다. 그런데 뜻밖에도 하루가 지나자 그 댁 머슴이 그날부터 작업량을 할당하는 것이 아닙니까. 아침에는 땔감을 하고 낮에는 물을 긷고 저녁에는 곡식을 찧고 나락을 까부르는 식이었지요. 몸을 마구 굴리다 보니 한 시도 여유를 가질 틈이 없지 뭡니까 글쎄! 어떻게 어떻게 핑계를 대고 게으름을 피우기라도 하면 큰 몽둥이를 들고 겁을 주기까지 하는 것이었습니다. 도령은 그 고통을 더 이상 감당할 수가 없었지요. 그래서 열흘이 채 되기도 전에 남몰래 도망을 치고 말았습니다. 그러나 머슴은 이미 상관 옹의 분부를 받은 상태였지요. 그래서 쫓아가지 않고 그저 그가 어떻게 하는지만 지켜볼 뿐이었습니다.

도령은 도망친 지 이틀이 지나자 오도 가도 못 하는 신세가 되고 말았습니다. 거기다가 배까지 허기가 져서 견딜 수가 없었지요. 그러다가 거지들이 밥을 구걸하는 모습을 발견한 그는 '동냥에 성공하면 먹을 것이 생기겠다' 싶은 생각이 들어서 하는 수 없이 염치 불고하고 구걸을 해서 허기를 채웠답니다. 그렇게 이틀 동안 구걸을 하는 동안 거지 떼 속에 끼이면서 자연히 한 패가 되어 버렸겠다?[48]

　그는 왕년의 일들을 떠올리면서도 그래도 자존심은 있었던지 긴 노래를 지어서 각설이 타령[49] 삼아 온 저잣거리를 다 노래를 부르면서 구걸을 다녔습니다. 그 노래는 이런 내용이었지요.

남들은 세월이 북처럼 빠르다지만	人道光陰疾似梭,
난 세월은 두 가지로 지나간다 하리라.	我說光陰兩樣過.
왕년에 남이 부러워하는 부자일 때는	昔日繁華人羨我,
한 해 한 번조차 쉬이 허송했거늘	一年一度易蹉跎.
딱하게도 이제 내게 돈이 없으니	可憐今日我無錢,
일 분 일 초조차 한 해처럼 길기만 하네.	一時一刻如長年.
나도 한때는	我也曾
가벼운 갓옷 건장한 말 높이 타고	輕裘肥馬載高軒,
무리를 이끌고 산 앞까지 내달렸지.	指麾萬衆驅山前.
에워싸란 소리 지르면 귀신조차 놀라고	一聲圍合魑魅驚,

---

48 【즉공관 미비】 除此再無路矣. 이것 말고는 다른 길이 없겠지.
49 각설이 타령[蓮花落] : '연화락(蓮花落)'은 중국의 전통적인 노래의 일종으로, 송대 이후로 구걸하는 장님 걸인들이 대쪽으로 장단을 맞추면서 불렀다고 한다. 중요한 대목마다 어김없이 "연꽃이 져서 진 연꽃 되었구나[蓮花落, 落蓮花]"라는 후렴이 이어졌기 때문에 '연화락'으로 불리게 되었다고 한다. 때로는 연화락(蓮花樂)·락자(落子)·리련화아(哩嗹花兒)·리련(哩嗹) 등으로 불리기도 했다고 한다. 여기서는 편의상 "각설이 타령"으로 의역하였다.

賢丈人巧
謾畢頤壻

현명한 장인이 반성한 사위를 교묘하게 속이다

백성들 몰려들어 신명처럼 받들었건만

이제 황금 바닥나니 어느 누가 떠받드나?

벗들도 곁 떠나고 토사구팽 신세 되니

낮에는 죽이 없고 밤에는 잘 곳도 없이

거리에서 각설이 타령 부르는 신세.

일생은 두 토막이니 누가 감당하겠나

부모 탓도 말고 하늘 탓도 말지어다.

진작에 기구한 신세 될 줄 알았다면

당초 그런 요사스런 마귀들과 어울리지 말 것을!

이제는 어째 볼 방법이 없으니

정성껏 호소하노니 내 짝 나지 마시오!

百姓邀迎如神明.

今日黃金散盡誰復矜,

朋友離羣獵狗烹.

晝無饘粥夜無眠,

落得街頭唱哩蓮.

一生兩截誰能堪,

不怨爺娘不怨天.

早知到此遭坎坷,

悔教當日結妖魔.

而今無計可奈何,

殷勤勸人休似我!"

나중에 상관 옹은 요 도령이 길거리에서 구걸을 하고 다닌다는 사실을 알게 되었습니다. 그래서 사람을 시켜 거지들에게 은밀히 분부해서 일부러 도령을 능욕하면서 같이 구걸을 다니지 못하게 했지요. 그리고 혼자 힘으로 조금이라도 동냥을 받아 오면 그것까지 **빼앗아서** 배 불리 먹지도 못하게 만들었지 뭡니까. 그리고는 조금이라도 못마땅한 모습을 보이면 그를 이렇게 협박하게 했습니다.

"경우 없는 짓을 하면 당장 끌고 가서 네 상전한테 일러 바칠 테다!"

도령은 당황한 나머지 어쩔 줄을 모르면서 이리 숨고 저리 피했습니다마는 그래도 몸 둘 곳이 없었습니다. 그야말로 추위와 허기 속에 악전고투 하다 보니 먹어 보지 않은 것이 없을 지경이었지요.

'이 정도 고생 시켰으면 됐겠지!'

이렇게 생각한 상관 옹은 일단 큰 장원을 딸에게 주어 지내게 했습니다. 그리고 뒷문 옆에 작은 방 한 칸을 치운 다음 이불이며 집기를 그 안에 조금 장만해 놓았지요. 그리고는 장삼 옹을 시켜 요 도령을 찾아내서 그를 보고 이렇게 말하게 했습니다.

"이 늙은이가 중신을 선 지가 얼마 되지도 않았는데 귀하가 예서 떠돌이 생활을 하고 있을 줄이야!"

그러자 도령이 말하는 것이었습니다.

"그렇게 되었습니다요! 딱하게도 사람들이 그래도 저를 거두어 주지 않는군요!"

"귀하는 본래 대갓집 출신이오. 헌데 어째서 되려 거지들한테 수모를 당하는 게요? 보아하니 귀하는 거지들을 무서워하는 게 아니라 귀하의 상전을 마주칠까 두려운 게지! 그나마 상전을 마주치지 않았기에 망정이지 마주치기라도 해서 감옥으로 끌고 가서 몸값을 요구하기라도 하면

… 귀하는 다시는 곤경에서 벗어날 길이 없게 될 것이요!"

"이세는 오길 길조차 없는 신세입니다. 그저 하늘의 뜻을 따를 수밖에 요! (…) 머잖아 죽고 나면 다시는 어르신을 뵙지 못하게 되겠군요. 지난 번에 중신을 서서 제 처를 개가시켜 주셨는데 지금 … 잘 지내고 있는지 모르겠습니다!"

그는 말을 마치더니 큰 소리로 통곡을 했습니다. 그러자 장삼 옹이 말하는 것이었지요.

"내 그렇지 않아도 귀하에게 한 마디 할 말이 있소이다. (…) 귀하의 부인은 지금 부잣집 주인마님이 되었소. 집안이 고귀하고 번성하는 것이 … 왕년의 귀하 하고 다를 바가 없다오. 그런데 이번에 나한테 뒷문지기를 하나 구해 달라고 부탁을 하더군. (…) 내가 만약에 귀하를 추천해 보내면 … 아침저녁으로 뒷문만 열어 닫아 주기만 하면 될 게요. 귀하가 말을 꺼낼 것도 없이 차며 밥을 편안하게 받아 먹을 수가 있을 텐데 … 괜찮겠소이까?"

그러자 도령은 절을 하면서 말했습니다.

"그렇게만 해 주신다면 제 생명의 은인이실 것입니다!"

"다만 한 가지 … 그녀는 원래 귀하의 부인이었지만 이제는 귀하의 주인마님이 될 테니 … 왕년의 일들을 거론하기 부끄러워 할 것이 분명하오. 그러니 절대로 함부로 입을 놀리거나 방자하게 굴어서는 안되오! 소문이라도 나게 되면 몸 둘 데도 없게 될 테니까!"

"그때는 그때고 지금은 지금[50]이지요. (…) 그 분은 이제 하늘이신데 … 저를 거두어 주셔서 도랑에서 객사할 팔자를 모면하게 해 주시는 것만 해도 크나큰 다행입니다. 어디 감히 망령된 소리를 옮기겠습니까!"

"그렇다면 나를 따라 오시오. 귀하를 도와서 이 일을 성사시켜 드리리다!"

요 도령은 정말로 장삼 옹을 따라 갔습니다.

그렇게 해서 문 밖에 서서 회답이 오기만을 기다렸지요. 장삼 옹은 간 지 한참 지나서 돌아오더니 그를 보고 말하는 것이었습니다.

"됐소, 됐어! 일이 성사됐으니 따라 들어오시오!"

그렇게 해서 도령을 안내해 뒷문의 그 행랑방으로 오는데 그 광경을

---

50 그때는 그때고 지금은 지금[此一時, 彼一時] : 중국 고대의 격언. 현재와 과거의 상황이 다르다는 뜻으로 한 말이다. 『맹자』 「공손축 하」의 "그때는 그때고 지금은 지금이다. 오백 년 사이에 어김 없이 왕이 될 사람이 나타났고 그 사이에 어김 없이 세상에 이름을 남기는 사람이 나타났다[彼一時, 此一時也, 五百年必有王者興, 其間必有名世者]"에서는 두 구절의 순서가 뒤집혀 있다.

볼작시면

침상 휘장은 모두 새 것이고	床帳皆新,
집기며 도구도 얼추 장만해 놓았네.	器具粗備.
시끌시끌한 방 하나가	蕭蕭一室,
산사의 재실보다 훨씬 낫구나!	強如菴寺墳堂,
고즈넉한 몇 칸 방일지언정	寂寂數椽,
이슬·서리·비·바람 맞지 않으니	不見露霜風雨,
아무리 홀몸으로 잠자리 드는 신세지만	雖單身之入臥,
무릎만 들어갈 작은 집조차 금세 아늑해지네.[51]	審容膝之易安.

요 도령은 그동안 내내 한 데서 잠을 자는 바람에 그 고생이 이만저만이 아니었습니다. 그런데 그 깨끗한 방에 집기며 옷이 가지런하고 깨끗하게 장만되어 있는 것이 아닙니까. 그래서 놀라서 물었지요.[52]

"이건 … 누가 지내는 방입니까?"

---

51 무릎만 들어갈 작은 집이건만 금세 아늑해지누나[審容膝之易安] : 동진의 유명한 시인 도연명(陶淵明, 365~427?)의 대표작 「귀거래사(歸去來辭)」에 나오는 말. 평택현 현령 자리를 버리고 세속과의 결별을 다짐하면서 전원에 은거하는 자신의 감회를 읊은 시로, 굴원(屈原, BC340?~BC278)이 지은 초사(楚辭)의 형식을 모방하여 총 네 장(章)으로 지어졌다. '귀거래'에서 '래'는 '오다(come)'가 아니라 '~하자(let's)'라는 뜻으로 해석되어서, 글자대로 풀면 '돌아가자'로 번역된다. 이 이야기에 언급된 "용슬암"은 「귀거래사」의 "무릎만 들일 수 있을 정도로 작은 집이건만 금세 아늑하게 느껴지니(審容膝之易安)"에서 유래한 이름이다.

52 【즉공관 미비】不受過苦, 豈羨此乎. 고생을 해 보지 않았다면 어떻게 이것을 부러워하겠는가.

"여기가 바로 뒷문지기의 방이외다. 귀하가 지내라고 내 주셨지."

도령은 하도 기뻐서 신선의 땅에라도 들어간 것 같았습니다.

"귀하의 안채마님 댁은 부유해서 하인들을 잘 대해 줍니다. 그 분이 뒷문을 맡기셨으니 귀하는 이 방에 앉아서 편하게 밥이나 받아 먹으면 되오. 그 댁 주인마님이야 앞문으로 다니시면 그만이고 … 안채마님은 안채에만 계시니 … 귀하는 절대로 엿보아서는 안될 것이요! 그 분은 귀하를 마주치는 걸 부끄럽게 여길 게 분명하니까! 그리고 … 이 문은 절대로 한 걸음도 나가서는 안되오! 만약 귀하의 왕년의 상전이라도 마주치는 사태라도 벌어지는 날에는 … 귀하가 예서 지내는 것조차 위태로워질 지도 몰라!"

장삼 옹은 이렇게 몇 번이나 신신당부를 하고 나서야 그 자리를 떠나는 것이었지요.

요 도령은 고생을 해 보았던 터인지라 그 당부를 굳게 지켰습니다. 그는 이 밥그릇조차 놓치게 될까 내심 겁도 나고 괜히 모습을 드러냈다가 예전 주인과 시비를 벌이기라도 할까 두려웠지요. 그래서 행랑방에서 우두커니 앉아 자리를 지키면서 바깥으로 나갈 엄두도 내지 못했답니다. 두 달이 넘게 지나도록 그런 식이었지요.

상관 옹은 그의 드센 성격이 이제는 길들여졌다는 것을 눈치챘습니다.

그래서 어느 날 갑자기 사람을 시켜 은자 한 뭉치를 그에게 갖다 주고 이렇게 전하게 했지요.

"주인마님 생신이어서 모두에게 상을 내리셨네. 임자도 문을 잘 지켜 주었다면서 은자 한 전錢을 내릴 테니 술을 사 먹으라고 하셨네!"

그래서 은자를 받은 요 도령이 가만히 생각해 보니 그 날이 정말로 예전 아내의 생일이지 뭡니까. 그는 집안이 부유하고 기세가 번창할 때에는 수많은 식객들이 축하 인사를 하러 몰려 들어 신나게 술을 마시던 일이 생각났습니다. 그러나 이제는 남의 집에 더부살이를 하게 된 신세를 생각하니 자기도 모르게 착잡해져서 눈물이 다 나오지 뭡니까. 그래서 그 은자 뭉치를 잘 간수하고 허투루 쓰지 않았지요.

그렇게 며칠이 지났을 때였습니다. 누가 집안에서 나오더니 이렇게 말하는 것이었습니다.

"주인마님께서 뒷채에서 자네하고 이야기를 좀 하자시네."

그러자 도령은 깜짝 놀라면서 말했습니다.

"장삼 옹이 지난번에 '그녀가 나를 보는 것을 수치스럽게 여긴다'고 하면서 절대로 모습을 드러내지 말라고 했었는데 … 어째서 지금 이야기를 하자고 나를 부르는 걸까? (…) 내가 어떻게 만나러 갈 수가 있겠나!"

명 · 청대 본채(중당)의 기본 구조

　그렇다고 핑계를 대고 피할 수도 없는 노릇이었습니다. 하는 수 없이
그 사람을 따라서 한 걸음 한 걸음 본채로 들어갔지요. 그런데 가만 보니
상관씨가 안에 앉아 있는 것이 아닙니까. 그야말로 근엄한 안채마님의
모습을 하고 있었지요.[53] 도령이 고개를 들 엄두를 내지 못하고 있는데
상관씨가 말하는 것이었습니다.

　"문지기 성이 요씨라고 들었는데 자네로군 그래. 자네는 부잣집 도련
님이었는데 어째서 여기서 남의 집 문을 지키고 있는가?"

　그 말을 들은 요 도령은 온 얼굴에 부끄러운 기색이 역력해지면서 아
무 말도 하지 못했지요. 그러자 상관씨가 말했습니다.

---

53 【즉공관 방비】 妙. 기막히군.

"문을 잘 지켜 준 일을 생각해서 은자 한 뭉치를 상으로 줄 테니 옷이라도 사 입도록 하게."

어린 여종이 은자를 건네자 도령은 고맙다는 인사를 하면서 그것을 받았습니다. 그리고 나서 상관씨는 원래대로[54] 행랑방으로 데려 가라고 분부하는 것이었지요.

방으로 돌아온 도령이 봉투를 뜯어보니 품질이 좋은 닷 전짜리 은이지 뭡니까. 그는 속으로 기뻐하면서 그것을 지난번 부인 생일에 상으로 받은 은자 한 전과 함께 잘 싸서 곁에 간수했습니다. 그리고 나자 하인들이 와서 축하 인사를 하면서 그 은자를 좀 가져다가 술을 사 먹자고 바람을 잡는 것이었지요. 도령이 그렇게 하려 하지 않자 사람들이 이번에는 이렇게 말했습니다.

"이 친구만 난처하게 몰아붙이는 건 미안하니까 우리 다들 조금씩 보태서 공평하게 분담하세!"

그러자 도령은 은자를 쥔 채로 말했습니다.

"돈이며 재물은 얻기 어려운 것입니다. 간수해 두면 나중에 쓸 데가 생길 테지요. (…) 그런 한량 짓은 이제 다시는 안 하렵니다!"

---

54 원래대로[原] : '원(原)'이 알고 보니 그동안 기정사실처럼 여겨 왔던 '원래는'이 아니라 '원래대로, 처음처럼'이라는 뜻으로 사용되었음을 확인할 수 있다.

사람들을 더 이상 강요할 수가 없어서 하는 수 없이 그 자리를 떠나는 것이었지요.

그러던 어느 날 땅거미가 질 무렵이었습니다. 어린 여종 하나가 와서 말하기를 주인마님이 그를 방 안으로 불러서 예전의 일을 물어 보려 한다는 것이었습니다. 그러자 도령은 사양하면서 말했지요.

"밤은 이야기를 나눌 때가 아니지. (…) 난 여기서 편안히 잘 지내고 있는데 만에 하나 사달이라도 나서 날더러 문도 지키지 못하게 하고 내쫓기라도 하시면 죽는 길밖에 없어. 난 그냥 이 쪽방이나 지키고 있겠네. 대신 주인마님께 한 말씀 전혀 드리게. '절대로 감히 함부로 찾아뵐 수가 없다'고 말이야!"

상관 옹은 수시로 사람을 시켜 그곳 동태를 알아보게 했습니다. 그러다가 그런 이야기들을 전해 듣더니 그가 이제서야 세상이 가혹하다는 것을 깨달았음을 눈치챘지요. 그래서 다시 장삼 옹한테 부탁해서 요 도령을 만나 보게 했지요.

도령은 장삼 옹을 보자 자신을 추천해 준 은혜에 깊이 고마워하는 것이었습니다.

"요즘은 잘 지내고 있소?"

그러자 도령이 말했습니다.

"여기서는 입고 먹을 걱정이 없으니 … 이 방 안에서 늙어 죽어도 될 정도입니다. 이게 모두 어르신 덕택입니다! 어르신이 아니셨더라면 저는 지금쯤 목숨이 어떻게 되었을지 … 그건 그렇고 … 공밥이나 먹으면서 한가하게 지내는 것이 너무도 아깝습니다. 제가 지금 수중에 은자를 몇 전 모아 놓았는데 … 쉬이 쓰기가 아깝군요. (…) 어르신께서는 좋은 분이시니 어떻게든 제게 이자를 만들 방법을 가르쳐 주시지요. 어떻게 제 분수에 맞는 수공업이라도 좀 한다면 헛되지는 않겠지요!"

장삼 옹이 웃으면서 말했지요.

"귀하가 언제부터 세월을 아깝게 여기고 재물을 다 귀하게 여길 줄 알 게 되었소이까?"

그래서 공자도 웃으면서 말하는 것이었습니다.

"한 순간에 익힐 수 있는 것이 아니지요. (…) 이제는 깨달아도 때는 늦었고요!"[55]

---

55 【즉공관 미비】果是深造而得, 非易易也. 참으로 깊이 연구해야 이룰 수 있는 것으로 쉽게 바꿀 수 있는 것이 아니지.

"내가 이렇게 온 건 … 귀하를 웬 친척이 만나러 오고 싶다고 해서요. 그래서 날더러 먼저 알려 주라고 하는구려."

"이 꼴이 되자 친척들 중에 한 사람도 저를 아는 척하는 사람이 없던데 … 누가 저를 다 보고 싶어 한다는 말씀이십니까?"

"여기 한 사람이 있으니 따라 오기나 하시오!"

장삼 옹은 그를 안내해서 본채로 들어갔습니다. 그런데 가만 보니 누가 안에서 높은 관에 큰 소매 옷차림을 하고 으스대면서 천천히 걸어 나오는 것이었습니다. 그래서 도령이 멀리 바라보니 왕년의 장인인 상관 옹이지 뭡니까 글쎄! 도령은

"어이쿠!"

소리를 지르더니 새파랗게 질린 채 내빼기에 바빴습니다. 그러자 장삼 옹은 따라가서 덥석 그를 붙잡더니 말했지요.

"귀하의 장인이신데 어째서 보자마자 줄행랑이신가?"

"무슨 면목으로 저 분을 뵙는단 말씀이십니까!"

"장인어른인데 못 볼 일은 어디 있소?"

"저는 처까지 팔아먹은 놈인데 이제 와서 제 장인이라니요?"

"저 분은 귀하가 좀 제 정신을 차린 것을 알고 원래대로 따님을 귀하한
테 돌려주려고 하시던 참이외다!"[56]

"그 따님은 … 벌써 이 댁의 주인마님이 되셨는데 … 어디에 또 따님이
있다는 말씀이십니까?"

그러자 장삼 옹이 말하는 것이었습니다.

"당초에 이 늙은이가 중신을 서서 팔았다가 이번에 … 원래대로 이 늙
은이가 중신을 서서 귀하한테 돌려 드리는 거지."[57]

"어떻게 … 돌려주시는 거라고요?"

"바보 같으니라구! 대갓집 따님을 어떻게 남한테 개가시킨단 말인가!
(…) 지난번에는 귀하가 정말 허튼 짓이라도 벌일까 봐서 귀하 장인께서
사람을 시켜 본가로 데려가면서 '개가시킨다'고 둘러대신 게요! 지금 귀

---

56 【즉공관 미비】妙. 기막혀.
57 【즉공관 미비】解鈴原是系鈴人. 방울을 푸는 것은 그 방울을 매 단 사람이어야 하는 법.

하가 지내는 곳도 사실은 귀하 장인댁 방이지! 그것도 귀하가 바깥에서 얼고 굶어 죽을까 봐서 행랑방에 거두어 주신 게요! (…) 지금 귀하가 개과천선 했길래 … 해서 귀하 편을 들어 주시고 원래대로 귀하 부부를 재결합시키려 하시는 게요. 이 모두가 장인께서 귀하를 올바른 사람으로 만들려는 호의에서 비롯된 거라구!"

"어쩐지 … 이렇게 오래 지냈는데도 안채 마님 이야기만 하셨지 여태껏 주인 마님이 드나드시는 모습은 본 적이 없다 싶었습니다! (…) 저는 성실하게 문을 지키면서 안채의 동정은 조금도 엿볼 엄두를 내지 못했는데 그런 내막이 있었을 줄이야! (…) 알고 보니 장인어른께서 … 이렇게 마음을 쓰셨던 게로군요!"

"알았으면 어서 저 분한테 절을 올리시오!"

그는 덥썩 도령을 잡아 끌더니 안으로 들어갔습니다. 그러자 상관 옹은 상관 옹대로 다가와 그를 마주하더니 말하는 것이었지요.

"자네 … 이제는 고초를 당하고 전날의 잘못을 깨달았는가?"

요 도령은 아무 대꾸도 하지 못한 채 대성통곡을 하면서 절을 했습니다. 그러자 상관 옹이 말하는 것이었지요.

"자네가 이제야 전날의 잘못을 고친 게로군! (…) 내 이 집을 자네 부부 두 식구가 살도록 주고, 거기다가 백 마지기의 전답까지 자네가 맡아서 집안을 일으키게 해 주겠네! 만약에 … 잘 살게 되고 나서 또 예전의 못된 버릇이 도지면 내 당장 자네를 쫓아내고 다시는 자네 처조차 못 만나게 만들 테야!"

그러자 도령은 통곡을 하면서 말했습니다.

"온갖 고생을 다 하고 이제 장인어른의 깊은 은혜를 입었습니다. 그래도 반성하고 고칠 줄 모른다면 정말이지 개돼지만도 못한 놈이지요!"

상관 옹은 그를 데리고 들어가 딸과 상봉시켰습니다. 그러자 부부는 서로 머리를 끌어안고 통곡을 하는 것이었습니다. 그렇게 한 동안 이야기를 나눈 도령은 다시 나와서 장삼 옹에게 고맙다고 인사를 했습니다. 그리고 장삼 옹이 그 자리를 떠나려는데 도령이 말하는 것이었지요.

"한 가지 … 개운치 않은 일이 있습니다. (…) 만약이라도 예전의 그 상전이 들이닥치기라도 하면 … 어떻게 한답니까?"

그래서 장삼 옹이 말했습니다.

"옛 상전은 무슨 옛 상전? 모두가 귀하 장인어른께서 다 꾸며낸 일이

외다. 귀하가 사람 구실만 제대로 하면 다시는 걱정일랑 할 필요가 없소이다!"

요 도령은 그제서야 마음을 놓고 그 집에 살면서 그 집안의 가장 노릇을 했지요. 비록 부유하고 번영하던 왕년과는 비교할 수 없었지만 그래도 덜 먹고 아껴 쓰면서 성실하게 노력한 끝에 입고 먹는 데에는 부족함이 없게 되었지요. 그리고 지난날의 원한을 마음속에 새기면서 쓸데 없는 자들은 한 사람도 문 안으로 들이지 않았답니다.

가청부와 조능무는 요 도령이 다시 집안을 일으킨 것을 보고 짝을 지어서 인사를 왔습니다. 그러자 도령은 나가서 이렇게 말했지요.

"이제 밥이 생겼으니 내가 알아서 먹을 것이오. 여러분 하고는 내왕할 일이 없을 것 같군요!"

그러자 가청부는 재미난 이야기를 좀 들려주기도 하고 퉁소며 피리에 대해서도 이야기를 늘어놓기도 했습니다. 조능무는 조능무대로 아무개 집의 말이 튼튼하네 아무개의 활이 단단하네 아무 곳에 짐승들이 많습네 하면서 부추겼지요. 그러나 도령은 코웃음만 칠 뿐이었습니다.

"두 분 혹시 왕년의 저를 닮은 봉을 구하시면 저도 같이 가서 좀 속여 먹도록 하십시다!"

돈황벽화 속의 필률(篳篥, 좌)과 횡취(橫吹, 우). '필률(삐리)'
에서 '피리'라는 이름이 유래하였다

　두 사람은 자신들의 수법이 더 이상 먹혀 들지 않는 것을 보고 풀이 죽
은 채 그 자리를 떠났지요. 그러자 그들이 또 와서 추근거리는 광경을 발
견한 상관 옹은 그 두 사람을 관아로 끌고 가서 고발했습니다. 그리고는
두 사람을 철저하게 조사해서 과거에 숨기고 빼돌려 거저 챙긴 수많은
전답과 부동산들을 다 찾아내서 모두 요 도령에게 돌려주었지요. 이리하
여 도령은 더더욱 가산이 많아져서 부부가 마침내 등 따숩고 배 부르게

살다가 세상을 떠났답니다.

이로써 요 도령의 전날의 심성은 그가 고생을 해 본 적이 없었기 때문임을 알 수 있는 셈입니다. 이 세상의 부유하고 고귀한 집안의 자제들은 역시 세상살이가 얼마나 힘든지 깨우치는 것이 최고입니다. 그리고 집안을 드나드는 자들의 경우는 각별히 조심하지 않으면 안될 것입니다!

빈자와 부자의 우정은 스스로 깨우쳐야 하거늘	貧富交情隻自知,
적공은 굳이 문간에 글까지 남겼더란 말인가![58]	翟公何必署門楣.
오늘은 탕아가 집에 돌아온 날이요	今朝敗子回頭日,
간사한 무리의 요행이 끝나는 때로다!	便是奸徒退運時.

---

58 적공이 굳이 문간에 글까지 남겼더란 말인가[翟公何必署門楣] : 적공(翟公, ?~?)은 전한의 정치가로, 하규(下邽, 지금의 섬서성 서안 인근) 사람이다. 전한 초기에 정위(廷尉)를 지내자 손님들로 문전성시를 이루었다. 그러다가 그 자리에서 물러나자 인적이 끊겨 파리만 날릴 지경이었다. 그런데 나중에 다시 정위로 기용되자 발길을 끊었던 손님들이 다시 앞다투어 찾아 왔다고 한다. 적공은 사람들의 변덕스럽고 비정한 인심에 느낀 바가 있었던지 대문 앞에 이런 글을 써 붙였다고 한다. "죽었다가 살아나매 그제서야 사람을 사귐에 있어서의 우정의 깊이를 알 수 있다. 가난했다가 부유해지매 그제서야 남들이 나를 대하는 태도를 알 수 있다. 존귀했다가 미천해지매 사람들의 우정이 그제서야 드러나더라![一死一生, 乃知交情. 一貧一富, 乃知交態. 一貴一賤, 交情乃見.]"

제23권

언니가 넋이 떠돌다 오랜 소원을 이루고
처제가 병상서 일어나
전날의 인연을 잇다

大姊魂游完宿願 小姨病起續前緣

해제

　원대의 대덕 연간에 양주부揚州府의 부호인 오吳 방어는 슬하에 2살 터울의 딸 흥낭興娘과 경낭慶娘을 두고 있었다. 흥낭이 4살 되던 해에 오 방어는 이웃집 최흥가崔興哥에게 출가시키기로 결심한다. 최 씨댁은 나중에 멀리 벼슬살이를 떠나는데 15년 동안 아무 연락도 주고받지 않는다. 소식을 기다리다 지친 흥낭의 모친은 딸을 다른 집에 출가시키려 하고 그 결정에 반발한 흥낭은 우울증이 심해져 죽고 만다. 2달 후, 오 씨댁을 예방한 최흥가는 흥낭이 이미 고인이 된 것을 알고 대성통곡하며 슬퍼하고 그 처지를 딱하게 여긴 오 방어는 그를 집안의 문간방에 잠시 머물게 해 준다. 그러던 어느 날 깊은 밤, 그가 머무는 방에 갑자기 웬 미모의 여인이 찾아와 자신은 흥낭의 누이 경낭이라면서 그와 동침하겠다고 한다. 그녀의 유혹을 견디지 못한 최흥가는 하룻밤 사랑을 나눈 후 그녀와 함께 야반도주하여 객지에 숨어 지낸다.

　그로부터 1년이 지난 어느 날, 부모를 그리워하던 여인은 흥가와 함께 고향으로 돌아가서 흥가에게 먼저 자신의 부모 오 방어 내외에게 인사를 하고 오라고 말한 후 자신은 배에 남아 기다린다. 그러자 오 방어 내외를 예방한 흥가는 절을 하고 그동안 있었던 일을 들려 준다. 그러나 오 방어 내외는 그 이야기를 듣고 의아해 한다. 둘째딸 경낭은 지난 1년 동안 집에 머물며 외출한 적도 없고 외간남자와 정분이 나서 야반도주한 일도 없었기 때문이다. 반신반의하던 두 사람은 최흥가를 따라 그 여인이 기다리고 있다는 배로 찾아가지만 흔적도 보이지 않자 되려 흥가가 자신의 딸 경낭을 무함했다고 노발대발한다. 바로 그때, 어느새 경낭이 나타나 진실을 고백한다. 알고 보니 1년 전 한밤중에 나타난 경낭은 죽은 홍낭의 넋이 동생의 몸을 빌어 홍가와 동침한 것이었다. 홍낭^{경낭}은 부모에게 누이 경낭을 홍가에게 짝지어 주어 전날의 연분을 맺어 줄 것을 간곡하게 부탁한다. 그제서야 상황을 파악한 오 방어 내외는 홍낭^{경낭}의 말을 따라 경낭을 홍가에게 출가시키고 두 사람은 백년해로 한다.

이 이야기는 명대 중기 소설가 구우瞿佑의 소설집『전등신화』에 소개된 「금봉채기金鳳釵記」 이야기를 소재로 하고 명대 후기 극작가 심경沈璟, 1553~1610의 전기 희곡『일종정一種情』 및 풍몽룡『정사』의 「오홍낭吳興娘」 이야기를 참조하여 지어졌다. 그 뒤로도 부일신의 잡극 희곡집『소문소』에 소개된 「인귀부처人鬼夫妻」에도 이 이야기가 다루어져 있다.

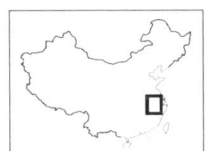

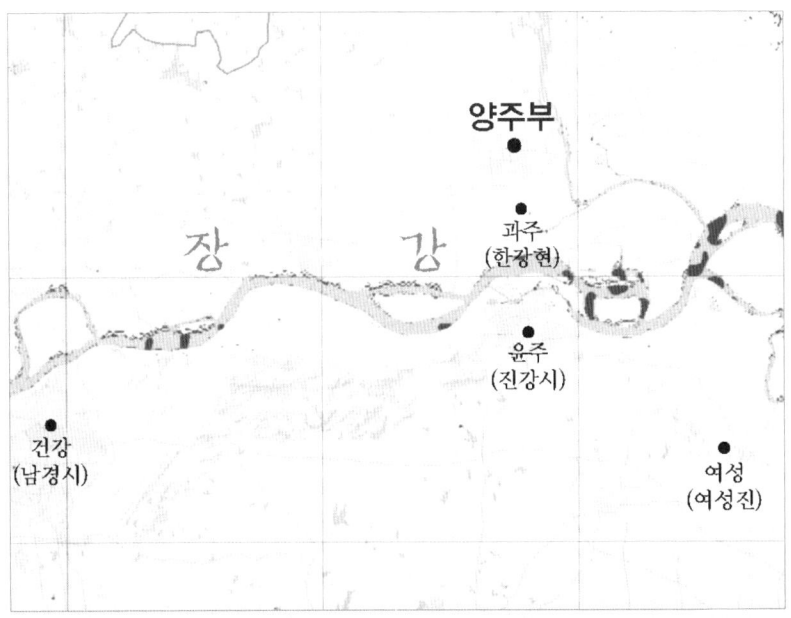

번역

이런 시가 있습니다.

삶과 죽음도 알고 보면 같은 이치	生死翻來一樣情,
콩대로 콩 삶지만 사실은 한 뿌리에서 난 것[1]	豆箕燃豆並根生.
산 동생과 죽은 언니도 서로를 아끼건만	存亡姊妹能相念,
한 울서 서로 싸우는 친형제들이 가소롭구나!	可笑鬩牆親弟兄.

이야기를 들려 드리도록 하겠습니다. 당나라 헌종[2]의 원화[3] 연간에 이십일랑[4]이라는 시어[5]가 있었는데, 이름이 행수行脩였지요. 아내 왕 부인[6]

---

1 콩대로 콩을 삶지만~[豆箕燃豆並根生] : 삼국시대 위(魏)나라의 조식(曹植, 192~232) 과 조비(曹丕) 형제의 일화에서 유래한 말. 남북조시대 유송의 유의경(劉義慶)이 지은 『세설신어(世說新語)』「문학편(文學篇)」에 따르면, 후한(後漢)의 군벌 조조(曹操)의 아들 조비는 그의 아우이자 정적이던 동아왕(東阿王) 조식을 몹시 미워하였다. 나중에 후한의 황제 헌제(獻帝)를 폐하고 위(魏)나라 문제(文帝)가 된 조비는 조식을 제거할 생각으로 자신이 일곱 걸음을 걷는 동안에 시를 짓지 못하면 극형을 내리겠다고 선언한다. 조식은 걸음을 옮기면서 다음과 같은 시를 지었다고 한다. "콩대를 태워 콩을 삶으니, 콩이 가마솥 속에서 우는구나. 본디 한 뿌리에서 난 사이거늘, 어찌하여 이다지도 급히 삶아대는가[煮豆燃豆其, 豆在釜中泣. 本是同根生, 相煎何太急]." 그 시를 들은 조비는 자신이 부끄럽기도 하고 아우가 불쌍하기도 해서 조식을 살려 주었다고 한다.

2 헌종(憲宗) : 당나라 제12대 황제 이순(李純, 778~820)을 말한다. 정원(貞元) 21년 (805)에 환관 구문진(俱文珍)이 그 부황인 순종(順宗)을 퇴위시키고 즉위시켰다. 각지의 반란과 병변을 평정하여 일시적으로 정치적 안정을 이룩하였다. 그러나 환관들을 지나치게 신임하고 불교에 탐닉하다가 환관에게 독살당하였다.

3 원화(元和) : 헌종이 806~820년까지 15년 동안 사용한 연호.

4 이십일랑(李十一郞) : 글자 그대로 풀면 '이 씨네 열한 번째 아드님'이라는 뜻이다.

5 시어(侍御) : 중국 고대의 관직명. 당대에 황제를 모시던 전중시어사(殿中侍御史)·감찰어사(監察御史)에 대한 별칭.

6 부인(夫人) : 중국 고대의 존칭. 당대에는 3품 이상의 고관대작의 모친이나 아내를 '군부인(郡夫人)', 왕의 모친, 아내 및 1품 고관대작과 제후의 모친, 아내는 '국부인(國夫人)'

은 바로 강서江西 염사[7] 왕중서의 따님으로, 정숙하고 어질어서 남편인 행수조차 귀한 손님 대하듯 예의를 차렸지요. 왕 부인에게는 어린 누이가 하나 있었습니다. 단아하고 슬기로와 부인이 몹시 아꼈으며, 늘 그녀를 곁에 데리고 다니며 키웠지요. 오죽하면 행수조차 그녀를 몹시 아껴서 마치 자신이 키우기라도 하는 것 같았지 뭡니까. 하루는 행수가 문중 사람의 혼례식 피로연에 참석하고 그 집에서 묵게 되었습니다. 그는 밤에 문득 꿈을 하나 꾸었는데 그 꿈에서 자신이 아내를 또 맞아들이는 것이었습니다. 그런데 등불 아래에서 신부를 확인해 보니 다른 사람도 아니고 바로 왕 부인의 그 어린 누이이지 뭡니까! 깜짝 놀라서 꿈을 깨기는 했습니다만 마음은 영 불편했습니다. 그래서 동이 트기를 기다려 서둘러 집으로 돌아왔지요.

집 문을 들어섰을 때였습니다. 가만 보니 왕 부인이 새벽같이 일어나 있지 뭡니까. 그녀는 우두커니 앉아 손으로 몇 번이나 눈물을 훔치면서 행수가 이유를 물어도 대답을 하지 않는 것이었습니다. 그래서 행수가 하인에게 물었지요.

"마님이 왜 저러는 게냐?"

으로 높여 불렀다. 나중에는 대갓집의 여주인 역시 '부인'으로 불려졌다.

7 염사(廉使) : 당대의 관직명. 중앙정부에서 지방의 민정을 시찰하기 위하여 파견하던 관리로, 정식 명칭은 염방사(廉訪使)이다. 당대에는 관찰사(觀察使), 송·원대에는 염방사, 명대에는 안찰사(按察使)로 시대별로 달리 부르기는 했지만 그 업무의 성격은 대체로 동일하였다.

그러자 하인들이 일제히 말하는 것이었습니다.

"오늘 아침에 부엌 일을 하는 늙은 종이 부엌에서 혼잣말로 '오경 쯤에 꿈을 하나 꾸었는데, 꿈에서 주인 마님께서 왕 씨댁 작은 아씨를 새로 신부로 맞아들이더라' 하고 말하지 뭡니까. 부인께서 그 일을 아시고 당신께 안 좋은 변고라도 생길까 걱정이 되셔서 새벽부터 저리 서럽게 울고 계십니다요."

행수는 그 말을 듣고 나니 등골이 오싹해지면서 놀란 나머지 온 몸에서 식은 땀이 다 흐르지 뭡니까.

'어째서 내가 꾼 꿈과 딱 맞아 떨어지는 걸까?'

내외는 서로가 사랑하고 아끼는 부부였습니다. 그래서 마음이 영 언짢았지만 억지로 부인을 달래는 수밖에 없었지요.

"그 늙은 종놈은 정신이 오락가락 하지. (…) 멍청한 자이니 그 꿈 따위 어디 믿을 수가 있겠소!"

입으로야 그렇게 둘러댔습니다. 그러나 속으로는 두 사람의 꿈이 약속이라도 한 것처럼 똑같다 보니 내내 의구심을 떨쳐버릴 수가 없었지요. 그런데 가만 보니 며칠이 지나기도 전에 부인이 병이 났지 뭡니까. 백방으로 치료를 해 보았지만 효과도 보지 못하고 두 달만에 세상을 등지고 말았답니다. 행수는 까무러쳤다가 다시 깨어날 정도로 대성통곡을 하더니 장인인 왕┼공에게도 서신을 보내 그 일을 알렸지요. 그러자 왕공도 온 가족이 애통해 하는 것이었습니다. 그러면서도 행수와의 친척의 인연을 차마 끊을 수 없어서 답장을 써서 어린 딸을 이 씨댁에 출가시켜 인연을 계속 이어나갈 뜻을 비추는 것이었지요. 행수는 상심이 큰 마당에 차마 그 일을 거론할 수가 없어서 장인의 제안을 단호하게 사양했답니다.

당시 그에게는 위수(韓隨)라는 비서[8]가 하나 있었습니다. 그는 천하의 기인들과 두루 친분을 맺는 데에 비상한 재주를 가지고 있었지요. 그는 행수가 부인을 그렇게 그리워하는 모습을 보더니 불쑥 그를 보고 말하는 것이었습니다.

"시어께서 부인을 그리는 감정이 이토록 깊으시니 … 그래, 정말 부인을 뵙고 싶으십니까?"

"한번 죽으면 영원히 이별하는 셈인데 … 어떻게 다시 볼 수가 있단 말인가!"

그 말에 위 비서는 이렇게 말했습니다.

---

8 비서(祕書) : 중국 고대의 관직명. 정식 명칭은 비서랑(祕書郞)으로, 궁중에서 황실의 전적(典籍)을 관리하거나 황제의 중요한 명령의 문안을 작성하는 업무를 관장하였다.

"시어께서는 정녕 돌아가신 부인을 보고 싶다고 하시면서 어째서 조상[9]의 왕 노인한테 물어 보러 가지 않으십니까?"

"왕 노인이 어떤 사람이길래?"

"제가 말씀드릴 것도 없이 … 시어께서는 '조상의 왕 노인'만 단단히 기억해 놓으십시오.[10] 그러면 만나실 날이 올 것입니다."

들고 보니 좀 이상하기는 했지만 행수는 그 말을 마음속에 단단히 기억해 두었습니다. 그로부터 이삼 년이 지나자 왕공의 어린 딸은 갈수록 성숙해져 갔지요. 왕공은 죽은 딸을 그리워하면서 어린 딸을 행수에게 후처로 들일 요량으로 몇 번이나 사람을 보내 혼담을 넣었습니다. 그러나 행수는 죽은 부인을 차마 배신할 수 없어서 끝까지 장인의 뜻을 따르지 않았지요.

그 후에 행수는 동대 어사[11]에 임명되어 어명을 받들고 동관[12]을 넘어

---

9 조상(稠桑) : 중국 고대의 지명. 지금의 중국 하남성(河南省) 영보시(靈寶市) 서쪽에 해당한다.

10 【즉공관 미비】誠則必灵. 정성을 다하면 반드시 효험을 보는 법.
   '령(灵)'은 명대에 사용된 '신령스러울 령(靈)'의 속자이다.

11 동대어사(東臺御史) : 당대의 관직명. 정식 직함은 '동도유대어사(東都留臺御史)'이다. 당대에는 동쪽 도읍 즉 '동도'인 낙양(洛陽)에도 어사대(御史臺)가 설치되어 있었다.

12 동관(潼關) : 중국 고대의 지역명. 섬서성(陝西省) 위남시(渭南市) 동관현(潼關縣) 북쪽이다. 북쪽으로는 황하(黃河)와 맞닿아 있고, 남쪽으로는 산 위에 자리잡고 있어서 '관중(關中)의 동쪽 대문'이라고 할 정도로 역사적으로 대단히 중요한 군사 요충지로 간주되었다.

도중에 조상의 역참에 머물게 되었답니다. 이곳 역관에는 칙사가 먼저 묵고 있었기 때문에 그는 관용 객주집을 빌어 묵을 수밖에 없었는데, 그 집 이름이 '조상점稠桑店'이었지요. 행수는 '조상'이라는 이름을 듣자마자 마음속에 와 닿는 것이 있었습니다.

"왕 노인인가 … 하는 사람이 여기에 산다고 하지 않았나?"

이런 생각이 들어서 막 찾아 나서려고 할 때였습니다. 가만히 들어 보니 길가에서 사람들이 아우성치는 소리가 들리는 것이 아닙니까. 행수가 객주집 문 옆으로 가서 보니 웬 사람들이 한 노인을 겹겹이 에워싸고 있는 광경이 눈에 들어오는 것이었습니다. 사람들은 서로 잡아 끌고 너도 나도 물으면서 얼이 다 나갈 정도로 매달리는 것이었지요. 그래서 행수가 객주집 주인에게 물었습니다.

"저 자들은 어째서 저러는 게요?"

"저 노인은 성이 왕씨인데 좀처럼 보기 드문 기이한 분이지요. 사람의 팔자와 운세를 아주 잘 봐서 마을 사람들은 저 분을 신처럼 받들지요. 해서 저 분이 길을 지나가기만 하면 붙잡고 길흉을 묻는 것입니다."

행수는 그제서야 위 비서가 한 말을 떠올리고 말했습니다.

"그러니까 정말 그런 사람이 있기는 있었군?"

행수는 객주집 주인을 부르더니 그를 당장 객주집으로 불러오게 했습니다. 주인은 행수가 조정에서 파견한 어사임을 알고 감히 지체할 엄두도 내지 못하고 인파를 헤치고 사람들 속으로 들어가서 그를 잡아 끌었습니다.

"우리 객주집에서 '이 십이랑'이라는 어사님께서 뵙고자 하십니다!"

사람들은 관원이 그를 부른다는 소리를 듣더니 길을 터서 보내 주고 금세 흩어지는 것이었습니다. 그래서 왕 노인은 객주집에 그를 보러 갔습니다. 행수는 그가 노인인 것을 보고 절도 받지 않고 단도직입적으로 자신이 죽은 부인을 그리워하고 있고, 위 비서가 그에게 가서 부탁하라고 소개해 준 일을 자세하게 이야기해 주고 나서 대뜸 말하는 것이었지요.

"왕옹께서 정말 그런 신기한 도술을 할 줄 아시오? (…) 죽은 넋을 만나게 해 줄 수 있겠소이까?"

"십일랑께서 돌아가신 부인을 보실 요량이시라면 … 오늘 밤밖에 없겠습니다.[13]"

---

13 【즉공관 미비】 武容易. 이렇게 쉬울 수가!

노인은 앞서 걸으면서 행수에게 수행원들을 돌려보내게 했습니다. 그리고 나서 그를 안내해서 어떤 토산[14]으로 들어가는 것이었습니다. 이어서 몇 길이나 되는 높은 산비탈을 올라가더니 그 비탈 옆에 언뜻언뜻 숲이 하나 보이는 것이었지요. 그러자 노인은 길 옆에 멈추더니 행수를 보고 말했습니다.

"십이랑께서는 숲 아래로 걸어가면서 큰 소리로 '묘자[15]님!' 하고 외치십시오. 그러면 누가 대답을 할 겁니다. (…) 상대가 대답을 하면 바로 '아홉째 아씨에게 오늘밤 잠시 묘자를 빌려 같이 가서 죽은 아내를 같이 싶다고 전해 주시오!' 하고 말씀하십시오."

행수가 그의 말대로 숲으로 들어가서 외치자 정말 누가 대답을 하는 것이 아닙니까. 그래서 노인이 시킨 대로 말을 했지요. 그러자 얼마 후에 열대여섯 살 되는 웬 여자가 걸어나와서 말했습니다.

"아홉째 아씨께서 절더러 십이랑님을 따라 가라고 하셨습니다!"

말을 마친 그 여자는 대나무 가지를 두 개 꺾더니 하나는 자신이 가랑이 사이에 끼고 하나는 행수에게 끼게 하는 것이었습니다. 행수가 그렇게 끼자마자 말처럼 빠르게 달리는 것이 아닙니까. 족히 삼사십 리 정도

---

14 토산(土山) : 암석질이 없이 흙으로만 형성된 작은 산.
15 【즉공관 미비】名嫵. 이름 참 요상하다.

갔을 때였습니다. 어느 사이에 문득 어떤 곳에 도착했는데 성과 궁궐이 웅장하고 아름다웠습니다. 앞으로 다가가 큰 궁을 지나니 그 앞에 문에 있는 것이었습니다.

"서쪽 복도를 따라 곧장 북쪽으로 가서 남쪽에서 두 번째 궁이 바로 부인께서 기거하시는 곳입니다."

행수가 그 말대로 서둘러 그곳까지 가니 정말로 십수년 전에 죽은 여종의 모습이 눈에 들어오는 것이 아닙니까. 그 여종은 마중을 나와서 행수를 자리에 앉혔습니다. 그리고 나자 부인이 걸어 나와서 눈물의 상봉을 했습니다. 행수는 이별의 한을 하소연하면서 부인을 끌어안고 놓아줄 줄을 모르는 것이었지요. 그러다가 그 자리에서 사랑을 나누려 하지 뭡니까. 그러자 왕 부인은 거부하면서 말했습니다.

"이제 서방님과는 유명을 달리하고 말았으니 이렇게 소녀에게 후환을 남기시는 것은 원치 않습니다. 만일 왕년의 아름다웠던 사랑을 잊지 않으셨다면 제 동생을 부인으로 맞아들여 이 인연을 계속 이어가도록 하십시오. 그렇게 하시면 소녀도 소원을 이루는 셈입니다. 이번 상봉에서 그 일만은 꼭 부탁드리겠습니다!"

말을 끝내자 아까 그 여자는 벌써 문 밖에서 큰 소리로 재촉하는 것이었지요.

"이십이랑님, 어서 나오십시요!"

그러자 행수도 더 이상 머무르지 못하고 눈물을 머금고 나오는 수밖에 없었지요. 그 여자는 아까처럼 행수에게 대나무 가지를 가랑이에 끼게 한 후 같이 출발했습니다.

원래의 자리에 도착해서 가만 보니 왕 노인은 마침 둘에 머리를 괴고 잠을 자고 있는 것이 아닙니까. 그러다가 발자국 소리가 들리자 행수가 돌아온 것을 알고 다가와서 묻는 것이었지요.

"소원을 푸셨습니까?"

"다행스럽게도 만나 보았습니다!"

"아홉째 아씨께서 사람을 보내 만나게 해 주셨으니 감사 말씀을 드리셔야지요."

그래서 행수는 그 말대로 묘자를 숲까지 배웅하고 큰 소리로 고맙다고 인사를 했습니다. 그리고 나서 되돌아 온 그가 노인에게 물었지요.

"그녀는 어떤 사람입니까?"

"여기에는 원래 영험하신 구자모[16]의 사당이 있었답니다."

구자모 석상(7세기 당대)

노인은 다시 행수를 안내해 객주집으로 돌아왔습니다. 그런데 가만 보니 벽에서는 등잔불이 반짝이고 있고 마굿간에서는 아까처럼 말이 여물을 먹고 있고 하인들은 하인들대로 다들 깊은 잠이 들어 있는 것이 아닙니까. 행수는 '이게 꿈인가' 하고 의아해 하기도 했습니다. 그러나 노인이 그 옆에 있으니 꿈이 아닌 것은 확실했지요. 노인이 바로 행수와 작별 인사를 나누고 떠나자 행수는 감탄하면서 기이하게 여겼습니다. 그리고 부인이 간곡하게 당부한 일이 생각나서 이 사연을 장인인 왕공에게 자세하게 적어서 보냈지요. 이렇게 해서 드디어 왕 씨댁과 다시 인연을 맺으

---

16 구자모(九子母) : 중국의 고대 전설에 등장하는 천신. '구자(九子)'는 28수(二十八宿) 중의 하나인 미수(尾宿), '구자모'는 여수(女宿)를 말한다. 미수는 아홉 개의 별로 이루어져 있어서 고대에는 이 별자리를 '구자'라고 불렀다. 상고시대에는 자식을 아홉이나 둔다는 것은 좀처럼 보기 드문 일이었으므로 그 당사자를 별자리에 빗대어 신격화한 것이 '구자모'이다. 나중에 민간에서는 구자모를 다산의 신으로 숭배하기도 하였다.

니 지난번의 꿈과 딱 맞아 떨어지지 뭡니까! 그야말로

예전 사위가 새 사위가 되고
자형이 이제는 매부가 되었구나!

舊女婿爲新女婿,
大姨夫做小姨夫.

예로부터 아황과 여영[17] 자매 두 사람만 함께 순[18] 임금에게 출가했었습니다. 다른 경우에도 자매가 죽는 바람에 차마 친척 관계를 끊지 못하고 처제를 아내로 맞아들이는 일이 세간에는 다반사였지요. 그러나 여태까지 죽은 언니가 그 같은 소원을 품고 저승에서 그 혼사를 이루어 준 사례는 한 번도 없었습니다. 오늘 소생이 이 기이한 이

아황과 여영

야기를 먼저 들려드린 것은 인생에서 바로 '사랑'이라는 것만큼은 죽어도 사라지지 않는다는 것을 보여드리기 위해서였습니다. 바로 이 왕 부인이 몸은 죽었어도 마음만은 여전히 남편과의 사랑을 생각하고 있었고,

---

17 아황(娥皇)과 여영(女英) : 중국의 고대 전설에 등장하는 인물. 요(堯) 임금의 딸로, 자매 둘이 모두 순(舜) 임금의 왕비가 되었다. 사후에는 상수(湘水)의 신이 되어서 '상군(湘君)'으로 불렸다고 한다. 한대의 문인 유향(劉向, BC77~BC6)이 지은 『열녀전(列女傳)』「유우이비(有虞二妃)」에 따르면, "두 왕비가 상수에서 죽었기 때문에 세간에서 그녀들을 '상군'이라고 불렀다[二妃死於江湘之間, 俗謂之'湘君']"고 한다.
18 순(舜) : 중국의 고대 전설에 등장하는 임금. 전욱(顓頊)의 후예로, 이름은 중화(重華)이며 '유우씨(有虞氏)'로 불리기도 한다. 요(堯) 임금이 그에게 이십 년간 직무를 수행하게 한 후 왕위를 물려주었다고 한다.

帝舜有虞氏

제순 초상(『삼재도회』)

동생 역시 자신이 아끼던 사람이어서 한 점의 사랑조차 잊을 수 없어서 저승에서나마 이렇게 입장을 밝히고 그 소원을 푼 것입니다. 이 경우는 아무래도 부부 생활을 오래 해서 이처럼 사랑이 깊었을 테니 이상할 것이 없을지도 모르겠군요.

소생이 이제부터는 혼인을 한 적이 없으면서도 지난날의 혼약을 잊지 못해서 저승에서 자신의 인연을 성사시키고 거기다가 동생을 위해 혼사까지 맺게 해 준 이야기를 하나 들려 드리도록 하겠습니다. 괴이하고 기이하고, 거짓말 같기도 하고 참말 같기도 하겠지만 들어 보시면 재미가 있으실 겁니다. 이 이야기를 증명하는 시가 있지요.

넋 돌아오는 일이야 예로부터 있었고 　　　　還魂從古有,
몸 빌리는 경우 역시 늘상 보는 일이지만 　　借體亦其常.
누가 산 사람의 넋을 끌어 들여서 　　　　誰攝生人魄,
먼저 숙세의 소원부터 갚은 적 있었던가. 　　先將宿願償.

이 이야기는 바로 원나라 대덕[19] 연간의 이야기입니다. 양주[20] 고을에

흥가가 경낭과 함께 방어댁으로 돌아가는 장면을 묘사한 『금봉채기』 삽화. 경낭이 몽골식 복장을 한 것이 이채롭다

오吳씨 성의 부자가 살고 있었는데 과거에 방어사[21] 벼슬을 지낸 적이 있어서 사람들이 그를 '오 방어'라고 불렀지요. 그는 춘풍루春風樓 옆에 살았고 딸이 둘 있었습니다. 하나는 '흥낭興娘'이라고 부르고 하나는 '경낭慶娘'이라고 불렀지요. 경낭은 흥낭보다 두 살이 적었는데 둘 다 강보襁褓에 싸여 있었습니다. 그 이웃에는 최崔 사군[22]이라는 양반이 살았는데, 오 방어와 매우 친하게 내왕하고 있었지요. 최씨 집에는 아들이 있었는데 이름이 '흥가興哥'로, 흥낭과는 동갑이었습니다. 그렇다 보니 최공은 흥낭을

---

19 대덕(大德): 원(元)나라 성종(成宗) 발이지근 철목이(字兒只斤鐵木耳, 즉 보르지긴 테무르)가 사용한 두번째 연호. 1297년부터 1307년까지 11년 동안 사용되었다.

20 양주(揚州): 중국 고대의 지명. 명대에 남직예(南直隷)에 속했던 양주부(揚州府)로, 지금의 강소성 양주시에 해당한다.

21 방어사(防禦使): 당대의 관직명. 정식 명칭은 방어착사(防禦捉使)이며, 관할 지역에 따라 도 방어사(都防禦使)와 주 방어사(州防禦使)로 구분되었다. 원래는 한 주나 몇 주의 군사 업무를 관장했지만 때로는 태수나 자사가 겸직하기도 했는데, 숙종(肅宗) 보응(寶應) 원년(762)에 잠시 철폐되었다가 대종(代宗) 연간에 다시 설치되어 오대(五代) 시기까지 존속하였다.

22 사군(使君): 중국 고대에 주의 행정 수장인 자사(刺史), 군의 행정 수장인 태수(太守)를 높여 부르던 호칭.

며느리로 줄 것을 부탁했고 방어도 흔쾌히 허락했답니다. 최공은 금봉채 金鳳釵[23] 하나를 예물로 삼았답니다.

혼약을 맺고 나서 최공은 온 가족이 먼 곳으로 벼슬살이를 떠났습니다. 그런데 떠난 지 십오 년이 넘도록 돌아온다는 소식조차 없지 뭡니까. 이때 홍낭은 벌써 열아홉 살이었습니다. 그녀의 어머니가 생각해 보니 딸이 혼례를 치룰 나이가 된지라 방어를 보고 말했지요.

"최 씨댁 홍가가 떠나고 열다섯해가 지났는데 소식조차 알 길이 없군요. 지금 우리 홍낭이는 벌써 다 컸는데 … 옛날 약속을 지키자고 좋은 시절을 놓쳐서야 되겠어요?"

그러자 방어는 이렇게 말하는 것이었습니다.

"한 마디로 결정한 일이니 천 금으로도 바꿀 수가 없소! 내가 내 친구에게 딸을 허락한 이상 어떻게 그에게서 소식이 없다고 해서 말을 바꾸겠소?"

홍낭의 어머니도 여자는 여자였지요. 딸이 나이가 찼는데도 혼례를 치

---

23 금봉채(金鳳釵) : 글자 그대로 풀면 '황금 봉황이 장식된 비녀' 정도로 번역된다. 다만, 중국의 경우 여성의 두발 양식(헤어스타일)이 우리나라(조선시대)처럼 뒤통수 쪽으로 틀어 묶는 방식이 아니라 정수리 쪽으로 틀어 올리는 방식이었다. 이 같은 점을 감안하면 비녀의 양식 역시 우리나라 식으로 뭉친 머리에 끼워 고정시키기 위하여 사용하는 쪽비녀가 아니라 틀어 올린 머리 위에 꽂아 아름답게 장식하기 위하여 사용한 비녀였음에 유념할 필요가 있다.

룰 기미조차 없는 보고 있자니 여간 신경이 쓰이는 것이 아니었습니다. 그래서 날마다 방어에게 '다른 집안을 찾아보자'고 성화였지 뭡니까. 홍낭은 홍낭대로 속으로 오로지 최 선비가 오기만을 기다릴 뿐 다른 생각은 전혀 하지 않고 있었지요. 방어야 다행히도 올바른 생각을 가지고 있었습니다만 어머니가 잔소리를 하는 것을 보기만 하면 속으로 자기 신세를 한탄하면서 눈물을 흘리곤 했지요. 게다가 아버지가 어머니에게 시달리다 못해서 갑자기 생각을 바꾸기라도 할까 봐서 속으로 늘 근심을 품고 그저 최 씨댁 낭군이 하루라도 빨리 돌아오기만 바랄 뿐이었습니다. 그러나 눈이 뚫어져라 아무리 기다리고 또 기다려도 어디 최 씨댁에서 코대답인들 해야지요! 그렇게 하염없이 기다리다 보니 밥도 먹는둥 마는둥 해서 병이 들더니 급기야 몸져 눕는 바람에 반년만에 세상을 떠나고 말았지 뭡니까요 글쎄! 부모와 동생 그리고 온 가족은 모두 통곡을 하다 하다 몇 번이나 까무라칠 정도였지요.[24] 홍낭의 시신을 입관할 때 그녀의 어머니는 최 씨댁에서 당초 예물로 건넨 그 금비녀를 손에 든 채 시신을 어루만지고 통곡을 하면서 말했습니다.

"이건 너희 시댁의 예물이다. (…) 이제 네가 죽어 버렸는데 내가 이런 것은 이건 두어서 무슨 보탬이 있겠느냐! (…) 보고 있으면 괜히 슬픔만

---

24 몇 번이나 까무라칠 정도였지요[昏章第十一] : '발혼장 제11(發昏章第十一)'은 현기증이 난 것(發昏)을 두고 한 말이다. 그 뒤에 "장 제11"을 붙인 것은 중국에서는 고대에 책을 엮을 때 각 장의 마지막에 "장 제××(章第××)"라고 표시하여 장과 장을 구분하였다. 여기서는 이 전통적인 분장체제(分章體制)를 흉내내어 언어유희를 벌인 경우이므로 굳이 따로 번역하지 않고 "몇번이나 까무라쳤다" 식으로 의역하였다.

명 번왕 금봉채(강서성 박물관 소장)

더할 뿐이니 … 네가 꽂고 가려무나!"[25]

그러더니 딸의 쪽머리에 꽂아주고 관 뚜껑을 덮는 것이었습니다. 그리고 사흘이 지나자 관을 메고 가서 교외에서 장례를 지내 주고 집에는 빈소를 마련한 다음 밤낮으로 울면서 슬퍼했답니다.

장례를 지내 주고 두 달이 지났을 때였습니다. 아 글쎄 최 선비가 불쑥 찾아왔지 뭡니까.[26] 방어는 그를 집으로 맞아들여 물었습니다.

"사위는 그동안 어디에 있었는가? 부모님은 평안하신가?"

그러자 최 선비는 이렇게 이야기하는 것이었습니다.

---

25 【즉공관 미비】可傷. 슬프구나!
26 【즉공관 미비】可恨事. 참 애통한 일이로고!

"아버님께서는 선덕부²⁷의 이관²⁸으로 계시다가 임지에서 세상을 떠나셨습니다. 어머님도 몇 년 전에 먼저 돌아가셨고요. (…) 소인은 그곳에서 부모상을 치르고 이제서야 상복을 벗고 장례 절차를 마치자마자 천리 길을 멀다 하지 않고 전날의 혼약을 지키려고 이렇게 댁으로 달려온 것입니다!"

그 소리를 들은 방어는 무심결에 눈물을 흘리더니 말했지요.

"우리 딸 홍낭이는 박명한 팔자이다 보니 자네를 그리워하다가 병이 들어 두 달 전에 한을 품고 죽었다네. (…) 이미 교외에서 장례까지 지냈지! 자네²⁹가 반년만 일찍 왔더라면 어쩌면 죽는 지경까지는 가지 않았을 텐데 오늘에야 왔으니 늦었네 그려!"

그는 말을 마치자마자 또 통곡을 하는 것이었지요. 최 선비는 홍낭을 직접 본 적이 없었지만 착잡한 마음은 금할 길이 없었습니다.

---

27 선덕부(宣德府) : 원·명대의 지역명. 원대 중통(中統) 4년(1263)에 설치되었으며 지원(至元) 3년(1337) 순영부(順寧府)로 개칭하였다. 지금의 하북성 내현(淶縣)·울현(蔚縣)·양원(陽原)·선화(宣化)·회안(懷安) 및 산서성 영구(靈丘) 등의 현들을 관할하였다.

28 이관(理官) : 명대에 송사를 담당한 관리들을 두루 일컫던 호칭. 여기에서는 정식 직함이나 구체적인 관등이 나와 있지 않다. 그러나 '사군(使君)'이 태수(太守)나 자사(刺史)를 높여 부르는 호칭인 점을 감안하면 태수가 아닌가 싶다.

29 자네[郎君] : '낭군(郎君)'이 우리나라에서는 신혼기의 여자나 주변 사람들이 그 남편을 높여 부르는 호칭으로 주로 사용되지만 명대에는 남의 집 아들을 높여 부르는 호칭으로도 사용되었다. 여기서는 혼동을 피하기 위해 "자네"로 번역하였다.

"딸의 장례는 벌써 다 치루었네마는 신위는 그대로 있다네. (…) 딸 영전에 가서 한번 보시게. 저승의 넋이라도 자네가 온 것을 알아야지 않겠나!"

방어는 눈물을 머금고 한 손으로 최 선비를 끌고 내실로 들어갔습니다. 그래서 최 선비가 고개를 들고 보았는데 그 광경을 볼작시면

종이띠 나부끼고	紙帶飄搖,
명동[30]은 나풀거리네.	冥童綽約.
나부끼는 종이띠들에는	飄搖紙帶,
한결같이 금칠 한 범문이 적혀 있고	盡寫着梵字金言,
나풀거리는 명동들은	綽約冥童,
은 대야와 수 놓은 수건 마주 들고 있구나.	對捧着銀盆繡帨.
한 줄기 향로의 연기는 날마다 피어오르고	一縷爐烟常裊,
양쪽 촛대의 등잔불은 희미하게 빛나는구나.	雙臺燈火微焫.
그림자 드리워진 신선 그림에는	影神圖,
절색의 미인이 그려져 있고	画個絶色的佳人,
흰 나무 신위에는	白木牌,
얼마전 세상 등진 장녀 이름 적혀 있구나!	寫着新亡的長女.

---

30 명동(冥童) : 고대에 망자의 빈소에 두던 금동옥녀(金童玉女)의 상으로 일반적으로 종이나 흙으로 만들었다. 그 뒤에 "나풀거리다(綽約)"라는 단어가 온 것을 보면 여기서의 명동은 종이로 만들어진 것인 듯하다.

최 선비가 빈소를 보고 절을 하니 방어는 탁자를 두드리면서 큰소리로 말했습니다.

"내 딸 홍낭아! 네 서방이 왔구나! 네 넋이 아직도 있고, 이 사실을 알 기나 하는지 모르겠구나!"

말을 마친 그는 대성통곡을 하는 것이었습니다.[31] 가족들도 방어의 말이 하도 애절하다 보니 다 함께 통곡을 하는 것이었지요. '첫 부처가 속세에 태어나고 다음 부처가 천상에 태어날 정도로' 한참을 그렇게 울고 부니 최 선비조차 덩달아서 얼마나 눈물을 흘렸는지 모를 정도였습니다. 그렇게 울고 난 방어는 지전을 좀 태우고 나서 최 선비를 안내해서 신위 앞에서 장모에게 인사를 시켰지요. 장모는 엉엉 울면서 반절을 했습니다.[32] 방어는 최 선비와 같이 본채 앞으로 나와서 그를 보면서 말했습니다.

"자네, … 부모님도 이미 돌아가셨고 길도 멀고 하니 오늘 이렇게 온 김에 우리 집에서 묵도록 하게. (…) 장인과 사위로서의 정리까지는 따지지 마세나. 지인의 아들이 내 아들 아니겠는가? (…) 홍낭이 죽었다고 해서 남처럼 대하지는 마시게."

그는 바로 사람을 시켜 최 선비를 대신해서 짐을 옮겨 오고 대문 옆 작

---

31 【즉공관 미비】不由不哭. 울지 않을 수가 없겠군.
32 【즉공관 미비】可痛之景. 참 애통한 상황이로고!

은 문간방³³을 치우더니 그에게 머물게 해 주었습니다. 그리고는 아침저녁으로 살피면서 매우 가깝게 대해 주는 것이었지요.

그렇게 보름을 지내고 보니 마침 청명절³⁴이지 뭡니까. 방어는 홍낭이 얼마 전에 죽은 것을 감안하여 온 가족이 그녀의 무덤에 가서 지전을 걸어 놓고 제사를 지내고 묘역을 청소했습니다. 이때 홍낭의 누이 경낭은 벌써 열일곱 살이 되어 있었지요. 그녀는 어머니와 함께 가마를 타고 언니 무덤으로 가고 최 선비 한 사람만 남아서 집을 지키고 있었습니다.

보통 양가집 여인네들은 외출하는 일이 좀처럼 드물지요. 그래서 이때가 되면 아름다운 봄경치를 구경하기 위해서 어떻게든 핑계를 대고 바깥으로 나가 산책을 하고 놀고 싶어 하는 것이 보통입니다. 오늘도 홍낭의 새 무덤까지 왔으니 내심 슬픈 감정을 품기는 했습니다. 그러나 황량한 교외 들판에 와 보니 분홍빛 복사꽃이며 파릇파릇한 버들가지들로 그야말로 여인네들이 놀기에 좋은 장소이지 뭡니까. 그래서 하루 종일 주위를 거닐다가 날이 어두워지고 나서야 집으로 돌아갔답니다.

최 선비는 문 밖으로 나와 사람들을 기다리고 있었지요. 그런데 저 멀

---

33 문간방[書房] : 고대 중국어에서 '서방(書房)'은 보통 서재나 사숙(글방)을 뜻하지만 명대 구어에서는 행랑채[廂房]의 뜻으로 사용되기도 하였다. 여기서는 편의상 "문간방"으로 번역하였다.

34 청명절(淸明節) : 중국 고대의 대표적인 명절이자 24절기의 하나. 일반적으로 음력 3월로, 한식(寒食) 날이거나 그 하루 전날이었다. 당대 이래로 해마다 이 날이 오면 교외로 나가 조상의 묘역을 단장하고 제사를 지낸 다음 명절 음식을 먹고 나들이를 즐겼다고 한다.

리서 여자가 탄 가마 두 대
가 오는 광경이 눈에 들어
오길래 문 왼쪽으로 가서
마중을 했습니다. 그런데
앞 가마가 먼저 들어가고
뒷 가마가 앞으로 다가와
최 선비 곁을 지날 때였습
니다. 갑자기 땅바닥 벽돌
위로 "쨍그렁" 하는 소리가

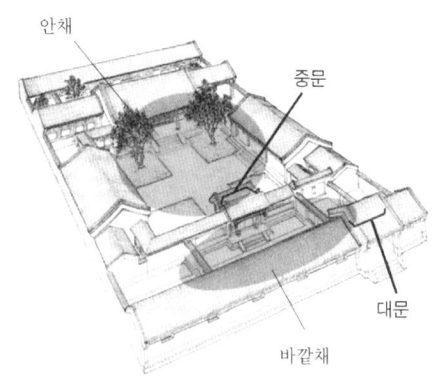

중문의 위치 예시

들리는 것이 아닙니까. 가마에서 웬 물건이 떨어진 것이었지요. 최 선비
는 가마가 다 지나가고 나자 서둘러 뛰어가서 주워서 보니 바로 봉황이
장식된 금비녀였습니다. 최 선비는 그것이 여자 물건인 것을 알고 서둘
러 들어가서 돌려주려고 했지요. 그런데 가만 보니 중문[35]은 벌써 잠겨져
있지 뭡니까. 알고 보니 방어는 온 가족이 딸 묘지에서 하루 종일 고생을
한 데다가 각자 술기운도 좀 오르고 해서 중문을 들어가자마자 문을 걸
어 잠그고 방을 치운 다음 잠자리에 든 것이었지요. 최 선비도 그런 사정
을 잘 아는지라 문을 두드리기가 머쓱해져서 일단 다음날까지 기다려도
늦지 않다고 생각했습니다.

　문간방으로 돌아 온 그는 그 비녀를 책 상자 속에 잘 넣었습니다. 그런

---

35 중문(中門) : 안채와 바깥채 사이에서 이 두 공간을 나누는 역할을 하는 문.

언니는 넋이 떠돌다 오랜 소원을 이루다

다음 촛불을 밝히고 홀로 앉아서 혼사를 치르지 못하고 홀몸으로 외롭게 남의 집 문간에서 더부살이를 하는 자기 신세를 생각해 보았지요. 방어가 아무리 자신을 사위처럼 대한다지만 아무래도 이렇게 마냥 있을 수는 없으니 어떻게 해야 할지 모르겠지 뭡니까! 속이 답답해져서 한숨만 몇 번이나 내쉬다가 잠자리에 들었습니다. 그렇게 잠을 청하려 할 때였지요. 갑자기 누가 문을 두드리는 소리가 들리는 것이 아닙니까?

"누구요?"

물어도 대답이 없자 최 선비는 잘못 들었나 싶어서 다시 잠을 청했습니다. 그런데 또다시 '똑똑' 문을 두드리는 소리가 들리는 것이 아닙니까. 그래서 최 선비가 큰소리로 다시 물었지만 이번에도 아무 기척이 없는 것이었습니다. 이상한 생각이 든 최 선비가 침상 가에 앉아서 막 신을 신고 문 가로 가서 가만히 귀를 기울이려고 할 때였습니다. 가만히 들어 보니 또 문 두드리는 소리만 들리고 아무 대답이 없지 뭡니까. 최 선비는 더 이상 참을 수가 없어서 몸을 일으켰습니다. 다행히 등잔불이 아직 꺼지지 않았길래 다시 심지를 돋워서 불을 밝힌 다음 그것을 손에 들고 문을 열고 나와서 보았습니다. 아 그런데 등불이 하도 밝다보니 아주 똑똑히 보이는데 바로 열일곱여덟 살 쯤 돼 보이는 웬 아리따운 여자가 문 밖에 서 있는 것이 아닙니까 글쎄. 그녀는 문이 열리는 것을 보자마자 바로 포렴布簾[36]을 걷고 방 안으로 들어왔습니다. 그러자 최 선비는 깜짝 놀라서 몇 발이나 뒷걸음질을 치고 말았지요. 그 여자는 사랑스럽게 웃는 얼굴로 최 선비를 보면서 나지막히 말하는 것이었습니다.

명대 소설 『금병매(金甁梅)』 삽화 속에 그려진 포렴(정면)

"서방님! (…) 저 모르시겠어요? 소녀는 바로 홍낭의 동생 경낭이에요. 아까 중문을 들어갈 때 비녀를 가마 아래에 떨어뜨렸지 뭐에요. 그래서 어두운 밤을 틈타서 찾으러 왔답니다. (…) 혹시, … 서방님이 주우셨나 해서요."

최 선비는 그 여자가 처제임을 알고 공손하게 대답해 주었지요.

"아까 아가씨가 뒷 가마를 타고 들어갈 때 정말 비녀가 땅에 떨어졌더군요. 그래서 소생이 마침 주워서 바로 돌려드리려고 했습니다. 그런데 중문이 이미 잠겨 있어서 놀라게 해 드릴 수 없어서 내일까지 보관하고 있으려던 참이었지요. (…) 지금 아가씨가 직접 여기까지 찾으러 오셨으니 당연히 당장 돌려드려야지요."

---

36 포렴(布簾) : 천으로 만들어 외부의 먼지바람이나 시선을 가리기 위해 문 위에 거는 발. 일식 음식점이나 주점의 문 위에 거는 '노렝(暖簾)'도 포렴의 일종이라고 할 수 있다.

하고는 책 상자에서 그것을 꺼내 탁자 위에 놓더니 말했습니다.

"아가씨, 가져가십시오."

그러자 여자는 백옥 같은 가녀린 손으로 비녀를 집어 머리에 꽂더니 웃는 얼굴로 최 선비를 보면서

"서방님이 주운 줄 진작에 알았더라면 굳이 밤에 찾으러 오지 않아도 됐을 텐데 말이에요. 지금은 벌써 야심한 시각이어서 소녀 나오기는 했는데 … 도로 들어갈 수가 없군요. 그래서 … 오늘밤만은 서방님 잠자리를 빌려서[37] 하룻밤만 시중을 들어드려야겠어요!"

하고 말하는 것이 아닙니까. 최 선비는 기겁을 하면서 말했습니다.

"아가씨, 그게 무슨 말씀이시오! 아가씨 부모님께서는 소생을 친혈육처럼 대해 주십니다. 그런데, … 소생이 어떻게 함부로 처신하여 아가씨의 순결을 더럽힐 수가 있겠소! (…) 아가씨, 돌아가시오. 나는 절대로 그 말씀을 따를 수가 없소이다!"

그러자 여자는 이렇게 말했습니다.

---

37 【즉공관 미비】此豈可借耶. 잠자리를 어떻게 빌릴 수가 있단 말인가!

"지금 집안사람들은 다 단잠을 자고 있어요. 아무도 이 일을 아는 사람이 없다니까요! (…) 이 좋은 밤에 좋은 연분을 맺으면 좋잖아요! 당신하고 제가 은밀하게 드나들면 겹사돈[38]이 되는 셈인데 … 안될 게 뭐가 있어요?"

"'남이 모르게 할 거라면 아예 안 하느니만 못하다'[39]는 말이 있습니다. 아무리 아가씨의 아름다운 마음을 따르고 싶어도 만에 하나 … 나중에 스치는 바람에 풀이 흔들리듯이 남들한테 들키기라도 했다가는 … 아가씨 부모님을 뵐 면목이 없는 것은 말할 것도 없고 소문이 밖으로 퍼지기라도 하면 … 소생이 어떻게 사람 구실인들 제대로 하겠소이까? 내 인생이 모두 망가지지 않겠느냔 말이요!"

최 선비는 이렇게 말렸지만 여자는 그래도 막무가내였습니다.

"이처럼 좋은 밤 … 거기다 밤까지 깊은데 … 저도 고독하고 당신도 외

---

38 겹사돈[親上加親]: '친상가친(親上可親)'은 혼인으로 인연을 맺은 두 집단이 새로 또 다른 혼인관계를 맺는 것을 가리키는데, 여기서는 경낭이 자신의 언니 흥낭과 정혼했던 형부감인 최 선비를 자신의 남편으로 받아들이려 하는 것을 두고 한 말이다.

39 남이 모르게 할 거라면~[欲人不知, 莫若勿爲]: 한나라의 매승(枚乘, ?~BC140)이 오왕(吳王) 유비(劉濞)를 설득할 때 한 말. 오왕 유비는 한나라를 세운 고조 유방(劉邦)이 책봉한 7개 제후국의 왕들 중 하나로, 유비가 조정의 처사에 불만을 품고 반란을 도모하자 매승은 글을 올려 극구 반대하였다. 그러나 오비는 그 말을 듣지 않고 반란을 일으켰다가 죽음을 당하고 영지까지 박탈당하고 만다. 원래는 "남이 듣지 못하게 하려 한다면 아예 말을 하지 않는 것만 못하고, 남이 알지 못하게 하려 한다면 아예 일을 벌이지 않는 것만 못하다[欲人不聞, 莫若勿言. 欲人不知, 莫若勿爲]"라는 형태로 사용되었다. 무슨 말, 무슨 일을 하더라도 남을 속일 수는 없다는 뜻이다.

로우니 이런 기회는 다시는 없을 거에요. (…) 한 방에 같이 있는 것도 평생의 연분이겠지요. (…) 일단 눈 앞의 좋은 일에만 집중하세요. 들키든 말든 그게 다 무슨 상관이에요? 게다가 소녀는 서방님을 위해서 모른 척할 자신이 있으니 들통 날 염려가 없답니다. 그러니 … 서방님도 걱정 근심일랑 하지 말고 이 좋은 때를 놓치지 마세요!"

최 선비가 그녀를 보니 말도 매혹적인데다가 너무도 아리따워서 속에서 타오르는 욕정이 불처럼 억누를 길이 없었습니다. 그러나 방어가 후하게 대해 준 정리를 생각하니 함부로 경거망동 할 수가 없었지요. 마치 아이가 폭죽놀이를 할 때 같았습니다. 웬지 좋아하면서도 한편으로는 두렵기도 했으니까요.[40] 그래서 막상 그녀의 말을 따르려다가도 이내 생각을 바꾸고 또

"그럴 순 없어, 그러면 안돼!"

하고 도리질을 치면서 여자에게 이렇게 애걸할 수밖에 없었습니다.

"아가씨 … 언니 홍낭 아가씨의 체면을 생각해서라도 제발 … 소생의

---

40 마치 아이가 폭죽놀이를 할 때~[小兒放紙炮, 又愛又怕]: 명대의 속담. 아이가 폭죽을 터뜨릴 때 그 놀이가 속으로 은근히 끌리면서도 한편으로는 자칫 몸을 상하지나 않을까 두려워하는 것처럼, 좋아하는 마음과 두려운 마음이 섞인 복잡한 심정을 두고 한 말이다. 때로는 "아이가 폭죽놀이를 하는 것 같다 — 좋아하면서도 두려워한다" 식으로 주절과 종속절을 나누어서 헐후어(歇後語)처럼 사용하기도 하였다.

뜻을 존중해 주시구려!⁴¹"

아이들의 폭죽놀이를 그린 민화

여자는 그가 몇번이나 거부하자 치욕을 느꼈는지 갑자기 표정이 바뀌더니 벌컥 화를 내면서 말했습니다.

"우리 아버지는 당신을 아들이나 조카처럼 예우해서 문간방에 머물게 해 줬어요. 그런데 … 당신은 감히 나를 오밤중에 이곳으로 끌어들여서 무슨 짓을 하려는 거에요? 내가 소리를 질러서 아버지한테 일러바치면 당신을 관가에 고발하실걸? 그때 가서 당신이 뭐라고 변명할지 두고 보자구요! (…) 절대로 호락호락 용서해 주진 않을 거야!"

이렇게 말투며 표정까지 험악해지는 것이었습니다.⁴² 최 선비는 그녀가 되려 말을 바꾸고 생떼를 부리자 속으로 단단히 겁을 집어 먹고 생각했습니다.

'정말 이만저만 무서운 여자가 아니구나! 이 여자가 지금 내 방에 있

---

41 【즉공관 미비】誰知正是令姊要緊. 정작 언니 쪽이 더 급하다는 것을 알 리가 없지.
42 【즉공관 미비】反跌法, 最妙. 적반하장. 이 방법이 최고지!

는 이상 누가 참말을 하고 누가 거짓말을 하는지 분간할 수도 없다. 이런 판국에 만에 하나 소리라도 지르고, 그녀가 기를 쓰고 우기기라도 한다면 무슨 수로 해명을 한단 말인가? (…) 차라리 일단 그녀의 뜻을 따르는 편이 낫겠다. 어쨌든 당장 들통이 날 것 같아 보이지도 않으니…[43] 천천히 나를 지킬 수 있는 대책을 세우도록 하자.'

그야말로

"숫양이 울타리를 들이받은 격이니   牴羊觸藩,
나아가기도 물러서기도 어렵구나!"[44]   進退兩難.

그는 하는 수 없이 웃는 얼굴로 여자를 보면서 말했지요.

---

43 【즉공관 미비】目顧眼下. 일단 눈앞의 상황부터 챙기는군.

44 숫양이 울타리를 들이받은 격[牴羊觸藩] : 중국 고대의 격언. 『주역(周易)』 "대장괘(大壯卦)"조의 "구삼. 소인은 씩씩한 기운을 쓰지만 군자는 그것을 쓰지 않는다. 마음은 바르지만 위태로우리니, 숫양이 울타리를 들이받으면 그 뿔이 걸려서 물러나지도 나가지도 못하는 것과 같은 이치이다[九三. 小人用壯, 君子用罔, 貞, 厲, 牴羊觸藩, 羸其角, 不能退, 不能遂]"에서 유래한 말이다. 숫양은 뿔이 우람하게 자라서 그것을 큰 자랑으로 여기고 뽐내기도 하지만 울타리를 들이받았을 때에는 빽빽한 나뭇가지에 걸려 꼼짝도 할 수 없게 된다. 세상에 살면서 처세할 때에도 마찬가지이다. 자신이 한창 잘 나갈 때 자기 힘(권력)을 믿고 함부로 행동하거나 남을 마구 대하다가는 언젠가는 불행을 당할 수 있다고 경고하고 있다. 명대의 학자 홍응명(洪應明)이 지은 『채근담(菜根譚)』에도 이와 비슷한 경구(警句)가 보인다. "(사회에서) 몸을 일으킬 때 한 걸음 높이 서지 않는다면 마치 먼지 속에서 옷을 털고 진창에서 발을 씻는 것과 같으니 어찌 (세상 일에) 초연해질 수 있겠는가? 세상에 처할 때 한 걸음 물러서서 처신하지 않는다면 마치 부나비가 촛불로 날아들고 숫양이 울타리를 들이받는 것과 같으니 어찌 안락할 수가 있겠는가?[立身不高一步立, 如塵裡振衣, 泥中濯足, 如何超逹, 處世不退一步處, 如飛蛾投燭, 牴羊觸藩, 如何安樂]" 여기서도 숫양의 비유를 들어 세상에서 처세할 때 신중하고 사려깊게 행동하라고 경계하고 있다.

"아가씨, … 소리치지 마시오! (…) 아가씨의 그 고운 마음을 따라서 … 소생이 무조건 아가씨가 하자는 대로 하면 되지 않소!"

여자는 최 선비가 자기 뜻을 따르겠다고 하자 화난 얼굴을 금세 반가운 표정으로 바꾸고 말하는 것이었습니다.

"이제 보니 서방님께서는 이렇게도 겁이 많으셨군요?"

최 선비는 문을 걸어 잠그고 둘이 옷을 풀고 잠자리에 들었습니다. 이일을 증명해 주는 【서강월西江月】[45] 가사가 있지요.

객주집에 몸이 매인 외로운 나그네와	旅館羈身孤客,
깊은 규방의 하얀 이 가진 참한 규수	深閨皓齒韶容.
사랑을 나누고 나니 둘의 정은 두터워져서	合歡裁就兩情濃,
그야말로 아름다운 난새와 훌륭한 봉새 같구나.	好對嬌鸞雛鳳.
좋은 인연이 서로 만났다 싶겠지만	認道良緣輻輳,
어려운 문제 겹겹이 몰려들 줄 누가 알겠나.	誰知啞謎包籠.
새 연인의 넋은 꿈에서 운우의 정 나누지만	新人魂夢雨雲中,
그래도 옛 정인의 사랑이 더 깊은 법이란다.	還是故人情重.

---

45 【서강월(西江月)】: 당대 궁정음악의 일종인 교방곡(敎坊曲)의 제목. 송대에는 '송사(宋詞)'에 사용되는 가락 즉 '사패(詞牌)'의 제목으로 사용되기도 하였다. 【백빈향(白蘋香)】·【보허사(步虛詞)】·【강월령(江月令)】 등의 별칭으로 불리기도 하였다.

두 사람은 운우巫雨의 정을 나누고 나니 정말 사랑이 넘치고 즐거움도 이루 형용할 수조차 없었습니다. 동이 틀 즈음에 경낭은 자리에서 일어나 최 선비와 작별하고 몰래 안채로 들어갔습니다. 최 선비는 그 서슬에 달콤한 맛을 좀 보기는 했지만 속으로는 남들에게는 말 못할 비밀을 품고 있다 보니 전전긍긍할 수밖에 없었지요. 남이 알기라도 할까 걱정이 되어서 말입니다. 그 여자가 드나드는 것이 상당히 은밀한 데다가 몸도 가벼워서 아침에는 몰래 들어가고 밤에는 몰래 나올 수 있으니 그나마 다행이었습니다. 그렇게 문간방을 몰래 들락거리면서 즐거움을 만끽했지만 그 사실을 눈치 챈 사람은 아무도 없었답니다.

그렇게 한 달 남짓 지났을까요? 그녀는 갑자기 어느 날 밤 최 선비를 보고 말하는 것이었습니다.

"소녀는 깊은 안채에서 지내고 서방님은 바깥의 행랑채에서 지내셔서 오늘 일은 다행스럽게도 아무한테도 들키지 않았습니다. 그러나 … '좋은 일에는 시련도 많고[46] 아름다운 만남은 방해받기 쉬운 법'입니다. 언제라도 꼬리를 밟히면 친정親庭에서는 책망을 하면서 저를 안채에 가두시

---

46 좋은 일에는 시련도 많고[好事多磨] : 명대의 한자 성어. 우리나라에서는 '호사다마(好事多魔)'라고 쓰고 '좋은 일에는 마가 낀다' 식으로 새기지만 잘못된 용법이다. 여기서의 '마'는 '악귀 마(魔)'가 아니라 '갈 마(磨)'를 써야 옳기 때문이다. '마(磨)'는 중국에서 원래 '갈다(grind)'라는 의미와 함께 나중에는 '고통을 당하다(suffer)'나 '좌절을 겪다(frustrate)'의 경우처럼 정신적으로 시련을 당하는 것을 나타내는 데에 사용되는 경우도 많다. '갈 마(磨)'가 '악귀 마(魔)'로 잘못 전해지게 된 것은 두 글자가 형태나 발음에서 서로 비슷한 것이 결정적인 원인으로 작용한 것으로 보인다. 여기서는 "호사다마"를 편의상 "좋은 일에는 시련도 많다"로 번역하였다.

고 당신까지 집 밖으로 내쫓으실 지도 몰라요. (…) 소녀야 처벌을 달게 받아들이겠지만 서방님의 훌륭한 품격에 누를 끼치기라도 한다면 소녀의 죄가 참 클 것입니다. 아무래도 서방님 하고 꼭 멀리 보고 대책을 상의하는 편이 낫겠어요."

그래서 최 선비가

"지난번에 아가씨 말을 쉽게 따르지 않은 것도 바로 이런 일 때문이었소. 이런 문제만 아니라면야 사람이 무슨 풀이나 나무도 아니고 … 소생인들 어디 감정조차 없는 물건이겠소이까? (…) 이제 일이 이 지경까지 되었으니 어떻게 해야 좋단 말이요!"

최 선비가 이렇게 말하니 여자가 말하는 것이었습니다.

"소녀가 보기에는 … 차라리 남이 눈치를 채기 전에 우리가 먼저 같이 도망을 가는 편이 낫겠어요. (…) 다른 고을에 정착해서 잘 숨어 지내면 편안한 마음으로 백년해로 하면서 헤어지지 않을 수 있을 거에요. (…) 서방님 생각은 어떠세요?"

"그 말도 일리는 있소이다. 그러나 나는 지금 혈혈단신인 데다가 평소 알고 지내던 친지도 없었소. 그러니 도망을 친다 한들 어디로 가야 옳단 말이요!"

이렇게 말한 최 선비는 골똘히 생각하다가 별안간 깨달았는지 말했습니다.

"예전 기억에 선친이 살아 계실 적에 늘 '원래 금영金榮이라는 종이 하나 있었는데, 신의를 중시하는 사람이란다. 지금은 진강[47]의 여성女城에 살면서 농사를 생업으로 삼고 있는데 집안 형편이 넉넉하다'고 하십디다. (…) 지금 당신과 나 둘이 그에게 의탁하러 가더라도 그에게 원래의 주인에 대한 의리가 있다면 나를 거절하지는 않을 게요.[48] 하물며 물길로 가면 그의 집까지 바로 갈 수 있으니 아주 수월하다오."

"그럼 지체하지 말고 오늘밤 당장 출발하시지요!"

두 사람은 잘 상의한 후 오경[49]에 잠자리에서 일어나 짐을 잘 챙겼습니다. 최 선비가 지내는 문간방은 대문 옆쪽에 있었으므로 문을 열기가 아주 수월했지요. 그렇게 대문을 나서자마자 바로 부두가 눈에 들어왔습니다. 최 선비는 뱃전으로 가서 노로 젓는 작은 배를 불렀습니다. 그리고 나서 대문 앞까지 가서 여자를 태우고[50] 바로 배를 몰아 곧장 과주[51]까지

---

47 진강(鎭江) : 명대의 지명. 남직예에 속했던 진강부(鎭江府)를 말하며, 지금의 강소성 진강시에 해당한다.

48 【즉공관 미비】倘拒, 將如之何, 非萬全之策也. 만일 거절이라도 하면 어쩌려고 저러나? 만전을 기하는 작전은 아니구만.

49 오경(五更) : 중국에서는 고대에 밤 시간을 다섯 단계로 구분하고 저녁 일곱 시부터 밤 아홉 시까지를 '초경(初更)' 또는 '일경(一更)', 밤 아홉 시부터 밤 열한 시까지를 '이경(二更)', 밤 열한 시부터 새벽 한 시까지를 '삼경(三更)', 새벽 한 시부터 새벽 세 시까지를 '사경(四更)', 새벽 세 시부터 새벽 다섯 시까지를 '오경(五更)'이라고 불렀다.

갔습니다. 그런 다음 배를 돌려보내고 과주에서 다시 장거리 배를 하나 빌려서 강을 건너 윤주[52]로 들어갔지요. 그리고 나서 단양[53]으로 가서 또 사십 리를 걸어 여성에 당도했습니다. 두 사람은 배를 강기슭에 단단히 매어 놓고 내려 어떤 마을사람을 찾아가서 물었습니다.

"여기 금영이라는 분이 사시오?"

"금영 … 이라면 이곳 보정[54]이십니다. 집안 형편도 넉넉한데다가 사람도 성실하고 정이 많은데[55] 누가 모르겠습니까요! 헌데, … 그건 왜 물으십니까요?"

"저와 좀 가까운 사이라서 일부러 찾아뵈러 왔소이다. 수고스럽겠지

---

50 여자를 태우고[下了女子] : '하 / 여자(下 / 女子)'는 현대 중국어에서는 '(배에서) 여자를 내려 주다' 식으로 해석되지만 명대(강남지역)에는 언어습관이 지금과 달라서 당시의 구어에서는 배를 타는 것을 '하선(下船)', 배를 내리는 것을 '상안(上岸)'이라고 하였다.

51 과주(瓜洲) : 중국 고대의 지명. 대운하가 장강으로 유입되는 지금의 강소성 한강현(邗江縣) 남부에 해당한다.

52 윤주(潤州) : 중국 고대의 지명. 수나라 개황(開皇) 15년(595)에 설치되었으며, 고을 동쪽에 자리잡고 있는 윤포(潤浦)에서 그 이름이 유래하였다. 지금의 강소성 진강시와 단양·구용(句容)·금단(金壇) 등의 현을 관할하였다. 당나라 말기에 단양군(丹陽郡), 윤주로 차례로 개칭되다가 북송의 정화(政和) 3년(1113)에 진강부로 개칭되었다.

53 단양(丹陽) : 중국 고대의 지명. 지금의 강소성 남경시 근교에 자리잡고 있었다.

54 보정(保正) : 중국 근세의 지방 행정체계. 북송의 정치가 왕안석(王安石, 1021~1086)은 부국강병을 위하여 보갑제(保甲制)를 시행할 때 10호(戶)를 '보(保)'로, 50호를 '대보(大保)'로 정하고 그 수장을 각각 보장(保長)·대보장(大保長)으로 삼았다. 이 제도는 명대까지 인습되어 보장 등이 '보정(保正)'으로 불려졌는데, 지금으로 치면 대체로 반장, 통장에 해당한다.

55 【즉공관 미비】賴其忠厚, 若止於蔭福, 不可仕也. 그가 성실하고 정이 많았던 덕택이다. 만일 조상의 음덕을 입는 정도에서 그쳤다면 믿음직스럽지 못했을 테지.

만 안내를 좀 해 주시오."

최 선비가 이렇게 말하니 그 마을사람은 손으로 한쪽을 가리키면서 말하는 것이었습니다.

"저쪽에 큰 술집 하나 보이시죠? 옆의 큰 대문이 바로 그분 댁이올시다."

최 선비는 제대로 찾아 온 것을 알고 속으로 기뻐하면서 배로 와서 여자를 안심시켰습니다. 그리고는 먼저 혼자 그 집 대문 앞까지 와서 바로 안으로 들어갔습니다. 금 보정은 사람 소리가 들리자 안에서 어슬렁어슬렁 나와서 물었지요.

"누가 오셨나?"

그래서 최 선비가 다가가서 인사를 하니 보정이 묻는 것이었습니다.

"수재 나리 같으신데 … 어떻게 오셨습니까?"

"소생은 양주부揚州府 최공의 아들이올시다."

보정은 "양주부 최공"이라는 소리를 듣자마자 깜짝 놀라면서 말했습니다.

"어떤 벼슬을 하셨는데요?"

"선덕부의 이관을 지내셨는데 지금은 벌써 작고하셨습니다."

"나리하고는 … 어떤 사이셨습니까?"

"바로 제 부친이셨소이다."

최 선비가 이렇게 말하자 보정이 말했습니다.

"그러시다면 도련님[56]이시군요! 헌데 … 그때의 젖이름은 기억하고 계십니까?"

"젖이름은 '홍가'라고 불렀소이다."

"그러시다면 우리 작은 나리시구만요?"

보정은 이렇게 말하면서 최 선비를 앉히고 머리를 조아려 절을 하는 것이었습니다.

---

56 도련님[衙內]: '아내(衙內)'는 당대에는 경비 업무를 담당한 관리에 대한 호칭이었으나 오대(五代)와 송대에는 이 직무를 대신의 자제들에게 맡기는 것이 관례가 되면서 나중에는 관료의 자제를 두루 일컫는 말로 전용되었다.

"주인나리께서는 언제 귀천歸天하셨습니까요?"

하고 보정이 묻길래 최 선비가 말했지요.

"금년으로 벌써 삼 년이 되었구려."

그러자 보정은 바로 가서 의자와 탁자를 들어냈습니다. 그리고는 빈 자리를 만들고 위패를 하나 써서 탁자 위에 놓더니 머리를 조아리면서 통곡을 하는 것이었습니다.[57] 통곡을 마친 그는 다시 물었습니다.

"작은 나리, 오늘은 어떻게 예까지 오셨습니까요?"

"아버님 생전에 오 방어 댁 아가씨 홍낭과 정혼을 했는데…"

최 선비가 이렇게 대답하는데 보정이 그 말이 끝나기도 전에 바로 이어서 말하는 것이었습니다.

"그렇지요. 그 일은 쇤네도 압지요. (…) 지금은 벌써 혼사를 치루셨겠군요?"

---

57 【즉공관 미비】難得. 좀처럼 보기 드문 사람이군!

"뜻밖에도 오 씨댁 홍낭 아가씨가 우리집 기별을 기다리다가 병을 얻었지 뭐요. 내가 오 씨댁에 도착하니 세상을 떠난 지가 벌써 두 달이나 되었더구만. 오 빙어께서는 전날의 혼약을 잊지 않으시고 너그럽게도 댁에 머물게 해 주십디다. (⋯) 기쁘게도 그 댁 처제인 경낭과 애틋한 사랑으로 오가다 보니 은밀히 부부의 인연을 맺었소. 그 일을 남들에게 들킬 것 같아서 몸을 의탁할 곳을 찾게 되었소. (⋯) 나는 의탁할 곳이 없어서 아버님께서 계실 때를 회상해 보니 예전에 당신이 충직하고 의리가 있는 사람으로[58] 여성에 산다고 하신 말씀이 생각납디다. 그래서 경낭 아가씨를 데리고 같이 이곳으로 오게 된 게요. (⋯) 옛 주인을 잊지 않았다면 힘을 써서 좀 도와주시오!"

금 보정은 그 말을 다 듣고 나서 말했습니다.

"그게 뭐가 어렵겠습니까? 이 늙은 것이 작은 나리의 시름을 덜어드리는 것이 마땅하지요!"

금 보정은 바로 안으로 들어가 할멈을 불러 내더니 최 선비에게 인사를 시켰습니다. 이어서 할멈에게 여종을 데리고 뱃전으로 가서 최 선비의 아씨를 데려오게 했답니다. 그리고는 노부부 두 사람이 직접 본채[59]를

---

58 【즉공관 미비】忠厚之僕, 倘以薄行加拒, 又如之何. 성실하고 정이 많은 하인이로구나! 만일 야박하고 거기다 받아주기까지 거절했더라면 또 어쩔 뻔 했나?

59 본채[正堂] : 중국에서는 전통적으로 문을 들어서서 정면에 보이는 집 건물을 '정당(正堂)'이라고 하고 그 방을 '정방(正房)'이라고 불렀다. 여기서는 편의상 '본채'로 번역하

청소하고 잠자리를 봐 주는 것이 마치 옛 주인을 섬기듯이 깍듯이 대하는 것이었지요.[60] 옷이며 음식 같은 것도 사려깊게 잘 챙겨 주어서 두 사람은 마음 편하게 지낼 수가 있었습니다.

그렇게 한 해가 다 되었을 때였습니다. 여자가 최 선비를 보고 말하는 것이었습니다.

"제가 서방님과 이곳에서 지내는 동안 평안하기는 했습니다. 하지만 … 부모님께서 낳아주신 은혜가 있지 않습니까? 두 분과 언제까지나 의절하고 지내는 것은 아무래도 현명한 방법이 아닌 듯해서 마음이 여간 불편한 것이 아닙니다."

"일이 이렇게 된 마당에 그런 일은 바랄 수도 없게 됐소. (…) 그래도 뵈러 갈 수가 있겠소?"

"당초에는 순간적으로 벌인 일이었지요. 그렇다 보니 만에 하나 발각되기라도 하면 부모님께서 분명히 책망하실 거고, 서방님과 제 미래도 어떻게 될지 알 수가 없지요. 영원히 해로하자니 도망을 가지 않고는 다른 방법이 없었습니다. 이제는 세월이 쏜 살 같이 지나서 벌써 일 년이 다 되었군요. (…) 자식을 사랑하는 마음은 누구나 다 가지고 있다고 생

였다.

60 【즉공관 미비】難得. 보기 드문 사람이로군.

각합니다. 부모님께서는 당시 제가 사라지자 분명히 섭섭하게 여기셨을 거예요. 이번에 만일 서방님 하고 같이 돌아가서 부모님을 다시 찾아 뵙는다면 기쁘게 생각하시면서 지난 일은 탓하지 않으실 겁니다. 그 정도는 충분히 짐작할 수 있는 일이지요. 그러니 염치 불구하고 내외가 같이 두 분을 뵈러 가는 것 정도야 무슨 문제가 있겠습니까?"

그러자 최 선비가 말했습니다.

"대장부는 세상을 두루 편력하는 것이 옳은 일이요. 그런데 이렇게 여기서 숨어 지내기만 하는 것은 사실 현명한 생각이 아니지. 지금 부인 생각이 그렇다니 소생이야 장인어른께 책망은 좀 들을지언정 부인을 위해서라도 감수하는 것이 도리라고 보오. 지금까지 일 년 동안 부부로 지냈고, 부인 집안은 명문가로 명망이 높소. 그러니 당신과 나를 도로 갈라 놓고 다른 사람에게 출가시킬 리는 없을 게요. 하물며 당신 언니와는 혼약을 지키지 못했으니 그 약속을 지키고 이전과 같은 좋은 관계를 맺는 것은 당연한 일이요. 뵈러 갈 때 조금만 조심한다면 별 문제는 없겠지."

두 사람은 상의가 끝나자 금영에게 부탁해서 배를 한 척 빌렸습니다. 그리고 나서 금영과 작별하고 길을 떠나 강을 건너고 과주로 들어가서 양주 땅으로 향했지요. 방어 댁까지 거의 다 왔을 때 여자는 최 선비를 보면서 말했습니다.

"일단 배를 여기서 멈추시고 … 저희 집 문 앞까지 가시기 전에 서방님하고 의논할 이야기가 있습니다."

최 선비는 사공에게 배를 세우게 하고 나서 여자에게 물었습니다.

"또 무슨 할 이야기가 있소?"

"서방님과 제가 도망쳐 일 년 동안 숨어 지냈는데 오늘 불쑥 내외가 뵈러 갔다가 다행히 용서해 주신다면 정말 천만다행이겠지요. 그러나 … 만에 하나 성이라도 내신다면 수습하기 곤란하게 될 겁니다. 차라리 서방님께서 먼저 좀 뵈러 가십시오. 부모님 표정을 살피시면서 잘 말씀드리세요. 그렇게 해서 마음이 변하지 않으실 것 같을 때 부모님들께서 저를 데리러 오시게 한다면 … 한결 낫지 않겠습니까? 그렇게 되면 체면도 살릴 수 있을 거고요.[61] (…) 어쨌든 저는 여기서 서방님 소식만 기다리고 있겠습니다."

"부인, 제대로 보셨소이다. (…) 내가 먼저 뵈러 가리다!"

최 선비가 이렇게 말하고 뭍으로 뛰어 내리자마자 방어 댁으로 걸음을 막 내 디디려는 찰나였습니다. 여자가 또 그에게 손을 흔들어 돌아오게

---

61 【즉공관 미비】 何必如此婉轉. 꼭 그렇게 완곡하게 행동해야 할 필요가 있을까?

해서 말하는 것이었습니다.

"또 드릴 말씀이 하나 있습니다. (…) 여자가 남자를 따라서 도망치는 것이 사실 좋은 일은 아닙니다. 만에 하나 저희 집에서 추문이 드러날 것을 꺼려서 일부러 현실을 인정하지 않는 사태가 벌어질 수도 있으니 거기에도 대비하셔야 합니다."

하더니 팔을 머리로 뻗어 왕년의 그 봉황 장식 금비녀를 뽑아서[62] 최 선비에게 가져가게 했습니다.

"혹시라도 말씀을 얼버무리려고 하시면 이 비녀를 두 분께 보여 드리세요. 그러면 발뺌을 하지 못하실 겁니다."

"부인이 이렇게도 치밀하구려!"

최 선비는 비녀를 넘겨받아 소매 안에 넣은 다음[63] 방어 댁 안을 향해 걸음을 내디뎠지요.

---

62 【즉공관 미비】好關目. 좋은 증거물이지!
　　'관목(關目)'은 명대에 주로 희곡이나 소설에서 사용한 용어로, 줄거리 그 자체 또는 줄거리를 극적으로 안배하는 것을 두루 가리킨다. 여기서는 봉황 금비녀를 두고 한 말로, 엄밀하게 말하자면 줄거리를 가리키는 것이 아니라 일종의 '오브제(objet)'에 해당한다. 오브제는 연극 용어로, 일상적 의미와는 다른 상징적이고 환상적인 의미가 부여되어 전체 줄거리에서 극적으로 중요한 역할을 하는 물건을 말한다. 여기서는 편의상 "증거물"로 번역하였다.
63 【즉공관 미비】崔生可謂惟命是從. 최 선비가 말 그대로 무조건 명령대로 따르는군.

최 선비는 본채로 들어가서 기별을 넣었습니다. 방어는 최 선비가 온 것을 알고 몹시 반가워하면서 보러 나왔습니다. 그러더니 최 선비가 입을 열기도 전에 냅다 말하는 것이었지요.

"지난번에는 대접이 소홀해서 자네가 불편하게 만들었네. 이 몸이 죄를 지었어! 선친의 얼굴을 봐서라도 나를 너무 나무라지는 마시게!"

최 선비는 땅바닥에 엎드려 절을 한 채로 감히 올려다보지도 못했습니다. 그렇다고 바로 이야기를 꺼내기도 머쓱해서 무조건

"이 사위 놈 … 정말 죽을 죄를 졌습니다!"

하면서 머리를 조아리기를 멈추지 않았지요. 그런데 방어 쪽에서 더 놀라면서

"자네에게 무슨 죄가 있다고 그런 말을 하는 겐가? 어서 제대로 말을 해 보게나. 궁금해 죽겠네 그려!"

하고 되묻는 것이 아닙니까. 그래서 최 선비가 말했습니다.

"장인어른께서 아량을 베푸시어 이 사위놈을 용서해 주십시오. 그래야 이 사위놈이 말씀을 드릴 수가 있겠습니다!"

"할 말이 있으면 하게나. 선대부터 알고 지낸 아들 같고 조카 같은 사이인데 어째서 내 말을 못 믿는 게야?"

최 선비가 방어의 모습을 보니 몹시 반가워하는 눈치인지라 그제서야 사실대로 해명을 하는 것이었습니다.

"이 사위 놈 … 따님인 경낭 아가씨의 사랑을 받아 순간적으로 사사로이 혼약을 맺었습니다! 안채의 일은 은밀하건만 남녀지간의 사랑이 넘치다 보니 '의롭지 못하다'는 오명까지 쓰면서 사사롭게 정을 통하는 죄를 저지르고 말았습니다! (…) 참으로 지은 죄가 작지 않기에 어쩔 수 없이 야밤에 도망을 쳐서 시골 마을에 숨어서 지냈습니다. 그렇게 지금까지 일 년을 지내다 보니 안부조차 오랫동안 여쭙지 못하고 소식조차 제대로 전하지 못했습니다. (…) 부부의 사랑이 아무리 깊다고 한들 어찌 부모님의 무거운 은혜를 잊을 수가 있겠습니까? 오늘 외람되게도 따님과 함께 댁에 인사차 찾아뵈었습니다. 엎드려 바라오니 그 깊은 정리를 헤아리시어 지난날의 죄를 용서해 주시고 저희 부부에게 백년해로의 기쁨을 내려 주시어 영원토록 날개를 나란히 날고자 하는⁶⁴ 소원을 이루어 주십시요! 장인어른께서는 그토록 사랑하시는 따님을 잃지 않으시고 이 사위 놈은 가정을 지킬 수만 있다면 참으로 천만의 다행이겠습니다! 그

---

64 날개를 나란히 날고자[于飛] : 중국의 대표적인 고전인 『시경(詩經)』 「대아 · 권아(大雅 · 卷阿)」의 "봉황이 날개를 나란히 하고 나누나(鳳凰于飛)"에서 유래한 말로, 부부의 사랑이 깊고 돈독한 것을 두고 한 말이다. 비익조(比翼鳥)는 암컷과 수컷이 날개를 나란히 맞대야 하늘을 날 수 있다고 한다.

小姨病起續前緣

처제는 병상서 일어나 전날의 인연을 잇다

러니 장인어른께서 그저 불쌍하게 여겨 주십시요!"

방어는 그 말을 듣고 나서 깜짝 놀라면서 말했습니다.

"자네 … 그게 무슨 말인가! (…) 우리 딸 경낭이는 병으로 몸져 누운
지가 오늘로서 일 년째 되네. 차도 밥도 제대로 먹지 못하고 거동을 하려
면 누가 부축해 주어야 한다는 말일세. (…) 지금까지 침상에서 한 걸음
도 내려 온 적이 없었는데 … 방금 그 말은 어찌 된 영문인가? 귀신이라
도 본 겐가?"[65]

그러자 최 선비는 장인의 말을 듣고 속으로 생각했습니다.

'경낭이 정말 식견이 있구나! 장인어른이 가문에 누라도 될까 봐서 한
사코 따님이 병상에 있었다고 핑계를 대면서 외간사람을 속이려 하시는
게지!'

이렇게 생각한 최 선비는 방어를 보면서 말했습니다.

"이 사위놈이 어디 거짓말을 고하겠습니까? 지금 경낭은 배에 있으니
장인어른께서 사람을 시켜 데려오게 하시면 바로 알게 되실 것입니다!"

---

65 【즉공관 방비】差不多. 거의 그런 셈이지.

방어는 그래도 코웃음[66]을 치면서 믿지 않는 것이었지요. 그러면서도 한 가동家童을 보고 이르는 것이었습니다.

"네가 최 씨댁 도련님 배로 가서 좀 살펴 보려무나. (…) 같이 온 사람이 누구길래 우리집 경낭이로 잘못 보고 이러는지는 모르겠네마는 … 이건 장난 좀 심하지 않느냐 말이야!"

가동이 배가 있는 곳으로 가서 배 안을 보았지만 선창 안은 조용한 것이 한 사람도 보이지 않았습니다. 그래서 사공에게 물어 보려고 하니 사공은 고물에서 고개를 숙인 채 한참 식사를 하고 있는 중이었지요.

"선창 안에 있던 분은 어디로 가셨수?"

하고 가동이 묻자 그 사공이 말하는 것이었습니다.

"수재 행색을 한 나리는 배에서 내리고 젊은 아가씨만 선창에 남았었는데 … 방금 보니 뒤따라 간 것 같구려."

그래서 가동은 돌아와서 방어에게 보고했습니다.

---

66 코웃음[冷笑] : '냉소(冷笑)'는 황당하고 기가 차서 피식 하고 웃는 웃음. 근래에 유행했던 '썩소'라는 말처럼, 상대방에 대한 경멸의 감정이 담겨 있다.

"배 안에는 아무도 보이지 않았습니다. 해서 사공한테 물었더니 '웬 젊은 아가씨가 배에서 내리기는 내린 것 같은데 어디 갔는지는 못 봤다'고 합니다요!"

방어는 사람 그림자 하나 없는 것을 보고 저도 모르게 언짢은 표정을 지으면서 말했습니다.

"자네가 아무리 나이가 젊다지만 좀 진지해야지! 어째서 그런 요망한 이야기를 지어내서 남의 집 규수를 모함하는가? 대체 이게 무슨 경우란 말인가!"

최 선비는 장인이 그런 말을 하는 것을 보고 마음이 다급해졌습니다. 그래서 허둥지둥 소매에서 그 금비녀를 꺼내서 방어에게 바치고 말했지요.

"이것은 바로 따님인 경낭 아가씨의 물건이니 믿으실 수 있을 겁니다. 제가 왜 없는 말을 지어내겠습니까?"

그러자 방어는 그것을 건네받아 보더니 깜짝 놀라서 말하는 것이었습니다.

"이건 … 우리 죽은 딸 홍낭이를 입관할 때 머리에 꽂아 준 비녀가 아닌가! (…) 오래 전에 함께 묻어 준 것인데 … 어째서 자네 손에 있는 거지? (…) 거참, 괴이하다, 괴이해!"

최 선비는 작년에 홍낭의 묘지에서 여자 가마가 집으로 돌아올 때 가마 밑에서 그 비녀를 주운 일, 나중에 경낭이 그 비녀를 찾기 위하여 한밤중에 안채에서 나왔다가 결국 부부의 인연을 맺은 일, 그리고 그 일이 발각될 것이 두려워 함께 옛 종인 금영이 사는 곳까지 도망가서 일 년 동안 지내다가 이제야 함께 되돌아온 사연을 처음부터 끝까지 자세하게 털어 놓았습니다. 그러자 방어는 놀란 나머지 얼이 다 나가서 말했습니다.

"경낭이는 지금 방의 침상에서 몸져 누워 있네. 자네가 믿지 못 하겠다면 가서 보아도 좋네. 그런데 … 어째서 자네 말이 이렇게도 그럴듯하게 들리는 게지? 또 … 이 비녀는 대관절 어떻게 튀어나온 겐가? (…) 정말 해괴한 일이로군!"

그는 최 선비 손을 잡더니 딸의 방으로 안내해 환자를 보여주고 사실 여부를 확인시키려 했습니다.

다시 이야기를 들려 드리도록 하겠습니다. 경낭은 정말 그동안 병으로 몸져 누워서 땅바닥에도 내려 온 적이 없었습니다. 그런데 이 날 방 바깥에서 최 선비가 한참 의아해 하고 있을 때였습니다. 경낭이 '턱' 하고 병상에서 걸어나오더니 바로 본채 앞까지 뛰어나오지 뭡니까! 집안사람들은 그 광경을 보고 기이하게 생각하고 방어의 부인과 함께 우루루 모두 따라 나오더니 소리쳤습니다.

"그동안 몸조자 가누지 못하시더니 지금은 별안간 걷기 시작하셨어요!"

그런데 가만 보니 경낭이 본채 앞까지 와서 방어를 보자마자 절을 하는 것이 아닙니까. 방어가 보니 경낭인지라 더더욱 놀라면서 물었습니다.

"너 … 언제부터 걷게 된 게냐?"

최 선비는 속으로

'배에서 나온 것을. (…) 일단 무슨 말을 하는지 들어 보자.'

하고 생각하고 있는데 가만 보니 경낭이 이렇게 말하는 것이었습니다.

"소녀는 홍낭입니다! 일찍이 부모님을 떠나 멀리 황량한 교외에 묻혀 있었지요. 그러나 … 최 선비님과의 연분이 아직 끝나지 않아 오늘 이렇게 온 것이지 다른 뜻은 없습니다. 최 서방님을 위해 각별히 배려하셔서 사랑하는 동생 경낭이가 제 혼사를 대신 치르게 해 주십시오. 소녀의 말을 들어 주신다면 동생의 병도 바로 완쾌될 겁니다. 그러나 그렇게 하지 않으시면 소녀가 떠나자마자 동생도 죽을 것입니다!"[67]

온 가족은 경낭이 하는 말을 듣더니 모두 깜짝 놀라고 말았습니다. 몸이나 얼굴을 보면 경낭인데 말투나 행동거지는 영락없는 홍낭이었으니까요. 그래서 가족들은 모두 '죽은 홍낭의 넋이 돌아와 경낭 몸에 붙어서 한 말'이라는 것을 깨달았지요. 그러나 방어는 정색을 하면서 그녀를 나무랐습니다.

"너는 이미 죽은 몸이라면서 어째서 도로 인간세상으로 돌아와서 요망한 짓을 벌이고 산 사람을 홀리는 게냐!"

그랬더니 경낭은 이번에도 홍낭의 말투로 말하는 것이었습니다.

"소녀가 죽어서 저승으로 가니 저승에서 소녀는 죄가 없다고 하면서 가두지 않고 후토부인[68] 밑에서 문서를 관장하는 일을 맡게 해 주셨습니다. 그러나 소녀는 속세의 인연이 아직 다하지 않았기에 일부러 부인으로부터 일 년 동안 휴가를 받아 최 선비님과 전날의 인연을 마무리하고자 찾아온 것입니다. (…) 동생이 그동안 병을 앓은 것도 소녀가 동생 얼을 빌려 최 서방님과 함께 지냈기 때문이었지요. 이제 기한이 다 되어 떠

---

67 【즉공관 미비】有挾而求. 협박 반 부탁 반이로군?
68 후토부인(后土夫人) : 당대의 전기(傳奇) 소설 『후토부인전(后土夫人傳)』에 등장하는 여신. 과거에서 낙방한 선비 위안도(韋安道)가 낙양(洛陽)으로 가던 길에 대지를 주재하는 신선인 후토부인이 찾아와 위안도와 가약을 맺는다. 시가에 온 후토부인은 기이한 행적을 보여서 시부모와 당시의 황제 무측천(武則天)이 그녀를 요괴로 의심하고 고승과 도사를 차례로 초빙해 상대하게 하지만 오히려 번번이 패배하고 만다. 나중에 신선계로 돌아간 후토부인은 무측천을 불러 자신이 남편 위안도와 이별하게 되었으니 대신 잘 돌보아 줄 것을 당부하고 사라진다. 위안도의 이름을 따서 『위안도전』으로 불리기도 한다.

후토부인 초상

나야 할 시간이 되었습니다. 하오나 제가 어떻게 최 서방님을 이렇게 외롭게 내버려 두어 우리 집안과 남남[69]이 되게 할 수가 있겠습니까?[70] 그래서 꼭 동생을 서방님께 출가시켜 전날의 인연을 매듭지어 주십사 간곡하게 당부 드리려고 일부러 부모님을 찾아 뵌 것입니다! 그렇게만 해 주시면 소녀도 구천에서일지언정 마음을 놓을 수 있을 것 같습니다!"

방어 내외는 그녀의 애절한 말을 듣더니 바로 약속하는 것이었습니다.

"내 딸아, 걱정 말거라! (…) 네 말대로 경낭이를 출가시키마!"

홍낭은 부모가 출가시키겠다고 약속하자 기쁜 표정을 지으면서 방어에게 감사의 절을 올렸습니다.

---

69 남남[路人] : 원래 "노인(路人)"이란 '길을 지나가는 나그네'라는 뜻으로, 서로 특별한 관계나 인연이 없는 남과 같은 사람을 두고 하는 말이다. 여기서도 "노인"을 '나그네' 또는 '뜨내기' 정도로 이해해야 하겠지만 맥락을 고려하여 편의상 "남남"으로 의역하기로 한다.
70 【즉공관 미비】有情人. 인정이 있는 사람이로군!

"아버님 어머님께서 소녀의 부탁을 들어 주시니 정말 감사합니다! 소녀 이제 안심하고 떠납니다!"

그리고는 최 선비 앞으로 오더니 그의 손을 잡고 오열하면서 말했습니다.

"저와 서방님은 일 년 동안 서로 아끼고 사랑했는데 … 이제는 이별이로군요. (…) 경낭의 혼사는 부모님께서 제게 약속해 주셨습니다. 서방님…, 당신도 사랑받는 사위가 되시고 신부와 행복한 나날을 누리게 되더라도 옛 사랑인 저를 잊으시면 안됩니다?"

그녀는 말을 마치자마자 대성통곡하는 것이었습니다.

최 선비는 그녀의 사연을 다 듣고 나서야 그동안 자신과 함께 지낸 것이 바로 홍낭의 넋이었다는 사실을 깨달았습니다. 오늘 당부하는 말을 듣는 동안에도 슬프기는 했지만 처제의 몸인 것을 아는 데다가 남들 앞이다 보니 드러내 놓고 살갑게 대해 주기는 난처했지요.[71] 아 그런데 가만 보니 홍낭의 넋이 이렇게 당부를 하고 한 동안 통곡을 하더니 경낭의 몸이 별안간 땅바닥에 주저앉는 것이 아닙니까. 사람들이 놀라고 당황하면서 다가와서 보니 입에는 이미 숨이 끊어진 상태였습니다. 그래서 그녀의 가슴을 쓸어 보니 온기는 아직 남아 있길래 서둘러 생강탕을 먹였습니다. 그리고 나서 한 시진[72]이 지나자 그제서야 의식을 되찾는 것이었

---

71 **【즉공관 미비】** 新官對舊官, 笑啼俱不敢. 신관(신참)이 구관(고참)을 만난 격이군. 웃거나 우는 것도 마음대로 할 수 없으니.

지요. 병도 다 낫고 거동도 평소와 같길래 그동안의 일들을 물어 보았지만 하나도 모르지 뭡니까. 그녀는 사람들 틈에서 눈을 들어 둘러 보았습니다. 그리다가 최 선비가 그 사이에 서 있는 것을 발견하자 황급히 얼굴을 가리고 중문으로 뛰어들어가 버리는 것이었습니다. 최 선비는 방금 꿈에서 깨어난 것처럼 한참을 놀라고 의아하게 여기다가 겨우 안정을 되찾았지요.

방어는 지체하지 않고 바로 황도[73]의 길일을 골라 경낭과 최 선비를 혼인시켰습니다. 화촉을 밝힌 첫날 밤, 최 선비는 경낭을 익숙하게 보아 온지라 그런 대로 익숙하게 대했습니다. 그러나 경낭은 최 선비를 그다지 잘 알지 못하는지라 너무도 부끄러워하는 것이었지요. 그야말로

하나는 안채의 연약한 여인으로	一個閨中弱質,
신랑과는 조금도 대화를 나눈 적 없었고	與新郎未經半晌交談,
하나는 여행 길 함께 한 지인으로	一個旅邸故人,
아리따운 그녀와 한 해를 알고 지낸 사이.	共嬌面曾做一年相識.

---

72 시진(時辰) : 고대 중국에서는 하루를 열두 시진으로 나누었으므로, "한 시진"은 두 시간인 셈이다.

73 황도(黃道) : 고대 천문학 용어. 지구가 한 해 동안 태양을 공전하는 궤도. 지구가 태양을 공전하면 1년 만에 한 바퀴를 돌아 원래의 자리로 돌아오는데 이때 태양이 지나온 노선을 말한다. 이에 비하여 달이 지구를 공전하는 궤도는 '백도(白道)'라고 불렀다. 중국의 고대 점성술에서는 천문(天文)을 관찰하여 길흉을 점쳤는데, 그 중에서 청룡(靑龍)·명당(明堂)·금궤(金匱)·천덕(天德)·옥당(玉堂)·사명(司命)의 육신(六辰)을 행운의 신 즉 길신(吉神)으로 여겼다. 이 여섯 신이 활동하는 날에는 흉살(凶煞)을 없애서 만사가 고르게 이루어진다고 하여 "황도의 길일[黃道吉日]"이라고 불렀다.

하나는 귓가 말투는 좀 달라도	一個只覺耳畔聲音稍異,
외모는 아무 차이 없다는 정도만 느낄 뿐이지만	面目無差,
하나는 눈 앞 광경이 모두 생소한지	一個但見眼前光景皆新,
속으로[74] 아직도 겁을 내는구나.	心胆尚怯.
하나는 나비꿈 속서 찾은 옛 정인 알아보고	一個還認蝴蝶夢中尋故友,
하나는 해당화 가지 갓 핀 꽃봉오리 확인하네.	一個正在海棠枝上試新紅.

다시 이야기를 들려 드리겠습니다. 최 선비가 경낭과 신혼을 맞은 날 밤에 가만 보니 경낭은 처녀성을 고이 간직하고 피까지 묻어나는 등 처녀의 몸이지 뭡니까. 그래서 최 선비는 조용히 그녀에게 물었습니다.

"당신 언니가 당신의 몸을 빌려서 나와 한 해를 함께 지냈었소. 그런데 … 어째서 당신 몸이 여태 온전한 게요?"

그러자 경낭은 그 말이 불쾌했던지 발끈해서 말하는 것이었습니다.

"서방님이 언니 넋을 만나서 벌인 일이잖아요! 제가 무슨 상관이 있다고 저한테 그러세요?"

"당신 언니와 다정하지 않았더라면 지금 어떻게 당신과 혼인할 수가

---

74 [교정] 속으로[心胆] : 상우당본 원문(제1147쪽)에는 '어깨 드러낼 단(胆)'으로 되어 있는데 전후 맥락을 따져 볼 때 '쓸개 담(膽)'의 속자(俗字)로 사용되었다.

있었겠소? 그 은혜야 잊을 수가 없지."

최 신비가 이렇게 말하자 경낭이 말했습니다.

"그건 맞는 말씀이에요. (…) 만에 하나라도 언니가 애매하게 처신해
서 이번 혼사를 돕지 않고 제 이름을 빌려서 그런 민망한 일들만 저질렀
다면 제가 어떻게 사람 구실을 제대로 할 수 있었겠어요? 서방님이 속으
로 여전히 저를 함께 야반도주했던 사람이라고만 여긴다면 얼마나 수치
스러운 일이냐고요! (…) 이번에 다행스럽게도 언니가 신통한 힘을 써서
우리 두 사람의 혼사를 마무리 지어 주었으니 언니도 정말 정이 깊은 사
람인 거지요."

이튿날, 최 선비는 홍낭과의 정을 잊지 못해 그녀의 천도재[^75]를 지내
주기로 했습니다. 그러나 막상 몸에는 지닌 물건이 없는지라 그 금비녀
를 시장에 가져다 파는 수밖에 없었지요.[^76] 그렇게 팔아 받은 스무 정錠[^77]

---

[^75]: 천도재[薦度] : 불교 용어. 불경을 읽거나 불사를 열어 망자의 명복을 빌고 그 넋이 내세
에 다시 환생하도록 비는 의식.
[^76]: **【즉공관 미비】** 此叙何忍賣之酸甚, 忍甚. 그 비녀를 차마 어떻게 팔 수 있겠나? 참 쩨쩨하
고, 참 모질구나!
[^77]: 정(錠) : 중국 고대의 계량 단위. 일반적으로 조개·알·덩이 형태로 주조한 금괴나 은괴
를 가리키는데, 한대부터 명·청대까지 5냥·10냥·50냥 등 화폐의 계량 단위로 사용되
었다. 명대에는 이와 함께 종이나 은박지로 만든 금괴나 은괴 모양의 제물을 가리키는
말로 사용되기도 하였다. 여기서는 함께 사용된 '초(鈔)'가 교초(交鈔)·보초(寶鈔) 같이
일반적으로 지폐를 가리키는 점을 감안하여 송·원대부터 명대까지 통용된 지폐를 세는
단위로 해석하였다. 반면에 다음 줄에 이어서 나오는 '저정(楮錠)'은 화폐가 아니라 제사
에 사용되는 종이돈을 말하기 때문에 편의상 '지전'으로 번역하였다.

의 지폐를 가지고 향·초·지전전을 샀습니다. 그리고 나서 도교 사원인 경화관瓊化觀으로 들고 가서 도사에게 부탁해서 사흘 낮 사흘 밤 동안 제사를 지내 그 은혜에 보답했지요. 천도재를 지내 준 후로 최 선비가 꿈에서 보니 웬 여자가 찾아왔지 뭡니까. 최 선비가 누구인지 못 알아보자 그 여자가 말했습니다.

원대의 지폐 지원통행보초(至元通行寶鈔)

"소녀가 바로 홍낭입니다. 지난번에는 동생의 얼을 빌렸었지요. 그래서 서방님께서 알아보지 못하시는 겁니다. (…) 소녀에게 그나마 신통한 힘이 좀 남아 있는 덕분에 서방님과 한 해 동안 함께 지낼 수가 었었지요. 이제 서방님께서 동생과 혼사를 치루셨으니 소녀도 이제야 원래의 모습으로 서방님을 뵙는 것입니다."

그리고는 감사의 절을 하고 나서

"서방님께서 제 천도재를 지내 주신 것을 보니 아직 남은 정이 있으시군요. (…) 서로 다른 세상에 있지만 참으로 감격스럽기 그지 없습니다! 제 동생 경낭이는 품성이 부드러우니 서방님께서 그 아이를 잘 돌보아 주십시오. (…) 소녀 이제는 작별을 고합니다!"

하는 것이 아닙니까. 최 선비는 그 서슬에 저도 모르는 사이에 놀라 통곡을 하다가 저도 모르는 사이에 꿈에서 깨어났습니다. 경낭은 베개 맡에서 최 선비가 울며 깨는 것을 보고 그 까닭을 물었습니다. 그래서 최 선비가 홍낭이 꿈에서 한 말을 낱낱이 경낭을 보면서 일러 주었더니 경낭이

"언니가 어떻게 생겼던가요?"

하고 묻길래 최 선비가 꿈에서 본 용모를 자세하게 이야기해 주었더니 경낭도

"정말 우리 언니네요!"

하면서 갑자기 울음을 터뜨리는 것이었습니다. 경낭은 두 사람이 일 년 동안 함께 지낸 일을 또 최 선비에게 자세하게 물었고, 최 선비는 경낭에게 차례로 자초지종 사연을 들려주는데 정말 홍낭의 생전 모습과 똑같지 뭡니까! 두 사람은 감탄하고 신기하게 여기면서 평소보다 더 가깝고 살갑게 대하면서 더더욱 화목하게 지냈답니다. 그 후로 홍낭으로부터는 이렇다 할 만한 동정이 보이지 않았지요. 이 이야기에서는 오로지

'정'이야말로 가장 소중한 것임을 명심하십시오. 홍낭이 최 선비를 잊지 않고 그런 많은 일을 하고 마음속 소원을 이루고 나서야 스스로 떠나간 것입니다.

그 후로 최 선비와 경낭은 해마다 홍낭의 무덤으로 가서 성묘를 했지요. 그리고 나중에 최 선비는 벼슬길에 나가 전처의 봉고[78]를 받았으며 세 사람이 한 무덤에 묻혔답니다. 일찍이 네 마디의 구호[79]가 있었는데, 바로 이 이야기를 다룬 것입니다.

---

78 봉고(封誥) : 명대에 황제가 5품 이상의 관원 및 그 선조·본처에게 작호(爵號)를 내리던 것을 말한다.

79 구호(口號) : 명대에 유행한 시의 일종. 현재는 구령(口令)이라는 뜻으로 사용되지만 원래는 문구를 다듬지 않고 즉흥적으로 읊는 시를 부르는 말이었다. 당나라의 이백(李白)이 지은 「구호오왕미인반취(口號吳王美人半醉)」도 구호시의 하나로 분류된다.

언니의 넋에   大姊精靈,

처제의 몸이   小姨身體.

마침내 소원을 푼 예로는   到得圓成,

이와 같은 경우가 없었다네!   無此無彼.

제24권

암자에서 악귀와 선한 신을 보고
우물 속에서 전생과 업보를 일러주다

菴內看惡鬼善神 井中譚前因後果

해제

　원대 지정元正 연간에 산동山東 땅의 원자실元自實은 자기 소유의 장원에 소작을 주면서 풍족하게 산다. 천성이 아둔한 그는 글공부를 하지 않고 한 마을의 무繆 천호千戸와 어려서부터 친한 사이로 지낸다. 어느 날, 복건 땅의 지방관으로 임명된 무 천호는 임지까지 갈 노자가 부족하자 자실을 찾아와 은자 300냥을 꾸어 달라고 부탁한다. 그러자 자실은 무 천호가 그동안 자신과 친하게 지내던 사이임을 감안하여 차용증도 쓰지 않고 원하는 액수대로 돈을 꾸어 준다.

　지정 말기가 되어 산동이 크게 어지러워지고 원자실의 집도 도적들에게 약탈을 당해 빈털터리가 된다. 자실은 하는 수 없이 식구들을 데리고 무 천호가 벼슬살이를 하는 복건 땅으로 향한다. 무 천호로부터 왕년에 꾸어 준 은자 300냥을 돌려받아 활로를 모색하려 하지만 무 천호는 이런 저런 핑계를 대면서 끝까지 빚을 갚지 않는다. 온갖 수모를 겪은 자실은 순간적으로 치미는 부아를 참지 못하고 무 천호를 죽일 생각으로 단도를 들고 집을 나선다.

　한편, 자실의 집과 무 천호의 집 사이에는 헌원옹軒轅翁이라는 연로한 수도자가 수행하는 작은 암자가 있어서 외출을 나온 자실이 수시로 찾아와 이야기를 나누어 잘 아는 사이였다. 그런데 새해 첫날 아침에 헌원옹이 대문 밖에 탁자를 놓고 경전을 외우고 있는데도 자신을 본체만체 하고 지나친다. 그 모습을 이상하게 여긴 헌원옹이 달려가는 자실을 보니 온갖 기이한 형상의 귀신들이 그 뒤를 따라가는 것이 아닌가. 경전을 외기를 멈추고 연신 '해괴하다'고 소리를 지르는데 얼마 지나지 않아 원자실이 울분을 삭히면서 집으로 돌아가면서 이번에도 자기 집을 지나친다. 그래서 헌원옹이 그를 보니 이번에는 그 뒤를 귀신들이 아니라 금관을 쓰고 화려한 장식을 한 사람들이 따라가는 것이 아닌가. 영문을 알지 못한 헌원옹은 경전을 끝까지 외우고 나서 서둘러 자실의 집으로 가서 그 이유를 묻는다. 원자실은 그간 있었던 일들을 다 털어놓고 억울함을 하소연한다. 그러자 헌원옹은 '이 일은 신들이 다 알았으니 잘 처리해 주실 것'이라며 그를 위로하면서 당분간 지낼 수 있도록 쌀 한 가마니와 돈 한 꿰미를 전달한다. 그러나 당사자인 자실은 무 천호에 대한 배신감을 지울 수 없고 그렇다고 살인을 저지를 수도 없는 현실을 분해 하면서 차라리 스스로 목숨을 끊어 저승으로 가서 이 억울한 사정을 하소연할 생각으로 웬 우물 속으로 몸을 던진다. 다행스럽게도 오래되어 우물의 물이 말라 버린 덕분에 목숨을 구한 자실은 벽을 더듬으며 앞으로 걷다가 '삼산三山의 복지福地'라는 별천지에 이른다. 그곳에 나타난 웬 늙은 도사는 자실을 알아보고 그가 이승에서 기구한 삶을 살게 된 것이 전생에서 방약무인하게 처신한 데다가 후배들을 무시하고 인재를 발탁하려 하지 않았기 때문에 그 업보를 받은 것이라고 이야기해 준다. 그리고는 삼 년 후에 세상에 변혁이 일어나 복주에 병란이 벌어질 테니 복영으로 가서 난리를 피하라고 일러 준다. 그 말대로 식구들을 데리고 복영으로 피신한 자실은 그곳에서 거처를 구하던 중 무 천호에게 꾸어 준 액수만큼의 금을 얻어 생활에 안정을 되찾고 무사히 병란을 피한다. 반면에 끝까지 자실을 골탕 먹였던 무 천호는 복주를 점령한 장사성의 부하 왕장군에게 죽음을 당하고 그 재산은 모두 압수당한다.

이 이야기는 구우의 소설집 『전등신화』에 소개된 「삼산복지지三山福地志」 이야기를 소재로 지어졌다.

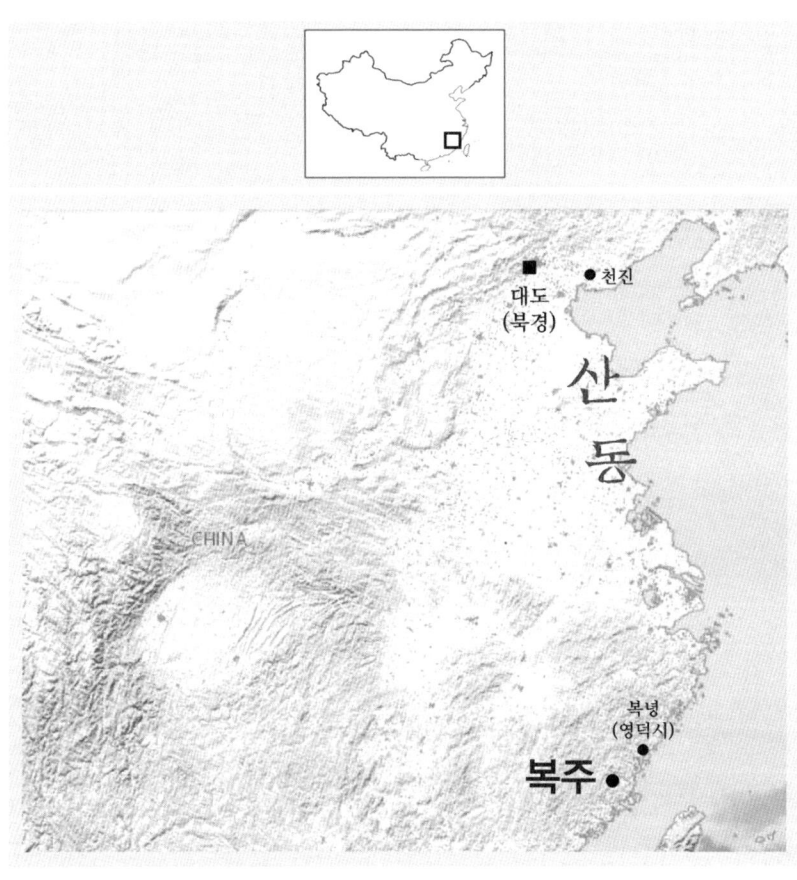

번역

불경[1]에 이런 말이 있습니다.

전생의 업보를 알려면	要知前世因,
금생에서 겪는 삶을 보면 되며	今生受者是.
내생의 업보를 알려면	要知來世因,
금생에서 하는 짓을 보면 된다네.[2]	今生作者是.

이야기를 들려 드리도록 하겠습니다. 남경南京의 신교新橋에 성이 구丘, 자가 백고伯高인 사람이 살았습니다. 그는 평소 충실하고 인정이 많은데 다가 불교를 무척 독실하게 믿었지요. 그리고 성격이 베풀기를 즐기고, 남의 것은 터럭만치도 함부로 챙기는 법이 없었답니다. 아주 공정하기로 이름이 난 사람이었지요.

그러던 어느 날이었습니다. 집안의 처마 아래에 혼자 앉아서 맑은 목소리로 불경을 외우고 있었습니다. 그런데 별안간 웬 사람이 보따리를 메고 앞으로 걸어오는 것이 아닙니까. 그는 보따리를 땅바닥에 내려 놓

---

1 불경(佛經) : 사람들에게 선행을 권하기 위해 후대의 중국인이 지은 『삼세인과경(三世因果經)』을 말한다. 불경 원문은 "전생의 원인을 알고자 한다면 금생에서 겪는 것을 보면 되며, 내세의 결과를 알고자 한다면 금생에서 하는 일을 보면 된다[欲知前世因, 今生受者是. 欲知來世果, 今生作者是]"로 되어 있다. 이야기꾼이 여기서 소개한 『삼세인과경』의 격언은 명대 당시에 변형되어 민간에 유행하던 말이었을 것이다.
2 전생의 업보를 알려면~[要知前世因] : 명대의 유행어. 인과응보는 대대로 되풀이되는 것이므로 내세에서 행복해지려면 자손들을 위해 덕을 쌓고 악행을 저지르지 말라는 뜻이다.

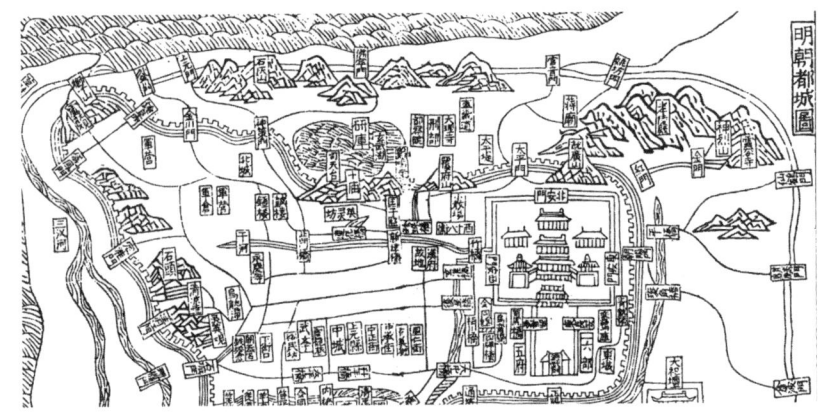

명대 남경의 모습이 그려진 『명조도성도(明朝都城圖)』

고 백고에게 손을 모아 인사를 하더니 말했습니다.

"어르신, … 말씀 좀 여쭙겠습니다."

그러자 백고는 서둘러 답례를 하고 나서 말했지요.

"무슨 용무이신지요?"

"소인은 절강 사람으로, 호광[3] 땅에서 장사를 하고 있습니다. 이곳에
는 이 고을 구백고라는 분을 찾으려고 왔는데 … 어디에 사시는지 알 수
가 없군요."

---

3   호광(湖廣) : 원·명대의 지역명. 원대에는 지금의 호남(湖南)·호북(湖北)과 광동(廣東)
    ·광서(廣西) 두 지역을 아울러 불렀으나, 명대에는 광동·광서를 제외한 호남·호북만
    일컫되 이름은 그대로 유지하였다.

"그의 거처를 물으시니 … 혹시 전부터 아는 사이이십니까?"

"전에는 알고 지낸 적이 없습니다. 다만, … 강호⁴에서 들자니 '그 분이 덕망이 있는 어른으로, 충직하고 신의가 있으셔서 믿을 만하다'더군요. (…) 지금 길을 가던 중 그 분에게 신세를 질 일이 좀 있어서 … 그래서 여쭈었습니다!"

"이몸이 바로 구백고올시다. 귀하께서 멀리서 찾아오셨는데 … 안으로 오셔서 자세하게 이야기해 보시지요."

그는 몸을 일으켜 본채로 들어가서 앉더니 물었습니다.

"귀하께서는 성함이…"

"소인은 성이 남南, 이름은 소영少嬰입니다."

---

4 강호(江湖) : 세간, 세속. 『장자(莊子)』「대종사(大宗師)」의 "샘이 말랐을 때 물고기들이 그 땅에 서로 함께 있으면서 아무리 물기를 서로에게 불어주고 거품을 서로에게 적셔준다고 한들 강과 호수에서 서로 잊고 사는 것만은 못한 법이다[泉涸, 魚相與處于陸, 相呴以濕, 相濡以沫, 不如相忘于江湖]"라는 말에서 유래한 것이다. 그러나 '강호'는 의미상으로 하천이나 호수와는 무관할 뿐 아니라 실제로 존재하는 특정한 장소를 가리키는 것도 아니다. 이 단어는 조정이나 공직사회에서 멀리 떨어져 국가의 통제나 법률적 구속으로부터 유리된 민간을 가리키는 말로 사용되는 것이 보통이다. 중국문학(특히 무협소설)의 영역에서 '강호'는 협객들이 활동하는 세계, 심지어 암흑사회의 대명사로 받아들여지곤 한다.

"부탁하실 일이 무엇입니까?"

"소인에게 일이 좀 있습니다. (…) 북경에 가서 어떤 사람을 만나야 되는데 … 두 달 뒤에나 돌아올 수 있을 것 같군요."

이렇게 말한 소영은 손으로 보따리를 가리키면서 말하는 것이었습니다.

"이 안에 물건들이 꽤 있습니다. (…) 지금 홀몸으로 먼길을 나서야 하는데 … 객지이다 보니 잘 맡겨 놓아야 길을 나설 수가 있을 것 같군요. (…) 세상 사람들이야 '친척이나 친구가 가장 사이가 좋다'고들 합니다만, … 재물이 걸린 일에 부닥치면 마음이 바뀌지 않는다고 장담할 수가 없지요.[5] (…) 길에서 어르신의 큰 명성을 듣자니 한치도 어긋남이 없는 분이시더군요. 그래서 이곳에 가져다 맡기고 안심하고 북쪽으로 가려고 합니다. 물론, 돌아와서 사례를 하도록 하겠습니다! (…) 이것이 어르신께 신세 지려는 일이고 다른 일은 없습니다."

"그건 기꺼이 해 드리지요. 허나…, 귀하께서 밀봉하고 표시를 잘 하신 다음에 저희 집에 보관하도록 하십시오. 안심하고 가셔야 조금도 착오가 없지요."

---

5 【즉공관 미비】 看得透. 제대로 보았군.

"그렇게 해 주신다니 정말 감사합니다!"

이렇게 말한 소영은 그 자리에서 그의 말대로 보따리를 잘 봉하고 표시를 했지요. 그리고 나서 백고에게 건네니 그것을 들어가는 것이었습니다.

백고는 그가 멀리서 온 사람인 것을 알고 술과 밥을 잘 차려서 대접을 했습니다. 소영은 이어서 북경으로 올려 보낼 물건 몇 가지를 장만해야 해서 당장은 출발할 수가 없었지요. 그래서 백고가 집에서 이틀 밤을 더 묵어가게 해 주었습니다. 그리고 나서야 그제서야 작별인사를 나누고 길을 떠났답니다.

그런데 두 달 정도 지났는데도 그가 돌아올 기색을 보이지 않는 것이었습니다. 어느새[6] 한 해 넘게 기다렸는데 그때까지도 아예 소식이 없었지요. 백고가 북쪽에서 온 절강 사람에게 물어 보기도 했지만 아무도 아는 사람이 없었습니다. 그래서 사람을 절강 땅으로 보내 그의 집에 가서 물어보게 하려고도 했지만 현지 주소를 알 길이 없었지요. 어쩌다가 절강 사람을 마주치기라도 하면 남소영에 관해 물어 보았지만 전혀 아는 사람이 없지 뭡니까.

"이 일을 해결하자 못 했으니 어떻게 해야 좋을꼬!"

---

6 어느새[看看] : 일반적으로 현대 중국어에서 '간간(看看)'이 구문 첫머리에 사용되면 '보아하니'라는 뜻으로 해석된다. 그러나 명대 구어에서는 '어느 사이에[轉眼之間]'라는 뜻으로 사용되는 경우가 많았다. 여기서도 그 의미로 해석하였다.

백고는 당최 어쩔 도리가 없었습니다. 그런데 마침 골목 어귀에 아주 용한 점집이 하나 있었지요. 그래서 즉시 가서 점을 쳤더니 그 점쟁이가 말하는 것이었습니다.

『소주청명상하도』속의 명대 점집의 풍경. 간판을 보면 거북점을 치는 곳으로 보인다

"점괘로는 벌써 목숨이 끊어 진 걸로 나오는데요. (…) 나그네 라면 객지에서 물에 빠져 죽는 바람에 못 돌아오는 것이 분명합 니다."

결정을 내리지 못한 백고는 돌 아와서 아내와 의논했습니다.

"전번에 그 사람은 나 하고 과 거에는 일면식도 없던 사이인데 불쑥 와서 이 보따리를 맡겼소. 이번에 한번 가더니 돌아오지 않

는데 … 보따리 속에 무슨 물건이 들었는지 모르겠구려. (…) 그래서 열 어서 좀 보고 싶은 마음이 간절하오. 그러나 … 그 사람 말이 내가 '충직 하고 신의가 있어서 믿을 만하다'고 하더구려. 그래서 일면식도 없으면 서도 기꺼이 우리 집에 맡겨 놓고 간 게지. 그런데 어떻게 그가 올 때까 지 기다리지 않을 수가 있겠소? (…) 그렇다고 해서 안 보자니 속으로는

너무 의아해서 말이야!⁷ 내 생각에는 그의 물건을 건드리지 않고 좀 보기만 하는 거야 나쁠 것이 없을 것 같소."

"우리야 가질 마음이 없으니 … 좀 보기만 하는 거야 무슨 상관이 있겠어요?"

이렇게 말한 아내가 짐을 가지고 나오는데 꽤나 묵직했습니다. 그래서 열어 보니 전부 황금이며 백은이지 뭡니까 글쎄! 얼추 천 냥 정도 돼 보였지요.

"이제 보니 이런 물건이 속에 있었군! 그런데 어째서 가지러 오지 않는 걸까? (…) 점쟁이는 점괘만 보면 벌써 숨이 끊어졌다고 하던데 … 죽어서 안 오는 건 아닐까? (…) 지금 방법이 하나 생각났소. 그의 보따리에서 쉰 냥을 꺼내서 신통력을 가진 고승을 두루 모시고 불사를 베풀어서⁸ 부처님의 힘으로 그가 하루 빨리 돌아오도록 빌도록 합시다. 정말로

---

7 【즉공관 미비】若眞介守者, 幷此看亦多. 만약 정말 그것을 지킬 요량이라면 남들과 함께 그 자리에서 펴 보는 경우도 많지.
  미비의 앞 구절에 사용된 '개(介)'는 '끼(이)다'라는 의미를 나타내는 형용사나 동사로 해석하면 안된다. 이 글자는 발음이 '까(ka)'로, "그러지 마(別介)", "너 차라리 덮밥이라도 먹고 가든지(儂 素介吃仔飯再走)" 등의 경우처럼, 명대에 태호를 둘러싼 강남[吳]에서 주로 사용된 구어체 방언이기 때문이다. '개'는 형용사나 동사 뒤에 붙어서 어감을 부드럽게 할 목적으로 끼워 사용하는 조사의 일종으로, 나타내는 의미가 없기 때문에 글자를 빼더라도 이해에는 큰 지장이 없다. 주로 능몽초의 고향인 호주지역에서 강세를 보이는 이 용법은 명·청대에 지어진 소설·희곡·민요 등에 사용된 '~가(家)', '~가(價)'나 '~개(個)', '~개(箇)', '~개(个)' 등과도 발음·용법·어감에서 대체로 일치한다.

8 【즉공관 미비】也覺多事. 오지랖이 넓구만!

죽었다면 그가 이승에서의 죄와 고난을 용서받고 하루 빨리 다음 생에 다시 태어나도록 빌어 줍시다. 그렇게 해 주면 나와 그가 한 차례라도 함께 하는 셈이 될 테지. 오랫동안 짐을 맡고 있었으니 조금이라도 정성을 다해야지 이런 식으로 그의 것을 묻어 놓을 수야 없지."

백고가 이렇게 말하자 아내가 말했습니다.

"만약에 그 사람이 안 죽고 … 돌아왔을 때 그의 쉰 냥을 건드린 일을 어떻게 해명하시게요."

"그냥 사실대로 이야기해 주고, 그가 돌아오도록 지켜 주었다고 이야기한다면 설마 나를 탓하기야 하겠소? 그래도 못 받아들인다면 내가 그 액수만큼 메워 주는 수밖에 없지! (…) 부처님께서 계신데 어디 억울한 돈이야 쓰겠소?"

이렇게 결심한 그는 정말 중 몇 사람을 초빙해서 이레 동안 불재를 지내 주었습니다. 백고는 정성이 지극한 사람이었습니다. 그는 부처 앞에서 온 정성을 다하여 기도하면서 '소영이 살았으면 하루빨리 돌아오고 죽었으면 하루빨리 다시 태어나기'를 바랐답니다.

불재를 마치고 또 한 동안 지났지만 그의 소식은 여전히 들리지 않았습니다. 남소영은 돌아오지 않을 것이 분명했지요. 백고는 그의 물건을 탐낼 생각이 없었습니다. 그러나 그것을 돌려 줄 곳이 없다 보니 불사에 쓴 쉰 냥 말고는 이미 자신의 소유로 들어온 재물이 되어 버렸지 뭡니까.
그렇다 보니 백고는 속으로 늘 마음이 편치 않았지요. 그러나 날이 갈수
록 그것을 대수롭지 않게 여기게 되었습니다.

청대 『중추가서도(仲秋佳瑞圖)』 속의 여인과 아이들

백고는 그동안 자식이 없었습니다. 그런데 그 불사를 마치자마자 그
첩이 마침 아이를 배었지 뭡니까. 그리고 나서 다음해에 아들을 하나 낳
았는데 용모가 수려해서 무척 기쁘게 여기면서 백고 내외가 무척 애지중
지했지요. 대여섯 살이 되었을 때는 그 아이를 학당에 보내고 '구준丘俊'
이라고 이름을 지어 주었습니다. 그런데 잔꾀가 많아서 책만 봤다 하면
읽으려 들지 않고 무조건 농땡이만 부리는 것이 아닙니까. 다 커서는 더
더욱 잘 배우려 하지 않고 그저 불량한 자제들과 어울려 기방이나 노름

판에만 기웃거리면서 통 크게 돈을 쓰면서 아무리 훈계를 해도 듣지 않는 것이었지요. 마을 사람들은 그가 그렇게 처신하자 다들 한숨을 쉬면서 말했습니다.

"나 구백고는 평생 좋은 사람으로 살았다. 그런데 후손이라고 낳은 것이 저런 망나니일 줄이야! (…) 하늘께서는 눈도 없으시지. 선행을 그렇게 베풀었는데도 아무 보답이 없으시니!"

그렇게 한 동안을 보내고 났을 때였습니다. 백고는 그에게 아내를 구해 주어서 아들을 하나 두었답니다. 백고는 그가 차츰 세상 물정을 알게 되면 자연히 마음을 바로잡기만 바랐습니다. 그러나 뜻밖에도 구준은 아내가 생긴 뒤에도 갈수록 방자하게 구는 것이 아닙니까. 그는 아내와 아들조차 염두에 두지 않고 팽개친 채 돌보지 않았지요. 하루 종일 그저 온 저잣거리를 다 돌아다니면서 술친구들과 어울려 못된 짓을 일삼았습니다. 그리고 노름이 아니면 오입이나 하면서 한 달이 다 되도록 집에 돌아오지 않는 것이었지요. 설사 집에 온다고 해도 돈을 가지러 들르거나 전당포에 잡힐 것을 요구하는 것이 고작이었습니다. 그때마다 백고는 치미는 부아를 억누를 길이 없었지요.

그러던 어느 날이었습니다. 백고가 마침 외지에 나갈 일이 생겼습니다. 그는 아들이 집에서 못된 짓을 벌일까 봐서 그를 속여서 집으로 데려와 한 빈 방 안에 가두었지요. 그 방은 사방이 모두 담벽으로, 동그란 구멍만 하나 나 있을 뿐이었는데 거기로 음식을 넣어 주었습니다. 그래서 설사 날개가 돋아 있어도 솟아서 빠져 나갈 도리가 없었지요. 백고가 떠나고 한참이 지나고 나서 구준이 그 방 안에 앉아 있다 보니 그야말로 감옥과 마찬가지였습니다. 계모는 그의 처지를 몹시 딱하게 여겼습니다. 그가 괴로워하다가 몸이라도 상할까 걱정이 태산이었지요.

그러다가 하루는 일찍 일어나서 그 방 앞으로 가서 벽의 구멍으로 보았더니, 아 글쎄 안에서 어떤 일이 벌어졌는지 아십니까? 보지만 않았어도 만사가 다 괜찮았을 것입니다. 그러나 이때 보는 바람에 그 놀라움이란 이만저만 한 것이 아니었지요. 그야말로

| 정수리가 여덟 조각으로 쪼개지고 | 分開八片頂陽骨, |
| 찬 얼음물을 한 통 다 끼얹는 것 같았지요.[9] | 傾下一桶雪水來. |

구준의 계모는 방안에 앉아 있는 것이 구준이 아닌 것을 발견하고 깜짝 놀라고 말았습니다. 계모가 자세히 보니 영락없이 왕년에 보따리를 맡겼던 바로 그 나그네 남소영이지 뭡니까 글쎄! 자기 눈으로 똑똑이 확인한 계모는 아무 소리도 내지 못한 채 묵묵히 자기 방으로 되돌아 왔습니다. 그때 마침 구백고가 집에 돌아오지 뭡니까. 그래서 아내가 그 이상한 일을 이야기해 주었지요. 그러자 백고는 불현 듯 크게 깨닫더니 말하

---

9 정수리가 여덟 조각으로 깨지고~[分開八片頂陽骨, 傾下半桶冰雪水] : 원 · 명대 화본소설의 상투어. 마치 두개골을 쪼개고 얼음물을 끼얹어서 정신이 번쩍 들 정도로 깜짝 놀라는 모습을 두고 하는 말이다.

는 것이었습니다.

"그랬군, 그랬어! 이야기할 것 없소. (…) 애초부터 그의 물건이었으니 난들 그가 낭비하는 것을 어떻게 막을 수가 있겠나? (…) 괜히 원수가 되고 말았구나!"

백고는 당장 문을 열고 구준을 풀어 주더니 그가 전처럼 바깥에서 부랑배 짓을 하게 내버려 두었습니다. 그렇게 환락을 즐긴 지 얼마 되지 않아 술과 여색으로 기력이 바닥난 그의 몸은 숨이 끊어져 병도 없이 죽고 말았답니다. 백고가 그동안 그가 탕진한 돈을 따져 보니 더도 덜도 아닌 딱 천 냥이었습니다. 그것이 인과응보임을 분명히 깨달았지요. 그는 그 일을 그다지 염두에 두지 않고 손자만 챙기고 지내면서 하루빨리 다 크기만 바랄 뿐이었습니다.

나중에 사람들이 '구준이 남소영의 환생으로 맡긴 물건을 찾으러 온 것이었다'고 입방아를 찧은 것은 말 할 필요도 없었지요. 다만 구백고가 착한 사람인 까닭에 그의 집에 와서 손자를 하나 낳음으로써 대를 잇게 해 주었으니 하늘의 이치도 불공평하지는 않은 셈입니다. 다만, 이처럼 충실하고 신의가 있는 덕망 높은 어른조차 분명히 남의 부탁으로 물건을 맡아 주고 그의 것을 탐낸 적도 없음에도 불구하고 결국에는 본인에게 차액을 고스란히 메워 주어야 했고, 그 액수를 모두 갚고 나서야 일이 끝난 것입니다. 하물며 실제로 남에게 빚을 지고 남의 것을 억지로 빼앗아서 그것을 챙기고 호강하는 자들이야 하늘이 어떻게 용납할 리가 있겠습니까? 그렇기 때문에 원한의 빚을 갚는 것은 인과응보라는 것! 이 이치는 일 년 내내 이야기해 드려도 다 이야기할 수 없을 정도이지요.

소생이 이제부터는 하늘의 이치를 저버린 자의 이야기를 하나 손님들에게 좀 들려 드릴까 합니다.

돈과 재물은 본래 정해진 팔자가 있나니	錢財本有定數,
양심을 속이거나 함부로 처신하지 말라!	莫要欺心胡做.
옛날과 지금의 일들을 돌아 보건대	試看古往今來,
오로지 세상 빚 적은 장부만 남더라.	只是一本帳簿.

다시 이야기를 들려 드리도록 하겠습니다. 원나라 지정[10] 연간에 산동山東 땅에 성이 원元, 이름이 자실自實인 사람이 살았습니다. 장원의 농사를 생계로 삼고 있었는데 집안 형편은 넉넉했지요. 그는 성질이 어리숙하기는 해도 순수했으며, 글공부를 하지 않았지만 성실하고 너그러운 데다가 착실했습니다. 한 마디로 매사에 딱 부러지는 사람이었지요.[11] 같은 마을에 무繆씨 성의 천호[12]가 한 사람 살았습니다. 그와는 어려서부터 사이 좋

---

10 지정(至正) : 원나라의 제11대 황제 보르지긴 토곤테무르(孛兒只斤·妥懽帖睦爾, 1333~1370)가 사용한 마지막 연호. 1341~1370년의 30년 동안 사용하였다. 고려에서 바친 공녀(貢女)인 기씨(奇氏)를 황후로 격상시킨 장본인이다. 나중에 북원(北元) 정권에서는 '혜종(惠宗)'이라는 묘호로 일컬어졌으나 명대 이래의 중국사에서는 '순제(順帝)'로 불렸다.
11 【즉공관 방비】文墨者未必能爾. 글에는 아마 능하지 못했을 걸?

게 내왕하고 있었지요. 하루는, 무 천호가 복건 땅의 지방관 자리에 발탁
되어서 짐을 꾸려 부임하게 되었습니다. 그런데 노자가 모자라서 자실에
게서 은자 삼백 냥을 빌리려고 했지요. 다행히 자실이 흔쾌히 응락하자
무 천호는 차용증을 써서 보냈지요. 그러자 자실이 말하는 것이었습니다.

"한 집안처럼 내왕하는 막역한 사이인데 차용증은 받아서 뭐 합니까?
나중에 갚고 안 갚고는 천호님이 알아서 하십시오. 벼슬을 하러 가시는
분이니 발뺌을 하지는 않으실 것 아닙니까!"[13]

　　이때 자실은 재산이 넉넉한 것을 믿고 얼마 되지 않는 그 은자는 마음
에 두지 않고 있었습니다. 그래서 아예 차용증을 받지 않고 원하는 액수
그대로 그에게 건넸던 거지요. 무 천호도 그렇게 해서 임지로 갈 수 있었
습니다.
　　그러나 정말 일이란 예측할 수 없는 법인가 봅니다. 지정 연간 말기에
산동 쪽이 몹시 어지러워지더니 도적들이 사방에서 일어났지 뭡니까. 그
서슬에 자실의 집도 도적떼들에게 몽땅 약탈을 당해서 남은 것이라고는
밭뙤기와 가옥들 뿐이었습니다. 전쟁으로 어지럽다 보니 그것들을 은자
로 바꿀 수도 없었지요. 그렇다고 계속 눌러앉아 살자니 목숨을 보장할
수도 없는지라 좋은 곳을 찾아서 난리를 피하려고 했지요. 그때 복건 땅

12　천호(千戶) : 중국 고대의 관직명. 원대에 각 현에 천호소(千戶所)를 설치하고, 7백명 이
　　상의 병력을 통솔하는 곳은 '상천호소(上千戶所)', 5백 명 이상을 통솔하는 곳은 '중천호
　　소(中千戶所)', 3백 명 이상을 통솔하는 곳은 '하천호소(下千戶所)'로 각각 일컬었다.
13　【즉공관 미비】豈知偏是做官的要賴人. 하필이면 벼슬아치가 발뺌을 할 줄이야!

에는 진우정[14]이 할거하고 있었는데 그 일곱 군이나 되는 지역만 편안하고 무사했답니다. 그래서 자실은 아내와 상의했지요.

"지금 온통 전쟁 판인데 복건 쪽만 평안하오. 게다가 목 선생이 거기서 벼슬을 살고 있으니 몸을 의탁할 수가 있을 게요. 그러나 … 길이 막혔고 식구들이 딸려 있으니 움직일 수가 없구려. (…) 차라리 바닷배를 구해 천진[15]을 통해 바다로 나가서 바로 복주[16]로 직행하는 편이 낫겠소. 도중에는 바닷길이어서 금방 도착할 수 있으니 가족을 데리고 갈 수도 있겠어."

상의를 마친 그는 잡다한 물건을 좀 챙겨서 가족을 태운 다음 바닷배를 탔습니다. 그리고 바람이 부는 방향으로 배를 몰아 얼마 지나지 않아서 복주 땅에 당도했지요.

자실은 배에서 내리자 우선 무 천호의 소식부터 수소문했습니다. 그리고는 무 천호가 마침 진우정의 막부에 있는데, 실권을 쥐고 있어서 위세

---

14 진우정(陳友定, 1329~1368) : 원대 말기의 장수. 복건 청류(淸流) 사람으로, 자는 안국(安國)이며 '진유정(陳有定)'으로 불리기도 하였다. 농민 출신으로 지정 연간에 농민 봉기 진압에 자원하여 정주로 총관(汀州路總管)에 제수되었으며, 나중에는 복건성의 여덟 군을 점유하고 분성평장(分省平章)에 임명되었다. 그러나 원나라에 맞선 주원장(朱元璋)의 군대가 복건지역을 공략하여 복주가 함락되자 독약을 먹고 자살하려다가 남경으로 끌려가 죽음을 당하였다.

15 천진(天津) : 명·청대의 지명. 동쪽으로 발해(渤海)를 마주보고 있는 중국 북방 최대의 항구도시로, 도읍인 북경 지역에서 바다로 운항하는 해운의 기점이자 동부와 남부 각지에서 북경으로 들어오는 조운선(漕運船)의 종점으로 중요시되었다.

16 복주(福州) : 명·청대의 지명. 복건성의 정치·경제·문화 중심지로, 송대 이래로 동남아 각지를 오가는 선박들이 반드시 거쳐 가는 해운의 요충지였다.

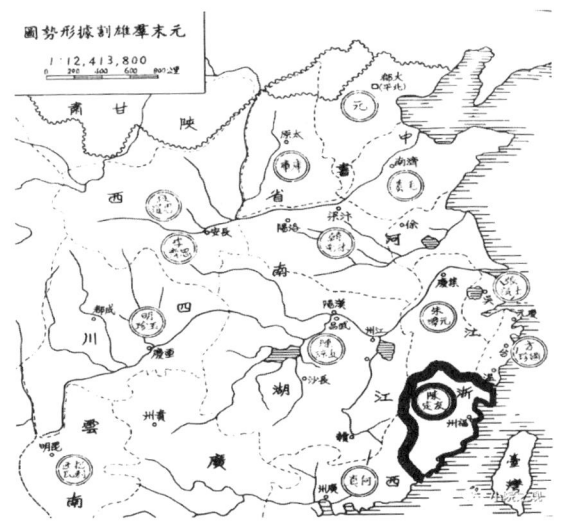

진우정 할거도. 그 세력권은 굵은 표시한 절강지역이었다

가 당당하며 그 가문이 번창하고 있다는 이야기를 들었지요. 자실은 기뻐서 어쩔 줄을 모르면서 '제때에 왔구나' 싶었습니다.[17] 그러나 하도 경황이 없어서 당장 그를 만나러 갈 수는 없었지요. 그래서 일단 배로 돌아가서 아내를 보고 말했습니다.

"무 씨댁은 수소문해서 찾았소. (…) 그는 바야흐로 이곳에서 때를 만났다는구려. (…) 우리가 정말 운이 좋은가 보오!"

그러자 다들 반가워하는 것이었습니다. 자실은 복주 성내에 머물 거처를 한 곳 빌렸습니다. 그리고 아내를 맞이해 와서 짐을 잘 정리한 다음 무천호를 만나기로 했지요. 그런데 문득 이런 생각이 드는 것이었습니다.

---

17 【즉공관 방비】未必. 그렇지는 않을 텐데?

'오는 도중에 풍파를 겪는 바람에 몰골이 초췌하고 차림도 남루해졌다. (…) 그 분은 한창 때를 만난 참인데 무시를 당하면 안되지! (…) 역시 차분하게 진행하는 편이 좋겠어.'

그래서 며칠 머문 다음 모자와 옷을 다 말끔하게 차려 입고 얼굴도 잘 가꾸어 햇볕에 탄 살색이 옅어지고 나서야 그 집 문 앞으로 가서 면회를 신청했습니다. 문지기는 그가 외지 사람처럼 보이자 명첩을 받으려 들지도 않고 대뜸 찾아 온 이유부터 묻지 뭡니까. 그래서 '산동에서 왔다'고 하니 문지기가 말하는 것이었지요.

"우리 나리께서는 촌사람이 와서 추근거리는 꼴을 가장 꺼리시오. 해서 문간에서는 함부로 고하지 못합니다. 자칫 역정을 내실 수도 있거든요. (…) 나리께서 나오시면 직접 가까이 와서 뵙도록 하시오. (…) 나 하고는 상관 없는 것처럼 행동해야 합니다? 지금 쯤이면 나오실 때가 되긴 했소."

자실은 그 말에 따라 한 쪽에 서서 그를 기다렸습니다. 아니나 다를까 정말 얼마 기다리지 않아서 무 천호가 말을 타고 나오더니 손님에게 인사를 하는 것이었습니다. 그러자 자실은 말 앞으로 가서 몸을 굽히고 인사를 했지요. 그런데 무 천호의 눈은 다른 곳을 쳐다보는 것이 조금도 못 알아보는 눈치이지 뭡니까. 마음이 급해진 자실은 다가가서 산동 말투로 자신의 성과 이름을 큰 소리로 외쳤습니다. 그 소리를 들은 무 천호는 하는 수 없이 하인에게 말 고삐를 붙잡게 하고 확인을 좀 해 보더니 놀라는 척하면서 말하는 것이었습니다.

"이제 보니 내 동향 분이셨구려. 실례했소이다, 실례를!"

그는 말에서 내려 두 손을 모으고 인사를 했습니다. 그리고 그를 잡아 끌고 도로 집안으로 돌아가서 인사를 나누고 손님과 주인이 함께 자리에 앉는 것이었지요. 차를 한 잔 마시고 나자 천호는 혼자 몸을 일으키더니 말했습니다.

"방금 마침 작은 일이 생겨서 나가 봐야 해서 더 모실 수가 없군요. 일단 계신 거처로 돌아가 계시면 내일 약소하나마 작은 술자리를 마련하지요. 그때 건너 오셔서 이야기를 나누십시다!"

그러자 자실은 제대로 말 한 마디 해 보지 못한 채로 일단 작별인사를 할 수밖에 없었습니다.

다음날까지 기다렸더니 천호가 사람을 시켜 단첩[18]을 하나 갖고 와서

---

18 단첩(單帖) : 명대에 붉은 종이로 만들어 남의 집을 방문하거나 혼례 등의 의례과정에서 사용하던 명함의 일종. 때로는 상대방을 존경하거나 예의를 갖출 때에는 이보다 10배 큰 전지를 접어서 10면으로 만든 명함을 사용했는데, 이를 '전첩(全帖)'이라고 불렀다. 전첩의 경우 첫 면에는 '정(正)'이나 '정숙(整肅)'이라고 적고 다음 면에는 서명을 하는 것이 관례였으며, 그 내용도 격식을 갖춘 정중한 표현들로 꾸며졌다고 한다.

자실을 초대하는 것이었습니다. 그러자 자실은 아내를 보고 말했지요.

"오늘 나를 초대한 걸 보면 좋은 마음을 가지고 있는 게 분명하오!"

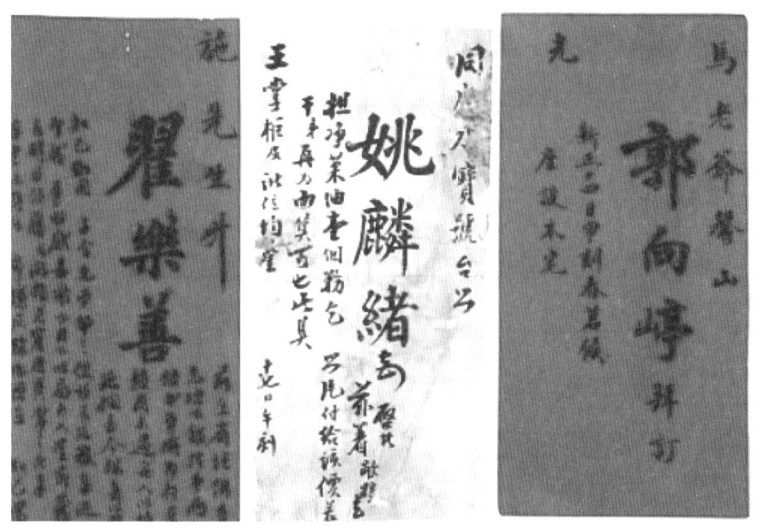
명·청대 명첩. 이름 옆에 자신의 내력이나 경력을 적는 경우가 많았다

그는 뛸 듯이 기뻐하면서 더 기다리지도 않고 그 사람을 따라 바로 길을 나섰지요. 그의 관아에 도착하니 천호가 자실을 마중 나와 있는 것이었습니다. 그는 "오랫동안 못 뵈었고, 거기다가 멀리서 찾아 왔으니 어떻게 잘 좀 부탁드린다"는 말만 했을 뿐이었지요. 아 그런데 뜻밖에도 천호는 성의도 없이 대충 술과 과자를 내놓고 술 적 잔을 마시면서 현지의 대체적인 이야기나 좀 하고, 집에서 전란을 겪는 상황과 친척의 존망 여부나 적당히 물어 볼 뿐이었습니다. 정작 자실이 '왜 멀리서 왔는지', '가업의 현황은 어떠한지' 등에 대해서는 조금도 묻지 않지 뭡니까. 심지어 자

실이 '약탈을 당하고 피난을 오느라 여간 고생을 한 것이 아니었다'는 이야기를 할 때에는 천호가 다 듣고 나서도 일상적인 이야기를 듣는 것 같았습니다. 전혀 놀라거나 딱하게 여기는 기색이 없었지요. 그러면서도 은자를 빌린 일에 대해서는 한 마디도 꺼내지 않고 고맙다는 말조차 한 마디도 하지 않는 것이었습니다. 자실은 몇 번이나 입을 열려고 하다가도

'이제 막 여기에 왔고 처음 만난 상황에서 어떻게 바로 빚을 갚으라는 말을 꺼내겠어? (…) 만에 하나라도 그의 심기를 거스르기라도 한다면 내 꼴만 민망스러워진다.'

하고 여기면서 참고 문을 나서는 수밖에 없었습니다.

처소에 와 보니 숙소는 황량하기 짝이 없고 땔감과 쌀은 턱 없이 부족하지 뭡니까. 그때 아내가 묻는 것이었습니다.

"어째서 무 씨댁에서 전번에 빌려 간 은자 이야기를 좀 하지 않으셨어요? 급한 불이라도 좀 끌 수 있게 말입니다!"

"이제 막 와서 말을 꺼내기 난감하길래 … 미처 이유를 이야기하지 못했소."

그러자 아내는 그를 원망하면서 말했습니다.

"우리가 만 리나 떨어진 먼 곳에서 찾아온 것이 무엇 때문이었어요? 바로 무 씨네에 의탁하기 위해서였습니다. 그런데 … 오늘 특별히 한번 모셔 간다 싶었는데 보잘 것 없는 술과 음식이 탐나서 입을 다물고 부끄러움이나 타면서 할 말은 꺼내지도 못 하시다니요! (…) 그래서야 그 집에 무슨 다른 희망이 있겠어요?"

자실은 아내의 원망 소리를 견디지 못하고 밤새도록 망설이기만 할 뿐이었습니다.

이튿날, 일찍 일어난 자실은 그길로 무 천호의 집으로 가서 면담을 요청했습니다. 천호는 자실이 왔다는 말을 듣고 속으로 진작부터 좀 못마땅했습니다. 마지못해 나와서 만나 주기는 했지만 성의 없이 서너 마디 이야기를 나누고 억지로 얼버무리는 모습을 보이는 것이었지요. 그러자 자실은 스스로 입을 여는 수밖에 없었습니다.

"소생은 고향에서 변을 당하는 바람에 목숨을 걸고 가족을 데리고 바다를 통해 멀리서 왔습니다. 의지할 데라고는 무형밖에 없지요. (…) 해서 오늘 주제넘게 한 말씀 드리고자 합니다."

그러자 천호는 그가 마치지도 않은 말을 가로채더니 말하는 것이었지요.

"형께서 굳이 말씀하지 않더라도 잘 알고 있습니다. (…) 예전에 노자를 빌린 일은 마음속에 새기고 잊지 않았습니다. 아무리 제 벼슬이 한심

하고 녹봉도 하찮다지만 마침 옛 지인이 멀리서 오셨는데 어떻게 그 은혜를 저버릴 수가 있겠소이까? (…) 차용증을 꺼내 보여 주시지요. 소생이 액수에 맞추어 준비해서 조금씩 갚도록 하겠습니다."

손님들! 이때의 무 천호가 속으로 처음에 은자를 빌릴 때 아예 차용증을 쓰지 않은 일을 잊어버렸을 리가 있겠습니까? 그저 얼굴을 맞대고 있으니 발뺌을 하기 난감하자 일단 이 말을 핑계로 둘러댄 것뿐이었지요. 자실이 차용증을 내 놓지 못하면 악착같이 독촉을 하기 어려울 거라고 여긴 것입니다. 이거야말로 신의를 저버린 자가 발뺌의 구실로 삼는 올가미였던 거지요.

자실은 진실한 사람이었습니다. 그런데 그가 해괴한 이야기를 하는 것을 보더니 놀라서 말했습니다.

"무 선생 말씀은 옳지 않습니다! (…) 당초 고향에서 사이가 막역해서 말씀을 꺼내자마자 빌려 드린 것입니다. 애초부터 무슨 차용증 같은 것은 없었지요. 그런데 … 어째서 그런 말씀을 하시는 겁니까?"

그러자 천호는 일부러 정색을 하면서 말하는 것이었습니다.

"이럴 수가 있나! (…) 빚을 주고 받을 때에는 어김없이 차용증을 증거로 삼기 마련입니다.[19] 헌데 … 어째서 없다고 하십니까? 어쩌다가 전란을 겪는 통에 댁에서 잃어버렸다고 하더라도 아마도 있기는 있을 겁니다. 허나 … 형과는 오래 전부터 내왕한 사이이니 지금 차용증이 있고 없고 따질 것 없이 알아서 갚아 드리겠습니다. 다만, … 소생도 모든 면에서 부족한 곳에서 지내고 있으니 당장은 처리해 드릴 수가 없군요. 시간적으로 좀 여유를 가지되 무리를 해서라도 갚는 편이 낫겠습니다."

자실은 무 천호가 이렇게 말하는 것을 듣고 나니 한 동안 몰아 세우기가 난처했지요. 그래서 '예, 예' 하고 대답만 하고 나올 수밖에 없었습니다. 그런데 돌아오는 도중에 그가 한 말을 생각해 보니 해괴하기 짝이 없지 뭡니까. 자기 양심을 속인 기색이 분명했지요. 그러나 이 고을에 온 이상 그를 의지처로 삼을 수밖에 없었습니다. 게다가 무 천호도 방금 전에 '시간적으로 여유를 가지면서 갚겠다'고 했으니 전혀 살 길이 없는 것도 아니므로 어쨌든 며칠 참고 나서 다시 받으러 가는 수밖에 없었지요.

'다만, 내가 애초에 몹시 가깝게 대해 주었건만 지금은 칼자루가 그의 손에 쥐어져 있어서 이렇게도 번거롭고 어렵게 돼 버린 것이다.'

그는 돌아와서 아내에게 알려 주었지요. 내외는 한 동안 한숨을 쉬더니 상의한 끝에 '그래도 무조건 요구하는 것이 낫겠다'는 결론을 내렸습니다. 자실은 하는 수 없이 염치 불구하고 몇 번이나 걸음을 했습니다.

---

19 【즉공관 미비】奸欺口角. 令人啼笑不得. 교활하게 속이면서 입씨름을 벌이면서 울 수도 웃을 수도 없게 만드누나!

그러나 그때마다 똑같은 이야기만 하면서 별별 핑계를 다 대는 것이 아 닙니까. 보아 하니 천년이 지나도 갚지 않고 만년이 흘러도 돌려주지 않을 태세였지요.[20] 귀에는 시도 때도 없이 그럴듯한 말을 하면서도 단 한 푼도 손에 쥐어 주는 꼴을 볼 수가 없었답니다! 그렇다고 해서 그 집에 가지 말자니 그것 말고는 살 길이 없었지요. 자실은 그 집에 가는 것이 지긋지긋해질 정도였습니다. 그야말로

숫양이 울타리를 들이받은 격인가	牴羊觸藩,
나아가기도 물러서기도 어렵구나![21]	進退兩難.

자실은 괜히 몇 번이나 바쁘게 뛰어 다녔지만 항상 아무 소득이 없었습니다.

---

20 천년이 지나도~[一千年也不賴, 一萬年也不還] : 명대의 속담. 축약해서 '천년불뢰, 만년 불환(千年不賴, 萬年不還)' 식으로 사용되기도 하였다.

21 숫양이 울타리를 들이받은 격[牴羊觸藩] : 중국 고대의 격언. 『주역(周易)』 "대장괘(大壯卦)"조의 "구삼. 소인은 씩씩한 기운을 쓰지만 군자는 그것을 쓰지 않는다. 마음은 바르지만 위태로우니, 숫양이 울타리를 들이받으면 그 뿔이 걸려서 물러나지도 나가지도 못하는 것과 같은 이치이다[九三. 小人用壯, 君子用罔, 貞, 厲, 牴羊觸藩, 羸其角, 不能退, 不能遂]"에서 유래한 말이다. 숫양은 뿔이 우람하게 자라서 그것을 큰 자랑으로 여기고 뽐내기도 하지만 울타리를 들이받았을 때에는 빽빽한 나뭇가지에 걸려 꼼짝도 할 수 없게 된다. 세상에 살면서 처세할 때에도 마찬가지이다. 자신이 한창 잘 나갈 때 자기 힘(권력)을 믿고 함부로 행동하거나 남을 마구 대하다가는 언젠가는 불행을 당할 수 있다고 경고하고 있다. 명대의 학자 홍자성(洪自誠)이 지은 『채근담(菜根譚)』에도 이와 비슷한 경구(警句)가 보인다. "(사회에서) 몸을 일으킬 때 한 걸음 높이 서지 않는다면 마치 먼지 속에서 옷을 털고 진창에서 발을 씻는 것과 같으니 어찌 (세상 일에) 초연해질 수 있겠는가? 세상에 처할 때 한 걸음 물러서서 처신하지 않는다면 마치 부나비가 촛불로 날아들고 숫양이 울타리를 들이받는 것과 같으니 어찌 안락할 수가 있겠는가?[立身不高一步立, 如塵裡振衣, 泥中濯足, 如何超達. 處世不退一步處, 如飛蛾投燭, 牴羊觸藩, 如何安樂.]" 여기서도 숫양의 비유를 들어 세상에서 처세할 때 신중하고 사려깊게 행동하라고 경계하고 있다.

날이 흐르고 또 흘러서 어느덧 반년이 지나고 어느새 벌써 새해 정초가 임박했지 뭡니까. 자실은 객지에서 서글프게 지내고 온 가족은 죽는 소리를 해댔지요. 설을 쇨 방법을 모색해 보려 해도 일전 한 푼이 없었습니다. 자실은 어쩔 도리가 없자 하는 수 없이 무 씨댁에 가서 천호를 만나 울기도 하고 큰 절을 올리기도 하면서 말했지요.

"형께서 제 목숨 좀 살려 주십시오!"

그러자 천호는 그를 부축해 일으키면서 말했습니다.

"이렇게까지 하실 것까지야…"

"새해 정월이 코 앞인데 처자식이 배를 굶고 추위에 떨고 있습니다! 주머니에는 한 푼도 없고 병에는 조 한 톨 없으니 어떻게 버틸 수가 있겠습니까! (…) 예전에 빌리신 은자는 … 지금 갚으라고 독촉할 엄두도 못 내겠고 … 일단 되는 대로 얼마라도 도와 주십시오. 그러면 아무리 티끌만큼이더라도 전부 형께서 하사하신 것으로 여기겠습니다! (…) 당시 그렇게 빌려 드린 일이 없다는 문제에 관해서는 … 오늘 옛 친구의 정리를 생각하셔서라도 좀 불쌍하게 여겨 주십시오!"

말을 마친 그는 대성통곡을 하는 것이었지요. 천호는 그가 몹시 애절하게 통곡하는 것을 보고 나니 마음이 편치 않았습니다.[22] 그는 손가락을 꼽으면서 세어 보더니 말했습니다.

"앞으로 열흘만 있으면 섣달 그믐밤이로군요. 형께서는 댁에서 기다리고만 계십시오. 소생이 녹봉으로 받은 쌀을 좀 나누고 땔감을 살 돈을 좀 준비해 댁에 보내 드리겠습니다. 형께서 설을 쇨 비용으로 쓰도록 말씀입니다. 허나…, 약소하다고 나무라지는 마십시오. 그저 아는 사람 대하듯 해 주시지요."

자실은 몹시 궁한 마당에 '물건들을 좀 보내주겠다'는 말을 듣자 한결 마음이 편안해졌습니다.

"그렇게 되어서 일단 새해까지 목숨을 부지할 수만 있다면 그 큰 은혜 끝이 없을 것입니다!"

이렇게 말한 자실은 반가워하면서 작별인사를 했지요. 그런데 헤어질 때 천호가 몇 번이나 이렇게 당부하는 것이었습니다.

"그믐에는 절대로 다른 데는 가지 마십시오.[23] 딱 댁에서 기다리고 계시면 됩니다!"

---

22 【즉공관 방비】此一念也眞. 이 마음 하나만큼은 참된 것이지.
23 【즉공관 방비】惡處在此. 고약한 심보를 이 대목에서 볼 수가 있군!

자실은 그렇게 하기로 했지요.

거처로 돌아온 그는 천호가 한 말을 아내를 보고 이야기해 주었지요. 가족들은 그제서야 마음을 놓는 것이었습니다.

그믐이 되자 자실은 이른 아침부터 일어나서 집안에 앉아 그가 오기만을 기다렸습니다. 나가서 설을 쇨 세수용품들을 좀 찾아 볼까 하다가도 순간적으로 때를 놓칠까 걱정이 되었지요. 그는 속으로 '돈이 좀 들어오기만 하면 세수 용품들을 장만하기 수월해지겠지'하는 생각까지 했습니다. 그런데 그렇게 우두커니 기다리고 있자니 마음이 싱숭생숭 해지지 뭡니까. 그래서 한 아이에게 골목 어귀에 서 있다가 무슨 동정이라도 보이면 미리 와서 알리도록 이르기까지 했지요. 그런데 가고 나서 얼마 지나자 그 아이가 뛰어 오더니 말하는 것이었습니다.

"누가 쌀을 지고 왔어요!"

그래서 자실이 서둘러 문을 나가서 보았더니 정말 웬 짐꾼이 쌀 한 석을 지고, 푸른 옷을 입은 웬 사람은 앞에서 명첩을 들고 들어오는 것이었지요. 자실은 '이제야 됐다'싶었습니다. 그런데 가만 보니 문 옆까지 다가와서도 짐꾼은 전혀 쌀을 내려 놓을 기색이 없지 뭡니까. 푸른 옷의 그 사람 역시 바로 문을 지나치는 것이었지요. 자실은 의아하게 여겼습니다.

'우리 집을 몰라서 실수로 지나친 게 분명해!'

그래서 서둘러 두 사람을 불렀지요.

『소주청명상하도』 속의 예물을 메고 가는 짐꾼들

"여긴데 … 돌아 오셔야지!"

그러나 두 사람은 아예 뒤
도 돌아보지 않는 것이었습니
다. 자실은 하는 수 없이 앞으
로 따라가서 푸른 옷을 입은
사람에게 물었지요.

"형씨, … 이 선물을 어디로
가지고 가십니까?"

그러자 푸른 옷의 사람은 손에 든 명첩을 자실에게 보여 주면서 말하
는 것이었습니다.

"우리댁 마님이신 장張 원외[24]께서 '쌀을 서당 선생께 보내 드리라'고
하셔서요. (…) 그건 … 왜 물으슈?"

---

24 원외(員外) : 원·명대의 존칭. 원래는 정원 이외의 관원을 뜻했지만 나중에는 매관매직
으로 이 벼슬을 살 수 있게 되면서 재산이 많거나 권세가 있는 부자들을 부르는 호칭이
되었다. 여기서는 후자에 해당한다.

자기 집이 아닌 것을 눈치챈 자실은 시치미를 떼고 돌아와서 다시 집에 앉아 있었습니다. 그러자 얼마 후에 아이가 또 들어오더니 말하는 것이었습니다.

"사령 차림을 한 웬 사람이 어깨에 돈 꾸러미를 지고 와요!"[25]

자실은 문간으로 가서 머리를 내밀고 바라보았습니다.

'이번에는 맞겠지.'

그런데 가만 보니 그 사령 차림을 한 사람은 문 앞을 지나면서도 걸음을 멈추지 않는 것이었습니다. 오히려 좀더 빨리 뛰어가는 것이 아닙니까 글쎄. 자실은 더더욱 의아스러워서 그 앞까지 달려가서 물었지요. 그러자 사령이 대답하는 것이었습니다.

"지현 나리께서 이 돈을 나리 고향 분한테 명절을 보내시라고 갖다 드리라고 하십디다."

자실은 이번에도 아닌 것을 보고 속으로 생각했습니다.

---

25 【즉공관 미비】 風聲鶴唳. 바람 소리에도 화들짝 놀라겠군.

'남들이 다들 분주하게 선물을 보내는 건 오늘 하루를 보고 하는 일이다. 헌데 어째서 우리 집 것만 없단 말인가!'

자실은 속이 마치 열다섯 개나 되는 두레박으로 물을 긷기라도 하는 것처럼 두근거렸습니다.[26] 몸은 몸대로 마치 전병 부치는 쇠판 위의 개미가 한 순간 발을 붙이고 서지도 못하는 것처럼 안절부절 하는 것이었지요.

그렇게 어느새 오후까지 자리를 지켰건만 그래도 올 기색은 보이지 않았습니다. 그래서 수시로 머리를 내밀고 주위를 두리번거리면서 심란한 마음으로 속이 다 탈 지경이었습니다.

결국은 이 날은 설을 쇨 물건을 하나도 사지 못하고 말았습니다. 그는 거리 앞까지 가서 다시 한 번 살펴보았지요. 그랬더니 집집마다 사고 판 것을 챙겨 놓고, 가게를 운영하는 이들은 모두 문을 닫고 새해를 맞이할 준비를 하느라 바빴습니다. 그러나 자실은 되려 무 씨댁 때문에 시기를 놓쳐 버리는 바람에 쌀 한 톨 땔감 한 묶음조차 장만하지 못하고 말았지 뭡니까.[27] 그의 아내는 아내대로 오로지 남편을 원망하면서 눈물을 흘리

---

26 열다섯 개나 되는 두레박으로 물을 긷기라도 하는 것처럼~[十五個吊桶打水, 七上八落的] : 명·청대에 사용되던 유행어. 앞서의 "독 안에서 자라를 잡는 것 같았다, 손만 뻗으면 되니까 말이다"의 경우처럼, 원래는 "두레박 열다섯 개로 물을 긷는 것 같았다[十五個吊桶打水]" 다음에 앞 구절과 맥락상 연결되는 "7개는 올라가고 8개는 내려간다[七上八落的]"라는 구절이 이어지는 헐후어의 일종이다. 위에서처럼 두 구절을 그대로 직역하면 좋겠지만 그렇게 되면 우리 정서에서는 무슨 뜻인지 제대로 이해할 수가 없다. 여기서는 편의상 앞 구절만 직역을 하고 뒷 구절은 그 맥락에 맞게 의역하여 "가슴이 쿵쿵거리다" 정도로 번역하였다.
27 【즉공관 미비】可恨. 참 괘씸하구나!

는 것이었지요. 다른 집들
은 환성을 지르며 마음껏
술을 마시고 폭죽^{爆竹} 소리
도 연일 끊이지 않았습니
다. 그런데 자실만 오만 인
상을 다 쓰면서 처량하게
아내와 마주보고 앉아 있
는 것이었지요.

자실은 생각하면 할수록
부아가 치밀었습니다. 그
는 두 발로 마구 펄쩍거리
면서 단단히 욕을 퍼부었지요.

『금병매』에 묘사된 명대 명절의 폭죽놀이

"배은망덕한 괘씸한 놈 같으니라구! (…) 사람을 이 지경까지 해코지
를 하다니!"

부아가 치민 그는 상자에서 단도²⁸를 한 자루 찾아내더니 숫돌에 날이
시퍼렇게 설 때까지 갈았습니다. 그리고 나서 아내를 보고 말하는 것이

---

28 단도[解腕刀] : '해완도(解腕刀)'는 송·명대에 호신용으로 몸에 지니고 다니던 단도로,
'해완'은 칼날과 자루 사이에 끼워 손을 보호하는 날밑(swordguard)이 없다는 뜻이다.
때로는 끝이 뾰족하고 자루가 짧으며 칼등이 두껍고 칼날은 얇아서 '해완첨도(解腕尖
刀)'로 불리기도 하였다.

었지요.

"내 그놈을 죽이지 않고서는 이 분을 풀 수가 없겠소! 이 목숨을 걸고 놈과 결판을 내리라. 그렇게 몇 번 따지고 들면 좀 더 늦게 죽을 수 있을 테지. (…) 내일 이른 아침에 놈이 문을 나서기만 하면 기필코 끝장을 내고 말겠소!"

아내는 일단 참으라고 설득했습니다. 그러나 자실의 입장에서야 어디 참을 수가 있겠습니까? 칼을 손에 든 채로 날이 밝을 때까지 앉아 있던 그는 닭이 울고 북소리가 그치기가 무섭게 그 길로 바로 무 씨댁으로 향하는 것이었습니다.

계속 이야기를 들려 드리도록 하지요. 그 골목 중간에는 작은 암자가 하나 있었습니다. 자실의 집에서 무 씨댁으로 가려면 꼭 거쳐 가야 하는 길이었지요. 암자에는 '헌원옹軒轅翁'이라고 부르는 수행자[29]가 있었습니다. 그는 나이가 백 살 가깝게 되었는데, 덕행이 높은 선비였지요. 자실은 평소에 무 씨댁에 갈 때마다 이 암자를 지나가곤 했습니다. 그때마다 안으로 들어가 지친 다리를 쉬면서 암자의 주인인 헌원옹과 한 동안 이런저런 이야기를 나누곤 했지요. 그렇게 오래 내왕하다 보니 어느 사이에 잘 아는 사이가 되어 있었답니다.

---

29 수도자[道者] : '도자(道者)'는 명 · 청대에 도교에서 양생(養生)의 이치에 밝은 사람을 일컫던 이름이다. 여기서는 편의상 '수도자'로 번역하였다.

이날은 정월 초하루 첫날이었습니다. 그래서 동이 틀 무렵이었지만 길에는 아직 다니는 사람이 없었지요. 헌원옹은 잠자리에서 일어나 대문을 열고 탁자를 문을 마주보고 놓았습니다. 이어서 초 두 개에 불을 붙이고 하늘을 우러러 보며 절을 네 번 했지요. 그리고는 경전 한 권을 탁자 위에 펼쳐 놓고 가운데에는 향로에 향을 피우더니 문을 바라보고 앉아서 맑은 목소리로 낭송하는 것이었습니다.

그렇게 한두 쪽을 다 낭송하기도 전이었습니다. 거리에 하늘 빛이 희미하게 트기 시작하는 사이로 웬 사람이 눈 앞을 지나가는 것이 아닙니까. 서둘러 지나가기는 했지만 알고 보니 원자실이었습니다. 헌원옹은 낭송하는 경전 구절이 중간에 끊어질까 봐서 지나가도 내버려 두고 그를 부르지 않았지요.

이 노인은 도안[30]이 맑고 밝았습니다. 그런데 그가 보니 원자실이 앞에서 걷고 있고 뒤에도 많은 사람들이 따라가는 것이었습니다. 그래서 자세히 보았더니 사람이 아니지 뭡니까 글쎄! 기괴한 모습을 한 귀신들인데, 그 수를 셀 수조차 없을 정도였습니다. 귀신들은 춤을 추면서 따라가는데 그 모습을 볼작시면

어떤 자는 칼을 들고	或握刀劍,
어떤 자는 망치[31]를 들었는데	或執稚鑿.

---

30 도안(道眼) : 진리[道]를 통찰하고 판별할 수 있는 혜안이나 안목.
31 **[교정]** 망치[稚鑿] : 상우당본 원문(제1175쪽)에는 '치착(稚鑿)'으로 되어 있으나 뒷 글자 '뚫을 착(鑿)'과의 관계를 따져 볼 때 '어릴 치(稚)'는 '망치 추(椎)'의 오각으로 보인다.

| 머리카락을 드리우고 몸 드러낸 채 | 披頭露體, |
| 그 기세 참으로 흉악하기도 하다! | 勢甚兇惡. |

헌원옹은 경전을 낭송하다가 말고 소리를 질렀습니다.

"괴이한 지고!"

그는 마음을 잠시 가라앉히고 나서 다시 경전을 외우기 시작했습니다. 그런데 얼마 지나지 않아서 자실이 다시 돌아오는데 발걸음을 터덜터덜 억지로 옮기는 것이었지요. 헌원옹은 그래서 처음에는 이상하게 여기고 묵묵히 그가 걷는 모습을 쳐다보기만 할 뿐 불러 세울 엄두를 내지 못했습니다. 그런데 자실이 지나가고 나자 이어서 백명 가까운 사람들이 그 뒤를 따라가는 것이 아닙니까. 헌원옹은 눈을 크게 뜨고 그들을 자세히 살펴 보았지요. 이번 사람들은 규모가 아까와 차이가 그다지 크지 않은 데 차림새가 너무도 다른 것이 죄다 황금 모자에 허리춤에 옥을 찬 선비들이었습니다.[32] 그 모습을 볼작시면

어떤 이는 일산을 받쳐 들고	或挈幢蓋,
어떤 이는 깃발을 높이 들었는데	或擧旌幡,
온화한 얼굴 기쁜 표정을 한 채	和容悅色,

---

[32] 【즉공관 미비】 善惡之相卽自己神識變現. 선악의 형상은 곧 자기 내면의식의 발현이지.

養內看惡鬼
善神

암자에서 악귀와 선한 신을 보다

그 마음 정말로 편안코 느긋하구나!　　　　　　意甚安閒.

명대의 『출경입필도(出警入蹕圖)』에 그려진 깃발(좌)과 일산들(우)

그러자 헌원옹은 놀라서 말했습니다.

"이게 대체 웬일인고? 정월 초하루 이른 아침부터 이런 것이 다 보이다니 (…) 원 선비는 죽은 것이 분명하다. 방금 전의 것은 바로 그의 넋이다. 그래서 여기까지 오고서도 집 안으로 들어오지 않은 게지! (…) 그를 따르는 자들도 모두 귀신이었어. 허나, … 악이 가고 선이 돌아온 것은 … 또 어떻게 해석해야 할까?"

그는 속으로 의아하게 여기면서 답을 얻지 못하면서도 한편으로는 경전을 다 낭송하고 나서 소식을 알기 위하여 서둘러 자실의 집으로 갔습니다. 그런데 원 씨네 집 문 안으로 들어갔더니 안에서는 아무 소리도 들리지 않지 뭡니까. 그래서 기침을 한번 하고 사람을 불렀지요.

"새해 인사를 드리러 왔소이다!"

자실은 안에서 걸어 나왔다가 웬 노인네가 새해 초하루에 새해 인사를 하러 온 것을 보고 서둘러 자리를 권하는 것이었지요. 헌원옹은 의례적인 덕담을 하고 나서 자실에게 물었지요.

"오늘 이른 아침에 … 귀하께서는 어디에 가는 길이셨습니까? 가실 때에는 무척 분주하시더니 돌아오실 때에는 걸음이 무척 무거우시던데 … 그 이유가 무엇인지요? 말씀을 좀 듣기를 바랍니다."

"소인이 부당한 일을 당했습니다. 그러나 … 어르신께는 말씀드리기가 곤란하군요!"

"이야기해 주신들 무슨 상관이겠습니까?"

그래서 자실은 무 천호가 처음에 이곳 임지로 부임할 때 그의 은자를 빌린 일이며 이번에 받으러 오자 끝까지 평계를 대면서 어물쩍 넘어가려한 일, 세밑에는 자신에게 돈과 쌀을 보내 준다고 속이고 끝까지 보내 주지 않는 바람에 구차하게 설을 쉰 일을 자초지종 자세하게 이야기해 주었습니다. 그러자 헌원옹은 발을 구르면서 말했지요.

"그렇다면 은혜를 원수로 갚은 게로군요. 정말 괘씸하구나! 그런 놈은 천벌을 받고 말 것입니다. 그건 그렇고 … 귀하께서는 오늘 대문을 나선 것이 … 그 놈한테 따지려고 그러신 것입니까?"

"사실대로 말씀드리자면, … 어젯밤 정말 하룻밤 내내 부아가 치밀지 뭡니까. 그렇다고 손해를 볼 수는 없길래 칼을 날카롭게 간 다음 동이 트기를 기다려 그 집 문 앞으로 가서 놈이 이른 아침에 집을 나오면 단칼에 찔러 죽이고 이 원한을 갚으려고 했습니다! 그런데 그 집 문 앞에 이르러 다시 생각을 좀 해 보니 … '그 놈이 물론 제게 죄를 짓기는 했지만 그 놈한테도 노모와 처자식이 딸려 있고, 평소 한 집안처럼 내왕하던 사이인데 그들에게는 죄가 없다' 싶더군요. 만약에 천호 한 사람을 죽이면 그 집 노모와 처자식은 타향 땅을 떠돌게 되지 않겠습니까? 저희 집 식구들이 타향을 떠도는 고생을 생각해 보아도 이토록 견디기 어려운데 어떻게 차마 그 집까지 그 지경으로 만들 수가 있겠습니까?[33] (…) 차라리 그 놈이 저를 저버릴지언정 저는 남을 해코지하는 그런 짓은 할 수가 없습니다. 그래서 그 울분을 억누르고 천천히 걸어서 돌아온 겁니다. (…) 마음을 가라앉히지 못해 갈등하느라 어르신 댁을 찾아뵙지 못하고 되려 어르

---

33 【즉공관 미비】此念便是仁之端. 이런 생각이야말로 '큰 사랑[인]'의 실마리인 게지.

신께서 먼저 왕림하시게 만들었으니 … 정말 죄를 지었습니다, 죄를요!"

"이 늙은이는 새해 인사를 하러 온 것이 아니올시다. (…) 사실은 한 가지 기이한 일이 있길래 찾아 뵈려고 온 거지요. 헌데, … 지금 귀하께서 그 이유를 말씀하신 것을 보니 … 되려 축하 인사를 드려야 겠소이다!"

"축하해 주실 일이 뭐가 있다고요!"

"귀하께서는 나중에 누릴 복이 있으실 겝니다! (…) 방금 전에 있었던 일을 신령들께서 벌써 다 아셨으니까요!"

"어째서요?"

그러자 헌원옹이 말하는 것이었습니다.

"방금 전 이른 아침에 저희 집을 지나가실 때 이 늙은이가 온갖 흉악한 귀신들이 귀하 뒤를 따라가는 광경이 이 늙은이 눈에 들어 오더군요. 그런데 돌아오실 때에는 전부 다 복을 내리는 신들로 바뀌어 있었소이다. (…) 이 늙은이는 그래서 속으로 기이하게 여겼었지요. 헌데…, 지금 귀하께서 이렇게 말씀하시는 것을 듣고 나니 이제야 한번의 나쁜 마음만으로도 흉악한 귀신들이 몰려들고 한 번의 착한 마음만으로도 복을 내리는 신들이 강림하신다는 것을 깨닫게 되었소이다.[34] 마치 그림자가 몸을 따라 다니듯이 한 치도 어긋남이 없군요. 어두운 방 안이나 아무리 황망한 순간이라 하더라도 절대로 터럭 만큼의 나쁜 마음이라도 품어 죄를 짓고 덕을 상하게 하면 안되는 게지요. (…) 귀하께서는 착한 마음을 가져서 신과 귀신들이 묵묵히 지켜 주실 것이 분명합니다. 그러니 이제 슬퍼하거나 원망하실 것 없소이다!"

"어르신의 설득과 위로가 과분할 정도입니다! 그건 그렇다지만 … 배은망덕한 자의 속임수에 속아 새해가 되었는데도 돈도 쌀도 없는 바람에 형편이 말이 아니로군요. 그 자를 죽이지는 않게 되었지만 차라리 저 스스로 죽음을 택할 수밖에요! 처를 보기가 부끄럽습니다!"

"자살하겠다는 말씀일랑 하지도 마십시오! (…) 이 늙은이 암자에 아직 남은 양식이 있습니다. 조금 있다가 좀 보내 드릴 테지 잠시 쓰도록 하십시오. 절대로 다시는 엉뚱한 생각 따위 품지 마시고요!"

"정말 감사합니다! 정말 감사합니다!"

그러자 헌원옹은 작별인사를 하고 그 자리를 떠나는 것이었지요.

그가 떠나고 얼마 지나지 않았을 때였습니다. 정말로 웬 수행자가 헌

---

34 【즉공관 미비】世人着眼. 세상 사람들은 주의함이 옳다.

원옹의 명령을 받들어 쌀 한 섬과 돈 한 꿰미를 자실의 집에 보내 왔지 뭡니까! 자실은 모든 것이 바닥 난 상황이다 보니 그것들을 받는 수밖에 없었지요. 그는 그 수행자에게 암자의 헌원옹에게 감사 인사를 전해 줄 것을 당부했습니다. 수행자가 돌아가고 나서 자실은 곰곰히 생각해 보았습니다.

"이 어르신은 나와 과거에는 아는 사이가 아니었는데도 그 호의가 이 정도로구나! 그런데도 무 천호가 내 돈을 빚지고도 되려 터럭 하나 안 뽑으려 들었으니! (…) 원래는 천호를 보고 멀리서 찾아와서 몸을 의탁할 작정이었다. 그런데 그 희망을 잃어 버렸으니 앞으로는 어떻게 지낸단 말인가? (…) 이런 목숨이 다 무슨 소용이 있겠나? 게다가 이 원한이 가시지 않는구나! (…) 헌원옹 말씀에 따르면 '신과 귀신이 그렇게 가까운 곳에 있다'던데 … 이승에서는 차마 죽이지 못했지만 그래도 자살을 해서 저승에 가서라도 그 놈을 고발해야 하지 않겠는가?[35] 그렇게만 하면 이 억울함을 하소연할 곳이 분명히 있을 것이다!"

그는 아내에게 이야기도 하지 않고 그 길로 삼신산三神山 아래의 어떤 팔각형 우물 가로 갔습니다. 그리고는 한숨을 쉬고 하늘을 우러러 보면서 외쳤지요.

---

35 【즉공관 미비】不能殺之陽, 而求理於陰. 可憐, 可憐. 安得陰中無主者乎. 이승에서는 그 자를 죽일 수 없어서 저승에서 시비를 따지려 하는구나. 딱하다, 딱해. 저승에는 그 일을 다스려 줄 이가 없음을 어찌 하리오!

『소주청명상하도』에 보이는 명대의 공공 우물

"하늘께서는 눈이 있으십니까? (…) 이 원자실이 남에게 밑천을 떼였는데도 저를 비명에 죽게 만드시나이까? 딱해라! 딱하기도 해라!"

그는 말을 마치자마자 '풍덩' 아래로 뛰어 내렸습니다.

그는 물에 빠지기만 하면 금방 죽을 줄로만 알았지요. 그런데 우물 속에서 참말로[36] 기이한 일이 벌어질 줄 누가 알았습니까? 자실이 땅바닥을 디디고 있는데도 물 한 방울조차 없지 뭡니까. 그래서 손을 뻗어 더듬어 보니 양쪽은 모두 돌벽을 깎아 만들었고, 가운데로는 좁은 길이 하나나 있는데 겨우 몸 하나만 둘 수 있을 정도였지요. 자실은 손으로 두 벽

---

36 참말로[可煞] : '가살(可煞)'은 송·원대 구어체 중국어에 사용된 부사 '가(可)'와 '살(煞)'이 합쳐진 합성어로, 형용사 앞에서 특정한 상황을 강조 또는 과장하는 역할을 한다. 여기서도 "작괴(作怪)"는 '기이하다(strange)'라는 형용사이므로 '가살작괴(可煞作怪)'는 "참으로 기이하다" 정도로 번역할 수 있다.

을 버티면서 어두움 속에서도 무작정 앞으로 길을 따라 걸었습니다.

얼추 몇백 걸음은 갔을 때였습니다. 갑자기 한 줄기 밝은 빛이 안으로 비치는 것이 아닙니까. 그는 서둘러 그 밝은 쪽으로 걸어 갔지요. 그러자 얼마 지나서, 벽이 다하고 길이 끝난 곳에는 웬 동굴의 작은 구멍이 나 있는 것이었습니다. 그리고 그 구멍을 나오자 훤하게 하늘에서 해가 밝게 빛나면서 또다른 세계가 펼쳐지지 뭡니까.

다시 몇십 걸음을 더 걸었더니 웬 큰 궁전이 눈에 들어오는 것이었지요. 바깥의 대문 위에 걸린 현판에는 금칠을 한 큰 글자로 "삼산복지三山福地" 네 글자가 보이는 것이었습니다. 자실은 한 동안 우러러 보고 나서야 걸음을 옮겨 안으로 들어갔지요. 그 안의 광경을 볼작시면

옛 전각에는 안개가 사라지고	古殿烟消,
긴 복도는 낮인데도 조용한데	長廊晝靜.
서성이면서 고개 돌려 보아도	徘徊回顧,
고즈넉이 인기척조차 없구나.	闃無人踪.
종과 편경 한번 울리자	鐘磬一聲,
어느새 구름 너머로 날아오른 듯.	恍來雲外.
이제 보니 동굴 속 복된 땅이런가?	自是洞天福地,
분명 신선들이 이곳에 숨어 살겠지.	宜有神仙在此藏,
더러운 속세의 거처는 절대 아니니	絶非俗境塵居,
전생의 인연 아니면 어찌 올 수 있으랴?	不帶夙緣那得到.

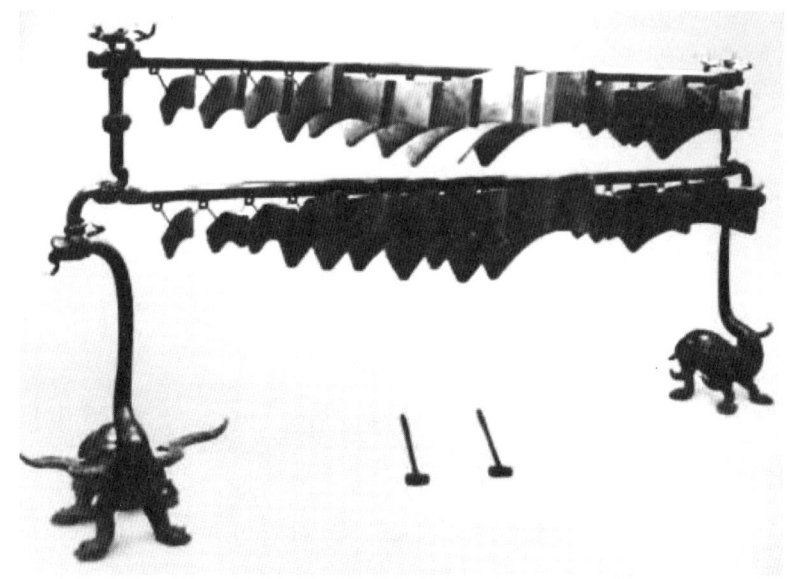

편경(篇磬) 예시

　자실이 잠시 서 있었지만 사람 얼굴 하나 보이지 않았습니다. 배도 고
프고 목도 마르고 다리는 다리대로 아파서 꼼짝을 할 수가 없었습니다.
그러다가 앞에 웬 돌로 된 단蠻이 하나 눈에 들어오는데 깨끗하기까지 하
지 뭡니까. 자실은 힘이 빠져서 주저앉을 판인지라 하는 수 없이 그 돌로
된 단 옆에 누워 잠시 쉬었지요. 그런데 갑자기 안에서 웬 사람이 걸어
나오는 것이 아닙니까. 도사 차림을 하고 있는데 자실이 있는 앞까지 다
가왔습니다. 그리고는 웃으면서 자실에게 묻는 것이었지요.

　"한림[37]께서는 이제 변방에서 객지 생활을 하는 맛을 깨우치셨습니까?"

井中談前因後果

우물 속에서 전생과 업보를 일러주다

자실을 깜짝 놀라면서 말했습니다.

"객지 생활의 맛이야 아주 진절머리가 날 정도로 보았지요. (…) 헌데, … 어째서 저를 '한림'이라고 부르십니까? 사람을 잘못 보신 게 아닌지요?"

"귀하께서는 홍경전[38]에서 조서[39]의 문구를 다듬던 일이 기억나지 않습니까?"

"갈수록 우스운 말씀을 하시는군요? (…) 저는 산동 촌놈이고 벼슬은 산 적도 없는 미천한 선비올시다. 사십 년을 살면서도 책 한 권 읽은 적이 없고요. 서울에서조차 제대로 아는 것이 없는데 무슨 '홍경전'이니 무슨 '조서' 문구를 다듬느니 하는 일 따위를 알 게 뭐랍니까?"

그러자 도사가 말하는 것이었습니다.

---

37 한림(翰林) : 명대에 어명의 출납이나 역사 편찬, 도서 관리 등의 사무를 관장하던 한림원 (翰林院) 관리들에 대한 통칭. 그 수장을 장원학사(掌院學士)라고 하고, 그 아래에 시독 학사(侍讀學士)・시강학사(侍講學士)・시독・시강・수찬(修撰)・편수(編修)・검토(檢 討) 등의 관리를 두어 이들을 아울러 '한림(翰林)'으로 불렀다. 명대에는 인사에 있어 한 림원 출신자를 특히 중용하여, 내각(內閣)을 필두로 이부(吏部)・예부(禮部)의 상서(尚 書)와 시랑(侍郎)들이 한림원 출신인 경우가 많았다.

38 홍경전(興慶殿) : 당대의 궁전 이름. 당나라 도읍 장안의 홍경궁(興慶宮)의 정전(正殿, 본 전)으로, 궁성 서북쪽에 위치해 있었다고 한다. 원자실은 원대 말기 사람인데 당나라 궁 전의 이름이 등장하는 것은 홍경전이 여기서는 천상의 궁전을 상징하기 때문이다.

39 조서(詔書) : 황제의 어명을 적은 글. 여기서는 옥황상제의 명령을 적은 글이라는 뜻으로 해석할 수 있다.

조서의 예시. 『전당문(全唐文)』에 수록된 「고조 황제가 고려 왕 건무에게 보낸 국서(高祖皇帝與高麗王建武書)」. 당 고조가 고구려 국왕 영류왕(榮留王)에게 보낸 것이다

"딱하구나, 딱해! (…) 사람으로 살면서 가죽 거죽[40]이 바뀌자 욕망에 이끌리고 배고픔과 추위에 시달리느라 왕년의 일을 다 잊어 버렸구나! (…) 예까지 오시느라 배가 많이 고프시지요?"

"어젯밤에 성을 내고 원망하느라 아무 것도 먹지 못했습니다. 이제야 죽을 곳을 찾아 여기까지 왔는데 뜻밖에도 잘못해서 신선의 땅까지 들어 왔군요! 그런데 … 배도 고프고 목도 마르고 다리는 늘어지고 근육은 저

---

40 가죽 부대[皮囊] : 명대의 구어. 도교나 불교에서 사람의 몸이나 동물의 육신을 낮추어 부르는 말로, 때로는 '냄새나는 가죽 부대[臭皮囊]' 식으로 부르기도 하였다.

려서 몸을 제대로 가눌 수가 없길래 잠깐 여기에 누워 있던 참입니다."

도사는 소매 속에서 큰 배 하나와 대추 몇 알을 꺼내어 자실에게 주면서 말했습니다.

"이것들 … 기억이 나십니까? 이것은 교리와 화조[41]올시다. 드시면 허기와 갈증이 가실 뿐만 아니라 과거의 일들까지 알게 되실 겝니다!"

그것을 손에 건네받은 자실은 마침 허기도 지고 목도 마르던 참이어서 게눈 감추듯 다 먹어 치웠습니다. 그러자 자기도 모르게 정신이 맑아지는 것이었습니다. 눈을 감고 생각을 좀 해 보니 꿈에서 깨어난 것처럼 환하게 깨닫는 것이었지요. 그는 자신이 전생에서 한림학사로 대도[42]의 홍경전에서 황제의 조서의 문구를 다듬던 일이 마치 어제 일처럼 뇌리에 떠올렸습니다. 그는 서둘러 일어나서 도사에게 절을 하면서 말했습니다.

"도사님께서 주신 과일 맛 덕분에 허기와 갈증을 풀었을 뿐만 아니라 전생까지 바로 깨달았습니다! 그건 그렇고 … 전생에서 그처럼 청렴하고

---

41 교리(交梨)와 화조(火棗) : 도교 용어. 도교 경전에서 신선들의 먹는다고 하는 전설상의 과일과 대추.

42 대도(大都) : 원대의 도읍. 지금의 북경(北京)애 해당하며, 중통(中統) 원년(1206)에 쿠빌라이가 황제로 즉위하면서 원 제국의 도읍이 되었다. 몽골어로는 '다이두'로 불렀으며, 돌궐어로는 대칸이 머무는 곳이라는 뜻으로 '칸발릭(Khanbaliq)'으로 불려지기도 하였다. 원대의 유병충이 계획건설을 주도하여 지원(至元) 4년1267부터 순제(順帝) 지정(至正) 28년1368)까지 원나라 도읍이었다.

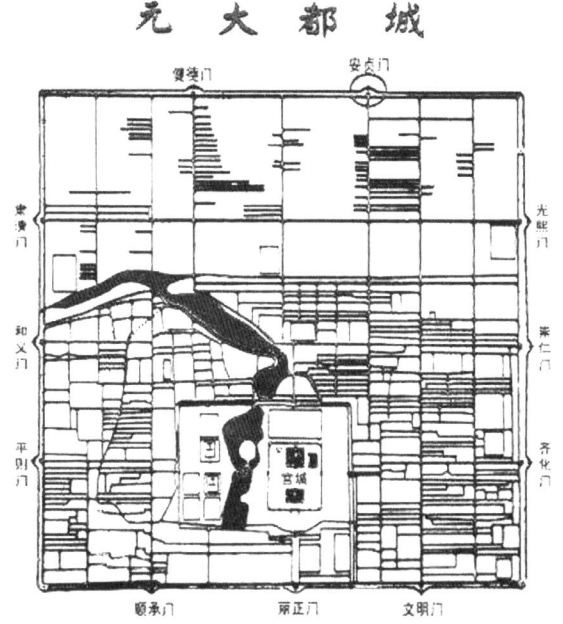

元大都城

원나라 도읍인 대도를 그린 평면도

고귀했는데 대체 무슨 죄업을 지었길래 금생에서 이 같은 업보를 당해,[43] 이토록 뒷끝이 안 좋게 되어 버렸는지 모르겠군요!"

"귀하는 전생에서도 큰 죄를 지은 적이 없소이다. 다만, … 자리에 있을 때 글재주가 남다른 것을 믿고 후배들을 무시하면서 정성껏 발탁하려 하지 않았지요.[44] 그래서 벌을 내려 금생에서는 귀하로 하여금 어리석고 글도 깨우치지 못한 삶을 살게 만든 것입니다. 거기다가 거만하고 유아

---

43 【즉공관 미비】正是淸貴, 乃有罪業. 바로 청렴하고 고귀했던 것이 죄업이었던 게지.
44 【즉공관 미비】今之淸貴者着眼. 요즘 세상에서 청렴하고 고귀한 이들은 주의해야 할 일이다.

독존이기까지 하다 보니 남들과의 교제를 거부하는가 하면 터럭만큼도 인정이 없었지요. 그래서 벌을 내려 금생에서는 이곳저곳을 떠돌면서도 누구한테도 몸을 의탁할 수 없게 만든 거지요. (…) 이것도 따지고 보면 죄를 지은 대로 벌을 받은 것이니 하늘의 이치로도 착오가 없었던 셈이올시다. (…) 이제 귀하가 착한 마음을 품은 까닭에 복이 넘치는 이곳으로 와서 소생과 만나고 귀하의 목숨을 구하는 팔자가 된 것입니다!"

도사는 그래서 자실에게 세상의 온갖 인과응보에 관한 이야기들을 들려주었습니다.

'누구는 착한 사람이니 좋은 응보를 받을 것이고, 누구는 나쁜 사람이니 나쁜 응보를 받을 것입니다. 아무개는 바로 무염귀왕[45]의 환생으로, 저승에서 열 개나 되는 화로를 만들어 뜻밖의 재산을 만들어냈지요. 그래서 이승에서 온갖 탐욕스러운 짓을 그치지 않으면서 뇌물을 공공연히 주고 받습니다. 그러나 훗날 그 복이 다하고 나면 저승에 갇히는 불행을 당하게 되어 있답니다. 또 아무개는 다살귀왕[46]의 환생으로, 저승에 군사를 오백 명이나 거느리고 있었지요. 그들은 모두가 구리 머리에 쇠 이마를 가지고 그 곁을 수행하며 그가 온갖 악행을 일삼는 것을 거들었습니다. 그래서 이승에서 양민들을 살해하고 군사들을 방종하게 방치하고 있

---

45 무염귀왕(無厭鬼王) : 중국 도교에 등장하는 귀신의 일종. 싫증을 모를 정도로 탐욕스러운 귀신이라는 뜻으로 해석된다.
46 다살귀왕(多殺鬼王) : 중국 도교에 등장하는 귀신의 일종. 살생을 많이 하는 귀신이라는 뜻으로 해석된다.

지요. 그러나 훗날 그 수명이 다하고 나면 저승에서 능지처참의 재앙을 당하게 되어 있답니다. 그 밖에도 탐관오리나 부자나 유지들, 그리고 무리를 해서 명예를 추구하고 세상을 속이면서 명성을 훔치는 온갖 사람들도 어느 하나 죄업에 따라 벌을 받아 저마다 후련하게 응징 당하지 않는 이가 없을 것입니다.'

저승의 귀왕(중)과 판관

자실은 그제서야 하늘의 응보가 이처럼 무섭고 분명한 것을 깨달았습니다. 그러다가 문득 속에 담아 두었던 일이 뇌리에 떠오르길래 물었지요.

"무 천호 같은 자만 해도 양심을 저버리고 발뺌을 하면서 그 많은 제 돈을 떼먹었지요. 그런데도 소인을 이처럼 처량한 신세로 만들었으니 훗날 어찌 천벌을 받지 않을 수가 있겠습니까?"

"그를 탓할 필요는 없습니다. 그는 바로 왕± 장군의 곳간을 지키는 창고지기였지요. 재물이 자기 것이 아닌데 어떻게 함부로 쓸 수가 있겠습니까?"

"지금 그는 부귀영화를 누리건만 저는 가난과 고생을 하고 있으니 지금 당장 어떻게 견딜 수가 있겠습니까?"

그러자 도사가 말하는 것이었지요.

"삼 년이 되지 않아 세상의 시운에 변화가 생길 것입니다. 지방에서도 곧 전쟁으로 크게 어지럽게 되어 지금 같지 않게 될 것입니다. 그러니 귀하께서는 어서 좋은 곳을 골라 머물면서 전란의 피해를 입지 않도록 하십시요!"

"소생은 어리석어 어디로 가야 피할 수 있을 지…"

"복녕[47]이 살 만 합니다. 게다가 그 고을은 귀하와도 인연이 좀 있지요. 그래서 호의로 남에게 빌려 주신 물건들을 보상받으실 수 있게 될 것입니다. 무가네가 갚을 지 걱정할 필요도 없이 말입니다. 이 모두가 귀하의 착한 마음씨 덕분입니다. (…) 이제 이곳에 오신 지 한참이 지났군요. 댁에서 걱정을 할 테니 돌아가도록 하십시오!"

"처음에 우물 속에서 내려 왔지요. 컴컴한 길을 하도 많이 지나 와서 지금은 다시 기억할 수도 없을 정도입니다! 아까 그 길을 찾아낸다고 한들 우물 위로 올라갈 수가 없는데 어떻게 돌아가겠습니까?"

"이곳에는 따로 길이 하나 있습니다. 밖으로 나갈 수가 있으니 굳이 아까 그 길을 갈 필요는 없지요."

그래서 그 도사는 산 뒤로 난 길을 일러 주고 그 길을 따라 가게 했습니다. 자실이 또 절을 하면서 고맙다고 인사를 하자 도사는 몸을 돌려 그 자리를 떠나는 것이었지요.

자실이 도사가 일러 준 길을 따라서 얼마 가지 않았을 때였습니다. 웬 동굴 구멍이 하나 보이길래 걸어 나오니 또다른 세상이 펼쳐져 있는 것이 아닙니까. 그래서 급히 고개를 돌려 확인해 보려고 했더니 그 동굴은 이미 사라지고 없었지요.

---

47 복녕(福寧) : 중국 고대의 지명. 지금의 복건성 영덕시(寧德市) 일대에 해당한다. 원대에 복안(福安)과 영덕(寧德) 두 현을 통합하여 설치한 복녕주(福寧州)에서 유래했으며, 명대에는 복녕현, 청대에는 복녕부로 개칭되었다.

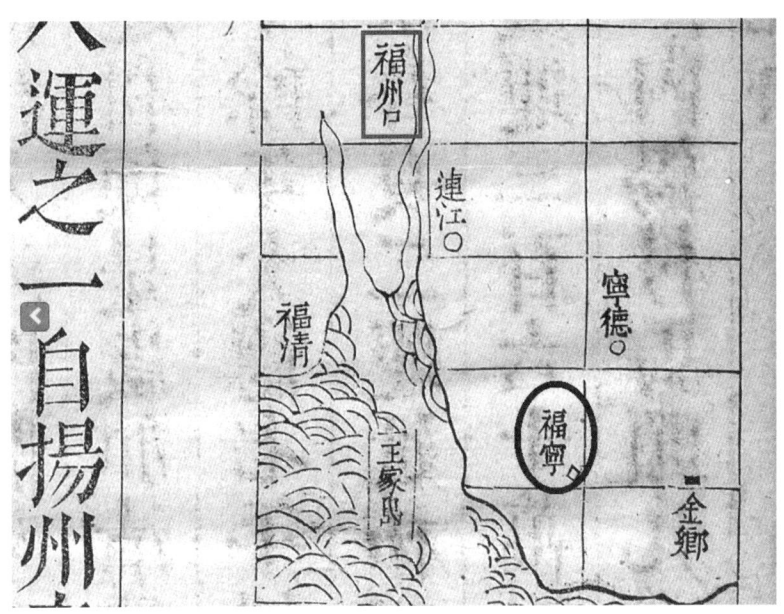
『황명직방지도(皇明職方地圖)』(1636)의 「해운도」에 그려진 복주와 복녕(네모) 일대

자실이 앞으로 백 걸음 넘게 걸었을 때였습니다. 저 멀리서 누가 걸어가길래 달려가서 길을 물었지요. 그런데 알고 보니 바로 복주 성 밖이지 뭡니까 글쎄. 그래서 허둥지둥 뛰어서 집으로 돌아왔지요. 식구들은 그를 보고 놀랍기도 하고 반갑기도 한지 이렇게 말했습니다.

"며칠 동안 어디에 가 계셨습니까!"

"난 오늘 갔다가 바로 오늘 왔소. 그런데 '며칠 동안'이라니?"

"오늘은 초여드래입니다. 초하루 그날 집을 나가시더니 밤이 되어서도 돌아오지 않으시길래 헌원옹의 암자에 계신 줄로만 알고 있었지요. 그래서 가서 여쭈었더니 '온 적이 없다'고 하시지 뭡니까. '무슨 큰 사고 라도 당하셨나' 의아하게 여기는데 헌원옹이 그러시더군요. '댁의 주인 님은 나중에 복을 받으실 팔자라네. 절대로 별 일 없을 걸세!' 그제서야 다들 가까스로 마음을 놓았답니다. 하지만 요 며칠 내내 까마득히 아무 소식도 없길래 안절부절 하던 참이었습니다. 다행히 돌아 오셨으니 잘됐 습니다!"

자실은 격분한 나머지 우물에 몸을 던졌지만 뜻밖에도 물이 없어서 죽 지 않은 일, 웬 도사를 만났더니 알 듯 모를 듯한 온갖 이야기를 다 해 준 일들을 자세히 들려주었지요. 그리고 나서 말했습니다.

"그 도사가 긴 세월 동안 일어난 일을 이야기해 주시는 것을 듣기야 했 지만, 방금 나는 우물에서 기껏해야 잠깐 머물렀을 뿐이야. 헌데 세상에 서는 열흘이나 지났다니! (…) 그 도사는 신선이었던 것이 분명하오.[48] 그 분이 하신 이야기도 근거가 있는 것이 분명해! 우리 그 분 말씀대로 복녕으로 이사를 갑시다. 무가네에게서 물건을 돌려받지 못했다고 미련 일랑 가지지 맙시다. 되려 일을 그르칠 수도 있으니까 말이오."

자실은 한편으로는 사람을 시켜 짐을 챙기게 해서 길을 나설 채비를

---

48 **【즉공관 미비】**至此方以爲仙, 自實眞憒憒. 이때에 와서야 (상대가) 신선인 것을 깨닫다니 자실도 참으로 어리석구나.

했습니다. 그리고 헌원옹의 암자로 가서 작별인사를 하면서 이사를 가는 이유를 이야기해 주었지요. 그러자 헌원옹이 묻는 것이었습니다.

"어째서 그런 생각을 하셨습니까?"

그래서 자실은 우물 속에서 겪은 일들을 자세히 이야기해 주었지요. 그러자 헌원옹은 발을 동동 구르면서 말했습니다.

"아깝다! 귀하께서 사람을 못 알아 보셨구려! (…) 그 도사는 바로 부용진인[49]이십니다! 내가 평생 수련을 했어도 만나 뵙지 못했지요. 그런데 뜻밖에도 귀하께서 눈 앞에서 그 분을 지나치시다니![50] (…) 신선가의 말씀은 어길 수가 없지요! 귀하께서는 이사를 가시는 것이 상책이올시다. 이 늙은이도 알아서 산 속으로 들어갈 작정입니다. 여기에 머물다가는 반란을 일으킨 군사들에게 죽음을 당하고 말 테니까요!"

헌원옹과 작별하고 돌아온 자실은 그 길로 처자식을 데리고 함께 복녕으로 향했답니다.

이때는 천하가 어지러워진 데다가 조세와 부역이 잡다하고 무겁다 보

---

49 부용진인(芙蓉眞人) : 도교에 등장하는 신선의 하나. '진인'은 도교에서 수행을 통하여 진리를 깨우친 사람을 일컫는 이름이다.

50 【즉공관 미비】識者不遇, 遇者不識. 天下之事每每如此. 아는 이들은 신선을 만나지 못하고 만나는 이들은 신선을 알아보지 못하지. 세상 일이란 것이 늘 그렇더군.

니 지방마다 주민들이 도망하고 빈 집들이 많았습니다. 자실은 그곳으로 가서 치울 만한 집을 몇 칸 물색했습니다. 그리고 기왓장을 나란히 쌓고 우선 아쉬운 대로 고친 다음 출입하기로 했지요. 그런데 괭이질을 할 때였습니다. 갑자기 '쨍그렁' 하는 소리가 나는 것이 아닙니까. 그래서 그곳을 파 보니 돌로 된 널판이 하나 나오는 것이었습니다. 그것을 들어내자 그 속에 묻어 놓았던 금덩이가 수십 개나 들어 있지 뭡니까 글쎄. 식구들은 그것을 보고 몹시 기뻐하면서도 남이 보기라도 할까 봐서 서둘러 상자 속에 담았습니다.

상자 속의 금 덩어리

"우물 안에서 도사님 말씀이, '이곳이 귀하와 인연이 좀 있어서 빌려준 은자를 돌려받을 것'이라고 하시더니 … 바로 이걸 두고 한 말씀이었구나!"

자실이 이렇게 말하고 그것을 가져다 저울로 좀 재어 보았지요. 정말 많지도 적지도 않은 딱 삼백 냥이지 뭡니까 글쎄![51] 그러자 자실이 말했습니다.

"우물 안의 그 분은 정말로 신선이셨구나! (…) 여기서 지낸다면 별 탈이 없겠소!"

이리하여 자실은 가솔들을 정착시킬 수 있었답니다. 입고 먹는 것도 좀 넉넉해져서 추위나 굶주릴 걱정을 하지 않고 마음 놓고 편히 지낼 수 있었지요. 나중에 장사성[52]의 대군이 복주에 들이닥치자 진陳 평장[53]은 포로가 되고 관리들은 모두 학살당했답니다. 이때 무 천호 일가는 왕장군에게 죽음을 당하고 그 재산은 모두 왕장군의 차지가 되고 말았지요. 자실은 복녕에서 뜻밖에도 아무 탈 없이 지냈는데 그 기간을 꼽아 보니

---

51 【즉공관 미비】既有前言, 秤亦不必. 앞서 도사가 한 말이 있으니 저울로 달 것도 없지.
52 장사성(張士誠, 1321~1367) : 원대 말기의 군벌. 태주(泰州) 백구장(白駒場) 사람으로, 어릴 때 이름은 구사(九四)였다. 지정 13년(1353)에 동생인 사덕(士德)·사신(士信)과 함께 염전 일꾼들과 함께 군사를 일으켜 태주·흥화(興化)·고우(高郵) 등지를 함락시키고 이듬해에 주(周)나라를 세우고 '성왕(誠王)'을 자처하면서 지금의 강소성 일대에서 할거하였다. 나중에는 원나라에 투항하고 홍건적(紅巾賊)의 지도자 유복통(劉福通)을 죽이고 '오왕(吳王)'을 자처했으나 주원장에게 패하고 포로가 되어 남경으로 끌려갔다가 스스로 목을 매고 죽었다.
53 평장(平章) : 중국 고대의 벼슬 이름. 당대에는 상서성(尚書省), 중서성(中書省), 문하성(門下省)을 두고 그 수장을 '재상(宰相)'이라고 불렀다. 벼슬이 높고 권한이 막중하기는 했지만 상설되지는 않았기 때문에 다른 관원에게 '동중서문하평장사(同中書門下平章事, 약칭 동평장사)'라는 직함을 부여하고 국사에 동참시켰다. 이 제도는 대대로 계승되어 송대에는 '동중서문하평장사', 금·원대에는 '평장정사(平章政事)'로 일컬어졌다. 원대의 행중서성(行中書省)에도 평장정사를 두었는데 지방의 고위 장관으로서 '평장'으로 약칭되기도 하였다.

딱 삼 년이었습니다. 도사의 말이 어느 하나 들어맞지 않은 것이 없었지요. 이로써 보건대, 재물에도 정해진 운명이 있어서 남의 물건을 억지로 빼앗을 수 없는 것입니다. 사람이 어떤 마음을 품든 간에 선악의 응보에는 조금도 착오가 없는 셈이지요. 그야말로

어떤 생각을 품을 때 신귀가 들이닥치는 법	一念起時神鬼至,
하물며 전생의 인연이 있음에랴!	何況前生夙世緣.
이제야 부자 중에 아무리 인색하게 굴어도	方知富室多慳吝,
고작 남의 집 재산 지켜 줄 뿐임을 알겠노라!	只爲他人守業錢.

像遺王吳張

오왕 장사성 초상

제25권

서차주가 홍청거리는 틈을 타
신부를 납치하고
정예주가 억울함 하소연해
옛 사건을 해결하다

徐茶酒乘鬧劫新人 鄭蕊珠鳴寃完舊案

해제

    소주부蘇州府 가정현嘉定縣에는 성이 정鄭인 장사꾼이 살았다. 그에게는 예주蕊珠라는 고운 딸이 있었는데, 같은 현의 사삼랑謝三郎에게 출가시키기로 하고 길일을 골라 혼사를 준비하고 있었다. 이 현에서는 신혼 신부는 머리를 빗질 하고 신랑은 면도를 하되 주례는 남자만 써야 하였다. 혼례 사흘 전에 정 씨네에서는 젊은이인 서달徐達을 초빙해 신부 화장을 시킨다. 서달은 호색한으로, 정예주의 미모를 보자 불현 듯 나쁜 마음을 품는다. 혼례 당일 그는 주인 집이 혼례와 피로연 준비로 경황이 없는 틈을 타서 신부를 납치해 간다.

    그 사실을 뒤늦게 알게 된 사삼랑과 정 씨네는 사람들을 데리고 쫓아가서 길에서 서달을 붙잡았지만 예주의 행방은 찾지 못한다. 서달은 신부를 길 옆의 오래 된 마른 우물에 밀어넣었다고 자백하지만 사람들이 우물로 내려가 확인해 보니 예주는 보이지 않고 웬 긴 수염을 기른 남자 시체만 확인한다. 지현이 서달을 다시 심문했지만 당장 사건을 해결하지 못하자 하는 수 없이 남자 시신을 인수해 가라는 방을 붙이는 한편 계속해서 예주를 찾아 나서지만 닷새가 지나도록 아무 성과를 얻지 못한다. 알고 보니 우물에 떨어진 예주는 큰소리로 고함을 질렀지만 아무도 눈치채지 못한다. 날이 밝을 때가 되어서야 하남河南 개봉부開封府의 객상인 조신趙申과 전사錢二에게 발견되어 조신이 우물로 내려가고 전사는 위에서 밧줄로 예주를 끌어올리기로 한다. 뜻밖에도 예주의 미모에 반한 전사는 못된 마음을 품고 우물 옆의 큰 돌을 들어 아래의 조신에게 던져 살해하고 예주를 데리고 하남의 고향집으로 간다. 그러나 전사의 본처는 예주를 질투하여 지속적으로 괴롭힌다. 그 꼴을 보다 못한 이웃들이 그 내력을 묻자 예주는 자세하게 알려 준다. 조신의 집안사람들은 현에 송사를 제기하고 지현은 진상을 확인하고 나서 전사를 가정현에 인도하여 사형 판결을 내리고 서달은 3년의 유배형을 내리고 예주는 원래대로 사삼랑과 부부가 된다.

이 이야기는 명대 후기 소설가 축윤명祝允明, 1461~1527이 지은 소설집 『구조야기九朝野記』 이야기를 소재로 지어졌다.

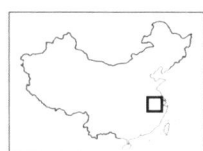

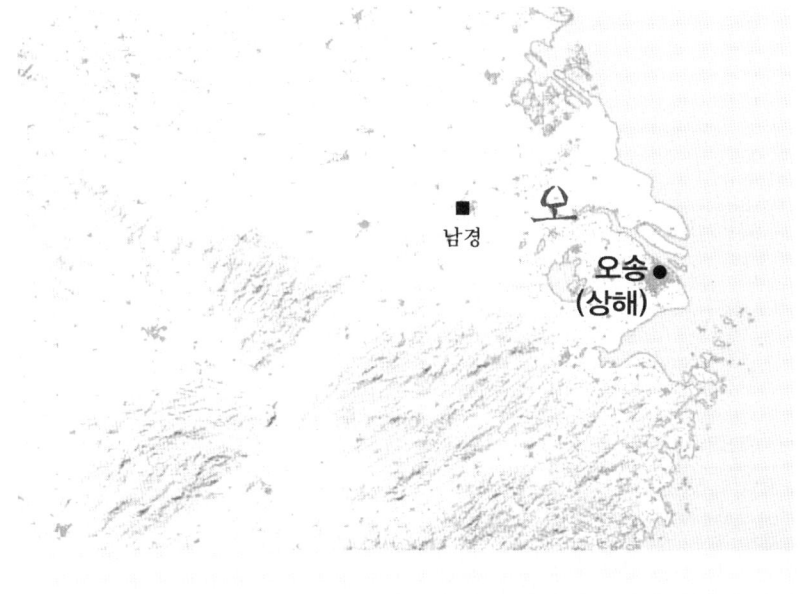

번역

이런 가사가 있습니다.

상서로운 기운 맑은 새벽에 감돌고	瑞氣籠清曉,
구슬 발 걷으니	捲珠簾,
잇따라 생황과 노래 소리	次第笙歌,
동시에 일제히 울리누나.	一時齊奏.
끝없는 봉래 섬¹ 벗어난 수많은 신선들	無限神仙離蓬島,
봉황 가마 난새 수레 타고 이제 막 당도하니	鳳駕鸞車初到.
호위한	見擁個,
기품 있는 선녀들 보니	仙娥窈窕.
허리춤 옥 장식 쨍그렁 바람 속에 나부끼고	玉珮玎璫風縹緲,
아름다운 자채 보니	望嬌姿,
나부끼는 수양버들을 닮았으니	一似垂楊嫋.
천상에는 있어도	天上有,
세간에는 드문 모습이로구나!	世間少.
유 서방은 바야흐로 젊은 나이인데	劉郎正是當年少.
거기다 어쩌란 말인가	更那堪,

---

1 봉래 섬[蓬萊島] : 중국의 고대 전설에 등장하는 봉래산(蓬萊山)을 말한다. 전설에 따르면 바다에 있는 세 개의 신령스러운 산들 중의 하나로, 그 모습이 주전자와 닮았다 하여 '봉호(蓬壺)'로 불리기도 하였다. 때로는 바다 한 가운데에 있다고 해서 '해상선도(海上仙島)'로 불리기도 하였다.

하늘께서	天敎付與,
그처럼 많은 재주와 외모까지 주셨으니.	最多才貌.
옥으로 된 나무 가지들 서로 번쩍이고	玉樹瓊枝相映耀,
누가 이리도 근사하게 마련해 놓았는지?	誰與安排試好.
얼마나 많은	有多少,
풍류객들이 기쁘게 웃을까?	風流歡笑.
오는 봄에 명성 얻을 때 되어야지	直待來春成名了,
말은 용 같은데	馬如龍,
푸르른 치마는 꽃다운 풀 능가하네.	綠綬欺芳草.
부귀를 함께 누리고	同富貴,
거기다가 늙을 때까지 함께 하리라.	又偕老.

이 가사는 제목이 【하신랑賀新郞】입니다. 송나라 때 신가헌[2]이 남의 집 신혼 피로연 자리에서 지은 작품이지요.

이 세상에서 경사라면 뭐니뭐니 해도 신방에 화촉花燭 밝힌 밤이 가장

---

2 신가헌(辛稼軒) : 남송의 저명한 가객 신기질(辛棄疾, 1140~1207)을 말한다. 산동 역성 (歷城, 지금의 제남) 사람으로, 자는 유안(幼安)이며 '가헌'은 호이다. 산동은 그가 태어 날 때 이미 금나라 치하에 있었는데 21살 때에 항금 의병에 투신하여 남송 조정에 귀순하 였다. 호북·강서·호남·복건·절동(浙東) 등지의 안무사(安撫使) 등을 역임하면서 적 극적으로 유민들을 초무하고 군대를 훈련시키고 탐관오리들을 응징하는 등 민생 안정에 노력하였다. 적극적인 항금 대책을 건의했으나 주화파의 반대로 좌절되자 강서의 상요 (上饒)·연산(鉛山) 일대에 은거하였다. 말년에 한탁주의 집권으로 재기용되었으나 얼 마 뒤에 죽었다. 그 가사는 애국과 항전을 고취시키는 내용이 많아서 '호방파(豪放派)'로 분류된다.

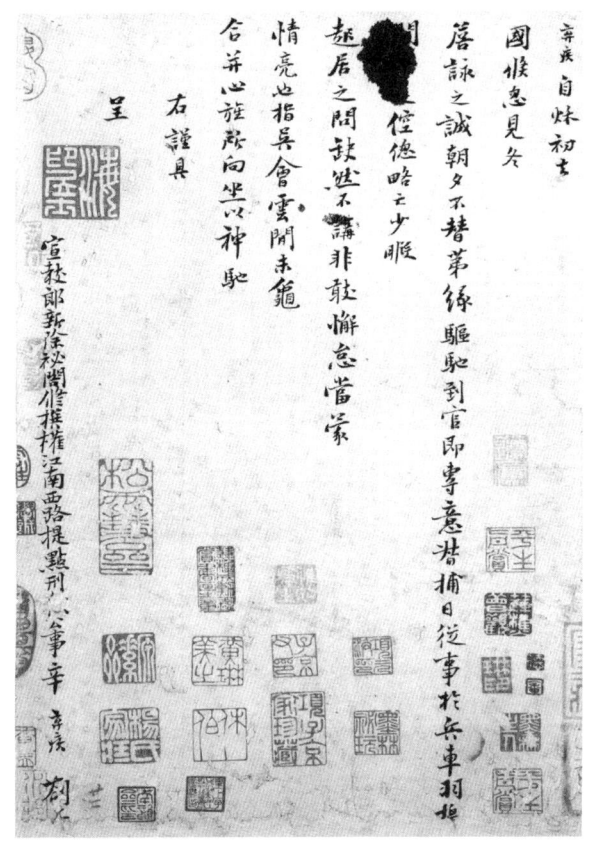
송대 가객 신기질의 친필 『거국첩(去國帖)』

떠들썩합니다. 바로 그런 떠들썩함 때문에 그런 틈을 탄 강도질이 벌어지

곤 하지요. 오흥[3] 안길주[4]의 부잣집에서 혼례식이 치러졌습니다. 그날 밤

3 　오흥(吳興) : 송대의 지명. 지금의 절강성 호주시(湖州市) 오흥구(吳興區)에 해당한다.
4 　안길주(安吉州) : 송대의 지명. 남송 이종의 보경(寶慶) 원년(1225)에 호주(湖州)를 고
　쳐 설치했는데, 지금의 절강성 호주시 일대에 해당하였다. 당시에는 호주시 및 덕청(德
　淸)·안길·장흥(長興)의 세 현을 관할했으며, 원대 세조의 지원(至元) 13년(1276)에는
　호주로(湖州路)로 개칭되었다.

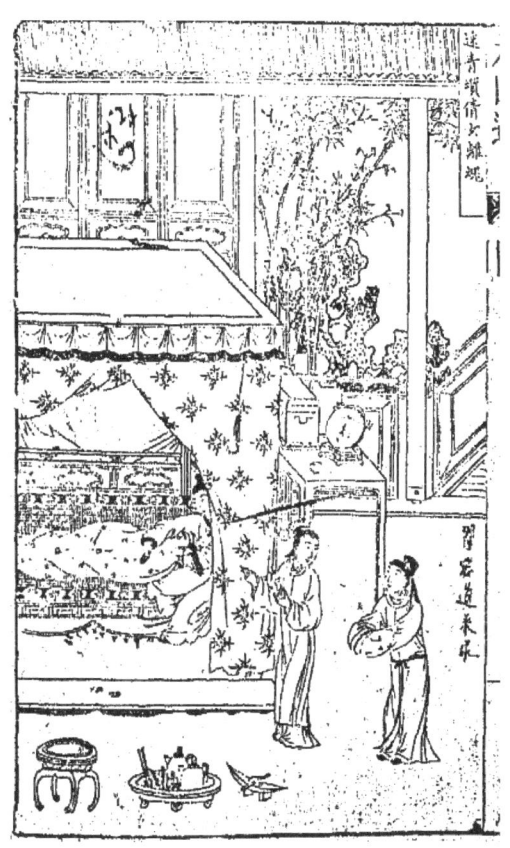

잡극 희곡 『천녀이혼』에 보이는 명대의 침상

에 도적질을 하는 자 하나가 사람들이 북적거리는 틈을 타서 슬쩍 끼어들어 갔지 뭡니까. 그는 신랑 침상 밑에 엎드려 있다가 인적이 끊기면 나와서 물건들을 쓸어 담을 작정이었습니다. 아 그런데 이 집 신방 안은 밤 중에 불이 날이 샐 때까지 꺼질 줄을 모르디 뭡니까 글쎄. 침상 위의 신랑과 신부는 한 동안 운우雲雨의 정을 나누는가 싶더니 이어서 베개 맡에서 다정다감하게 사랑을 속삭이고 대화를 주고 받으면서 쉬지 않고 온갖 이야기를 다 하는 것이었습니다. 그렇게 이야기를 나누다가 흥분이 고조되면 또 그 일을 벌이면서 좀처럼 잠을 자려 들지 않는 것이 아닙니까.

침상 아래에 숨어 있던 그 도둑은 그 대화를 듣기만 해도 닭살이 다 돋을 지경이었습니다.[5] 그런데도 부부가 당최 조용해질 기색이 없는 것이었지요. 거기다가 등불까지 밝게 빛나고 있어서 숨조차 마음 편히 내쉴 수가 없었지요. 그러니 어떻게 밑에서 나와서 작업을 시작할 수가 있겠습니까! 별 수 없이 꾹 참고 엎드린 채 꼼짝도 하지 않고 있을 수밖에 없었습니다. 대소변[6]이 급할 때에는 낮에 침상에 아무도 없을 때까지 기다렸다가 침상 아래 안 보이는 구석에서 처리했지요. 그렇게 사흘 낮밤을 지내다 보니 결국 작업은커녕 배만 고파서 견딜 수가 없을 정도였습니다. 결국 죽든지 말든지 인기척이 좀 잦아들자 필사적으로 살그머니 빠져 나와설랑 길을 찾아 도망칠 참이었습니다. 그런데 불빛 아래에서 어느새 주인집 당번에게 들키고 말았지 뭡니까요. 그 당번이 '도둑이야!' 하고 외치자 앞뒤에서 사람들이 줄줄이 달라붙어서 그를 붙잡았습니다. 그리고는 일단 주먹질과 발길질부터 한 다음[7] 밧줄로 묶어 날이 밝으면 관아로 끌고 가려고 만반의 준비를 했지요. 그러자 도둑이 애걸했습니다.

"소인 사실은 터럭 하나도 훔친 것이 없습니다요! 이 댁에 들어온 건

---

5   【즉공관 방비】難熬. 견디지 힘들 거야.
6   대소변[水火] : '수화(水火)'는 명대 구어체 중국어(백화)에서 대소변을 일컫는 은어로, 주로 소설에서 관련 사례를 확인할 수 있다.
7   【즉공관 방비】見在受用. 고루 얻어맞는군.

큰 죄입니다마는 방금 이렇게 흠씬 두들겨 맞았으니 충분히 죗값을 치룬 셈입니다.[8] 그러니 제발 소인을 관아에 끌고 가지 마시고 풀어 주십시오. 그렇게만 해 주시면 소인 꼭 보답할 날이 올 겁니다요!"

그러자 주인이 말했습니다.

"누가 네놈의 보답을 바란다더냐? 네놈 같은 나쁜 놈은 관아로 끌고 가서 쳐 죽여야 속이 후련해질 게다!"

"기어이 용서하지 않으시겠다면 … 저도 관아에 끌려 가면 할 말이 있습니다. 그때 가서 후회나 하지 마십시오!"

주인은 그가 오히려 당당하게 말하는 것을 보더니 더더욱 괘씸하게 여기고 다시 따귀를 몇 차례 때렸습니다. 그리고 나서 다음날까지 묶어 놓았다가 구역 담당관에게 신고해서 함께 도둑을 현 관아로 끌고 갔지요.
현령이 심문할 때였습니다. 그야말로 '도둑도 제 딴에는 꾀가 있는 법[9]'이라는 말이 있지요. 그 도둑은 당황하지도 서두르지도 않고 이렇게 말하는 것이었습니다.

---

8 【즉공관 방비】說得自在. 멋대로 지껄이는군.
9 도둑도 제 딴에는 꾀가 있는 법[賊有賊智] : 명대의 유행어. 도둑도 임기응변의 꾀를 가지고 있다는 뜻으로 해석되는데 주로 소설에서 관련 용례를 확인할 수 있다.

"나리, 널리 헤아려 주십시요! 소인은 도둑이 아닙니다. 그러니 소인을 업신여기지 말아 주십시요!"[10]

그래서 현령이 말했습니다.

"도둑이 아니라니 … 그러면 어떤 놈이 남의 집 침상 아래에 숨는단 말이냐?"

"소인은 의원이올시다. 이 댁 신부에게는 어릴 적부터 남 부끄러운 병이 있사온데 도지기만 하면 견딜 수가 없을 정도로 아프답니다. 유독 소인만 치료할 수가 있는데 반드시 직접 처치해야 합니다. 그래서 한 시도 소인을 떠날 수가 없지요. (…) 이번에 혼례를 치른 날 밤에도 그랬습니다요. 예전의 질병이 또 도질까 봐서 남몰래 소인이 방 안으로 따라 들어가서 약을 쓸 준비를 하기로 했습니다. 그래서 침상 아래에 숨어 있었던 겁니다요! (…) 이 집안사람들은 그걸 몰라서 도둑인 줄 알고 붙잡은 겁니다요!"

"그런 말이 어디 있느냐!"

"신부는 젖이름이 서고職姑였습니다. 그 댁의 부친은 첩이 낳은 자녀만

---

10 【즉공관 미비】妙極. 아주 기막히다.

총애하고 그녀는 그다지 챙겨 주지 않았지요. 그러나 그 댁 모친은 그녀와 한 편이어서 몹시 사랑하고 아꼈습니다. 해서 남 부끄러운 질병이 생기자 늘 소인을 불러 남 몰래 치료하곤 했습지요. (…) 지금 만약 그녀를 관아로 부르시면 자연히 소인을 알아 볼 테니 소인이 도둑이 아님을 알게 되실 것입니다요!"

지현은 그가 또박또박 대답하자 어느 정도 믿음이 갔던지 이렇게 말했습니다.

"정말 그런 일이 있었다면야 에먼 사람에게 누명을 씌우면 안되지! (…) 지금 그 신부를 소환해서 이 자리에서 확인시켜 보면 될 것이다."[11]

이제 보니 이 도둑은 침상 아래에 사흘 밤낮을 숨어 있으면서 침상 위에서의 대화 내용을 낱낱이 들은 것이었습니다. 신부는 정말로 남모를 질병을 앓는 바람에 집안에서 늘 치료를 받고 있었습니다. 그래서 남편에게 일러 준 말을 그 도둑이 속에 기억해 두고 있었고, 그 집에서 자신을 용서해 주지 않자 지현을 보기가 무섭게 이렇게 털어놓은 것이었지요. 그 덕분에 자신의 죄를 숨길 수 있을 뿐만 아니라 그 신부까지 관아로 소환시켜 그 집 망신을 시킨 것입니다. 물론, 이는 그 도둑이 자기 죄를 발뺌하려고 벌인 짓이었습니다. 그러나 현령이 뜻밖에도 그 말에 속

---

11 【즉공관 미비】遂其志矣. 그 뜻을 이루었군 그래.

아서 정말 신부를 소환할 줄이야 누가 알았겠습니까 글쎄.

당황한 그 부잣집 주인은 승복할 수가 없어서[12] 신부가 관아에 출두하는 것만은 면제해 줄 것을 부탁했지요. 그러나 현령이 어디 들어주려 들겠습니까? 부잣집 주인은 급기야 도둑의 죄를 묻지 않고 끝내겠다고 사정을 했습니다. 그러자 현령은 벌컥 성을 내면서 말했지요.

"도둑질을 했다고 고발한 것은 네가 아니냐? 그런데 증인을 소환하려 하니 난데없이 더 이상 죄를 묻지 않겠다니? 설마 에먼 사람을 도둑이라고 모함한 것이냐? 만약 신부를 불러서 대질하지 않으면 기필코 네놈에게 무고죄를 묻겠느니라!"

부잣집 주인은 도리가 없자 그제서야 후회하면서 말했습니다.

"진작에 이렇게 될 줄 알았더라면 저 교활한 도둑놈을 풀어 주고 말 것을! 지금 되려 놈의 해코지를 당하다니!"

이때 관아의 웬 늙은 관리는 부잣집 주인이 어쩔 줄을 모르는 것을 지켜보다가 그 까닭을 알고 나서 말했습니다.

"그 교활한 도둑의 잔꾀를 밝히는 것은 어렵지 않소이다. 나한테 톡톡

---

12 승복할 수가 없어서[負極] : '부극(負極)'은 '몹시 억울하다'라는 뜻을 나타내는 명대 구어체 중국어이다. 여기서는 편의상 '승복할 수가 없어서' 정도로 번역하였다.

히 보답이나 하시오. (…) 내가 똑똑히 아뢰겠소. 놈이 벌을 받게 할 방법이 있으니까!"[13]

그래서 부잣집 주인은 사례로 열 냥을 주기로 약속했습니다. 그러자 늙은 관리는 현령에게 가서 이렇게 보고했지요.

"이 댁 신부는 이제 막 시집을 왔습니다요. 만약 나와서 재판정에서 도둑과 입씨름을 벌인다면 이만저만 치욕스러운 일이 아닐 테지요. 그러니 나리께서도 체면을 생각해 주셔야 하지 않겠습니까?"

"신부가 나오지 않으면 도둑의 말이 참말인지 거짓말인지 어떻게 알겠느냐?"

"이 이방에게 다 생각이 있습니다. (…) 이 도둑이 내실로 몰래 들어가서 숨은 것을 보면 … 신부를 알지 못하면서도 '그 신부 하고 약속했다'고 둘러댄 것이 분명합니다. 그러니 … 지금은 신부를 관아로 소환하실 것 없이 은밀히 다른 부녀자를 시켜 바꿔치기 해서 대질시켜 보십시오. 알아보지 못한다면 그 자가 무고한 죄가 바로 입증되는 셈입니다. 그러면 도둑을 가려낼 수 있을 뿐만 아니라 이 댁도 체면을 지킬 수 있게 되겠지요."

---

13 **【즉공관 미비】** 原自易破, 富家翁自之智耳. 애초에 저절로 쉽게 해결할 수 있는 일인데 부잣집 주인이 슬기롭지 못하구나!

현령은 고개를 끄덕이면서

"일 리가 있는 말이다."

하더니 이방에게 조용히 가서 창녀 하나를 불러 양갓집 규수로 꾸민 다음 머리를 가리고 흰 옷을 입게 했습니다. 그리고는 도둑이 지켜보는 앞에서 재판정으로 데려와 큰소리로 보고했지요.

"그 집 신부 서고를 불러 왔습니다!"

그러자 도둑은 그것이 거짓말인지도 모르고 대뜸 부르면서 말하는 것 이었습니다.

"서고 아씨, 서고 아씨, (…) 아씨께서 날더러 방 안에서 병을 고쳐 달 라고 하셨지요? 헌데 어째서 시댁에서는 나를 도둑이라며 붙잡아서 관 아로 끌고 왔는지 원! 아씨께서 한 말씀이라도 해 주십시오!"

그래서 현령이 말했습니다.

"너는 이 여인이 바로 서고임을 알아 보겠느냐?"

"왜 모르겠습니까요? 어리실 때부터 알고 지낸 걸입쇼!"

그러자 현령은 껄껄 웃으면서 말했습니다.

"이런 약아 빠진 도둑놈 같으니라구! 하마터면 네놈에게 속을 뻔 했구나? 알고 보니 네놈은 서고를 본 적이 없었다! 그런데 어째서 그녀가 네놈에게 치료를 받기로 했다고 둘러댔단 말이냐? 이 여인은 창기이다. 이제야 알아보겠느냐?"

그러자 도둑은 아무 대꾸도 하지 못하는 것이었지요. 현령은 호통을 치면서 도둑에게 형벌을 가하게 했습니다. 도둑은 그제서야 '하나도 훔치지 않았다'고 고하면서 벌을 줄여 줄 것을 애걸하는 것이었지요. 현령은 한 차례 곤장을 치고 나서 칼을 씌워 조리돌림을 했습니다. 다만 훔친물건은 없었기 때문에 징역살이는 용서해 주었지요. 부잣집 신부는 그렇게 해서 가까스로 관아에까지 소환되는 곤욕을 모면할 수 있었답니다. 이 이야기 역시 신혼을 맞은 집안을 다룬 아주 우스운 이야기 거리가 되었지요. 그래서 먼저 이 이야기를 우스운 이야기 삼아 들려 드렸습니다.

소생이 들려 드리는 몸 이야기 역시 신혼을 맞은 집안이 온갖 증거 없는 송사를 다 제기한 끝에 나중에 가서야 진상이 밝혀진 이야기를 다룬 것입니다.

본래는 화촉 밝힌 피로연 자리였던 것이   本爲花燭喜筵,
시비 다투는 고해로 변하고 말았구나.   弄作是非苦海.

하늘의 성긴 그물[14] 때문이 아니라면　　　　不因天網恢恢,

수수께끼를 언제 풀 수 있겠는가?　　　　　啞謎何時得解.

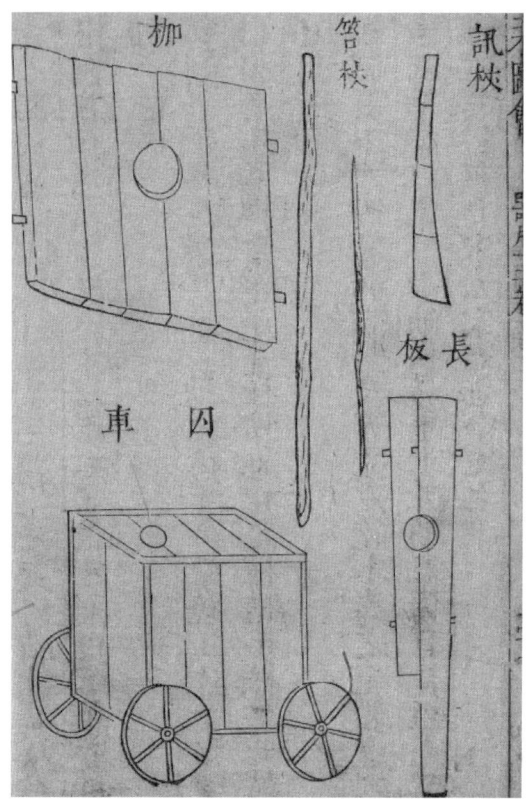

명대의 형구들. 칼 회초리 곤장이 보인다(『삼재도회』)

---

14 하늘의 성긴 그물[天網恢恢] : 춘추시대의 사상가 노자(老子)의 『도덕경(道德經)』 제75
　　장(백서본 제38장)에 나오는 말. 제75장은 하늘의 도[天道]에 순응하는 처세의 원칙을
　　3단계에 걸쳐 서술했는데, 여기서 '하늘의 그물[天網]'은 곧 '도'의 다른 이름으로 해석
　　된다. 두 구절에 대한 번역은 문성재 『처음부터 새로 읽는 노자 도덕경』(제416쪽)을 따
　　랐다. 마지막 글자의 경우 일부 판본에는 '루(漏)'로 나와 있지만 백서본(帛書本) 등 한대
　　전후의 주요 판본들에는 모두 '실(失)'로 나와 있다. 이를 통하여 『박안경기』가 간행되던
　　명대 말기에 능몽초가 본 『도덕경』에는 '루'로 되어 있었음을 짐작할 수 있다.

다시 이야기를 들려 드리도록 하지요. 직예[15] 소주부의 가정현[16]에 어떤 사람이 살았습니다. 성이 정鄭으로, 장사를 하는 사람인데 집안 형편이 썩 좋지는 않았지요. 그는 딸 하나를 두고 있었는데, 어릴 적 이름이 예주蕊珠였습니다. 그녀는 절세가인絶世佳人으로, 참으로 물고기가 숨고 기러기가 내려앉을 정도의 용모와 달도 숨고 꽃도 부끄러워 할 정도의 자태를 지니고 있었지요. 그래서 그 부친은 같은 현의 평민인 사謝 씨네 삼랑三郎에게 정혼을 시키기로 하고 아직은 시집을 보내지 않은 상태였습니다. 그 달에 좋은 날을 골라서 사 씨네에서 신부를 데려가기로 했지요. 그런데 혼례를 치루기 사흘 전이었습니다. 예주가 신부 화장을 해야 해서 정 씨네 아버지가 미용사를 불렀답니다.

알고 보면 가정 고을의 풍속에는 서민 집안의 딸이 빗질을 하고 얼굴 솜털을 다듬는 데에는 남자를 쓰는 경우가 많았습니다.[17] 이때 성이 서徐,

---

15　직예(南直) : 명대의 지역명. '양경제(兩京制)'가 시행된 명대에는 황제의 직할지인 직예를 북경 중심의 하북지역인 '북직예'와 남경 중심의 강소지역인 '남직예'로 구분하였다. 여기서는 남직예를 가리킨다.

16　가정현(嘉定縣) : 명대의 지명. 지금의 강소성 상해시(上海市) 서북쪽인 가정구(嘉定區)에 해당한다.

17　【즉공관 방비】作法于凉, 烏能免是非也. 물질적으로 부족한 형편에 맞추어 법률을 제정하니 어떻게 시비를 피할 수가 있겠나?
　　'작법우량(作法于凉)'은 춘추시대의 역사서인 『좌전(左傳)』의 '소공(昭公) 4년'조에 나오는 말이다. 원문은 "군자는 (세금을 받을 때 백성들이) 물질적으로 부족한 형편에 맞추어 법률을 만들지만 그 폐단은 갈수록 욕심을 내게 되는 법이다. 그런데 (처음부터) 욕심을 내어 법률을 만든다면 그 폐단을 장차 어찌 할 것인가?(君子作法於凉, 其弊猶貪. 作法於貪, 將若之何)"이다. 능몽초는 이 대목에서 그 중 첫 구절만 차용하고 있다. "작법우량"의 '어조사 우(于)'의 경우, 『이각 박안경기』의 원본인 상우당본(제1227쪽)에는 정상적으로 표기되어 있다. 그러나 강소고적판(제312쪽), 천진고적판(제698쪽) 등 중국에서 출판된 판본들에는 한결같이 '방패 간(干)'으로 잘못 표기되어 있으므로 해석에 각별한 주의가 요구된다.

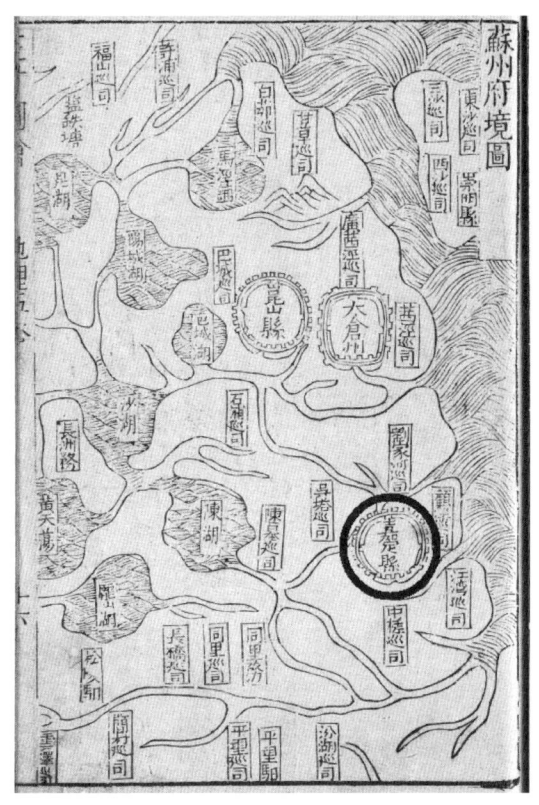

『삼재도회』의 「소주부경도」에 소개된 가정현(동그라미)

이름이 달_達인 어떤 젊은이가 살았습니다. 그는 평소에 분수를 모르는 데다가 심성도 간교하고 음란했지요. 그래서 남의 집 여자들 중 누구 집은 참하고 누구 집은 못났는지 알아보기에만 바빴답니다. 그는 그 댁 여인네를 구경할 요량으로 일부러 그 신부 화장 일을 익힌 까닭에 안채까지 들어갈 수가 있었습니다. 거기다가 피로연을 주재할 '차주茶酒'까지 맡은 덕분에 신부를 훔쳐 볼 수가 있었지요.

그런데 어째서 '차주'라고 부르는 걸까요? 그것은 그 지역에서 주례[18]를 부르는 이름이었습니다. 혼례식을 진행할 때 옆에서 큰소리로 "차를 드시오!", "술을 드시오!" 하고 구령을 먹이는 일이 모두 이들의 입을 통하여 이루어졌지요. 그래서 그렇게 부르게 된 것입니다. 이 두 직업은 둘다 여인의 행동거지에 기대고 있는 것이었는데, 그는 그 기술을 둘 다 겸비하고 있었지요.

이때 정 씨네에서는 그를 불러서 딸 예주의 신부 화장을 하도록 시켰습니다. 그리고 서달은 빗 같은 도구들을 챙겨서 그 길로 정 씨네로 갔지요. 예주가 출가하기 전에는 서달이 그 얼굴을 본 적이 없었지요. 그런데 지금은 그를 불러 신부 화장을 시키니 무척 친절하게 보살펴 주는 것이었습니다. 서달은 한편으로는 화장을 해 주면서 한편으로는 신부를 훔쳐보았지요. 그러다 보니 마치 '눈 사자가 불로 뛰어드는 격'[19]으로 차츰 온몸이 다 나른해지는 것이 아닙니까.[20] 물건은 그 물건대로 종류석을 먹은

18 주례[儐相] : '빈상(儐相)'은 중국 고대에 손님을 맞이하거나 의례를 주재하던 사람을 일
    컫던 호칭으로, '빈상(擯相)'으로 적기도 한다. 『주례(周禮)』「추관(秋官)」에는 '사의(司
    儀)'와 관련하여 "아홉 가지 의례에 따른 빈객들을 안내하고 응대하는 예법을 관장한다
    [掌九儀之賓客擯相之禮]"고 소개되어 있다. 이와 관련하여 후한대 학자 정현(鄭玄)은 주
    석을 붙여 "나와서 손님을 맞이하는 것을 '빈'이라 하고 들어가 의례를 주재하는 것을
    '상'이라 한다[出接賓曰擯, 入贊禮曰相]"라고 부연하여 설명하였다. 말하자면 그 역할이
    지금의 주례(主禮, 의례를 주재하는 이)와 유사한 셈이다. 송대 이후로는 혼례식을 주재
    하는 사람도 '빈상'으로 불렀다. 여기서는 편의상 "주례"로 번역하였다.
19 눈 사자가 불로 뛰어드는 것[雪獅子向火] : 명대의 속담. 눈을 뭉쳐 만든 사자를 불 가까
    이 가져가면 순식간에 녹아 없어져 버린다. 이처럼 남녀가 상대방에게 반해 앞뒤 가리지
    않고 무작정 일부터 벌이고 보는 상황을 두고 한 말이다. 때로는 '눈 사자가 불로 뛰어드
    는 격 — 몸 한쪽이 축 늘어지네[雪獅子向火 — 酥了半邊]', '눈으로 된 사자가 불로 달려
    드는 격 — 절반이 녹아버리네[雪獅子向火 — 化了一半]' 식으로, 주절과 종속절 두 개의
    구문으로 된 헐후어(歇後語)의 형태로 사용되기도 한다.
20 【즉공관 미비】 □□□之□也. □□□의 □로군

바닷제비처럼 차츰 딱딱해졌지요. 아쉽게도 앞뒤로 사람들이 있기는 했지만 그대로 신부를 덥썩 끌어안고 한 바탕 뒹굴고 싶은 마음이 간절했습니다. 곁에서 그 모습을 보고 있던 정 씨네 부친은 그가 음흉한 속셈을 품고 있는 것을 눈치챘지요. 그래서 그가 화장을 끝내기가 무섭게 서둘러 바깥으로 내 보냈습니다.

서달은 예주의 모습을 보노라니 온몸이 불처럼 달아올랐습니다. 그래서 남 몰래 자위[21]를 몇 번이나 했는지 모를 정도였답니다. 그래도 미련을 떨쳐 버리지 못하는 것이었지요. 그녀가 사 씨네로 출가한다는 것을 눈치챈 그는 사 씨네로 가서 경사가 있는 좋은 날에 차주를 맡을 방법을 찾기 시작했습니다.

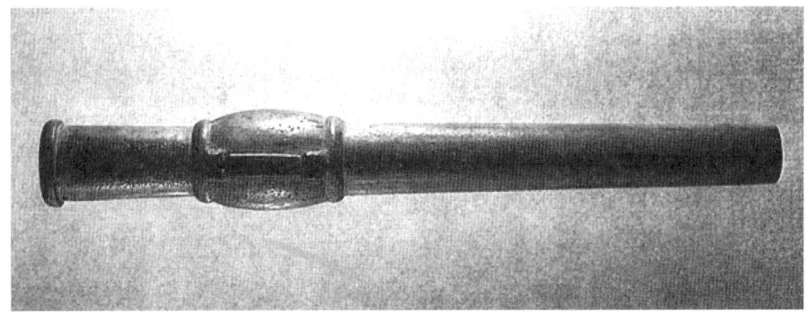

명대 영락 연간의 청동 수총

---

21 자위[手銃] : '수총(手銃)'은 원대에 처음으로 개발된 개인 화기로, 구경이 작고 총대가 길다. 명대 초기부터 대량으로 생산되고 규격이 통일되었다. 그러나 명중 정확도가 낮고 점화에 시간이 많이 걸리는 데다가 사정거리가 제한적이어서 임진왜란(壬辰倭亂)을 전후하여 조선을 통하여 조총(鳥銃)이 도입되면서 차츰 도태되었다. 여기서는 전후 맥락을 따져 볼 때 남성 성기를 가리키는 은어(隱語)로 사용된 것으로 보인다.

그리고 당일이 되자 정 씨네 부친은 직접 딸을 데리고 시집을 보냈지요. 아 그런데 가만 보니 맞이하러 나온 주례가 바로 지난번에 빗질을 해 준 서달이지 뭡니까요! 부친은 속으로 이런 생각을 했습니다.

'이제 보니 저 자가 여기에도 와 있었구나!'

신부가 꽃가마를 나와서 절을 할 때가 되자 서달은 그 절은 보는 둥 마는 둥 하면서도 마음은 오로지 신부 몸에만 가 있었지요. 그러나 입으로 궁시렁궁시렁거리기는 했지만 예식은 죄다 엉망진창이었습니다. 그 광경을 볼작시면

동과 서가 헷갈리고	東西錯認,
좌와 우를 멋대로 걷네.	左右亂行.
입에서 나오는 대로 부르지 않나	信口稱呼,
'사돈어른'을 난데없이 '사돈마님'으로 부르고	親翁忽爲親媽,
무심코 구령을 먹이면서	無心贊喝,
'절 하시오' 해야 할 것을 '일어나시오' 하네.	該拜反做該興.
장인어른에게 인사를 하게 하는가 싶더니	見過泰山,
이어서 장인어른에게 절 받으라 권하는가 하면	又請岳翁受禮,
당상의 마님을 뵙고	參完堂上,
거기다 부모님도 대청에 올라오라 하네.	還叫父母升廳.
서방이 뭐라고 떠들어 대든 간에	不管嘈壞郎君,

그저 신부 흘깃거리기에 바쁘구나.　　　　　　　只是貪看新婦.

명대의 혼례식 재현 장면(중국 신화망 사진)

　서달은 큰 소리로 몇 번이나 예식을 진행하고 나자 신부는 혼례식을 마치고 신방으로 들어갔습니다. 그렇게 다 끝나자 하객들을 환대하고 신부를 시가로 보내 주고 나서[22] 축하주만 마시면 되는 것이었습니다.

22　시가로 보내 주고[送親] : 중국 명대의 혼례 풍습. 양가의 규수가 출가할 때에는 신부 집에서 사내 둘을 붙여 신부를 신랑 집까지 보내 주게 했는데 이를 '송친(送親)'이라고 하였다. 이때 신부를 데려 가는 사내는 신부의 삼촌·외삼촌·사촌형제·오촌형제에서 정하는 경우가 많았다. 이들은 신랑 집 앞까지 가서 신랑 집에서 사람이 나와 신부를 데리고 들어갈 때까지 기다려야 하였다. 신랑 집에서 식사를 제공하면 두 사내는 각자 다른 식탁에 앉아서 음식을 먹는데 술과 음식을 평소보다 적게 먹고 나서 신부에게 몇 마디 당부를 한 다음 돌아갔다. 두 사내가 신부 집으로 돌아가고 나면 신랑 집의 하객들은 계속 잔치를 즐겼다고 한다.

이 사 씨네는 평민 집안이다 보니 일손이 별로 없었습니다. 그래서 사옹과 아들 사삼랑은 하는 수 없이 바깥에서는 하객들을 모시고 안에서는 사옹의 아내가 하녀 한두 사람을 데리고 직접 주방에서 술을 준비했지요. 그리고 하인이 하나 있기는 했지만 물건을 이리 옮기고 저리 치우면서 정신 없이 손발을 놀리느라 내내 바쁘게 움직였습니다. 원래는 서달이 집례자를 맡았으니 하객들이 자리에 앉으면 "따뜻한 물을 주시오", "술을 주시오" 하는 구령이 뒤따라야 정상이었습니다. 아 그런데 두세 차례 데운 물[23]이 올라오니 주인이 직접 하객들을 안내해 대접하는 수밖에 없지 뭡니까. 그러다가 피로연 자리가 다 끝나가자 그제서야 서달이 허둥지둥 뒤에서 걸어 나오더니 구령을 몇 마디 내뱉는 것이었습니다.

술자리가 끝나고 나서 사옹은 차주가 번번이 때를 놓치는 것을 보고 속으로 언짢게 여겼습니다. 그래서 그를 불러다 놓고 몇 마디 불평을 하려고 했더니 진작에 사라지고 보이지 않지 뭡니까.

"방금 전에 앞쪽으로 가셨는뎁쇼!"

하인이 이렇게 말하자 사옹이 말했습니다.

---

23 데운 물[湯] : 현대 중국어나 국내의 한자어에서 '탕(湯)'은 일반적으로 국(soup)을 뜻한다. 그러나 『박안경기』 당새아(唐賽兒) 이야기에 '세숫물'을 '면탕(面湯)'이라고 한 점 등에서 볼 수 있듯이, 명대에 (주로 강남지역에서) 간행된 구어체 문학작품들에서는 '탕(湯)'이 따뜻하게 데운 물이라는 뜻으로 사용된 사례를 자주 볼 수 있다. 여기서도 '탕'은 '따뜻한 물(warm water)'로 이해하는 것이 옳다.

"어쩌다가 그런 얼치기를 구한 게야? 그렇게 엉망일 줄이야!"

바깥사돈은 차주가 와서 예식을 진행하기도 전에 스스로 일어나 하직 인사를 하는 것이었습니다.

그리고 나서 사삼랑이 신방으로 들어갔더니 신부가 방 안에 보이지 않지 뭡니까. '침상 안에서 잠을 자나' 싶어서 휘장을 걷고 보았지만 그 안이 텅 비어 있었지요. 촛불로 앞뒤를 비추어 보았지만 그림자조차 보이지 않았습니다. 그래서 주방으로 뛰어가서 사람들에게 물었지만 주방에 있던 사람들은 다들 이렇게 떠들어대는 것이었지요.

"우리는 모두 여기를 치우고 있던 중입니다요. (…) 신부야 혼례식을 치루었으니 신방에 앉아 계실 텐데 어째서 우리한테 와서 물으십니까요?"

삼랑은 하인을 불러서 여기저기를 찾아 보았지요. 그리고 나서 뒷문으로 가서 보니 문도 단단히 잠겨져 있었습니다. 그래서 거실 앞으로 나와서 그 사실을 이야기했지요. 그러자 사람들이 다 놀라서 어쩔 줄을 모르는 것이었습니다.

"그 차주는 처음부터 끝까지 제대로 된 작자가 아니더군요. 방금 전에 구령을 먹일 때 그 자를 보니까 건성으로 하면서 두 눈은 신부만 뚫어져라 바라보고 있습디다. 거기다가 두 번인가 모습이 안 보이더군요. 지금은 당최 어디로 갔는지조차 알 수가 없습니다. (…) 그 작자가 무슨 간교한 술책이라도 부려서 신부를 어디다 감춘 것은 아닐까요?"

하인이 이렇게 말하자 정 씨네 부친이 말했습니다.

"그 차주 말인데 애초부터 글러 먹은 자더구만요! 딸이 지난번에 신부 화장을 할 때도 그 작자가 맡았었지요. 헌데 그 작자가 음흉하게 행동하는 걸 보고 속으로 괘씸하게 여겼었습니다. 뜻밖에도 이 댁에서 차주로 그 작자를 쓰실 줄이야 누가 알았겠소이까!"

그러자 정 씨네에서 데려온 종복은 종복대로 말하는 것이었지요.

"그 자는 원래 말만 번드르한 불한당입니다요. 빗질이며 집례 같은 일도 죄다 근래에 익혀서 남들 등이나 치면서 살고 있지요. 어쨌거나 그 자한테는 그럴 만한 이유가 다 있을 것이고 멀리 가지 못했을 테니 우리가 쫓아가 보겠습니다요!"

이번에는 사 씨네 하인이 말했습니다.

"그놈이 중간에서 신부를 납치할 생각으로 분명히 뒷문을 통해 뒷골목으로 나갔을 겁니다. 방금 전에 뒷문이 잠겨 있더군요. 분명히 그놈이 되돌아와서 잠근 것이 분명합니다요. 남들이 이상하게 여기지 않게 말입니다. 그렇게 하고 나서 다시 거실 앞으로 왔던 게지요. 아까 한 동안 데 면데면하게 군 것도 앞쪽에서 뒷골목으로 돌아간 것이 분명합니다요. 그래서 지금 안 보이는 거지요. 그놈이 틀림 없습니다!"

마침 마악 혼례를 치르고 난 직후이다 보니 빗이며 횃불 따위가 전부 집안에 있길래 다들 하나씩 불을 붙였습니다. 양가의 종복들과 주인은 다 합쳐서 열 명 정도 되었지요. 그들은 뒷문을 열고 다들 뒷골목으로 달려갔습니다.

알고 보니 사 씨네의 이 뒷문 길은 곧은 골목으로 구부러지거나 옆길도 없었지요. 그래서 횃불로 비추니 대낮처럼 훤한 데다가 시선이 닿는 곳까지 다 보이는 것이었습니다. 바로 그때 저 멀리서 웬 사람 두셋이 걸어가는 모습이 보이지 뭡니까. 앞쪽에서는 적당한 거리를 두고 두 사람이 걷고 있고 뒤쪽에도 한 사람이 있었지요. 양가 사람들은 재빨리 쫓아가서 그 둘을 붙잡았습니다. 그리고 나서 횃불로 비추어 보았더니 바로 서차주가 아닙니까!

"네놈이 어째서 여기에 있는 게냐!"

그러자 서달이 말하는 것이었습니다.

"작은 볼일이 좀 있어서 술자리가 끝날 때까지 기다리지 못한 겁니다. 저는 돌아가야 됩니다!"

"돌아가야 했다면 어째서 우리 집에 한 마디도 고하지 않았느냐? 더욱이 네놈이 사라진 지는 한참 되었는데 여태 예서 서성거리고 있으니 이게 어디 돌아가는 것이냐? 똑바로 말하거라! 신부를 어디로 납치해 갔느냐?"

사람들이 이렇게 말하자 서달이 얼버무리는 것이었지요.

"신부야 당신네 집에 있겠지. 집례자인 내가 무슨 상관이요?"

그러자 사람들은 서달을 때리기도 하고 밀치기도 하면서 호통을 쳤습니다.

"일단 말만 번드르하게 하는 이 불한당놈을 집으로 끌고 가서 문초하십시다!"

사람들은 서달을 에워싸고 집까지 갔습니다. 양가의 부친은 신랑과 함께 따져 물었지요.[24] 그러나 서달은 끝까지 '모른다'고 잡아 떼는 것이었습니다. 그러자 사람들은 다같이 말했습니다.

"이런 고약한 놈을 봤나? 좋게 해결하려고 했더니 자백을 하려 들지 않는구나! (…) 놈을 기둥에 묶어 놓았다가 날이 밝으면 관아로 끌고 갑

---

24 【즉공관 방비】新郎更緊. 신랑이 더 다급하긴 하지.

시다! 설마 원님 앞에서까지 잡아떼지는 못할 테지."

다들 이렇게 말하더니 서달을 꽁꽁 묶어 놓고 날이 밝을 때까지 기다
렸답니다.

이때 가장 기분이 언짢은 쪽은 사삼랑이었습니다.

운우의 정 한번 나누지도 못하고	不能勾握雨携雲,
송사 준비부터 하는구나.	整備着鼠牙雀角.
피로연 자리 '신랑' 소리 다 부질없이	喜筵前枉喚新郎,
신방 안에서는 여전히 독수공방이란다!	洞房中依然獨覺.

사람들은 와자지껄 떠들면서 서달을 에워싼 채 위협하기도 하고 달래
기도 했습니다. 그러니 밤새도록 잠인들 어디 제대로 잘 수가 있겠습니
까? 그러나 서달은 그래도 자백하려 들지 않았지요.

조금 지나서 날이 다 밝자 사 씨네 부자는 사람들에게 서달을 대동하
게 했습니다. 그리고 두 사람은 고소장을 써서 현 관아 재판정으로 가서
현령 앞에서 그 경위를 하소연했지요. 지현은 놀라면서

"세상에 그런 일이 다 있는가?"

하더니 서달을 불러 물었습니다.

"너는 정예주를 어디로 납치해 갔느냐!"

"소인은 혼례식과 피로연에서 차주를 맡았습니다요. 예식을 진행할
줄이나 알지 신부의 행방을 어떻게 알겠습니까?"

사공(艄公)은 서달이 하직인사도 없이 자리를 벗어나 뒷골목으로 도망친
일을 자세하게 털어 놓았습니다. 그러자 지현은 호통을 치면서 아전들로
하여금 형벌을 가하게 했지요.
서달은 여색을 밝히는 불한당이었지만 본래 연약한 자이다 보니 형벌
을 버텨내지 못했습니다. 그래서 처음에는 몇 마디 얼버무리더니 더 이
상 견딜 수가 없자 하는 수 없이 이렇게 자백하는 것이었지요.

"소인은 신부 화장을 해 주면서 그녀의 미모를 보자마자 나쁜 마음을
품었습니다. 나중에 사 씨댁에 출가한다는 것을 알고 피로연의 차주를
맡기로 계획을 세웠지요. 그래서 사전에 동료 둘을 만나 뒷문에 숨어 있
게 해 놓았습니다. 그리고 신부가 혼례식을 마친 틈에 밖에서는 한사코
신부를 부르는 것이었습니다. 소인이 안에서 살피다가 가만 보니 신부가
신방에 혼자 앉아 있지 뭡니까. 그래서 신부한테 '아직 치루어야 할 예식
이 남았다'고 속였더니 소인을 따라 나오더군요. 신부는 길을 모르는지
라 소인이 안내해 뒷문으로 가자마자 신부를 문 밖에서 기다리던 둘에게
밀었습니다. 그리고 신부가 고함을 지르려는 찰나 소인만 뒷문을 잠그고
앞쪽으로 왔지요. 그리고는 아까처럼 앞쪽에서 뒷골목으로 가로질러 와

서 둘을 쫓아갔습니다. 그렇게 그곳을 벗어나려고 하는데 뒤에서 횃불로 환해지는 것을 보고서야 누가 쫓아오는 것을 눈치챘답니다. 그러자 그 둘은 소인을 내팽개치고 그 길로 쏜살 같이 달아나 버렸습니다요. 소인은 곁에 그 신부가 있어서 꼼짝도 할 수가 없었고요. 그런데 마침 길 가에 웬 마른 우물이 하나 있길래 순간적으로 당황한 나머지 하는 수 없이 그녀를 끌어안아 그 속으로 밀어 넣었습니다. 그리고 나서야 그들에게 따라잡혀 붙잡혀서 관아로 끌려온 것입니다요! (…) 신부는 지금 우물 속에 있습니다. 이건 모두 사실입니다요!"

"그 집에 있을 때에는 어째서 이야기하지 않았느냐?"

"그때까지만 해도 남들 눈을 속이고 나서 그녀를 우물에서 꺼내 데리고 살 작정이었지요.[25] 헌데 지금 형벌을 견디지 못하여 하는 수 없이 사실대로 고한 것입니다요!"

지현은 진술서를 작성하자마자 사령 하나를 보내 서달을 끌고 사씨·정씨 양가 사람들과 함께 서둘러 우물 가로 가서 사실 여부를 확인한 뒤에 보고하게 했습니다.

일행이 우물가에 도착했을 때였습니다. 정 씨네 부친이 먼저 다가가서

---

25 【즉공관 방비】 疑心可恨. 집착하는 그 마음이 괘씸하구나.

徐茶酒乗

閙劫新人

서차주가 흥청거리는 틈을 타 신부를 납치하다

아래를 내려다 보았더니 우물 바닥은 칠흑같이 컴컴해서 별다른 소리가 들리지 않았습니다. 그는 '딸이 지금쯤은 결국 죽었을지도 모른다'고 여겼습니다. 그래서 서달을 붙잡고 모질게 주먹질을 했지요.

"네놈이 내 딸을 죽게 만들고도 멀쩡할 줄 아느냐!"

그러자 사람들이 말리면서 말했습니다.

"일단 끌어올리기부터 하시지요. 소란을 일으킬 것도 없습니다. 관아에서 국법으로 다스리실 테니까요!"

정 씨네 부친은 당황스럽기도 하고 원망스럽기도 했습니다. 그래서 일단 서달의 살부터 덥석 물고 놓아주려 들지 않지 뭡니까.[26] 그러자 서달은 돼지를 잡는 것과도 같이 외마디 비명소리를 질러 대었지요. 이쪽의 사옹은 사옹대로 사람을 시켜 대나무 가마와 밧줄을 준비하게 해서 우물 아래로 내려가 신부를 구하기로 했습니다. 그래서 간이 큰 어떤 하인이 몸을 잘 묶고 줄에 매달려 내려 갔지요. 그런데 우물 속에 물은 없었고, 손으로 더듬어 보니 정말 웬 사람이 그 안에서 몸을 쪼그린 채로 쓰러져 있는 것이 아닙니까. 좀 흔들어 보았지만 꼼짝도 하지 않았습니다. 그래서 끌어안아 대나무 가마에 앉히고 위로 끌어올리게 했지요. 아 그런데 신부는 무슨

---

26 **【즉공관 방비】** 恨極之狀. 아주 원망스러운 모습인 게지.

마른 우물

신부입니까? 난데없이 수염이 잔뜩 난 웬 사내가[27] 선혈이 낭자한 채로 머리가 다 깨져 있지 뭡니까. 사람들은 모두 깜짝 놀라고 말았습니다. 정 씨네 부친은 다시 서달의 따귀를 때리더니 말했습니다.

"이게 어떻게 된 게냐?"

---

27 【즉공관 방비】 嘻, 嘻! 기이하구나, 기이해!

그 광경을 본 서달은 서달대로 놀라서 얼이 다 나가 버렸지요

"이건 또 무슨 해괴한 노릇인가!"

사옹은 이렇게 말하더니 우물 속을 굽어보면서 아래에 있는 사람에게 물었습니다.

"안에 또 누가 있느냐?"

그러자 우물 속에서 대답하는 것이었지요.

"아무 것도 없습니다. 이제 끌어올려 주십시요!"

그래서 바로 밧줄을 내려서 그 하인을 끌어 올렸습니다. 그리고 다함께 물었지요.

"우물 속에 또 무엇이 있던가?"

"안에는 그냥 돌덩이가 좀 있고 … 마른 우물이었습니다요. (…) 방금 어두운 속에서 찾아낸 사람은 죽었는지 살았는지 모르겠네. 신부 … 맞지요?"

그러자 사람들이 말해 주었지요.

"죽은 털보였네. 신부는 무슨! 직접 보게나!"

그러자 서달을 끌고 온 사령이 말했습니다.

"소란 떨지 말고 원님한테 보고나 하러 갑시다! 이 망할 놈의 시체에서 신부의 행방이라도 좀 찾아 보게."

"옳은 말씀입니다."

정씨·사씨 양가의 두 부친은 이렇게 말하자마자 구역 담당관을 불러 시신을 확인하게 했습니다. 그리고는 사령과 함께 가서 현령에게 보고했지요. 지현이 서달에게 물었습니다.

"네놈이 정예주를 우물 속으로 밀어 넣었다고 하지 않았더냐? 그런데 지금 우물 속에서는 엉뚱하게도 웬 사내의 시신이 나왔다고 한다. (…) 일단 정예주가 어디로 갔는지부터 말해라! 또 이 시신은 어디서 난 것이냐?"

그러자 서달이 말하는 것이었습니다.

"뒤에서 사람들이 쫓아오길래 신부를 우물 속에 밀어넣은 것이 사실입니다요! 그런데 … 사내 시신이라니 … 소인조차 영문을 모르겠습니다요!"

"네놈은 당초 동료 둘과 만나기로 약속했다고 했었지. 이름이 무엇이냐? 그 두 놈과 관계가 있는 것이 분명하다!"

"하나는 장인張寅이고 하나는 이묘李卯올습니다!"

자라

지현은 이름과 주소를 적자마자 사람을 보내 두 사람을 잡아오게 했습니다. 그리고는 '독 안의 자라를 잡는 격'[28]으로 당장 잡아 와서 각자 주리를 틀었지요. 그러자 이런 자백을 받아낼 수가 있었습니다.

---

28 독 안의 자라를 잡는 격[甕中捉鰲] : 명대의 속담. 붙잡을 대상이 도망칠 길이 없어서 손만 뻗으면 바로 잡을 수 있는 상황을 두고 한 말로, 우리 속담 중 "독 안에 든 쥐"와 같은 경우에 사용된다. 다만 "독 안에 든 쥐" 같은 경우는 현재의 상황을 비유한 한 구절로 사용되지만, 이 유행어의 경우는 더러 그 뒤에 앞 구절의 상황에 대한 '결과'를 예시하는 "손을 대자 잡아 들였다[手到拿來]" 같은 또다른 구절이 짝을 이루는 것이 보통이다. 이처럼 원인과 결과를 나타내는 두 구절이 잇따라 연결되는 유행어를 '헐후어(歇後語)'라고 한다.

"서달 하고 뒷문에서 기다리기로 약속했었습니다. 나중에 보니 그가 신부를 문 밖으로 밀어내길래 업자마자 바로 내뺐지요. 그리고 나서 서달이 뒤에서 쫓아오길래 같이 가려는 참인데 멀리 뒤에서 횃불들이 일제히 환해지면서 함성이 쩌렁쩌렁 울리지 뭡니까! 해서 우리 둘은 신부를 서달한테 떠넘기고 필사적으로 달아나 버렸습니다요. 다음에 벌어진 일은 ··· 조금도 모르겠습니다요!"

그러더니 이번에는 서달을 보면서 말하는 것이었지요.

"당신이 그때 데려온 신부는 어디로 갔소? 어째서 관아에 안 내놓아서 우리가 고초를 당하게 만든 거냐구!"

그러자 서달은 대꾸할 말이 없지 뭡니까. 지현은 서달을 가리키면서 말했습니다.

"역시 교활한 건 네놈이었어!"

그러더니 호통을 치면서 형리들에게 다시 주리를 틀게 했습니다. 그러자 서달은 '소인이 죽을 죄를 지었습니다요' 하는 고함만 지를 뿐이었지요. 그는 이런저런 자백을 다 했지만 끝까지 신부를 우물 속에 밀어 넣은 일까지만 털어 놓을 뿐 더 이상은 진전이 없었습니다.

지현은 즉시 정씨 · 사씨 양가의 두 부친과 중매를 선 사람 등을 부르고, 거기다 두 집 주변 이웃들까지 전부 소환하여 상세하게 따져 물었지요. 그러나 다들 똑같이 영문을 모르는 탓에 따로 특별한 내용은 없었습니다. 그 시신의 신원을 알아보는 사람도 없었지요. 그러자 지현은 방榜을 붙이고 시신의 연고자[29]들을 소환해 시신을 확인하고 인수해 가서 매장하도록 유도했습니다. 그러나 그래도 누구 하나 반응을 보이는 사람이 없지 뭡니까. 정씨와 사씨 양가는 양가대로 각자 상금을 준비하고 지현은 지현대로 그들을 대신하여 방을 써서 정예주의 행방을 수소문했지만 누구 하나 그 행방을 아는 이가 없었습니다.

판결을 내리지 못한 지현은 그저 서달을 감옥에 가두어 놓은 채 닷새에 한번씩 심문을 할 수밖에 없었습니다. 사삼랑은 사삼랑대로 괴로움을 견딜 수가 없어서 수시로 현령에게 하소연을 했습니다마는 현령으로서도 방법이 없었지요. 하는 수 없이 그를 희생양 삼아[30] 얼마나 매질을 했는지 모를 지경이었습니다.[31] 서달은 애초에 순간적으로 실수를 저질렀건만 그때까지도 영문을 제대로 모르고 있었지요. 그를 어쩔 도리가 없다 보니 닷새마다 그렇게 모진 매질을 가하는 수밖에 없었답니다. 그렇다고 해서 어디 수소문해 볼 곳도 없고 사건을 해결할 방법도 없었지요.

---

29 시신의 연고자[尸親] : 명대의 구어식 표현. '시친(尸親)'은 죽은 사람의 직계 가족이나 혈연적으로 연고가 있는 친척을 말한다.

30 희생양으로 삼다[做 / 不着] : '주 / 불착(做 / 不着)'은 송 · 원대에 유행한 구어로, '(특정인을) 희생양으로 삼는 것'을 뜻한다. 원문 "做我一人不着"에서도 볼 수 있는 것처럼 일반적으로 본동사 '주(做)' 다음에는 희생양이 되는 대상을 뜻하는 명사나 대명사가 목적어로 추가되는 경우가 많다.

31 【즉공관 방비】凡爲官者, 皆如此耳. 일반적으로 관리라는 자들이 다 이런 식이지.

그야말로 단서가 없는 미제사건이어서 꼼짝도 할 수가 없었습니다.

다시 그때 이야기를 들려 드리도록 하지요. 정예주가 그날 밤 서달에게 납치되어 뒷문으로 끌려갔다가 두 사람에게 떠밀리기가 무섭게 뒷문이 잠기는 것이 아닙니까. 그것을 보고 나서야 나쁜 자들의 짓임을 깨달았습니다. 사 씨네 사람들을 부르려고도 해 보았지만 이제 갓 출가한 신부이다 보니 누구 하나 이름을 아는 사람이 없었습니다. 그러니 순간적으로 누구를 부를 수도 없지 뭡니까. 게다가 문은 벌써 잠긴 뒤였습니다. 입으로 '야단났네' 하고 외쳤지만 아무도 그 소리를 들을 수가 없었지요. 그 젊은이 둘은 둘대로 등에 그녀를 지고 무작정 달리는 것이 아닙니까. 그래서 속으로 당황하고 있을 때였지요. 가만 보니 뒤에서 사람들이 쫓아 오자 두 사람은 그녀를 땅바닥에 내동댕이치고 그 길로 달아나 버리는 것이었습니다. 그러자 아 이 서달이라는 자가 덥석 안아서 우물 속에 버렸겠다?

그 우물 속에는 물이 없는 데다가 깊이도 그다지 깊지도 않아서 발을 살짝 삐었을 뿐 조금도 다친 데가 없었습니다. 그런데 가만히 들어 보니 윗쪽에서 사람들로 한창 떠들썩하지 뭡니까? 그녀는 그들이 자기 집안 사람들인 것을 눈치챘지요. 거기다가 횃불들이 일제히 환해지면서 우물 속까지 그 불빛이 비칠 정도였습니다. 다급해진 정예주는 '사람 살려' 하고 소리를 질렀지요. 그런데 위에 있는 사람들이 서달을 붙잡고 이러쿵저러쿵 요란하게 떠들어대는 것이었습니다.[32]

여자는 목소리가 아무래도 곱고 가는 법입니다. 거기다가 우물 안에 있었으니 어느 누가 그 소리를 들을 수가 있겠습니까? 그래도 다들 서달을 에워싼 채 와자지껄 떠들다가 같이 그 자리를 떠나는 것이었지요.

정예주는 사람들 소리가 차츰 멀어지자 앓는 소리를 하면서 큰 소리로 울고 불었습니다. 그러다가 날이 밝아올 즈음에 예주는

'지금은 위에 다니는 사람이 아무도 없겠지?'

하고 생각하면서 몇 번이나 '사람 살려'라고 소리를 지르기도 하고 몇 차례 통곡을 하기도 했답니다. 그런데 정말로 그 소리가 마침 위에 있던 두 사람의 귀에 들어갔지 뭡니까. 그리고 그 두 사람이 우물로 다가오는 바람에 다음과 같은 일이 벌어지게 됩니다.[33]

누런 먼지 뒤집어 쓴 길손이	黃塵行客,
우물에 빠진 넋 되고 말았고	翻爲墜井之魂,
검푸른 머리칼의 신부가	綠鬢新人,

---

32 【즉공관 방비】 忙中錯過. 정황이 없는 와중에 실수를 했군.

33 다음과 같은 일이 벌어지게 됩니다[有分交] : 명대 [의]화본 및 장회(章回)소설에서 장면이 끝나거나 바뀔 때마다 사용하는 상투어. 보통 이 앞에는 "바로 이 걸음 덕분에(只因此一去)"라는 말이 관용적으로 사용되며, 이 뒤에는 다음 장면에서 벌어지게 될 사건이나 상황들을 사전에 미리 암시하는 두 구절의 시를 사용함으로써 청중들이 이야기에 몰입하도록 이끄는 역할을 하는데, 엄밀한 의미에서는 독서를 목적으로 한 일반 소설의 관용적인 표현이라기보다는 극장에서의 공연을 목적으로 한 공연물에서 주로 사용하는 연극적 장치의 일종으로 이해하는 것이 더 좋을 듯하다. "분교(分交)"는 '분교(分敎)'로 표기하기도 한다. 여기서는 "유분교(有分交)"를 편의상 "다음과 같은 일이 벌어지게 된다" 식으로 번역하였다.

고향을 등진 여인 되고 마는구나!　　　　　　竟作離鄕之婦.

그 두 사람에 대해서 이야기해 드리자면 하남 개봉부 보현[34] 출신의 객상(客商)이었습니다. 하나는 조신(趙申)이고 하나는 전사(錢四)였지요. 두 사람은 밑천을 합쳐 함께 소주와 송강[35]에서 장사를 했습니다. 이번에도 큰 돈을 벌어 마침 집으로 돌아가는 길이었지요. 그런데 우연히 그곳을 지나갈 때 우물 속에서 울고 고함을 지르는 소리가 흘러 나오는 것이 아닙니까. 두 사람은 우물 가로 다가가 아래를 내려다 보았습니다. 그때 하늘의 햇빛이 아래까지 비치면서 흐릿하지만 웬 여자가 하나 보이지 뭡니까!

"당신은 누구이길래 그 속에 계시오?"

그러자 아래에서 이렇게 말하는 것이었지요.

"저는 이곳 집안의 신부입니다. 강도에게 납치당해 여기에 버려졌습니다. 어서 좀 구해 주십시오. 집에 가면 후하게 보답해 드리겠습니다!"

그 말을 들은 두 사람은 자기들끼리 상의했습니다.

34　보현(鄮縣) : 명대의 지명.
35　송강(松江) : 명대의 지명. 지금의 강소성 상해시(上海市) 서남부인 송강구(松江區)에 해당한다. 상해의 젖줄인 송강이 이 일대를 흘러서 명·청대에는 지역명을 '송강'으로 불리기도 하였다. 삼국시대에 촉나라 명장 관우(關羽)를 생포한 여몽(呂蒙)이 제후로 봉해진 화정(華亭)이 이곳이다.

"예로부터 '사람 목숨 하나를 구해 주는 것이 일곱 층짜리 불탑을 쌓는 것보다 낫다[36]'고 했지. 하물며 여자가 아닌가! 그건 그렇고 (…) 어떻게 끌어 올린담? 아무도 구해 주지 않으면 죽고 말 텐데. (…) 우리가 마주친 것도 인연이 있어서일 테지. 보따리 속에 긴 밧줄이 있으니 우리가 내려가서 구해 주도록 하세!"

"내가 좀 날렵하지. 내가 내려가겠네."[37]

조신이 이렇게 말하자 전사가 말했습니다.

"나는 몸이 굼뜨니까 정말 내려갈 수가 없겠어. 난 위에서 밧줄을 내리고 대충 힘만 좀 쓰겠네!"

조신이 운이 나쁘려고 그랬던 걸까요? 그는 상대가 여자인 것을 보고 몹시 신이 났습니다. 그래서 주먹을 휘두르고 팔을 걷어부치더니 밧줄을 허리춤에 묶고 두 손으로 밧줄을 우물 아래로 내렸지요. 전사는 한 발로

---

36 사람 목숨 하나를 구해 주는 것이 일곱 층짜리 불탑을 쌓는 것보다 낫다[救人一命, 勝造七級浮圖] : 명대의 유행어. 불교도들에게 자신의 사리사욕을 버리고 남을 위하여 기여하고 희생하는 공덕을 쌓을 것을 호소하는 말이다. '부도(浮屠)'는 불교 용어로, 원래 '부처'나 '불교도'들을 뜻하는 산스크리트어의 '붓다(Buddha)'를 발음대로 음역한 것으로, 시대나 저자에 따라 경우에 따라서는 '부도(浮圖) · 부두(浮頭) · 포도(蒲圖) · 불도(佛圖) · 불타(佛陀)' 등으로 서로 다르게 표기하기도 하지만 사실상 동일한 발음이다. 참고로 불교에서 '공덕(功德)'이란 자신에게는 이익이 없음에도 기꺼이 남들을 위하여 일하고 돕는 이타적인 언행들을 두루 일컫는다.
37 【즉공관 방비】 天命也. 하늘의 뜻이로구나!

는 밧줄을 버티고 두 손으로는 밧줄을 든 채로 조금씩 조금씩 아래로 내려 주었습니다. 우물 아래에 닿았을 때 물이 없는 것을 발견한 조신은 침착하게 정예주를 보고 말했습니다.

"내가 당신을 구해 드리리다!"

"정말 고맙습니다!"

조신은 즉시 몸에 묶었던 밧줄을 풀더니 정예주의 허리춤에 아까처럼 묶어 주고 나서 말했지요.

"겁내실 것 없소이다! 그냥 두 손으로 밧줄에 매달려 있으면 위에서 알아서 끌어 올려 줄 겁니다. (…) 단단히 묶었으니 떨어지지는 않을 겝니다. 어서 올라가셔서 밧줄을 내려 주시구려!"

정예주는 우물 밖으로 나가고 싶은 생각이 간절했습니다. 그래서 용기를 내서 밧줄에 매달렸지요. 위에 있던 전사는 밧줄이 팽팽해지는 것을 보고 사람이 매달린 것을 눈치챘습니다. 그래서 있는 힘을 다해서 조금씩 조금씩 끌어당겨서 우물 밖까지 끌어 내 주었지요. 그런데 고개를 들고 보니 아 글쎄 화사하게 단장한 여자이지 뭡니까요!

| 살쩍머리 흐트러지고 비녀 삐뚤어지긴 했지만 | 雖然鬢亂釵橫, |

그야말로 하늘이 내린 경국지색인데　　　　　　　　　却是天姿國色.

난데없이 우물 안에서 모습을 드러내었으니　　　　猛地井裡現身,

용궁에서 주워 온 분이 아닌가 싶구나!　　　　　　疑是龍宮拾得.

중국식 비녀. 만력제의 정릉(定陵)에서 출토된 양보옥 화금채〔鑲寶玉花金釵〕(명13릉 박물
관 소장)

　일반적으로 사람이란 사심이 있어서는 안됩니다. 사심이 생기면 이치
에 맞지 않는 짓을 벌이려 들기 때문이지요. 처음에 전사는 조신과 상의
해서 그녀를 구하기로 했었습니다. 물론 취지는 좋았지요. 그런데 막상
구해 놓고 보니 미모의 여자이지 뭡니까. 그러자 갑자기 딴짓을 벌일 마
음을 품은 것입니다.[38]

---

38 【즉공관 방비】老子不見可欲, 自是妙理. 노자는 '욕심이 생길 물건은 내보이지 않는 법'이
　　라고 했었지. 그야말로 기막힌 진리이다!

"만약에 조신이 나오면 이 여자를 놓고 나 하고 다투려 들 테지. 그렇게 되면 내가 독차지할 수가 없어! 더욱이 … 그는 보따리에 밑천이 아주 많다. (…) 허나, 지금 그를 살리고 죽일 권한은 내 손에 달려 있지. 내가 끌어올려 주지 않는다면 … 이 여자와 보따리는 몽땅 내 차지가 된다!"

이렇게 못된 마음을 품는 찰나였습니다. 우물 아래에서 큰소리로 부르는 소리가 들리는 것이었지요.

"왜 줄을 안 내려 주는 게야?"

그러자 전사는 모진 마음을 먹었습니다.

'녀석을 없애 버리자!'

전사는 우물 옆에서 큰 돌을 주워 들더니 우물 안을 향하여 소리를 질렀습니다.

"지금 내려가네!"

불쌍한 조신은 위에서 밧줄을 내려 주기만을 눈이 빠져라 기다리고 있었습니다. 그런데 그것이 뜻밖에도 돌덩일 줄이야! 미처 대비하지 못한 조신은 그 돌을 피하지 못해 정통으로 정수리를 맞는 바람에 바로 머리가 깨져서 죽고 말았습니다 그려!

우물에서 나온 정예주는 하늘의 해를 보고나서야 옷을 털고 조금 마음이 진정되던 참이었습니다. 그런데 가만 보니 전사가 그런 짓을 벌였지 뭡니까! 예주는 놀란 나머지 얼이 다 달아날 지경이었지요. 그래서 입으로 내내 '아미타불'[39]만 외워 댈 뿐이었습니다.

"당황할 것 없소이다. (…) 이 놈은 내 원수올시다. 그래서 놈을 속여 내려가게 해서 놈의 목숨을 빼앗은 게요."

전사가 이렇게 말하자 정예주는 속으로

'당신에게는 원수이지만 내게는 은인인 것을요!'

하고 생각했지만 말을 내뱉을 엄두가 나지 않지 뭡니까. 그저 자신을 집으로 돌려보내 달라고 사정할 뿐이었습니다. 그런데 전사가 말하는 것이었지요.

---

39 아미타불(阿彌陀佛) : 불교 용어. 전생에 발원하여 서방정토(西方淨土)를 세우고 중생들을 두루 구원하면서 무량하고 장엄한 공덕을 이룬다 하여 대승불교에서 숭상하는 부처에 대한 한자 이름이다. 산스크리트어의 '아미타바(Amitābha)'를 한자로 표기한 이름으로, '아(阿)'는 '없다'라는 뜻이며 '미타불(彌陀佛)'은 무량수불(無量壽佛)이라는 뜻이다. 당대의 불서인 『현응음의(玄應音義)』에서는 "'아미타'는 의역하면 '무량하다(no limit)'는 뜻이다.[阿彌陀, 譯云無量]"라고 설명하였다. 때로는 무량불·무량수불·무량광불(無量光佛) 등으로 부르기도 하는데, 나중에는 기쁘거나 불안할 때 일종의 감탄사로 사용되기도 하였다.

경남 합천 해인사(海印寺)에 소장된 『영산회상도(靈山會上圖)』의
아미타불

"태평한 소리 하시네! (…) 내가 특별히 우물 속에서 당신을 구해 낸
거야. 이제는 내 것이란 말이요! 내가 당신 집에 호락호락 보내 줄 것 같
아? (…) 난 하남 땅 개봉의 부자요. 당신이 우리 집에 가기만 하면 마님
이 되어 부귀를 누리게 될 게야. 그러니 냉큼 따라오기나 해요!"

그러자 정예주는 눈앞이 다 캄캄해졌습니다. 이 길이 어디쯤이고, 집
에서 가까운지 먼지도 알 수가 없었습니다. 게다가 곁에 아는 사람도 하

나 없다 보니 아무 생각도 나지 않지 뭡니까. 그런데도 전사는 그녀가 길을 나설 것을 재촉하면서 말하는 것이었지요.

"만약 나를 따르지 않으면 원래대로 우물에 밀어 넣고 돌로 때려 죽일 거요! (…) 당신도 방금 전에 그 놈 꼴을 보았을 테지?"

정예주는 겁이 덜컥 났습니다. 그러나 아무리 생각해도 뾰족한 수가 생각나지 않길래 하는 수 없이 그를 따라 나섰습니다. 그야말로

가까스로 미친 놈에게서 벗어났더니	纔脫風狂子,
이번에는 경박스런 놈을 만났구나.	又逢輕薄兒.
짝 아니란 건 눈치 챘건만	情知不是伴,
상황 긴박하여 일단 그 뒤를 따르네.	事急且相隨.

전사는 가는 도중에 정예주에게 일렀습니다. 자기 집에 가서 집안사람들을 만나면 '소주에서 구해 왔다'는 말만 하고, 혹시 누가 조신에 대해서 물으면 '그는 아직 소주에 있다'는 대답만 하라고 말입니다.

그렇게 며칠 지나지 않았을 때였습니다. 두 사람은 개봉의 기현[40]에 도착하여 전사의 집으로 들어갔지요. 아 그런데 전사의 집에는 버젓이

---

40 기현(杞縣) : 명대의 지명. 지금의 하남성 개봉시의 기현에 해당한다.

본처 만萬씨가 있는 것이 아닙니까! 만씨는 어릴 적 이름이 '충아蟲兒[41]'로, 사람 됨됨이가 아주 모질었습니다. 그녀는 정예주를 보자마자 수단을 써서 사사건건 그녀를 멋대로 부렸습니다. 머리에 쓴 장신구에 몸에 걸친 옷까지 모조리 다 빼앗아 가는 것이었습니다.[42] 그리고는 그녀에게는 베옷을 입혀서 물이나 길어 밥이나 짓게 할 뿐이었지요. 온갖 궂은 일들을 그녀 혼자 다 떠맡게 만든 거지요. 그러다가 하나라도 제대로 해내지 못하면 큰 몽둥이로 매질을 해 대었습니다. 그러자 정예주가 말했지요.

명대의 구어체 중국어(백화)에서 '벌레 충(蟲)'은 범을 일컫는 말로 사용되곤 한다

---

41 충아(蟲兒) : 글자 그대로 해석하면 '벌레'의 뜻으로 볼 수 있으나 명대 속어에서는 일반적으로는 범(호랑이)을 나타내는 경우가 많다. 명대의 소설인『수호전』에서도 범을 '대충(大蟲)'으로 부르는 것을 확인할 수 있다. 때로는 특정한 분야의 으뜸가는 사람 또는 권위자를 뜻하기도 한다. 여기서도 뒤에 "됨됨이가 아주 모질었다"는 말이 나오는 것을 보면 '범'의 의미로 해석하는 편이 합리적이다. 여기서는 그 의미를 의역하지 않고 편의상 고유명사로 처리하였다.

42 【즉공관 방비】家有此賢妻, 何苦欺心殺人, 害他女子. 집 안에 이런 현명한 아내가 있다면 굳이 양심을 속이면서 사람을 죽이고 남의 여자를 해칠 필요가 어디 있겠는가?

"제가 당신네 집안에 시집 온 것도 아니고 당신네 집안에서 돈을 내고 저를 사 들인 것도 아니지 않습니까! 공연히 나를 협박해서 오게 만들어 놓고 어째서 이렇게 모진 매질을 한단 말입니까!"

그러나 만충아가 어디 그런 푸념을 들어 주기나 한답디까. 내력도 묻지 않고[43] '소실한테는 무조건 강짜를 부리고 호되게 매질을 해야 옳다'고 둘러댈 뿐이었습니다. 만충아는 전부터 악랄하게 처신해 왔습니다. 그래서 이웃의 부녀자들 치고 욕을 퍼붓지 않는 사람이 없을 정도였지요. 그런데 어떤 이웃집 아주머니는 그녀가 정예주를 모질게 매질하는 것을 보고 속으로 늘 불만을 품고 있었습니다. 그러다가 무심코 정예주가 그런 말을 하는 것을 듣고 속으로 생각했지요.

"시집을 온 것도 아니고 사 들인 것도 아니다? (…) 그럼 납치해 왔다는 소리가 아닌가? (…) 그런 천벌 받을 짓을 하다니! 남의 집 자식 앞날을 망쳤군 그래!"

그러면서 그 말을 마음속에 새겨 두었답니다.

그러던 어느 날이었습니다. 전사가 외지로 나가자 정예주는 물을 긷기 위해서 이웃 아주머니 집에 나무 물통을 빌리러 갔습니다. 그래서 이웃

---

43 【즉공관 방비】 妬婦心事. 시샘 많은 여인들 심성이지.

집 아주머니가 그녀를 붙잡아 앉히더니 물었지요.

"보아하니 새댁은 양갓댁 출신 같은데 … 어째서 댁의 부모님이 이렇게 먼 곳까지 출가시켜서 이런 고생을 하게 만드셨수 그래?"

그러자 정예주가 통곡을 하면서 말하는 것이었습니다.

"부모님께서 왜 저를 이런 곳에 출가시키시겠습니까!"

"그럼 … 어떻게 여기로 오게 된 거유?"

정예주는 자신이 사 씨네에 출가했다가 신혼 첫 날 밤에 납치되어 우물 속에 버려진 일을 자세하게 들려주었지요. 그러자 이웃집 아주머니가 말했습니다.

"그럼 … 전가가 우물에서 새댁을 구해내는 바람에 따라오게 된 게로구만?"

"어딜요! (…) 그때 또 한 분이 우물 아래로 내려 와서 직접 저를 구해 주셨답니다. 그 분도 참 운이 나쁘시지! 제가 우물에서 나가면 자기한테 밧줄을 내려 줄 줄 알았는데 … 난데없이 전가 그놈이 모진 마음을 품고 다짜고짜 큰 돌을 떨어뜨려 그 분을 맞혀 죽이고 저를 끌고 달아났답니

정예주가 억울함 하소연해 옛 사건을 해결하다

다! (…) 저는 당시에 집안사람들을 찾아나설 수도 없는 데다가 사람까지 죽이는 그 자의 수법이 무섭기도 하고 ⋯ '집에 가면 마님이 되게 해 주겠다'길래 그 말을 믿었지요. 그런데 여기에 버려져서 이런 고초를 겪게 될 줄 누가 알았겠습니까!"

"처음에 새댁 서방은 앞 마을 조가 하고 같이 객지로 나가서 장사를 했지. 아 그런데 이번에 조가는 안 돌아왔더라구. 지난번에 새댁 집에 가서 물어 볼 때도 '아직 소주에 있다'고 대답하길래 그 집에서도 그 말을 믿었지 뭐야! 헌데, ⋯ 새댁 말대로라면 ⋯ 우물 아래로 내려와서 새댁을 구해 주고 돌에 맞아 죽었다는 그 사람은 조가가 분명하구만 그래! (…) 새댁, 이 일을 관아에 가서 확실하게 고하지 그러우? 그렇게만 하면야 공문으로 새댁을 돌려보내라는 명령을 내리실 거고 ⋯ 여기서 고초를 겪는 신세도 면할 수 있지 않겠수?"

"그 자를 따라 왔다고 저한테까지 죄를 물을까 무서워서요"[44]

그래서 이웃집 마님이 말했습니다.

"새댁은 아녀자 아니유! 남한테 협박을 당해서 끌려 온 건데 무슨 죄를 묻겠어? (…) 내 지금 새댁을 생각해서 방금 그 일을 일단 먼저 조 씨

---

44 【즉공관 방비】 怯女子不知事, 枉受多時苦. 겁 많은 여자가 물정을 모르니 괜히 이렇게 오랫동안 고초를 당하지!

네에 알려 주리다. 그러면 조 씨네에서도 분명히 전가를 고발할 게야. 그때 가서 새댁한테 고발장을 써 줄 테니 원님을 뵈면 전달하도록 해요. (…) 무조건 사실대로 이야기하기만 하면 … 장담하건대 새댁은 조금도 벌을 받지 않을 거고, 거기다가 고향으로 돌아가서 부모님을 뵙게 될 수 있을 거유!"

"그렇게만 된다면 하늘의 해를 다시 볼 수 있게 되는 셈이지요!"

이렇게 상의를 하고 나서 이웃 아주머니는 따로 조 씨네로 가서 그 일을 알려 주었습니다. 그러자 조 씨네에서는 현 관아에 가서 그 일을 하소연 했지요. 이쪽의 정예주는 정예주대로 고발장을 들고 관아로 갔습니다.
기현의 지현은 정예주를 한 마디 심문하고 나서 즉시 사령을 파견해 전사를 체포해 관아로 끌고 오게 했습니다. 그래서 전사가 적당히 얼버무리려 했더니 정예주가 조목조목 분명하게 증언을 하는 것이 아닙니까. 전사는 더 이상 잡아뗄 수가 없자 독이 잔뜩 올라서 정예주를 보고 말했습니다.

"기껏 구해 주었더니 네년이 나를 해쳐?"

"저를 구해 준 그 분 … 그 분을 어째서 때려 죽였나요?"

정예주가 이렇게 말하자 전사는 말문이 막히고 말았습니다. 이번에는 조 씨네에서도 달려오더니 목숨값을 갚도록 판결을 내려 줄 것을 지현에게 부탁하는 것이었지요. 그러자 지현이 말했습니다.

"사람을 죽인 정황은 분명하다. 다만, … 그 모두가 진술일 뿐 시신이 아직 확인되지 않아 여기서는 판결을 내릴 방법이 없구나. 판결은 가정현 현지의 관리가 내려야 할 일이다. (…) 정예주는 가정현 사람이거니와 시신 역시 가정현에 있지. 그러니 우리 쪽에서는 진술 내용만 기록해서 관련자들을 공문과 함께 가정현에 통지하고 나서 이 사건을 종결시키면 되는 것이다."

지현은 그 자리에서 일단 전사에게 곤장 서른 대를 치고 감옥에 가두었습니다. 그리고 정예주가 보증인을 구하자 이웃 아주머니가 그녀를 위하여 보증서를 제출해 주었지요. 이리하여 일단 다행스럽게도 그 악랄한 본처 만충아와는 다시는 볼 일이 없어졌지요.[45] 기현에서는 한편으로는 공문을 준비하고 장거리 호송인을 불러 관련자들을 모두 소주부 가정현으로 데려가게 했지요.

이 날은 마침 닷새마다 조사를 진행하는 날이었습니다. 그래서 가정의 지현은 감옥에 갇혔던 죄수 서달을 데려 나와 마침 거기서 조사를 진행하기로 했지요. 개봉부 기현에서 파견된 사령은 공문을 바치고 재판정에

---

45 【즉공관 방비】當官告明之妙. 담당 관리가 현명한 덕분이지.

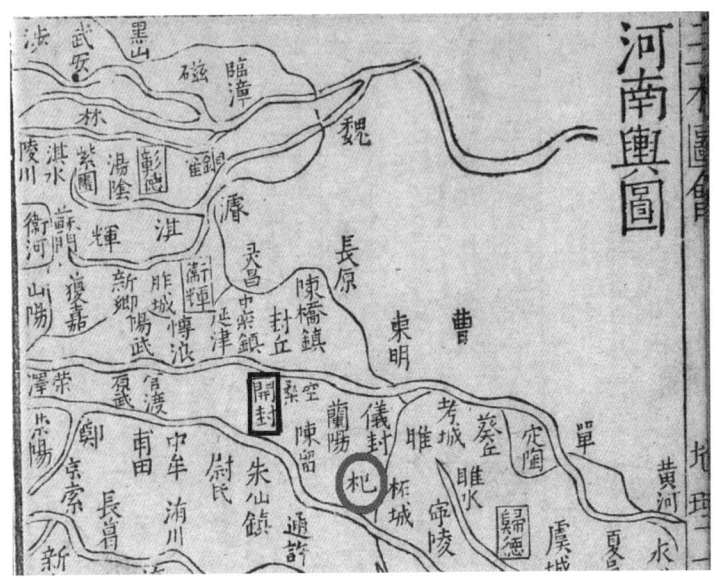

『삼재도회』의 「하남여도」에 표시된 기현의 위치(동그라미). 왼쪽으로 개봉부가 보인다

서 호송자 명단의 관련자 이름을 차례로 확인했습니다. 그런데 정예주의
이름까지 불렀을 때였습니다. 예주가 대답을 하길래 서달이 고개를 들고
보니 바로 사라졌던 정예주, 신부화장을 해 줄 때 아주 살갑게 대했던 바
로 그 신부이지 뭡니까요! 그는 큰소리로 말했습니다.

"저건 바로 제 애물단지올습니다요! (⋯) 내가 당신 때문에 얼마나 매를
맞았는지 몰라! 헌데 당신이 왜 거기에 있소? 설마 ⋯ 귀신은 아니겠지?"

지현은 그 모습을 보더니 서달에게 물었지요.

"네가 어떻게 저 여인을 다 아느냐?"

"저 여자가 우물 속에서 사라진 바로 그 신부입니다요! (…) 이제 소인하고 대조해 보실 필요가 없겠습니다!"

지현은 지현대로 놀라서

"그런 일이 있었단 말이지?"

하더니 정예주를 가까이 불러 일일이 자세하게 물었지요. 그러자 정예주는 지난번에 일어난 일을 끝까지 자세히 털어 놓는 것이었습니다. 지현은 이번에는 기현에서 보내온 공문을 차례로 확인했습니다. 그리고 나서야 지난번에 우물 속에서 죽은 시신이 바로 전사에게 살해된 조신임을 깨달았지요. 그래서 조신의 유해를 옮겨 오게 해서 검시관[46]으로 하여금 조사하게 해 보았지요. 알고 보니 두개골이 깨진 것은 살아 있을 때 돌에 맞아 치명상을 입고 죽었기 때문이었지요.

지현은 전사를 살인죄로 판결하여 조신의 목숨을 갚게 했습니다. 이어서 서달에게는 납치하고 속인 혐의는 성립되지 않지만 모든 불상사의 발단이었기에 삼 년 징역의 판결을 내렸지요. 장인과 이묘는 두 사람 모두 저지르지 말았어야 할 일을 저질렀다 하여 곤장을 치게 했습니다. 그리고 정예주가 당한 불행에 대해서는 세금을 면제해 주고 당초의 남편인

---

46 검시관[作作人]: '오작(作作人)'은 고대 중국에서 관청에 배속되어 피살되거나 의문사한 사람의 시신을 검사하고 사인을 분석하는 일을 담당한 관리를 말한다. 일부 작품에서는 '오작(作作)'으로 나온다. 편의상 여기서는 "검시관"으로 번역하였다.

사삼랑에게 인계해 부부가 되게 해 주었지요. 조신의 시신은 그 유가족
이 인계해 가서 안장하게 하되, 행정적으로 다른 성에 속한 까닭에 안장
이 끝나면 그를 석방해 집으로 돌아가게 해 주었답니다. 이렇게 판결을
모두 마친 지현은 웃으면서 말했습니다.

"만약 저쪽에서 진상이 드러나 두 사람이 호송되어 오지 않았더라면
이 사건은 언제 해결될지 기약조차 할 수가 없었을 것이다!"

이 일은 가정현에서는 새로운 이야깃거리로 널리 퍼졌답니다.
우습게도 멀쩡하던 사삼랑의 신부는 이 날이 되어서야 되돌아 왔습니
다마는 이미 만신창이가 된 뒤였습니다. 더욱이 이 사건으로 두 사람이
목숨을 상했고, 그 불행이 한결같이 사내가 신부 화장을 해 주면서 생긴
것이었습니다. 그러니 집 안팎을 단속하는 일은 엄격하지 않을 수 없는
것입니다.[47]

남자가 어째서 여자에게 화장을 시켜 준단 말인가?	男子何當整女容,
결국 불량한 젊은이가 사단을 만들고 말았구나.	致令惡少起頑兇.
이제 살펴 보니 향기 머금은 꽃 술만으로	今朝試看含香蕊,
왕년의 함곡관[48]의 봉쇄 푼 셈이로다.	已動當年函谷封.

---

47 【즉공관 방비】 有關世敎. 세상의 교화와 직결되어 있으니 그런 게지.
48 함곡(函谷) : 중국 고대의 관문 이름. 지금의 하남성 영보현(靈寶縣) 남서쪽에 자리잡고
있는 곳으로, 함곡관(函谷關)·함관(函關) 등으로 불리기도 한다. 춘추시대의 사상가 노
자(老子)에 어지러운 세상을 개탄하면서 벼슬을 그만 두고 이곳을 지나 서방으로 은둔했

20세기 초기의 함곡관 모습

으며, 전국시대에는 진(秦)나라에 억류되었던 제(齊)나라의 귀족 맹상군(孟嘗君)이 개 구멍으로 도둑질을 잘하는 식객과 닭 울음소리를 잘 내는 식객 덕분에 가까스로 탈출에 성공했다고 전해진다. 일반적으로 이 관문의 동쪽을 관내(關內), 그 서쪽을 관외(關外) 로 부르곤 한다.

제26권

고지식한 교관이 딸을 사랑하고도 보답을 받지 못하고 가난뱅이 수재가 은사를 도와 천수를 누리게 해 주다

憎教官愛女不受報 窮庠士助師得令終

해제

절강 호주부^{湖州府}의 늙은 수재 고우계^{高愚溪}에게는 딸 셋과 조카 고문명 ^{高文明}이 있었다. 우계는 사람됨이 성실하고 후덕하면서도 편견이 있어서 친딸을 편애하고 조카는 멀리한다. 선동의 기현^{沂縣}·동창부^{東昌府} 등지에 서 교관^{教官}을 지낸 그는 400~500냥의 은자가 모이자 고향집으로 돌아 와 그 중 300냥을 세 딸에게 나누어주고 문명에게는 한 푼도 주지 않는 다. 돈을 받은 초기에 딸들은 부친을 잘 대해 주지만 은자와 재산이 바닥 나자 차츰 부친을 멀리하고 부양하기를 거부한다. 우계는 분한 나머지 길가의 오래 된 사당에 들어가 불상을 보면서 자신의 고민거리를 울면서 하소연한다. 그때 우연히 그 옆을 지나던 조카 문명은 이유를 물어보고 우계를 집으로 데려가 부양하며 효도를 다한다. 설을 쇨 때 딸들은 빈 말 로 우계에게 귀가해 설을 쇠자고 권하지만 우계는 단호하게 거절한다.

그러던 어느 날, 우계가 문명의 집 문 앞에서 앉아 있는데 웬 아전이 찾아오더니 복건 순무^{福建巡撫}인 이 어사^{御史}가 예방하는 사실을 알린다. 이 어사는 왕년에 우계를 스승으로 모신 관리로, 스승의 은혜를 갚기 위해 서 방문한다는 것이었다. 이 어사는 우계와 헤어지면서 집에서 쓰라고 상당한 은자를 전달한다. 3달이 지나 이 어사가 또 사람을 보내 현지의 사야^{師爺}로 초빙한 덕분에 우계는 반 년 만에 2천 냥이 넘는 은자를 모은 다. 그가 돌아오자 세 딸은 또 그 돈을 노리고 부친에게 살갑게 대하지만 우계는 더 이상 딸들을 신임하지 않고 유언을 작성해 가산을 모두 조카 문명에게 남긴다.

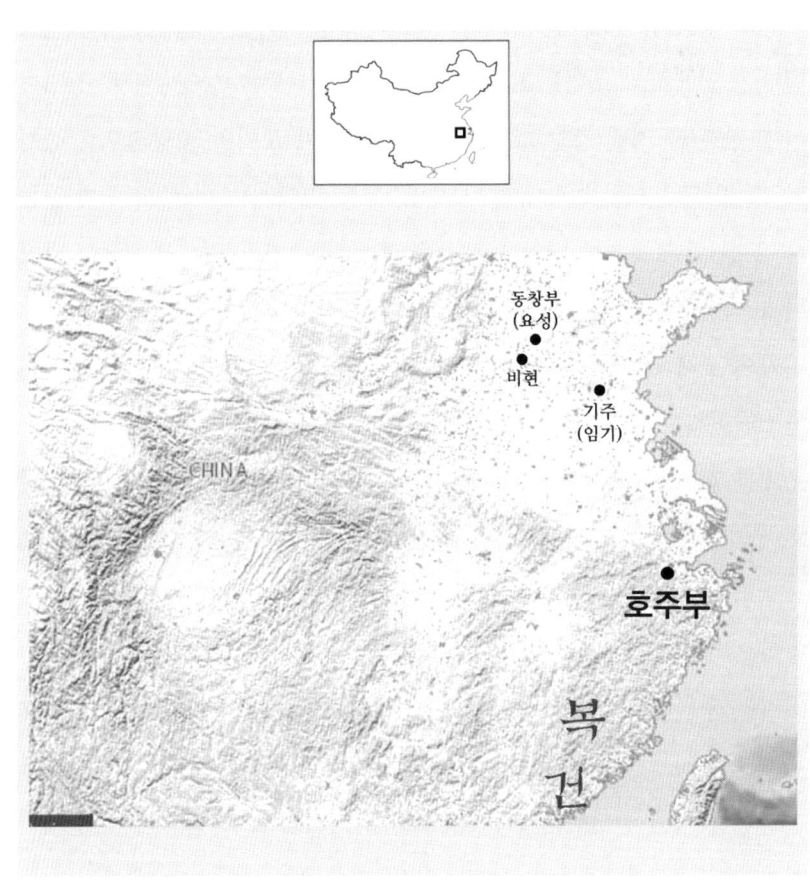

번역

이런 시가 있습니다.

아침 해 둥글게 떠 올라	朝日上團團,
선생의 쟁반을 비추누나	照見先生盤.
쟁반에 있는 것이 무엇이뇨?	盤中何所有,
개자리 풀 긴 난간이라오.	苜蓿長闌干.

이 시는 바로 광문 선생[1]이 지은 것입니다. 그가 벼슬살이를 할 때 청빈하게 지낸 일을 들려주고 있습니다. 무릇 세상의 관리들이라면 여러분[2]이 창대사[3]나 순검사[4]처럼 아무리 지위가 미천하더라도 외부에서 들어오는 돈이 좀 있을 수밖에 없기 때문입니다. 그런데 이 교관敎官이라는

---

1 광문선생(廣文先生) : 명·청대에 교관에 대한 또다른 호칭. 당대 현종의 천보(天寶) 9년(750)에 광문관(廣文館)을 설치하고 박사(博士)·조교(助敎) 등의 관직을 두고 국학을 전수하게 하였다. 이 일을 계기로 명·청대부터 교관을 '광문' 또는 '광문선생'이라는 또다른 호칭으로 부르곤 하였다.

2 여러분[你] : 이야기꾼이 이야기를 들려주는 도중에 자신의 이야기에 집중하고 있는 청중들에게 불쑥 말을 걸어 그 주의를 환기시킬 목적으로 한 말이다. 서양 현대 연극에서는 이처럼 한껏 고조된 극중 환상을 깨고 무대 밖의 관중을 끌어 들이는 연출 기법을 독일 극작가 브레히트(Brecht, 1898~1956)의 '소외 효과(Verfremdungseffekt)'로 설명한다.

3 창대사(倉大使) : 명대의 관직명. 포정사(布政使) 및 각 주·현(州縣)에 속한 관리로, 창고 관련 업무를 관장하였다. 포정사의 창대사는 종9품으로 부사(副使)의 보좌를 받았으며 주·현의 창대사는 품계가 없는 관속이 맡았다.

4 순검사(巡檢司) : 송대의 관직명. 관서의 수장은 순검사(巡檢使), 줄여서 '순검(巡檢)'으로 불렸다. 오대 후당(後唐)의 장종(莊宗) 때에 처음 설치되었고, 송대에는 도성의 경사부(京師府) 동·서 양쪽에 각각 도동순검(都同巡檢) 2명과 경성사문순검(京城四門巡檢) 1명씩을 두었으며, 연변(변경)·연강·연해에도 순검사(巡檢司)를 두었다. 명대에는 도시나 관문 등에 순검사(巡檢司) 순검을 두고, 현령이 관할하게 하였다. '검(檢)'을 '간(簡)'으로 쓰기도 해서 어떤 곳에는 '순간(巡簡)'으로 나와 있다.

관리만큼은 상대하는 것이 가난한 선비 몇몇 뿐이지요. 체면이 있는 자라면 교관에게 얼마만큼이라도 성의를 표시하겠지만 체면을 모르는 자라면 한 해가 다 지나도록 당신 얼굴조차 보러 오지 않는 것입니다. 그러니 누가 무슨 내왕을 하고 무슨 교제를 하겠습니까? 그렇다 보니 이 벼슬은 지내기가 무척 고되었지요. 그렇기는 하지만 운이 좋아 훌륭한 문하생을 만나기라도 하면 그 문하생의 기운을 받기도 했습니다. 물론, 그것은 그 사람이 어떤 행운을 가졌는가에 따라 다르지요.

절강浙江의 온주부[5]에는 예전에 늠선 수재[6]가 한 사람 살았는데, 성이 한韓, 이름이 찬경讚卿이었습니다. 그는 몇 번이나 과거 시험을 보았지만 급제하지 못했습지요. 그래서 순서에 따라 외직으로 나갈[7] 요량으로 상경하여 예부禮部의 인사를 기다린 끝에 광동廣東 한 현학[8]의 사훈[9]으로 임명되었답니다. 그 자리는 임지가 바닷가에 있었습니다. 그런데 지금까지 그 자리에 임명된 사람 치고 아무도 그곳에 가서 벼슬을 살겠다는 이가

---

5 온주부(溫州府) : 명대의 지명. 지금의 절강성 남부에 자리잡은 온주시(溫州市) 일대에 해당하며, 남쪽으로는 복건성(福建省)과 가깝다.

6 늠선 수재(廩膳秀才) : 명대의 호칭. 정부로부터 끼니를 제공 받으면서 학업을 닦던 수험생들로, '늠선생원(廩膳生員)·늠선생(廩膳生)·늠생(廩生)' 등으로 부르기도 하였다. 명대에는 세시(歲試)와 과시(科試) 두 시험을 거쳐 성적이 우수한 증생(增生)을 늠생(廩生)으로 진급시켰는데 이를 '초증보름(超增補廩)'이라고 하였다.

7 외직으로 나갈[出貢] : 명대에는 공생(貢生, 수재)들의 경우 여러 차례 과거시험을 보고도 급제하지 못했을 경우에는 연차에 따라 서울로 가서 이부(吏部)의 인사 발령에 따라 잡다한 직무를 담당하는 하급 관리로 나가기도 하였다. 이런 경우를 '출공(出貢)'이라고 불렀다.

8 현학(縣學) : 중국 고대에 현에 설치된 관립 학교[官學]를 말한다.

9 사훈(司訓) : 명·청대의 관직명. 각 현의 관립 학교인 현학(縣學)의 교관의 하나인 교유(敎諭)에 대한 또다른 호칭.

없었지 뭡니까.

왜인지 아십니까? 알고 보면 그곳은 군민부주[10]와 마찬가지였습니다. 이름만 있고 실속이 없는 관청이었지요.[11] 한번 생기면 수재가 몇십 명이나 붙었습니다마는 '상대인(上大人)'이라는 호칭만 깨우치고 나면 학당에 진학해서 퇴교하는 법이 없었습니다. 그래서 평소에는 바다에 나가서 생계를 꾸리다가 상사가 올 때가 되어서야 의관을 차려 입고 줄을 지어 영접을 합네 전송을 합네 야단이었지요. 바로 그들의 교화에 복종하는 곳이었지요. 우리 왕조의 언젯적인지는 모르겠는데 일찍이 학사(學舍)를 하나 개설했습니다. 그런데 아무도 찾지 않는 바람에 저절로 쇠락해 버리고 말았답니다. 그 옆에는 학사의 방이 두 칸 있고 학업을 담당하는 관리가 머물렀는데, 학생들의 이름을 적은 명부나 관리할 뿐이었지요. 그런데 하는 일이 없다 보니 수재들과 한 패가 되어 장사를 하곤 했습니다. 그것도 어찌 보면 학문이라고 할 수 있는 셈이었지요.

한찬경도 운이 나쁘다 보니 그 자리에 임명되었던 것입니다.[12] 이전에

---

10 군민부주(軍民府州) : 명대의 특수한 행정제도. 주로 운남·귀주·사천·광서 등 서남부 변방의 소수민족지역에서 현지의 군대와 민호를 아울러 관할·동원할 목적으로 설치되었다. 처음에는 금·원대에 중원을 정복한 여진·몽골 등 북방민족 정권이 피정복지인 중원을 효율적으로 통치할 목적으로 시행되었으나 명대부터는 서남부 변방 소수민족들을 대상으로 하는 제도로 그 성격이 바뀌었다. 군민부는 행정적으로 포정사(布政司)에 예속되어 있었으며, 그 아래로 주(州)·현(縣)이나 안무사(安撫司)·장관사(長官司) 등을 거느렸다.

11 【즉공관 미비】敎官衙門何處是有名有實的. 교관의 관아 치고 어디인들 명분 있고 실속 있는 데가 있누?

광동을 다녀 온 이가 그 내막을 잘 알고 그런 상황을 이야기해 주었지요. 그러자 그의 가족들은 사람이 죽기라도 한 것처럼 통곡해 대는 것이었지요. 한찬경은 집안 형편이 부아가 치밀 정도로 가난했습니다. 그래서 평생 글방을 지키면서 입신출세해서 어쨌든 재산을 좀 모으기만 바라고 있었답니다. 그런데 지금 이 지경이 되어 버리는 바람에 어찌 해 볼 도리가 없었지요.

'설마 이렇게 끝나는 건 아닐 테지? (…) 나 같은 가난뱅이 선비 처지에서야 벼슬살이를 하러 가지 않고는 더 이상 활로가 없다. (…) 생각해 보면 조정에서 이런 벼슬을 둔 것도 어쨌든 쓸 데가 있어서일 테지. 한 고을에 벼슬을 보란 듯이 만들어 놓았지 않은가. 설마 갈 수도 없는 곳인데 남들 눈을 속이려는 거겠나? (…) 사람들이 지레 겁을 집어 먹는 것뿐인 게지. (…) 나야 어쨌든 할 일도 없으니 이 가난뱅이 목숨을 걸고 일단 가 보도록 하자. 어쩌다가 딱하게 여기는 상사라도 만난다면 또다른 방법이 좀 생겨서 벼슬 길을 좀 모색할 수 있게 되겠지. 아무렴 집에만 앉아 있는 것보다야 낫지 않나!'

이렇게 생각한 한찬경은 마침내 모진 마음을 먹고 임지로 떠나기로 했습니다. 친척들이 아무리 막아도 전혀 들으려 하지 않는 것이었지요. 노자를 좀 장만한 찬경은 가족과 작별하고 무작정 그 길로 혼자서 부임 길

---

12 【즉공관 방비】誰知倒不是悔氣. 되려 운이 나쁘지 않을 줄 누가 알았으랴?

에 올랐답니다.

토끼풀

그렇게 성하(城下)에 이르렀을 때였습니다. 상사 몇 사람에게 인사를 갔더니 다들 이렇게 말하는 것이었지요.

"거기에는 가면 안 되네! 성하에 머물면서 한 동안 자리나 지키고 있다가 따로 벼슬자리를 받도록 하게!"

그래서 한찬경이 말했습니다.

"조정에서 그 지방으로 가서 교육을 맡으라는 명령을 내리셨습니다.

그런데 그 땅조차 밟지 않는다면 어떻게 관리라고 할 수 있겠습니까?[13] 기필코 임지로 한번 가서 상황이 어떤지 둘러보아야 겠습니다!"

그 말을 전해들은 상사들은 다들 '꽉 막힌 선비가 융통성이 없다'고 비웃으면서 그가 가도록 내버려 두는 것이었습니다.

바닷가 지역에 도착하여 현지의 학리를 찾아낸 한찬경은 이부에서 발급한 '급'자가 적힌[14] 증명서를 꺼내어 보여 주었습니다. 그러자 학리가 놀라면서 말했지요.

"나리께서 … 어째서 예까지 바로 오셨습니까?"

"조정에서 이곳에 와서 교관을 맡으라고 하셨네. 그런데 여기가 아니면 어디로 간단 말인가?"

찬경이 이렇게 말하자 학리가 말하는 것이었습니다.

"그동안의 관례대로라면 … 나리들이 오시면 성하에 머무시면서 훈

---

13 【즉공관 방비】畢竟是大頭巾話. 딱 관리 다운 말씀이로군.
14 '급'자가 적힌[急字號] : 명대의 문헌들에 더러 보이는 '-자호(字號)' 식의 표현은 당시 관청에서 행정 처리 편의상 의례적으로 붙이는 표시였던 것으로 보인다. 여기서 그 앞에 '급할 급(急)'이 붙은 것을 보면 수신자가 관련 절차를 '급행'으로 신속하게 처리할 것을 요구하는 표시임을 짐작할 수 있다.

령[15]을 한 통 써서 저희한테 알리셨지요. 그리고 화명책[16]을 작성해 보내 주시면 수재들 늠량[17]에서 상례를 하나 빼서 같이 보내 드리면 일이 끝나곤 했답니다. (…) 나리들의 봉급도 현 관아에서 받아 가시고 저희는 상관하지 않습니다요. 그 뒤에 임기가 끝나서 임지를 떠나시더라도 저희는 모르는 경우가 많았습니다요. 헌데, … 오늘은 어째서 곧바로 여기까지 오셨답니까?"

"이곳 관리가 된 이상 이곳의 수재들을 보살펴야 하네. 가서 수재들을 불러다 내게 인사를 시키게!"

증명서를 확인한 학리는 그가 담당 학관임을 알고 소홀히 대할 엄두를 내지 못했습니다. 그는 서둘러 지도자 격으로 몇 년째 현 학당에서 공부를 하고 있는 수재들을 몇 사람 찾아가서 부임 사실을 알렸지요. 그러자 수재들이 말했습니다.

"신기하네, 신기해! 웬 선생이 예까지 왔담!"

수재들은 하나가 둘에게, 둘이 셋에게 알리는 식으로 금세 열너댓 사람이 모이더니 이렇게 상의하는 것이었습니다.

---

15 훈령[諭帖]: '유첩(諭帖)'은 명대에 상급 관청이 하급 관청에 내리던 훈령을 말한다.
16 화명책(花名冊): 원·명대에 각 고을의 호구(戶口)를 등록해 놓은 책자. 우리에게 익숙한 '방명록(芳名錄)'과 비슷한 것이다.
17 늠량(廩糧): 명대에 생원들을 먹이기 위하여 조정에서 내리던 식량.

"선생님께서 예까지 오셨다니 우리도 당연히 예의를 갖추고 뵈어야지!"

 개중에서 나이가 좀 지긋한 몇 사람은 의관을 갖추고 나머지는 평상복만 입은 채 다들 선생에게 인사를 왔습니다.[18] 그들을 맞이해 인사를 나눈 한찬경은 차례로 이름을 묻고 안부를 물었지요. 그러자 다들 기뻐하는 것이었습니다. 내친 김에 한찬경이 글의 대의를 조금 물어 보았지요. 그러자 수재들은 서로 마주보면서 빙그레 웃기만 하지 뭡니까요. 개중에 물정을 좀 아는 이는 이렇게 말했습니다.

명대 도포

"선생님께서는 거기에 구애되실 것 없습니다. 외람되오나 사실대로 말씀 올리지요. 저희는 바닷가에서 태어나서 모두가 바다에서 생계를 이어가고 있습니다. 권력을 쥔 이들은 저희들이 내륙에서 일을 내기라도 할까 두려워서 저희들에게 검푸른 도포를 입혀 수재로 만들어서 통제하

---

18 【즉공관 미비】還是孔夫子降伏得人. 역시 공선생님 하나면 사람들을 항복시킬 수 있군 그래!

려고만 할 뿐입니다. 저희들이야 '예예' 하고 몇 마디 대답이나 하고 몇 글자 쓸 줄이나 아는 것이 다입니다. 실제로는 공 선생님[19]의 의義니 리理니 하는 것이 어떤 것인지조차 모르지요. 그렇다 보니 선생님들도 예까지 오신 적이 없었답니다. (…) 이번에 이렇게 어려운 걸음을 하기는 하셨습니다마는 이곳은 오래 머무실 수가 없습니다. 그렇다고 선생님을 이렇게 빈 손으로 돌려보내 드리기도 민망하군요.[20] (…) 선생님께서는 일단 편안하게 이틀 동안 머무시지요. 저희가 바다에 좀 나갔다가 닷새 뒤에 뵈러 와서 선생님께서 떠나시도록 전송해 드리겠습니다. 선생님 운이 얼마나 좋으실지 지켜보는 수밖에요!"

말을 마친 수재들은 와글와글 떠들면서 흩어지는 것이었지요.

한찬경은 그 말을 듣고 하도 기가 막혀서 아무 말도 할 수가 없었습니다. 하는 수 없이 학리의 도움으로 민가를 한 칸 구해서 잠시 머물기로 했지요.

그 수재들은 그 자리를 떠난 지 닷새만에 정말로 다시 찾아왔습니다.[21] 그들은 한찬경을 만나서 말했지요.

---

19 공선생님[孔夫子] : 춘추시대의 사상가인 공자(孔子)를 말한다. '부자(夫子)'는 고대에 '스승'을 높여 부르는 호칭이었다.
20 【즉공관 방비】賢弟子. 똑똑한 제자로군.
21 【즉공관 미비】有信有義, 非尋常秀才也. 신용도 있고 의리도 있으니 예사로운 수재가 아니로군!

"선생님께서 운이 정말 좋으십니다! 요 닷새 사이에 장사가 유난히 잘 돼서 족히 오천 금은 벌었지 뭡니까! 이 정도면 선생님께서 반 평생은 쓸 수 있으실 겁니다. (…) 저희 제자들이 약속 드린 대로 한 푼도 챙기지 않고 전액 모두 선생님께 드릴 테니 모쪼록 저희들이 약소하나마 성의를 보였다고 생각해 주십시오! (…) 선생님께서는 이것들을 챙겨서 돌아가시면 되겠습니다."

그 많은 물건들을 본 한찬경은 깜짝 놀라면서 말했습니다.

"여러분의 정성이 고맙구려. 허나 … 이 몸[22]이 어떻게 은자를 이렇게 많이 지니고 돌아갈 수가 있겠소!"

그러자 수재들이 말하는 것이었습니다.

"선생님, 걱정하지 마십시오. 저희들이 몇 사람을 시켜 선생님 길동무가 되어 같이 고개 너머까지 배웅해 드리게 하지요. 그러면 아무 문제가 없을 것입니다!"

"이 몸은 집안 형편이 가난하다 보니 어쩔 수 없이 이곳에 배정되어 마

---

22 이 몸[學生] : 명·청대 구어에서 '학생(學生)'은 원래 제자가 스승 앞에서 자신을 낮추어 일컫는 겸칭으로 사용되었다. 여기서는 학관 한찬경이 오히려 제자들인 수재들 앞에서 자신을 일컫는 겸칭으로 사용되고 있다. 원래는 '제자, 소생' 정도로 번역해야 하지만 여기서는 상황에 맞게 "이 몸"으로 번역하였다.

지 못해 온 것이외다. 그런데 뜻밖에도 여러분을 만나고 이처럼 환대를 받는구려!"

"저희들은 여태껏 한 번도 선생님들을 뵌 적이 없었습니다. 그런데 이 번에 선생님께서 이렇게 수고를 하셨지요. 그러니 잘 챙겨서 보내드리는 것도 저희 제자들로서는 당연한 도리이지요![23] (…) 다음부터는 더 이상 이런 고생을 하실 것 없습니다."

그 자리에서 수재들이 한찬경 대신 짐을 꾸리고 물길 뭍길에서 필요한 배며 수레 따위도 모두 수재들이 빠짐없이 준비해 주었답니다. 그 중에 서 너댓 사람은 그를 수행해 함께 길을 나섰지요. 그리고 배를 대는 곳에 닿을 때마다 누가 나타나 기웃거리면서 낯설고 수상한 모습을 보이기라 도 하면 이쪽의 수재들이 무슨 말을 하는지는 몰라도 눈짓을 하기만 하 면 바로 그 자리를 물러가는 것이었습니다.

그런 식으로 광동성 경계지역까지 전송해 주니 가는 길이 평안했습니 다. 그렇게 도와주고 나서야 한찬경에게 작별인사를 하고 귀환 길에 오르 는 것이었지요. 한찬경은 몇 번이나 고맙다고 인사를 하고 그 길로 그 큰 돈을 지니고 집으로 돌아왔답니다. 가난뱅이 선비가 하루 아침에 부자가

---

23 【즉공관 방비】如此好缺, 已後到任者必多矣. 이렇게 수입이 짭짤한 자리라면 나중에는 부 임하겠다는 관리들이 줄을 설 것이 분명하다.
　　'호결(好缺)'은 명대의 구어식 표현으로, 부수입이 짭짤한 좋은 보직을 말한다. 때로는 '미결(美缺)·비결(肥缺)' 등으로 일컫기도 하였다. 청대 후기에 이백원(李伯元, 1867~ 1906)이 지은『관장현형기(官場現形記)』제13회의 "호결이란 호결은 다 지내 보았고 차 사란 차사는 다 맡아 보았다[什麼好缺都做過, 什麼好差都當過]"에도 같은 표현이 보인다.

된 거지요. 이로써 운이 좋은 사람은 교관 같이 하찮은 벼슬을 하고, 또 아무리 벼슬살이를 할 수 없을 정도로 형편 없는 곳으로 파견되더라도 원래부터 이득을 볼 수 있는 구석이 있다는 것을 알 수 있는 셈입니다.

소생이 어째서 이 교관의 이야기를 한참 동안 들려 드렸겠습니까? 그것은 바로 어떤 교관이 벼슬살이를 하고 돌아왔지만 뼛속까지 가난에 찌들어 사는 바람에 일가붙이들로부터 온갖 수모를 다 당하다가 교관 시절의 문하생의 도움 덕분에 큰 재물을 모으고 거기다가 최대한 분발하여 좋은 결과를 얻은 이야기를 들려드릴 참이기 때문이올시다! 그야말로

세상 인심은 차갑고 따뜻함 보아야 하고	世情看冷煖,
사람 얼굴도 놓고 낮음을 따지기 마련이란다.	人面逐高低.
아무리 친자식이라 해도	任是親兒女,
역시 돈을 따라 마음 주기 마련이란다!	還隨阿堵移.

그러면 이야기를 들려 드리도록 하지요. 절강의 호주부[24]에서 태호[25] 와 가까운 곳으로, '전루錢屢'라고 부르는 곳이 있습니다. 그곳에는 늙은

---

24 호주부(湖州府) : 명대의 지명. 태호(太湖)의 남안, 항주 북쪽, 상해 서쪽에 자리잡고 있은 절강성 호주시(湖州市)에 해당한다.
25 태호(太湖) : 중국의 "5대 담수호" 중의 하나로 꼽히는 아열대 호수. 예로부터 '진택(震澤) · 구구(具區) · 오호(五湖) · 입택(笠澤)' 등으로 불리기도 하였다. 강소성과 절강성을 가로지르는 장강 삼각주의 남쪽 자락에 자리잡고 있으며, 동으로는 소주, 서로는 의흥(宜興), 남으로는 호주(湖州), 북으로는 무석(無錫)과 연결된다. 총 면적은 2427.8km으로, 호수 안에 50여 개의 섬이 위치해 있고 역시 50여개나 되는 하천이 흐르면서 내륙 수로가 거미줄처럼 연결되어 있다.

늘선 수재가 하나 살고 있었는데, 성이 고高, 이름이 광廣, 호는 우계愚溪였
지요. 그는 됨됨이가 성실하고 너그러우면서도 천성적으로 고집이 세었
습니다. 슬하에는 딸을 셋 두었는데 모두 이미 출가한 상태였지요. 그러
나 아내인 석石씨가 세상을 떠나는 바람에 대를 이을 아들이 없었습니다.
그저 조카가 하나 있을 뿐으로, 이름이 고문명高文明이었지요. 그는 따로
살고 있었고 집안 형편도 제법 여유로웠습니다.

이 고우계라는 양반에게는 조상 때부터 살던 집이 한 채 있었습니다.
자신이 그 안에 살았고, 조카에게도 몫이 있었지요. 다만 조카는 스스로
재산을 꽤 모은 터여서 자신이 흡족해 할 집을 원했습니다. 그는 조상으
로부터 상속받은 그 집이 허물어져 수리하기 불편한 것을 보고 '당장 스
스로 좋은 집을 장만해 이사를 나가서 따로 살았답니다.

그러나 상속 순서를 따지자면 고유계에게는 아들이 없으니 조카인 고
문명이 상속하게 되어 있었습니다. 다만 고우계는 그 문제를 거론하기를
꺼렸지요. 더욱이 자신에게 딸 셋이 있다 보니 아무래도 자기 혈육을 편
애할 수밖에 없었습니다. 그러다 보니 모아 놓은 교관의 보수며 밑천을
모두 딸들에게 조금씩 나누어 준 상태였지요. 그러다가 나중에 자신이
부임할 차례가 되어 산동山東 비현26의 교관에 임명되었답니다. 그리고 기
주27로 전보되었다가 다시 동창부28교관으로 승진해 가더니 두세 차례

---

26 비현(費縣) : 명대의 지명. 지금의 산동성 임기시(臨沂市) 관할에 있는 비현 일대에 해당
한다.
27 기주(沂州) : 중국 고대의 지명. 지금의 산동성 임기시(臨沂市) 일대에 해당하며, 인근 지
역을 흐르는 하천인 기하(沂河)에서 그 이름이 유래하였다.

벼슬살이를 하고 나서 돌아왔지요. 그때는 수중에도 사오백 금이나 있을 정도로 좀 여유가 있는 편이었습니다.

『대청분성여도(大淸分省輿圖)』(1754)의 「산동성여도(山東省輿圖)」에 그려진 기주(네모)와 비현(동그라미)

손님들, 제 이야기 좀 들어 보십시오. 일반적으로 '가난한 집은 손도 작은 법'입니다. 은자가 한두 냥만 생겨도 은자를 열 냥이나 가지고 있는 것처럼 으스대지요. 거기다가 세상 사람들의 안목은 무척 얕고 입은 너무도 가볍습니다. 그래서 한두 개의 함이며 곽 같은 것이 꽤 묵직해 보인다 싶으면 금방 천 냥 만 냥이나 되는 은자가 그 안에 든 것처럼 넘겨짚곤 하지요. 게다가 따박따박 액수까지 들먹이면서 마치 자기 눈으로 보

---

28 동창부(東昌府) : 명대의 지명. 지금의 산동성 요성시(聊城市)의 동창부현(東昌府縣) 일대에 해당한다. 명·청대에 경항대운하(京杭大運河)를 통한 조운(漕運)으로 말미암아 경제가 번영하고 문화가 발달하였다.

고 자기 손으로 세어 본 것처럼 굽니다. 그러나 언제나 궁상스러운 모습에는 변함이 없지요.

그때에도 고우계가 돈을 좀 가지고 돌아왔더니 금세 천 냥이나 되는 액수의 돈을 가지고 있다는 소문이 퍼졌지 뭡니까.

세 딸은 부친 수중에 돈이 좀 있다는 것을 눈치챘습니다. 그래서 경쟁적으로 살갑게 굴면서 너도 나도 좋은 사이로 지냈지요. 그러자 고우계는 속으로 흐뭇해하면서 생각했습니다.

'내게 아들은 없지만 이렇게 효성이 극진한 딸들이 있으니 만년에도 그럭저럭 지낼 만은 하겠구나!'

그러다 보니 이런 생각도 들었습니다.

'나야 어쨌든 개인적으로 모은 재물도 있고 … 이 재물을 줄 만한 남도 없다. 그러니 차라리 딸들한테 좀 나누어 주어야겠다. 딸들이 내 호의에 감격하면 효심이 더더욱 지극해지겠지!'

그리고는 그 자리에서 은자 삼백 냥을 가져다 딸들에게 백 냥씩 주었습니다.[29] 순간적으로 은자를 본 딸들은 처음에는 뛸 듯이 기뻐하고 감격했습니다. 그러나 나중에는 '아버지가 돈을 그보다 더 많이 가지고 있다'

惜教官靈女不受報

고지식한 교관이 딸을 사랑하고도 보답을 받지 못하다

는 소문을 듣더니만 분수에 넘치는 욕심을 품고 그다지 만족하는 기색이 보이지 않지 뭡니까. 두 딸은 이렇게 볼멘소리를 했습니다.

"그렇게 많은 재산은 남겨 놓았다가 누구한테 쓰려고 그러시는지 원!"

말이야 그렇게 했지만 속으로는 세 딸이 모두 그에게서 다음번에 챙길 재물에 탐이 났습니다. 그래서 그 심기를 거스를 엄두를 내지 못하고 계속 그동안과 마찬가지로 기분을 맞추어 주기에 바빴지요. 조카 고문명이 평소처럼 그의 집을 드나들기는 했지만 고우계는 체면치레로 대해 줄 뿐이었습니다. 그에게도 봉급을 두 뭉치, 선물을 몇 가지 주기는 했습니다. 물론, 조카는 조카대로 그를 환영하는 자리를 마련해 주기도 했지만 바로 물러갈 수밖에 없었지요. 조카는 그래도 가산을 좀 가지고 있어서 그의 것을 탐내지 않다 보니 그런 홀대를 대수롭지 않게 여겼답니다.

그런데 그의 딸들은 며칠이나 난리를 피우고 나서 각자 돌아가려다가도 노친네 혼자서만 그 낡은 옛 집에 있도록 내버려 두자니 부친이 딱한 생각이 들지 뭡니까. 그래서 세 딸은 너도 한 마디 나도 한 마디

"아버지를 우리 집에 좀 모셔 가서 지내게 해 드려야 겠네!"

---

29 【즉공관 미비】大手段, 不是做教官的. 대단한 수완이다. 교관이나 할 위인이 아닌 걸?

하면서 저마다 나서는 것이었습니다. 그러자 우계가 웃으면서 말했지요.

"다툴 것 없다. 나도 너희들 집에 가 볼 참이니라. 맏이네부터 시작해서 집집마다 가서 좀 지내면 되지!"

그렇게 딸들과 헤어지고 얼마 지나지 않았을 때였습니다. 고우계가 집에서 이틀 동안 조용히 지내노라니 그렇게 적막할 수가 없지 뭡니까. 그래서 물건을 좀 챙겨서 먼저 맏이 집에 가서 한 동안 지냈습니다. 그러자 둘째 셋째 딸이 사람을 시켜 그를 데려가려고 했지요. 고우계는 차례대로 들렀지만 딸들은 '너무 늦게 와서 오래 안 머무신다'고 투덜거리더니 이틀이 지나자마자 또 찾아와서 데려가려고 드는 것이었습니다. 고우계는 그렇게 해서 한 바퀴를 다 돌고 두 번째로 딸네 집에서 지냈지요. 딸들은 온 정성을 다해 받들면서 이쪽도 놓아 주지 않고 저쪽도 놓아 주려 들지 않았습니다. 고우계는 이렇게 생각했습니다.

'나는 여태껏 아들을 얻지 못 했다. (…) 이제는 이미 늙은 데다가 마누라도 없는데 왜 혼자서 집에서 지내며 고생을 사서 하겠나! (…) 이 딸 셋이 돌아가면서 공양해 주고 있으니 말년을 보내기에도 충분하다. 그렇기는 하지만, … 딸들 것을 맨입에 얻어먹기만 하자니 마음이 영 편치 않구나! 지난번에 딸마다 백 금씩 주기는 했다마는 그 아이들도 조금씩 돈을 썼지. (…) 내 그 아이들에게 속이 다 후련해지도록 아예 가진 것을 전부 세 집에 나누어 주어야겠다! 세 집에서 나를 공양하면 나도 내 마음대로 어느 집이든 다니면서[30] 여기서도 좀 지내고 저기서도 좀 지낼 수 있게 되겠지. 그렇게만 되면 늙은 나이에 땔감을 삽네 쌀을 삽네 수고할 필요도 없으니 너무도 편할 거야!'

그래서 그가 자신의 뜻을 털어 놓자 딸들은 너도나도 뛸듯이 기뻐하는 것이었습니다. 딸들은 그의 말에 동의하면서 다들 말했습니다.

"딸이 아버지를 모시는 건 당연한 일이에요. 설사 아무 재산도 안 나누어 주신들 누가 뭐라고 그러겠어요!"

그러자 고우계는 몹시 기뻐하면서 그 길로 자기 집으로 가서 값진 물건들이 들어 있는 휴대용 함과 상자들을 모두 딸네 집으로 옮겨 왔습니다. 그리고는 남몰래 함과 상자의 물건들을 다 끌어 모아 보니 삼백 냥 정도 되지 뭡니까. 그는 호걸이라도 되는 것처럼 통 크게 선심을 써서 또 한 집에 백 냥씩 세 딸에게 나누어 주었습니다. 수중에는 이제 남은 것이 별로 많지 않게 된 거지요. 그것을 받은 세 딸은 이루 말할 수 없을 정도로 기뻐했습니다.

이때부터 고우계는 번갈아 세 딸네 집에서 지내면서 자기 집에는 가지 않았답니다. 그러다 보니 조상 때부터 살았던 그 몇 칸짜리 집은 오랫동

---

30 【즉공관 미비】豈知愈不得自由自在矣. 그러나 갈수록 마음대로도, 아무 데나 다닐 수도 없게 될 줄이야!

안 아무도 살지 않는 바람에 조금씩 허물어져 내렸지요. 그러나 그것은 문중 물건이다 보니 팔려야 팔 수가 없었습니다. 딸들은 이번에도 부친을 부추겼습니다.

"나눌 것이 있으시면 좀 허물지 않으시고요?"

우계는 늘 본래는 집에 가서 지내려고 하던 참이었지만 그 말이 '일 리가 있다'고 여겼습니다. 그래서 사위 집에서 무슨 공사나 수리할 데가 있으면 자기 집에 가서 조용히 목재를 좀 실어 와서 사위 집을 수리하는 데에 보태 주었지요. 그런데 이 집에서 들보를 하나 빼 가면 저 집에서는 기둥뿌리를 하나 탐내지 뭡니까. 심지어 돼지 우리조차 서까래에 가리개까지 뜯어 와서 넘겨 주었는데 모두가 자잘한 것까지 다 챙기려는 것이었습니다. 조카는 좁쌀영감처럼 실랑이를 벌이기가 싫었습니다. 그래서 그들이 염치도 없이 집 한 채를 엉망으로 만들어 놓아도 내버려 두었지요.

조상님네 집 이루실 적부터 어려우셨는데	祖宗締造本艱難,
문중 물건 가져다 버린 물건 취급하면서도	公物將來弃物看.
'사위 집이 말년 지낼 만하다'고 하니	自道婿家堪畢世,
눈 깜짝 할 새에 바뀌는 세상인심 아는지?	寧知轉眼有炎寒.

계속 이야기를 들려 드리도록 하겠습니다. 고우계가 처음에 사위 집에서 지냈더니 무척 따뜻하게 대해 주지 뭡니까. 집집마다 마찬가지였지

요. 그 뒤로 손에 아무 것도 가진 것이 없자 무엇을 좀 해 보려 해도 마음대로 할 수가 없었습니다. 결국 차츰 좀 불편해지는 것이었지요.[31] 거기다가 노인네 마음이란 것이 아무래도 좀 까탈스러워서 이것도 싫다 저것도 싫다 하는 식이다 보니 사람을 난처하게 만들기 일쑤였지요. 그렇다보니 조금만 마음에 맞지 않으면 이렇게 매섭게 쏘아붙이곤 했습니다.

"아무래도 난 우리 집 것을 먹고 쓰는 편이 낫겠다. 너희 집 것은 싫다!"

이런 식으로 쉬지 않고 잔소리를 해 대는 것이었습니다. 가는 집마다다 이런 식이었지요. 그러자 그 사위 집들도 슬슬 싫증이 날 수밖에 없었습니다. 더욱이 수중에 가진 것이 없자 더 이상 기대할 것이 없었지요. 아무리 딸처럼 아주 가까운 사이라고 해도 마음속은 이전보다 많이 심드렁해져 있었습니다. 문 밖으로 쫓아낼 정도까지는 아니라도 '제발 좀 다른 집으로 가 주었으면 속이 좀 편하겠네' 하고 간절히 바랄 정도였지요. 실제로 처음에는 이 집에서 며칠 지내고 나면 약속한 때가 오기도 전에 저 집에서 미리 그를 데리러 오곤 했습니다. 그런데 지금은 때가 지났는데도 데리러 올 기색조차 보이지 않는 것이 아닙니까 글쎄! 그저 '제발 늦게만 오지 말았으면' 하고 간절하게 바랄 뿐이었습니다. 고우계가 아무도 자신을 데리러 오지 않아서 하루 이틀 더 있기라도 하면 그 집에서는 대뜸 이런 말을 내뱉는 것이었지요.

---

31 【즉공관 미비】自然之事勢. 당연한 추세지.

"우리 집에 계시기로 한 날은 다 채우셨는데 … 왜 다른 집에 안 가세요?"

그래서 짜증이라도 좀 낼라치면 바로 누가 이렇게 내뱉는 것이었습니다.

전형적인 명대식 저택의 외관

"애초부터 세 집이 공평하게 나누어 받은 거지 우리 집만 받은 것도 아니잖아요!"

그러면서 이러쿵저러쿵 불평을 해도 아예 들어 줄 생각도 하지 않는 것이었습니다.

고우계는 온 집안사람들한테 천덕꾸러기 취급을 당하자 성이 잔뜩 나서 그 두 집을 고발하려 했습니다. 그러나 이 두 집의 딸이 정말로 한 어머니에게서 난 딸인 걸 어쩌겠습니까! 한 이틀만 지나면 그런 상황이 똑같이 재연되는 것이었습니다. 그래서 한가하게 이야기를 나누다가도 딸들 앞에서 다른 딸의 잘못을 언급하기라도 하면 말끝마다 자기 자매를 두둔했지요. 사위들은 사위들대로 더더욱 서로 한 편이 되어서 겉으로는 말리는 척 하면서도 노골적으로 빈정거렸습니다. 그래서 장인이 무슨 잘못을 하기라도 하면 더더욱 못 견딜 정도로 몰아 세우지 뭡니까. 고우계는 하도 분해서 내내 시비를 따지면서 목청을 높였지요. 그 바람에 온 집안이 편안할 날이 없었답니다. 그리하여 몇 년 사이에 늙은 애물단지 취급을 당하면서 이리 치이고 저리 치이더니[32] 급기야 혈육이 세 집이나 있으면서도 한 군데도 몸을 내맡길 데가 없게 되어버렸지 뭡니까!

　손님들, 만약 딸과 사위의 입장에서 이야기하자면, 노친네가 물정을 몰라서 남의 속을 긁는 것은 분명한 사실이었습니다. 그러나 공정하게 따지자면 사실은 그가 아주 많은 밑천을 나누어주고 그 세 집을 의지처로 삼은 경우였지요. 그러니 매사에서 그의 뜻을 조금이라도 보살피는 것이 사람으로서의 도리요 하늘의 뜻이었습니다. 그러나 사람 마음이 그런 것인 것을 어떻게 하겠습니까? 남이 자기한테 주는 것은 자기 것으로 여기면서도 자기 것을 쓰는 자는 원수처럼 여기는 법입니다.[33] 더욱이 세 집을 견주어 보면 어울리지 않는 구석이 수두룩했습니다. 예를 들어 손님을 초대해 대접이라도 할라 치면 이 집에서는 당장 이렇게 불평했습니다.

　"꼭 그렇게 우리집에서 대접을 하셔야 겠어요?"

---

32 【즉공관 미비】原有取厭之道. 애초부터 미움을 살 길이었어.
33 【즉공관 미비】人人有此病. 사람들마다 이런 병폐가 있지.

말로 승낙할 때부터 지레 뜨뜻미지근하기 일쑤였지요. 설사 승낙한다 치더라도 속은 심드렁해서 날마다 시간을 끌면서 약속한 날이 되면 다음 집으로 떠넘기기 일쑤였답니다. 할 수 없이 그 집에서 다시 그 이야기를 꺼내기라도 하면 또

"그 집에 계실 때 대접을 하셨어야지요. 하필이면 우리집에 오셔서 대접을 한다고 그러세요 왜?"

하면서 기어이 손님 대접을 하지 않고 나 몰라라 하지 뭡니까. 대소사를 만나기라도 하면 세 집안이 각자 분담하는 것이 도리가 아닙니까? 어쨌든 그런 식으로 하나도 제대로 진행할 수가 없었습니다. 그러니 어떻게 노친네 부아가 안 치밀겠습니까?

물론, 이 역시 세태가 그렇다 보니 자연히 그 지경이 되어버린 것입니다. 애초부터 무조건 딸을 편애하면서 무턱대고 가산을 기분 나는대로 나누어 주지 말았어야 했습니다. 그러나 지금은 칼자루가 남의 손에 쥐어져 있었습니다. 그러니 어떻게 매사를 마음대로 할 수가 있겠습니까? 자기 분수를 알았어야 하는데 자기 손으로 직접 은자를 나누어 준지라 도저히 승복할 수가 없지 뭡니까. 그렇다고 해서 울분을 억누르고 다른 길을 찾아 보려고 해도 손에는 한 푼도 없고 집에는 기와 한 장조차 없었습니다. 화풀이 한번 못한 채 꼼짝도 할 수가 없었지요. 그렇다고 해서 조카에게 하소연하러 가자니 평소에 무슨 도움을 준 적이 없었습니다.

그런 판국에 지금 불쑥 그렇게 행동하는 것도 뜬금없는 일이지 뭡니까. 혹시 그 집에서 비웃기라도 할까 싶기도 하고 그를 만날 면목도 없었지요. 그래서 이리저리 생각하다가 속상해 하면서 말했습니다.

"내가 아들을 보지 못하는 바람에 오늘 이런 꼴을 다 당하는구나! (…) 쓸데없이 딸만 셋을 두는 바람에 … 그것들 죄다 마음이 딴 집(시집)에 가 있으니 도움은 하나도 되지 않고 … 되려 그것들한테 속아서 아무 것도 남은 것이 없으니!"

그렇게 성질을 내면서 눈물을 머금고 길가의 웬 오래된 사당 안으로 들어가서 앉아 있다 보니 생각을 하면 할수록 부아가 치밀지 뭡니까. 그래서 하늘과 땅이 쩌렁쩌렁 울릴 정도로 한 바탕 통곡을 했지요. 그러다가 문득 이런 생각이 드는 것이었습니다.

'넌 평생 선비로 지냈는데 늙어서 이런 꼴을 다 당하는구나! (…) 이렇게 살아서 뭘 하겠는가? 이 가슴 속 울분을 울면서 보살(菩薩)님한테 좀 하소연하고 여기서 자결을 하든지 말든지 하자!'

그런데 이런 말이 있지요.

"볼거리가 없으면   無巧
    이야깃거리가 되지 않는다."[34]   不成話.

고우계가 아주 애달프
게 통곡을 하고 있을 때
였습니다. 마침 조카 고
문명이 외지에서 빚을
받아 돌아오는 길이었지
요. 배가 강기슭을 흔들
흔들 지나가는데 가만
들어 보니 사당에서 통
곡 소리가 들리는 것이
아닙니까. 아무래도 천
성이 그렇다 보니 자기
도 모르게 감정이 좀 이
끌렸던지 자세히 듣다

진종명(陳鍾鳴)의 송자관음상. 관세음보살은 민간에서 아이
를 점지해 준다고 믿어졌다

보니까 자기 큰아버지 목소리 같았습니다.

'기고 아니고를 떠나서 이 통곡은 … 참으로 이상하구나. (…) 배를 대
어 놓고 좀 가서 살펴본들 무슨 상관이 있겠나.'

이렇게 생각한 그는 사공에게 노로 배를 세우게 했습니다. 그런 다음

---

34 볼거리가 없으면~[無巧不成話] : 명대의 속담. 사람들의 이목을 끌만한 관심거리나 줄거
리가 없으면 이야기 거리가 되지 못한다는 뜻이다. 여기서의 '화(話)'는 '말(word)'이
아니라 '이야기(story)'로 이해해야 옳다. 때로는 '볼거리가 없으면 책이 되지 않는다[無
巧不成書]', '볼거리가 없으면 연극이 되지 않는다[無巧不成戱]' 등으로 쓰기도 한다.

뱃머리를 강기슭에 대고 '펄쩍' 뭍으로 뛰어내리더니 사당으로 들어가서 큰소리로 말했지요.

"누가 여기서 우는 게요?"

서로 고개를 들고 보는 순간 두 쪽 다 깜짝 놀라고 말았습니다.

"역시 큰아버님 목소리였군요! 헌데 … 어째서 여기에 계십니까?"

자기 조카인 것을 본 고우계는 속이 착잡해졌는지 더더욱 애통해 하는 것이었습니다. 그러자 고문명이 다시 말했지요.

"큰아버님, 너무 우시면 몸 상하십니다! (…) 일단 이 조카한테 이야기부터 해 보십시오. 누구한테 수모를 당하셨길래 이러고 계십니까?"

"이야기하기도 부끄럽구나! (…) 내가 생각이 모자라서 죽어라 딸만 믿고 지내면서 나중 생각을 하지 않았지 뭐냐? 그 바람에 그동안 쥐고 있던 밑천들까지 몽땅 그것들한테 나누어 주었단다. 헌데 이제는 한 인간도 나를 거들떠보지 않더구나! (…) 하도 분해서 여기서 통곡을 하면서 신령님께 하소연이나 좀 하고 죽으려던 참이다. 헌데 뜻밖에도 우리 조카를 마주치다니 … 정말 부끄럽구나!"

"큰아버님, 그런 생각은 왜 하십니까! 누이들은 여자여서 그런 건데 뭘 그렇게 진지하게 받아들이세요?"

"난 여기서 죽는 한이 있더라도 그것들 집에는 안 간다!"

"그건 큰아버님 마음대로 하셔도 됩니다마는 … 죽기는 왜 죽는다고 그러십니까!"

"이제 돌아갈 집도 없는데 안 죽고 어쩌겠느냐?"

"이 조카가 못난 놈이긴 하지만 … 저희 집이라면 큰아버님 한 입은 충분히 건사해 드릴 수가 있습니다. 그런데 무슨 그런 말씀을 다 하세요?"

"내가 평소에 너한테 덕 되는 일을 해 준 적도 없었지. 작은 가산이라도 전부 남한테만 주다가 이제 이 몸뚱이만 하나 남았을 뿐인데 … 무슨 면목으로 너한테 부담을 주겠느냐!"

"한 집안 혈육인데 부담이라니요!"

"너야 나를 버리지 않는다고 하더라도 … 조카 며늘 아이는 싫어할 게 분명하다. 내가 그렇게 많은 밑천을 내 주고도 남의 미움을 그렇게 샀는데 … 빈털터리인 지금이야 오죽하겠느냐!"[35]

"이 조카도 명색이 사나이올시다. 어디 여편네가 끼어든단 말입니까? 게다가 … 조카며느리는 제법 의리를 아는 사람입니다. 절대로 그런 일은 없을 겁니다! 큰아버님, 그러니 저 하고 같이 집으로 가시지요. 더 이상 망설이지 마시고 어서 배 타고 같이 가시자구요!"

고문명은 큰아버지가 대답도 하기 전에 덥석 옷자락을 잡아채더니 그를 끌고 걸음을 옮겼습니다. 그리고 그 길로 배에 태워 집까지 왔답니다.

고문명은 우선 집으로 들어가서 아내를 보고 '큰아버님이 슬퍼하시면서 목숨을 끊으려고 하셨다'는 이야기를 들려주었습니다. 그러자 그의 아내는 놀라면서 말하는 것이었지요.

"그래서 지금 어디에 계신데요?"

"벌써 배로 모시고 돌아왔소."

"아무리 나이 드신 분이 경우가 없어서 남들에게 무시를 당한다고 해도 고 씨댁 어른이십니다. 애초에 집을 치우고 나서 오셨어야지요. 남들이 비웃기라도 하면 어째요?"

고문명은 그래도 아내가 속으로 결정을 내리지 못했을까 걱정이 되었

---

35 【즉공관 미비】此處却明白起來. 이제 와서야 정신을 차린 게지.

습니다. 그래서 일부러 넌지시 이렇게 말했지요.

"나이가 많으셔서 집안 일에 큰 도움이야 안되겠지만 … 우리가 거위 떼를 우리에서 키우고 있으니 … 집에 계시면서 아침저녁으로 지키게 해 드리면 공밥을 축내는 정도까지는 아닐 게요."

"그게 무슨 말씀이세요! 집에서 그 한 입 건사해 드리지 못할까? 공밥 을 드시더라도 한 집안 혈육이시잖아요? 생판 남을 공양하는 것도 아니 고. (…) 아무리 그래도 조카가 큰아버지한테 거위를 지키라고 하는 법 이 어디 있어요? 그런 소리 하지 말고 어여 모시고 오기나 하세요!"

"정 그렇다면 … 내 가서 모셔 오리다! 임자는 대접해 드릴 술 하고 밥 이나 좀 준비하시오?"

말을 마친 고문명은 부리나케 뱃전으로 달려갔겠다? 그렇게 큰아버지 를 모셔서 집 안에 데려다 앉혔습니다. 그리고는 술과 요리를 내어 와서 큰아버지와 조카가 둘이서 먹고 마셨답니다.

또 딸들이 괘씸하게 군 일이 떠오른 고우계가 한두 가지를 들먹이며 조카에게 일러 바치고 눈물을 뚝뚝 흘렸습니다. 고문명은 그저 그를 달 래는 수밖에 없었지요. 이렇게 해서 우계는 일단 조카 집에서 지내게 되 었답니다.

그 사실을 안 세 딸은 아버지가 속으로 고깝게 여길 것을 눈치챘습니다. 그러면서도 끝까지 그가 제발 자기 집으로 오지 말았으면 하고 바랄 뿐이었지요. 지체로 본다면 당연히 사람을 시켜 고문명의 집에 가서 안부를 좀 묻는 것이 정상이었습니다. 그런데 단 한 집도 '그를 모셔가겠다'고 하는 집이 없지 뭡니까. 고우계는 심성이 별나서 데리러 와도 가려 하지 않았지요.

그렇게 연말이 되었을 때였지요. 세 딸 집에서 거짓으로 '모셔가서 설을 쇠겠다'고 떠보는 것이 아닙니까. 그러나 그것조차 말 뿐으로 전혀 정성을 보이지 않는 것이었지요. 고우계는 '안 간다'고 전하게 하고 조카 집에서 그대로 눌러앉았습니다. 그러자 고문명이 말하는 것이었지요.

"큰아버님, 설을 쇠시려면 이 조카 집에서 쇠시는 편이 옳지요! 조상님들께 새해 인사 드리기도 좋구요. 누이들 집이라면 걸어 놓는 초상화들도 그 댁 조상들이라서 큰아버님도 속이 편치 않으실 겁니다."

"조카 말이 옳다! (…) 나한테 예전에 쓰던 함이 두 개 남아 있단다. 거기에는 관복[36] 두 벌, 예전의 관모[37] 하나가 들어 있지. 모두 맏딸 집에 있

---

36 관복[圓領] : '원령(圓領)'은 목을 감싸는 동정(collar) 부분을 둥글게 만든 옷을 가리키며, 때로는 '곡령(曲領)'이라고 부르기도 한다. 진수가 이 기사를 작성할 때까지만 해도 '원령'은 북방민족들에게서만 볼 수 있는 독특한 복식이었다. 그러나 그로부터 370년 뒤에 선비족(鮮卑族)이 주축이 되어 세워진 당나라 때부터는 중원지역에서도 관복에 정식으로 반영되기 시작하였다. 여기서는 편의상 '관복'으로 번역하였다.

37 관모[紗帽] : '사모(紗帽)'는 명대에 관리들이 쓰던 모자로, 색깔이 검었기 때문에 '오사모(烏紗帽)'로 부르기도 하였다. 때로는 '관직' 또는 벼슬살이를 뜻하는 말로 사용되기도 하였다. 여기서는 편의상 '관모'로 번역하였다.

관복과 관모를 착용한 명대 문관의 모습

으니 사람을 시켜 받아 오게 해라. 설을 쇨 때 입고 조상님들께 새해 인사 드려야지!"

"그러셔야지요! 가지러 가게 몇 글자만 적어 주십시오."

고문명은 심부름꾼을 따라서 맏딸네 집으로 그 물건들을 받으러 갔습니다.

그 집 사람들은 '그 밑상이 또 올까' 걱정하고 있던 참이었습니다. 그런데 그 복장[38]을 달라고 하는 것을 보고 남의 집에서 설을 쇠는 것을 눈치챘지요. 그래서 허겁지겁 잡귀를 쫓아내는 지전을 태우는 것[39]처럼 서둘러 함을 넘겨 주는 것이었습니다. 그 복장들

---

38 복장[行頭] : '행두(行頭)'는 원래 중국의 전통 극단에서 사용되었던 은어로, 전통극에서 등장인물이 무대에서 입는 복장을 일컫는 말이다. 여기서는 벼슬살이에서 물러난 고문명이 벼슬을 지낼 때에 입던 관복을 변함없이 지니고 있는 것을 이야기꾼이 약간 농담 삼아 이렇게 일컬은 것으로 보인다.
39 지전[退送紙] '퇴송지(退送紙)'는 이승의 귀신을 달래어 저승으로 보낼 때에 태우는 종이를 가리킨다. 일반적으로 귀신이 해코지를 할 때 이 종이를 태워서 마음을 달래어 준다

을 가지고 온 것을 본 고우계는 속으로 더더욱 딸네 집에서는 자신이 가는 것을 바라지 않는다는 것을 깨닫고 마음 편안하게 조카 집에서 설을 쇠었답니다.

일반적으로 늙어서 집에서 쉬는 하급 관리는 좋은 날이나 경사스러운 날이 닥치기라도 하면 이 붉게 번쩍거리는 관복을 입고 어슬렁어슬렁 뽐을 재고 다니는 것을 낙으로 여기곤 했습니다. 이 날은 고우계도 그 옷을 입고 조상들에게 새해 인사를 했지요. 조카와 조카며느리 역시 어른들에게 새해 인사를 했답니다. 온 집안이 무척 화기애애한 것이 남의 집에 있는 것보다 훨씬 나아 보였습니다. 그래도 고우계는 속으로 늘 아쉽게 여겼지요. '조카에게 아무 것도 해 준 것이 없는데 지금은 본의 아니게 그 집에서 민폐를 끼치고 있다'고 여기고 몹시 미안해했던 거지요. 그래서 아무리 거위를 지키는 작은 일이라도 기꺼이 할 생각이었습니다. 그런데 조카는 그런 일조차 시키지 않았지요.

한 가지는 본래 한 집안 혈육이었건만	同枝本是一家親,
남 집안에 출간하자마자 남남 사이 되었구나.	纔屬他門便路人.
술자리 끝나고 사람들 흩어지고 나서야	直待酒闌人散後,
잎 지면 뿌리로 되돌아가는 이치 깨달았네.	方知葉落必歸根.

고 믿었다고 한다.

그러던 어느 날이었습니다. 고우계가 조카 집에서 한가하게 앉아 있는데 갑자기 웬 사령 차림을 한 사람이 다가오더니 두 손을 모아 인사를 하고 나서 말하는 것이었지요.

"어르신, 말씀 좀 여쭙시다. 여기에 고우계라는 나리께서 계십니까요?"

"그건 왜 묻소이까?"

"어르신, 안내 좀 해 주시지요. 도중에 물어 보니까 '여기에 계신다'던데 ··· 제가 그 분을 좀 뵈어야 합니다요. 아주 중요한 말씀을 좀 드려야 해서요!"

"늙어빠진 노인네인데 ··· 그는 찾아서 무얼 하려고?"

"복건福建 순안[40]이신 이李나리께서는 산동山東 기주[41] 분이신데, 그 분의 문하생이십니다. 지금 임지로 향하시던 중에 길을 돌아서 이곳까지 오셨는데 ··· 일부러 그 분을 찾아뵙겠다고 이틀째 수소문하는 중이십니다요."

---

40 순안(巡按) : 명대의 관직명. 정식 명칭은 순안어사(巡按御史)이며, 어명에 따라 각지를 순시하면서 관리 고과, 사건 심리 등의 임무를 수행했으며, 지부(知府) 이하의 관리는 그 명령을 따라야 하였다.
41 기주(沂州) : 중국 고대의 지명. 지금의 산동성 임기시(臨沂市) 일대에 해당하며, 인근 지역을 흐르는 하천인 기하(沂河)에서 그 이름이 유래하였다.

그러자 우계가 웃으면서 말했습니다.

"내가 바로 고광高廣이오."

"정말이십니까요?"

우계는 벽을 가리키면서 말했지요.

"못 믿겠거든 내 저 낡은 관모를 보면 되지."[42]

그 말이 참말임을 안 사령은 큰소리로

"실례했습니다요!"

하더니 몸을 돌려 그 자리를 떠나려는 것이었습니다. 그래서 우계가
말했지요

"아까 '산동 이 나리의 함자가 어떻게 된다고 했소?"

"외자로 이 글자[43]를 쓰십니다요!"

---

42 【즉공관 미비】早知破紗帽猶如此有靈, 女家不宜輕放還矣. 낡은 관모가 이렇게 신통력이
있는 줄 진작에 알았더라면 딸네들도 그렇게 쉽게 아버지를 돌려보내지 않았을 텐데.

우계는 한 동안 생각해 보더니 말했습니다.

"알고 보니 그 사람이었군!"

"나리, 댁을 좀 치워 놓으시겠습니까? 이 나리께서 '더 이상 못 기다리겠다'고 하셔서요. 쇤네는 가서 아뢰고 와서 절을 올리겠습니다요!"

사령은 '잘 찾아 왔다' 싶어서 신이 나서 그 자리를 떠나는 것이었답니다. 고우계는 조카 고문명을 불러내서 그 일을 이야기해 주었습니다.

"이건 반가운 일이로군요. 귀한 손님이 왕림하신다니 좋은 일이 생길 것이 분명합니다! 큰아버님, 처음에 어떻게 그 분 하고 알게 되셨습니까?"

고문명이 이렇게 말하자 우계는 이렇게 이야기해 주었습니다.

"처음에 내가 기주에서 학정[44]을 지낼 때였지. 그는 동생[45]으로 입학했

---

43 이 글자[某字] : '모자(某字)'의 '모'는 이름자가 아니라 '무슨 무슨 글자'의 '무슨'에 해당한다. 이 대목에서는 작자 능몽초가 독자들의 궁금증을 자극하기 위하여 일부러 그의 이름자가 무엇인지 밝히지 않은 것이다.

44 학정(學正) : 명대의 관직명. 송·원·명·청대에 최고 학부인 국자감(國子監)에 소속된 교관의 하나. 국자감에 속한 선비들을 가르치는 박사의 업무를 보조하는 한편 훈도(訓導)의 책임을 겼다.

45 동생(童生) : 명대에 과거시험에 응시하기 위하여 글공부를 하는 사람들을 두루 일컫던 이름. 연령과는 상관 없이 생원(生員, 즉 수재)의 자격을 얻기 위한 과거를 보지 않았거나 그 시험에서 낙방한 선비들은 일률적으로 '동생' 또는 '유동(儒童)'이라고 불렸다고 한다.

는데 형편이 몹시 가난해서 상견례 돈조차 내지 못하지 뭐냐! 반년 정도 지났는데도 관례적인 예물도 갖다 주지 않더구나. 그래서 같은 관아의 동료 둘은 날더러 '공문을 내고 그 자를 잡아 들이시라'고 부추기기까지 했지. 허나 나는 끝까지 그렇게 하기를 거부했다. 나중에 그를 찾아가 보았더니 정말 가난하지 뭐냐. 그래서 그를 불러서 인사를 하러 오게 하고 내가 결정을 내려 한 푼도 받지 않았지.[46] 동료들은 내가 그렇게 하는 걸 보더니 더 이상 강요하지 않더구나. (…) 내가 가만 보니 그 사람은 형편이 어렵기는 하지만 기개가 대단하고 외모도 남달랐지. 그런데 그 집 형편을 물어보니 초나 등잔을 살 돈조차 부족하다지 뭐냐! 그래서 내가 되려 노자를 좀 도와줘서 돌려보내었단다. 거기다가 가는 곳마다 그를 칭찬해서 다음 해에는 근사한 거처가 생겼다. 동창부에 있을 때에는 부(府)관아에 그를 추천해 주었는데 … 내가 고향에 돌아올 즈음에 소식이 끊어졌었지. (…) 나중에 진사[47]가 되었다는 이야기는 들었다마는 어디에

---

46 【즉공관 방비】難得. 보기 드문 양반일세.

47 진사(進士) : 명대에 과거의 본 시험은 향시(鄕試)·회시(會試)·전시(殿試)의 세 단계로 구분되어 있었다. 향시에 통과하면 거인(擧人)의 자격을 수여하였다. 회시는 공거(貢擧) 라고도 하여 이에 응시하려면 그 직전에 시행하는 거인복시(擧人覆試)에 합격되어 등록을 해두어야 하였다. 향시는 삼 년에 한 회, 즉 십이간지(十二干支)에서 자(子)·묘(卯)·오(午)·유(酉)가 들어가는 해의 8월에 실시되었고, 각각 그 다음해 3월에 전국의 거인을 북경과 남경의 과거시험장인 공원(貢院)에 모아 회시를 실시했는데, 이 과정에서 약 1만 명 중에 200~300명이 합격되었다. 응시자들은 최종적으로 궁중에서 시행하는 전시를 보게 되며, 이 시험에 통과한 거인에게 진사(進士)라는 칭호를 부여하였다. 이 과정을 모두 통과하면 그들은 고급 관리에 임용되는 자격을 취득하였다. 진사 합격 발표는 궁중에서 황제가 임석하고 문무 백관(文武百官)이 참석한 가운데 성대하게 거행되었다. 이때 수석 합격자를 장원(狀元), 차석을 방안(榜眼), 삼등을 탐화(探花)라 하고, 이들 세 명을 '제일갑(第一甲)', 그 다음의 약간 명을 '제이갑(第二甲)', 나머지 약간 명을 '제삼갑(第三甲)'이라고 불렀다.

서 벼슬살이를 하는지는 모르고 있었다. (…) 난 이제 늙은 몸이고 세상 사에도 미련이 없어서 내내 마음에 두지 않았지. 그래서 그가 어떻게 되 었는지 수소문해 보지도 않았었느니라. 그랬는데 왕년의 정리를 잊지 않 고 여기까지 나한테 인사를 다 하러 왔구나 글쎄!"

"참 좋은 분이로군요!"

이렇게 이야기를 나누고 있을 때였습니다. 바깥 쪽이 떠들썩해지더니 '웬 큰 배가 정박했다'면서 다함께 구경을 하러 가지 뭡니까. 고문명이 나와서 가만 보니 누가 붉은 명첩[48]을 들고 곧장 대문 안으로 달려 들어 오는 것이었습니다. 명첩을 넘겨받은 고문명은 그것을 들고 들어와서 고 우계에게 보여 주었습니다. 그러자 고우계는 서둘러 골동품이 다 되어 버린 한 관복을 차려 입고 마중을 나왔지요.

그 배에서는 선창 문이 열리더니 느릿느릿 어사[49] 한 사람이 천천히 모습을 드러내는 것이었습니다. 그 어사는 반듯하게 생겼는데 그 모습을 볼작시면

---

48 홍첩(紅帖) : 명대의 명함. 붉은 종이로 만들었다고 해서 '홍첩'이라고 한 것이다.
49 어사(御史) : 명대의 관직명. 명대에 조정에서 지방관들을 감찰하고 죄인을 심문하거나 중사의 득실을 직언하게 하기 위해 시행하였다. 건국 초기인 홍무 연간에는 임시로 간간 이 파견하다가 성조의 영락(永樂) 원년(1403)부터는 상설제로 바뀌어, 각 성(省)마다 한 사람씩 파견되었다. 품계는 낮았지만, 황제를 대신하여 전국을 순시하며 국가대사는 조정에 상소하고 사소한 사안들은 직접 판결을 내리는 등, 포정사사(布政使司)와 경쟁적 인 관계를 유지했으며, 각 부(府), 주(州), 현(縣)의 지방관들도 그 명령을 따라야 할 정도 로 권력이 막강하였다. '순안어사(巡按御史)'로 불리기도 하였다.

명대에 고위 문관의 관복에 부착하던 해치(獬豸) 흉배. 해치는 사람의 선악을 구분할 줄 아는 전설상의 동물로, 직책상 엄정한 판결을 중시하던 어사나 판관의 흉배로 사용되었다

용과 해치 수놓은 관복 입고 나타나니	胞蟠豸繡,
사람들 그 위엄에 몸을 피하네.	人避颺威.
고삐 잡은 모습은 맑은 물을 닮았고	攬轡想像澄淸,
세워 놓은 수레는 산뿌리를 뒤흔드누나.	停車動搖山嶽.
서리는 흰 죽간처럼 날리는데	霜飛白簡,
붓으로 별별 비리 다 간여하고	一筆裏要管閒非.
황하에 비할 정도로 맑아	淸比黃河,
온 얼굴이 남의 잘못 찾는구나.	滿面上專尋不是.
학궁에서의 사제간 우애가 아니었다면	若不爲學中師友誼,

어째서 숲 너머 야인의 집까지 찾아 왔겠나? 怎肯來林外野人家.

고우계를 발견한 이 어사는 그를 연신 '스승님!' 하고 부르는 것이었습니다. 그리고는 얼굴에 웃음꽃이 흐드러진 채로 인사를 나누고 집안으로 들어왔지요. 그 와중에도 이 어사는 한 걸음 물러서서 앞서 가려 들지 않았습니다. 고우계가 숨조차 제대로 쉬지 못하고 침과 콧물까지 마구 흘리면서 쩔쩔 맬 지경이었지요. 그런데도 이 어사는 미소를 띠고 내내 겸손하게 대하는 것이었습니다. 고우계는 고우계 대로 더 이상 강요할 수가 없어서 하는 수 없이 그의 소매를 잡아 끌면서 좀 앞장을 서서 함께 걸음을 옮겨 초당 안으로 들어갔지요.

어사는 수행원에게 양탄자를 깔게 하더니 머리를 조아리고 네 번 절을 했습니다. 왕년에 고우계가 자신을 이끌어 준 은혜에 보답하는 절이었지요. 그러자 고우계도 연신 답례를 했습니다. 절을 마친 이 어사는 곧바로 예물 단자를 건네고 열두 냥을 건넸습니다. 그것을 받은 고우계는 이 어사에게 윗자리에 앉도록 권했습니다. 그런데 어사는 몇 번이나 사양하면서 기어이 옆에 앉겠다고 하지 뭡니까. 하는 수 없이 좌우로 서로 마주보게 의자를 놓았지요. 어사는 그래도 윗자리에 앉으려 하지 않고 한사코 우계가 오른쪽 좀 높은 데에 앉힌 다음에야 자리에 앉는 것이었습니다.

어사는 왕년에 서로간의 각별한 정리를 거론하고 몹시 고맙게 여기면서 말했습니다.

窮庠生助
師得令終

가난뱅이 수재가 은사를 도와 천수를 누리게 해 주다

"스승님의 은혜를 입는 요행을 만난 뒤로 날마다 은혜를 보답할 길만 생각하면서 늘 마음에 새기고 있었습니다! 이번에 운 좋게도 이 임무를 맡으면서 가는 길에 이 광동성을 지나게 되었지요. 그래서 길을 돌아서 찾아 뵌 것입니다. 그런데 스승님 댁이 이처럼 외진 데에 있을 줄이야!"

그러자 고우계가 말했습니다.

"딱하지, 딱하고 말고! 이 늙은이에게 머무를 곳이 어디 있겠소이까? 여기는 바로 우리 조카 집이올시다. 이 늙은이가 예서 더부살이를 하고 있다오!"

"스승님께도 처음에는 분명히 댁이 있으셨을 텐데요?"

"이 늙은이가 셈이 어두워서 조상께서 물려주신 집이 전부 허물어지고 말았다오. (…) 이제는 돌아갈 집이 없어서 하는 수 없이 예서 염치도 없이 지내고 있소이다!"

말을 마친 고우계는 자기도 모르는 사이에 흐느끼기 시작했습니다. 노인네에게는 눈물이 많다더니 두 줄기 눈물을 철철 흘리는 것이 아닙니까.[50] 어사는 딱해서 참을 수가 없었던지 말했지요.

---

50 【즉공관 미비】此間急淚落得着也. 이 상황에서 제대로 눈물을 흘리는군.

"이 제자가 현지에 당도하면 스승님께 거처를 마련해 드리겠습니다!"

"만약 배려를 받는다면 … 이 늙은이 죽어도 잊지 않겠소이다!"

"임지에 당도하자마자 승차⁵¹를 보내 모시도록 하겠습니다!"

어사는 한 시간 넘게 충분히 이야기를 나누었지요. 그리고 나서 몸을
일으켜 그 자리를 떠났답니다.

어사를 배웅하러 간 우계는 배가 출발하는 것을 보고 나서 돌아왔습니
다. 그리고는 방금 전에 받은 은자를 좀 살펴보더니 조카 고문명을 보고
말했지요.

"이 은자 뭉치는 … 조카님이 간수하면서 이 늙은이가 평소에 쓸 경비
로 삼도록 하게!"

"그럴 수야 있나요! 제가 큰아버님을 봉양하는 건 당연한 일입니다!
(…) 이 은자는 가지고 계시면서 틈틈이 쓰도록 하십시오."⁵²

"그동안 내내 폐를 끼쳐서 마음이 정말 편안치 않았다. 하지만 수중

---

51 승차(承差) : 송 · 명대의 관직명. 하급 군관으로 전전사(殿前司)에 소속되었으며, 사령을
    높여 부르는 이름이기도 하였다. 때로는 승국(承局)'로 부르기도 하였다.
52 【즉공관 미비】畢竟手段爽利, 宜其有後祿. 어쨌든 수완이 시원시원하군. 그도 나중에 복록
    을 누림이 옳다.

에 아무 것도 가진 것이 없어서 하는 수 없이 부끄러움을 무릅쓰고 지낸 게지. (…) 이제 다행스럽게도 문하생이 이것을 주었구나. 그러니 어떻게 나를 먹이고 재워 주는 신세를 지면서 공짜로 재물을 챙겨 혼자서 쓸 수가 있겠느냐? (…) 네가 받지 않으면 나도 이제는 여기에 못 있는다!"

고문명은 더 이상 사양할 수가 없자 하는 수 없이 말했습니다.

"정 그러시다면 … 반만 가지고 가겠습니다. 큰아버님께서는 남은 반은 가지고 계시면서 따로 쓰도록 하십시요!"

그래서 고우계는 그 말대로 각자 여섯 냥씩 나누어 가졌지요.
이 어사가 방문한 뒤로 태호 주변 지역은 한 바탕 떠들썩해져서 그 일이 며칠 동안이나 사람들 입을 오르내렸지요. 딸네 집들은 그 집들대로 뒤늦게 알게 되었습니다. 그리고 어사가 준 은자를 절반이나 조카에게 나누어 주었다는 소리를 듣더니 어떤 집은 배가 아팠는지

"그 집을 빛내 주고 거기다가 은자까지 주다니!"

하는가 하면 어떤 집은

"얼마 되지도 않는 그 은자로는 얼마 쓰지도 못할 테니 부러워할 것도 없어! 그 늙은 밉상이 우리 집에 안 오는 것만 해도 충분하지. 어사가 또

몇이나 찾아와서 은자를 갖다 바칠 리도 없잖아?"

하면서 저마다 투덜거린 것은 말할 필요도 없었답니다.

계속 이야기를 들려 드리도록 하겠습니다. 복건 땅에 도착한 이 어사는 각지를 두루 다니면서 적폐들을 처리하고 간신들을 척결했습니다. 그는 일처리가 신속한 데다가 매사를 확실하게 해치웠지요. 그가 한번 일에 손을 대면 상대^뼈가 아무리 대단한 배경을 가졌어도 돌이킬 수가 없을 정도였습니다. 그리고 세 달 뒤에는 즉시 승차를 호주^{潮州}로 보내어 공무를 처리하면서도 겸사겸사 서신을 부쳐 고우계에게 전달하고 자신의 임지에서 보기로 약속했답니다. 어사는 일단 노자로 열두 냥을 보내어 그에게 짐을 챙기게 했습니다. 그리고 승차가 공무를 마치면 우계를 맞이해서 동행하겠다는 것이었지요. 그 말을 들은 고우계는 조카 고문명과 같이 상의한 끝에 두 사람이 함께 다녀오기로 했습니다. 그렇게 짐을 잘 챙기고 나니 승차가 공무를 마치고 와서 출발을 재촉하는 것이었지요. 가는 도중에도 내내 승차가 일을 도맡아서 조금도 고생을 하지 않았답니다.

그리고 스무날도 되지 않아 성하에 도착했지요. 이때 찰원⁵³은 마침

---

53 찰원(察院) : 명대의 감찰기관인 도찰원(都察院)을 줄여 부른 이름. 도찰원은 좌·우로 각각 도어사(都御史)·부도어사(副都御史)·첨도어사(僉都御史)를 중심으로 예하 기관을 거느리고 절강(浙江) 등 13개 도(道)에 분소를 두고 내·외직 관리들을 감찰하였다. 때로는 어사가 어명에 따라 외지로 파견되었을 때 현지에 임시로 구성되는 집무 장소도 '찰원'으로 일컬어졌다. 여기서는 앞서의 이 어사를 말한다.

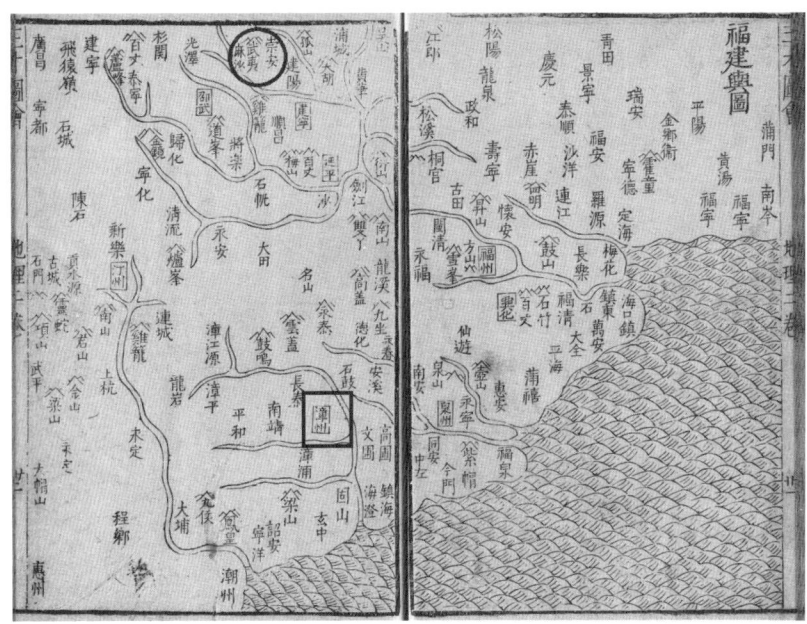

『삼재도회』에 그려진 복건성 장주(하)와 무이산(상)

장주[54]를 순시하고 있었습니다. 그런데 관아 대문을 열자 승차가 들어가서 아뢰는 것이었습니다.

"고 나리[55]를 모셔 왔습니다!"

그러자 찰원은 즉시 두 사람을 자신의 거처로 초치했습니다. 그리고 가마를 준비해서 관아를 나가서 고우계에게 절을 했지요. 절을 할 때에

---

54 장주(漳州) : 명대의 지명. 지금의 복건성 장주시 일대에 해당한다.
55 고 나리[師爺] : '사야(師爺)'는 명·청대에 장수가 출정하고 막부(幕府)를 둘 때에 장수의 업무나 조언을 담당하던 막료를 높여 부르는 호칭으로 사용되었다.

는 상관이 없는 사람들은 모두 물리치고 한참 동안 이야기를 나누었답니다. 그런 다음 관아로 돌아오자마자 각종 선물들을 건넸습니다. 그리고 탁자 두 개에 술을 차리게 해서 한밤중까지 먹은 뒤에야 헤어졌답니다.

그러니 외부에서야 찰원이 이렇게 정성을 다하는 모습을 본 사람들 치고 어느 누구인들 그를 존경하지 않겠습니까? 그래서 부府와 현縣의 관리들은 줄줄이 몰려들어 절을 합네 선물을 드립네 하면서 그의 기분을 맞추느라 기를 쓰는 것이 아닙니까. 크고 작은 관리들은 그들대로 너도 나도 찾아와 아부를 해 대면서 우계를 만나 보기를 간절히 바라는 것이었지요. 늙은 교관 한 사람을 하늘처럼 받들어 모신 격이었습니다.[56] 그렇다 보니 표창 추천을 부탁하는 자도 있고, 탄핵 상소를 피하게 해 달라고 부탁하는 자도 있고, 지은 죄를 줄여 달라고[57] 부탁하는 자도 있고, 뇌물을 먹은 죄를 피하게 해 달라고 부탁하는 자도 있는 등, 한결같이 몰려와서 그의 덕을 보려고 들지 뭡니까요 글쎄. 그러자 찰원은 자신의 뜻을 은밀히 알려 우계에게 자신이 순시하는 지역을 잠시 벗어나 성하에 머무르거나 무이武夷를 유람하게 하는 등 벌써 심복인 부와 현들에 지시를 하달했습니다. 그리고 그가 당부한 일들은 서찰로 잘 꾸며서 보내는 공문에 곁들여 각급 관아에 들여보내니 그 분부를 따르지 않는 이가 없었지요.

---

56 【즉공관 미비】比女人家人情何如. 여인네들에 비하여 인정이 어떠한가?

57 죄를 줄여 달라고[出罪] : 명대에는 죄가 있는 사람을 무죄로 판결하거나 무거운 죄를 지은 사람을 가볍게 처벌한 경우를 '출죄(出罪)'라고 하였다. 마찬가지로 죄가 없는 사람을 유죄로 판결하거나 가벼운 죄를 지은 사람을 무겁게 처벌한 경우를 '입죄(入罪)'라고 하였다. 사법을 담당한 관원이 고의로 이 같은 과실을 범했을 경우에는 국법에 의거하여 처형했으며, 실수로 과실을 범했을 경우에는 관직을 삭탈하고 벌을 내렸다. 당률(唐律)에서 이렇게 규정한 이유는 사법 관원들의 책임을 강조하므로써 법률을 통일적으로 적용하여 억울한 일이 발생하지 않도록 하기 위한 것이었다.

고우계는 그곳에서 반년 동안 머물다가 찰원이 조정에 복명復命할 때가 되어서야 짐을 챙겨 집으로 돌아갔지요. 그가 그동안 얻은 것을 다 세어 보니 허연 은자로 이천여 냥은 너끈할 정도였습니다. 그 밖에도 특산품이니 비단 예물 같은 것들도 무척 많았지요. 그야말로 '가득 싣고 돌아왔다'고 해야 할 정도였습니다. 그 한 번의 걸음만으로도 이전에 자신이 벼슬을 살 때보다도 서너 갑절이나 더 많이 얻은 셈이었지요. 큰아버지와 조카 두 사람은 아주 만족하고 기뻐했답니다. 그리고 집에 도착하자 그 재물들을 부려 놓았지요.

　　그러자 이웃들은 '고우계가 복건 순안의 임지에서 재물을 잔뜩 받아서 돌아왔다'는 소식을 듣고 모조리 구경을 하러 몰려 들었습니다. 그리고는 행장이 묵직하고 화물들까지 가득 쌓여 있는 것을 보고 나서 온통 이런 소문이 퍼졌습니다.

　　"얼마나 얻어서 돌아왔는지 모를 지경이라니께."

　　그 사실을 안 세 딸네 집에서는 다들 사람을 시켜 안부를 묻는가 하면, 거기다가 다들 '서로 자기네 집으로 모셔 가겠다'는 소리까지 하지 뭡니까. 그러나 고우계는 코웃음만 치면서 생각했습니다.

　　'내게 물건들이 생긴 것을 보더니 또 살가운 척 하는군!'[58]

---

58 【즉공관 미비】看得破. 눈치를 챘군 그래.

그래도 몇 번이나 잇따라 찾아오자 고우계는 뜻을 정하고 끝까지 그 집을 떠나지 않았습니다. 그야말로

사탕 장수 할배한테 속은 뒤로는   受了賣糖公公騙,
여태껏 사탕발림 소리 하는 놈은 안 믿는단다. 至今不信口甜人.

그 세 딸네 집에서는 아버지가 끝까지 오려고 하지 않자 아예 하루 날을 잡아서 다 함께 고우계를 고문명의 집으로 보러 갔습니다.

그들은 한결같이 웃음을 지으면서 말하는 것이었습니다.

"전번에는 무슨 일이 아버지 심기를 건드려 드렸는지 모르겠는데 … 다시는 더 이상 저희들 집에 안 오겠다 하셨지요. 그래서 이번에는 우리가 직접 모셔 가려고 왔습니다. 그러니까 꼬옥 당초처럼 저희들 집집마다 가셔서 좀 머무시지요!"

고우계는 웃으면서 이렇게 말했습니다.

"고맙구나, 고마워. 그동안 너희들한테 폐를 끼칠만큼은 충분히 끼쳤단다. 그러니 이제는 다들 자기나 잘 챙기고 다시는 올 것 없느니라!"

그러자 세 딸은 너도 나도 이렇게 한 마디씩 하는 것이었지요.

"혈육은 영원히 혈육인 법인데 … 어떻게 이렇게 연을 끊으려고 하세요?"

고우계는 슬슬 귀찮아졌던지 방 안으로 들어갔습니다. 그리고 잠시 자리를 비웠다가 은자 세 뭉치를 가지고 나왔는데 그 뭉치마다 열 냥씩 들어 있었습니다. 그는 딸마다 한 뭉치씩 주더니 말했습니다.

"이 정도만 이 늙은이의 성의로 여기거라. 앞으로는 나도 다시는 너희들 귀찮게 하지 않을 테니 너희들도 더 이상 와서 매달릴 것 없다!"

그리고는 이번에는 간첩柬帖을 한 통 가져다가 고문명에게 건네더니 세 딸에게 좀 보여 주게 했습니다. 그래서 사람들이 앞다투어 다가가서 보았더니 거기에는 이런 내용이 적혀 있었지요.

"그동안 주머니가 비었을 때에는 친조카만 나를 거두어 주고 봉양해 주었었지. 이제 이렇게 재물이 넘쳐나니 아무 쓸모 없는 남의 집 자손들까지 침을 흘리는구나! 평생 벼슬살이로 모은 재물은 이미 세 딸에게 돌아갔으니 세상 떠난 뒤에 남는 재물은 모두 조카에게 주기로 했다. 이 글을 써서 증거로 삼고자 한다."

平日空囊, 止有親姪收養, 今茲餘橐, 無用他姓垂涎. 一生宦資已歸三女, 身後長物悉付姪兒. 書此爲照.

딸네 중에서 제법 글자 뜻을 안다는 딸은 그 종이를 보더니 분해 하면

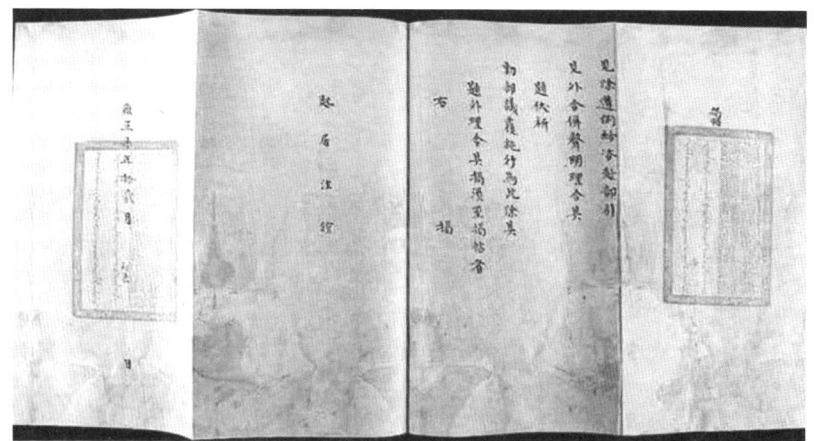

서도 무안해 하는 것이었지요. 세 딸은 하는 수 없이 각자 한 뭉치씩 챙겨서 일단 각자 집으로 되돌아갔답니다.

그리고 나서 고우계는 지니고 있던 것을 다 털어서 모두 조카에게 주었습니다. 그러나 고문명이 어디 받으려 들겠습니까?

"큰아버님, 그냥 좀 가지고 계시면서 노후를 대비하시라니까요. 지난 번처럼 돈이 없어서 낭패를 당하지 마시고요. 남들한테 하소연해도 돈을 융통하기가 쉽지 않습니다!"[59]

그러자 고우계가 말하는 것이었습니다.

---

59 【즉공관 미비】 妙話. 맞는 말이다.

"전번에 한 푼도 없을 때에는 네가 이렇게⁶⁰ 선뜻 아무 댓가도 없이 나를 봉양해 주지 않았느냐? (…) 이번에는 너에게 줄 물건이 생겼는데도 나를 무시하는 게냐?⁶¹ (…) 나는 마음도 곧고 말도 직설적이어서 노후 계획일랑 세우지 않으니 받아 두도록해라! 그때그때 필요할 때마다 쓰면서 지내는 편이 내게는 속 편하니라. (…) 몫을 나눌 것도 없다. 네 것이 내 것이니라!"

결국 고문명은 그 말대로 받는 수밖에 없었답니다. 그 뒤로 그는 정성껏 고우계를 봉양하면서 혹시 필요한 것이라도 생기면 뜻대로 챙겨주지 않는 경우가 없었지요. 고우계는 끝까지 딸들네 집에 가지 않다가 조카 고문명의 집에서 편하게 임종을 맞았답니다. 결국 그가 남긴 재산은 모두 조카에게 돌아갔지요. 혈육을 살갑게 대해 주는 고문명의 마음이 변하지 않은 까닭에 결국 그 보답을 받은 것입니다.

광문 선생 중에도 때를 만난 이가 있었으니	廣文也有遇時人,
이로써 인정에도 거짓과 참된 경우 있단다.	自是人情有假眞.
스승에게 보답한 문하생 만나지 않았더라면	不遇門生能報德,
어찌 사랑하는 딸들이 도로 부친 걱정 했겠나?	何緣愛女復思親.

---

60 이렇게[兀自] : '올자(兀自)'는 원·명대의 희곡이나 소설들에서 자주 볼 수 있는 구어식 표현으로, '보시다시피' 또는 '이런 식으로' 식으로 이해하면 좋을 듯하다.
61 【즉공관 미비】識得破. 세상사를 달관한 게지.

제27권

진씨 한나라의 후예가 산에서
남의 첩을 납치하고
가짜 장군이 강 위에서
애첩을 돌려받다

僞漢裔奪妾山中 假將軍還妹江上

해제

    황강현黃岡縣의 왕汪 수재는 첩과 여종이 넘칠 정도로 넉넉한 생활을 영위한다. 그는 사람됨이 풍류가 넘치고 의리가 있는 데다가 지략이 뛰어나서 남들로부터 '왕 태공汪太公'으로 불리며 존경을 받는다. 그러던 어느 날, 그가 애첩 회풍回風과 함께 악양루岳陽樓 구경을 하고 돌아오는 길에 회풍의 미모를 눈여겨 본 웬 사내가 같은 패거리들을 불러들이는 바람에 속수무책으로 회풍을 납치당하고 만다. 넋을 잃고 돌아온 왕 수재는 사람이 모이는 곳이라면 어디든지 방을 붙이고 상금을 걸고 회풍을 되찾으려 하지만 오랫동안 그 행방을 찾지 못한다. 그때 마침 그 지역에서 도사都司로 있던 그의 지인 향승훈向承勛과 술자리를 가진 왕 수재는 술을 마시는 동안 내내 상심해 마지않는다. 그 모습을 딱하게 여긴 향승훈의 하인은 자신이 그의 애첩의 행방을 알고 있다며 도와줄 것을 자청한다. 그 하인은 회풍을 납치한 것이 그 지역의 토호인 가賈 씨네 삼형제라고 일러준다. 그러나 가진씨는 그 일대에서 거침없이 강도질과 약탈을 일삼을 정도로 세력이 크고 강한 데다가 현지의 관리들과도 결탁되어 있어서 현지 관청들도 그들을 토벌할 엄두를 내지 못한다. 왕 수재는 병순의 관아로 가서 사정을 알리고 도움을 요청하지만 병순은 병력을 동원하기를 거부한다. 그러자 왕 수재는 공문을 써 줄 것을 간청하고 향승훈에게는 누선 1척과 강을 경비하는 순시선 2척과 일산·깃발·관복 등의 물건들을 빌려 줄 것을 부탁한다. 꾀를 써서 새로 부임한 제독提督이자 강양 유격江洋遊擊 왕만리汪萬里로 위장한 왕 수재는 향 씨네 하인의 안내로 가진씨의 산채로 찾아간다. 부임 인사를 하러 왔다는 핑계를 댄 왕 수재는 가진씨 삼형제와 며칠 동안 술판을 벌인다.

그렇게 격의 없이 어울리던 어느 날, 왕 수재는 극단의 배우들을 불러와서 누선에서 연극판을 벌이게 하고 가진씨 삼형제를 초대해 연극을 구경하면서 도 술판을 벌인다. 삼형제가 마음 놓고 여흥을 즐기는 사이에 왕 수재는 배를 멀리까지 흘러 가도록 놓아 두라고 은밀히 지시한다. 가진씨 삼형제가 한창 연극을 즐기고 있는 사이에 그 누선은 강기슭을 벗어나 10여 리를 흘러간다. 가진씨의 세력권을 벗어났다고 판단한 왕 수재는 그제서야 가진씨가 자신의 애첩을 납치한 일을 거론하고 회풍을 돌려주지 않으면 죽음을 피할 수 없다고 으름장을 놓는다. 선택의 여지가 없었던 삼형제는 하는 수 없이 회풍을 돌려주기로 약속하고 왕 수재는 가진대로부터 보증서를 받자마자 향 씨네 하인과 왕귀로 하여금 초선을 몰고 가서 회풍을 태워 오게 한다. 회풍이 무사히 배로 돌아오자 왕 수재는 그제서야 자신의 신분을 밝히고 삼형제와 작별인사를 나눈다. 그제서야 상황을 깨달은 삼형제는 왕 수재의 담력과 지략에 탄복하면서 은자를 전별금으로 주고 산채로 돌아간다.

이 이야기는 명대 소설가 왕동궤王同軌, 1535~1615?가 지은 소설집 『이담耳譚』에 소개된 이야기를 소재로 지어졌다. 나중에는 전기 희곡인 『촬합연撮盒緣』과 함께 부일신 『소문소』에 소개된 잡극 「지잠환주智賺還珠」에도 이 이야기가 다루어져 있다.

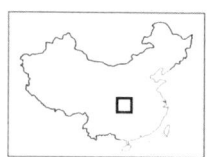

흥국주
(무창)
●

황강현
(무한)
●

▲
합려산
(양신)

번역

이런 시가 있습니다.

일찍이 도둑에게도 법도가 있다고 들었는데	曾聞盜亦有道,
그 속에도 영웅이 많이 있다네.	其間多有英雄.
만약 진정한 호걸을 만나면	若逢眞正豪傑,
그 속에서조차 팔 휘두르며 떠날 수 있단다.	偏能掉臂于中.

옛날, 송나라 재상 장제현[1]이 평민일 때였습니다. 마침 태종[2] 황제의 어가가 하북河北에 행차했을 때 천하를 태평하게 만들 열 가지 대책을 올렸답니다. 태종은 크게 기뻐하면서 그의 대책을 여섯 가지 채택하고 나머지 네 가지는 잘 상의한 다음에 채택하기로 했지요. 그런데 제현이 한사코

---

1 장제현(張齊賢, 942~1014) : 북송의 정치가. 자는 사량(師亮)으로, 조주(曹州) 원구(冤句) 사람이다. 북송대 정치가이자 역사가인 사마광(司馬光, 1019~1086)이 지은 『속수기문(涑水記聞)』에 따르면, 10여 명의 도적이 객주로 들이닥치자 객주의 사람들은 모두 놀라 달아났지만 장제현은 두려워하기는커녕 거꾸로 도적들과 어울려 술과 음식을 먹고 즐긴다. 그의 담력에 놀란 도적들은 술과 음식을 마음껏 먹게 할 뿐만 아니라 자신들이 지니고 있던 재물까지 챙겨 주었다고 한다. 이 이야기는 능몽초의 전작인 『박안경기』(초각)의 제8권에 자세히 소개되어 있다.

2 태종(太宗) : 북송의 제2대 황제 조광의(趙匡義, 939~997)를 말한다. 송나라의 개국군주 태조(太祖) 조광윤(趙匡胤)의 아우로, 즉위 후에 이름을 경(炅)으로 바꾸었다. 진교(陳橋)의 병변을 주도하여 조광윤을 황제로 옹립하였다. 개보(開寶) 9년(976) 황위를 계승하고 연호를 태평흥국(太平興國)으로 정하는 한편, 남으로는 오월(吳越)을 평정하고 북으로는 북한(北漢)을 멸망시켰으나 요(遼)나라 정벌에 나섰다가 패하면서 수세로 돌아섰다. 재위기간 동안 중앙집권을 강화하고 절도사들의 권력을 중앙정부로 귀속시켰으며 과거를 통한 인재 등용을 확대하여 문치(文治)의 기초를 다졌다.

"열 가지 모두 훌륭하오니 모두 서둘러 채택해 주소서!"

하고 고집을 부리지 뭡니까. 그러자 태종은 그가 오만방자하다며 비웃었답니다.

북송 태종(좌)과 진종(우)의 초상

조정으로 돌아온 날 태종은 진종[3]을 보고 말했습니다.

"내가 하북에서 재상 감을 하나 구했는데 이름이 '장제현'이다. 네가 훗날 쓰도록 남겨 놓았느니라."

진종은 그 말을 마음속에 단단히 새겼지요. 나중에 제현이 진사[4] 명단

---

3 진종(眞宗) : 송나라 제3대 황제 조항(趙恒, 968~1022)을 말한다. 태종의 삼남으로 한
   왕(韓王)・양왕(襄王)・수왕(壽王)에 책봉되었다가 997년에 황제로 즉위하였다. 25년
   간 재위하면서 통치기반을 공고하게 다지고 사회, 경제적으로도 나날이 발전하는 계기
   를 마련하였다. 시인으로서의 재능을 발휘하기도 했는데 비교적 유명한 작품으로는 「권
   학편(勸學篇)」「권학시(勸學詩)」 등이 있다.
4 진사(進士) : 명대에 과거의 본 시험은 향시(鄕試)・회시(會試)・전시(殿試)의 세 단계로

을 알리는 방에 올랐는데, 석차는 한참 뒤에 있었지 뭡니까. 진종은 그 이름을 발견하고 그 석차를 앞쪽으로 끌어내리려고 했지요. 그러나 방은 벌써 발표되었으니 어쩌겠습니까! 하는 수 없이 그 방의 수험자들을 전부 급제시키라는 어명을 특별히 내렸고 훗날 곧바로 재상이 되었답니다.

이 장 재상은 황제를 만나기 전에는 외롭고 가난하며 곤궁했지만 성격은 호탕하고 너그러웠습니다. 그러던 어느 날이었습니다. 우연히 어떤 고을에 이르러 객주집에 들어가 묵게 되었지요. 그런데 그때 마침 큰 도적떼가 남의 재물을 약탈해 돌아오는 길에 그곳을 지나게 되었지 뭡니까. 그들은 객주집에 묵으면서 밥을 짓고 술을 마셨는데 창과 칼들이 삼엄하게 펼쳐져 있고 분위기가 사뭇 무서웠습니다. 그곳 주민들은 그들에게 붙잡히기라도 할까 봐서 이리저리 내빼고 숨기에 바빴지요. 객주집의 주인조차 숨어 버렸으니 오죽 하겠습니까! 장 재상만 객주집에 혼자 남았는데도 끝까지 도망가거나 피하지 않았지요. 도적들이 거나하게 술을

구분되어 있었다. 향시에 통과하면 거인(擧人)의 자격을 수여하였다. 회시는 공거(貢擧)라고도 하여 이에 응시하려면 그 직전에 시행하는 거인복시(擧人覆試)에 합격되어 등록을 해두어야 하였다. 향시는 삼 년에 한 회, 즉 십이간지(十二干支)에서 자(子)·묘(卯)·오(午)·유(酉)가 들어가는 해의 8월에 실시되었고, 각각 그 다음해 3월에 전국의 거인을 북경과 남경의 공원(貢院)에 모아 회시를 실시했는데, 이 과정에서 약 일만 명 중에 이삼백 명이 합격되었다. 응시자들은 최종적으로 궁중에서 시행하는 전시를 보게 되며, 이 시험에 통과한 거인에게 진사(進士)라는 칭호를 부여하였다. 이 과정을 모두 통과하면 그들은 고급 관리에 임용되는 자격을 취득하였다. 진사 합격 발표는 궁중에서 황제가 임석하고 문무 백관(文武百官)이 참석한 가운데 성대하게 거행되었다. 이때 수석 합격자를 장원(狀元), 차석을 방안(榜眼), 삼등을 탐화(探花)라 하고, 이들 세 명을 '제일갑(第一甲)', 그 다음의 약간 명을 '제이갑(第二甲)', 나머지 약간 명을 '제삼갑(第三甲)'이라고 불렀다.

마신 것을 발견한 장 재상은 두건을 바로 쓰고 근엄하게 도적들 앞으로 갔습니다. 그리고는 두 손을 모으고 인사를 하면서 말했지요.

"여러 대부[5]님들, 반갑습니다! (…) 소생은 가난뱅이 선비올시다. 대부님들한테 술과 밥을 얻어먹고 싶은데 … 가능할지 모르겠군요?"

도적들은 그의 용모가 훤칠하고 건장한데다가 말솜씨도 시원시원한 것을 보더니 몹시 반가워하면서 말했습니다.

"수재께서 알아서 겸손하게 대해 주시니 안될 리가 있소이까! 다만…,

---

5 대부(大夫) : 중국 고대의 관직명. 주(周)나라 때에는 임금 아래에 경(卿)·대부·사(士)의 세 등급의 관리들을 두었는데, 대부의 지위는 경보다 낮고 사보다는 높았다고 하니 중견 관리에 해당했던 것으로 보인다. 송·원대에는 수공업 장인에 대한 존칭으로 사용되기도 하였다.

우리는 예의범절 같은 건 모르니 수재께서 비웃을까 걱정이구려!"

　그는 당장 일어나 장 재상에게 합석하자고 권하는 것이었지요. 그러자 장 재상이 말했습니다.

　"세상 사람들은 여러분을 '도적'이라고 부르지요. 허나 이 도적이라는 것이 형편없는 애송이들은 할 수 없는 일 아니겠습니까?[6] 여러분은 모두가 천하의 영웅들이시고 … 소생 역시 피가 끓는 선비올시다. 오늘 운 좋게도 이렇게 만났으니 한 바탕 즐겁게 마시는 것이 옳습니다. 여기에 너와 내가 어디 있겠습니까?"

　그는 말을 마치자마자 큰 사발을 가져다 술을 따르더니 단숨에 다 비워 버렸습니다. 도적들은 그가 후련하게 먹어 치우는 것을 보더니 한 사발을 더 따라 주었지요. 그런데 그것조차 한 입에 다 비우지 뭡니까. 그렇게 연거푸 세 사발을 마시는 것이었습니다.
　그는 이어서 탁자에서 돼지 족발 한 판을 가져다가 죽죽 찢더니 이리나 범이 먹이를 삼키듯이 다 먹어 치웠습니다. 그 모습을 본 도적들은 다들 크게 놀라고 신기해 하면서 감탄을 연발하는 것이었지요.

　"수재께서는 정말 재상의 재목이시오![7] 하찮은 예절에 이처럼 구애되

6　【즉공관 미비】 聞此等言, 安得不喜. 이런 말을 듣고 어떻게 기뻐하지 않을 수가 있겠나.
7　【즉공관 미비】 賞鑒不下太宗. 찬사가 태종에 못지 않군.

지 않으시다니 평범한 사람은 절대로 아니십니다 그려! 훗날 재상이 되어 천하를 다스리신다면 우리가 마지 못해 도적질을 하는 거라는 것도 꼭 참작해 주십시요! (…) 오늘 이 풍진 세상에서 먼저 인연을 맺고자 하오니 거절하지 않으시면 큰 다행이겠습니다!"

그러더니 저마다 몸에서 황금이며 비단 같은 것들을 꺼내더니 선물로 주었습니다. 그렇게 너도 나도 앞다투어 내놓는 바람에 한 무더기나 쌓이는 것이었습니다. 장 재상은 조금도 사양하지 않고 그것들을 하나하나 챙겼지요.[8] 그리고 동아줄로 꽁꽁 묶어 손에 들더니 요란스레 소리를 지르면서 성큼성큼 객주집을 나가는 것이었습니다. 이때 얻은 돈이 백 냥이나 되었지요. 장 재상은 그것을 모두 술집에 갖다 주고[9] 한동안 호탕하게 먹고 마셨답니다.[10] 이런 기백만 보더라도 그가 가난하고 미천할 때부터 남들과는 다른 재목이었던 거지요. 이 이야기는 담력이 도적들을 가지고 놀 정도인 경우라고 하겠습니다. 이 이야기를 증명하는 시가 있지요.

분방한 재상이 세간에 있었나니　　　　　　等閒卿相在塵埃,
실컷 얻어먹고도 부끄러워 않으니 기이하구나!　大嚼無慙亦異哉.
본래 마음이 얼마나 거리낌이 없던지　　　　　自是胸中多磊落,
극악한 도적조차 그 재주에 탄복하게 만들었네.　直敎劇盜也憐才.

8　【즉공관 미비】*受得妙.* 기막히게 잘 챙기는군.
9　【즉공관 방비】*妙.* 기막히구나.
10　【즉공관 미비】*□得妙.* 기막히게 □하군.

산동山東 내주부[11]의 액현掖縣에 힘이 센 선비 소문원邵文元이 살았습니다. 그는 의협심이 남달랐지요. 그래서 길을 가다가 부당한 일을 당한 사람을 보기만 해도 서슴없이 온 힘을 다하여 도와주곤 했답니다. 그런데 누가 지현[12]에게 가서 '그 놈이 힘을 믿고 도적질을 한다'고 모함했지 뭡니까. 지현은 이제 막 부임한 탓에 분명히 따져 보지도 않은 채 트집을 잡아 그에게 매질을 했습니다. 그런데 지현이 황제를 알현하러 서울로 올라가게 되었을 때입니다. 지현이 현의 경계를 벗어나자마자 가만 보니 누가 말을 타고 칼을 찬 채 그 앞까지 달려오더니 말에서 내려 인사를 하는 것이 아닙니까. 소문원임을 알아 본 지현은 그가 복수를 하러 온 줄로만 알고 깜짝 놀라서 물었지요.

"네가 무슨 일로 왔느냐?"

"나리께서 서울에 가실 수 있도록 지켜 드리려고 일부러 왔습니다. 가시는 길에는 흉악한 도적들이 꽤 많지요. 허나 소인 이름을 들으면 물러가지 않는 자가 없을 겁니다!"

---

11 내주부(萊州府) : 명대의 지명. 홍무(洪武) 7년(1376)에 산동성의 내주(萊州)을 승격시켜 내주부로 개칭하고 '그 치소를 액현(掖縣, 지금의 내주시)에 두었다. 지금의 산동성 청도(靑島)·유방(濰坊)·즉묵(卽墨)·교남(膠南)·교주(膠州) 등지를 관할하였다.

12 지현(知縣) : 중국 중세·근세의 벼슬 이름. 송대에는 중앙 정부의 관리를 현의 장관으로 내려 보내 그 행정을 관장하게 하고 그들을 '지현사(知縣事)'라고 불렀다. '지현사'란 '현의 일을 보살핀다'라는 뜻으로, 보통 '지현(知縣)'으로 약칭하였다. 명·청대에는 현의 정식 장관으로 삼았으나 품계는 정7품(正七品)으로 상당히 낮아서 속칭 "깨알 같은 7품 벼슬아치[七品芝麻官]"로 일컬어지곤 하였다.

"나는 너에게 은혜를 베푼 적이 없었다. 그런데 … 어째서 이런 호의를 보이는 게냐?"

"지난번에 소인을 훈계하신 건 소인이 옳은 일만 배우라는 뜻이셨지요. 게다가 나리께서는 청렴결백하십니다. 그러니 소인이 어떻게 온 마음을 다해 보답하지 않을 수가 있겠습니까?"[13]

지현은 그제서야 마음의 큰 짐을 내려 놓았습니다. 문원은 그를 따라 중간까지 가서야 작별하고 떠났는데 정말 도적이 전혀 보이지 않았답니다.

그러던 어느 날이었습니다. 마실을 나온 길에 어떤 부잣집 대문을 지나고 있었지요. 그런데 마흔 명이 넘는 강도들이 그 집을 약탈하는 광경이 눈에 들어오지 뭡니까. 강도들은 부자들을 꽁꽁 묶어 놓았는데 한 강도가 칼을 그 목에 들이대고 겁을 주면서 말했습니다.

"관군이 구하러 오면 당장 끝장을 내 버릴 테다!"

그 사이에 나머지 강도들은 재물을 모조리 약탈했습니다. 그리고 부잣집에는 돈더미가 쌓이는데 그 높이가 집 높이와 같을 정도이었지요. 그

---

13 【즉공관 미비】官評公于銓曹. 관리에 대한 평가가 전조보다 공정하군.
　'전조(銓曹)'는 명대에 관원의 선발을 전담했던 부서로, 일반적으로 이부(吏部)와 그 부속 기관들을 가리킨다.

것을 다 가지고 갈 수 없다고 여긴 강도는 모두 웃으면서

"차라리 남들한테 나누어 주자!"[14]

하더니 주민들을 불러서 돈을 나누어 주었습니다. 주민들 중에서 후환을 우려한 사람들은 거기에 갈 엄두를 내지 못했습니다. 그러나 나서기 좋아하는 사람들은 가서 그 광경을 구경하는 것이었지요. 또 재물을 탐내는 사람들은 대담하게도 무기를 들고 원 없이 챙겨 가는 바람에 온 계단에 돈이 잔뜩 흩어져 있었습니다. 소문원은 그 이야기를 듣고 그 강도들을 손 봐 주러 갈 작정으로 사람들 속으로 비집고 들어가서 큰소리로 외쳤습니다.

"너희들은 뭐 하는 짓이냐, 뭐 하는 짓이냐고!"

그러자 사람들이 말했습니다.

"강도가 많소이다! (…) 일을 만들지 말아요!"

그래서 문원은 이웃집으로 가서 쇠스랑을 하나 가져다가 대문 안에 세우더니 큰소리로 말했습니다.

---

14 【즉공관 미비】 盜未爲不是. 도적이 아직 잘못된 짓은 벌이지 않았군.

『회본 서유기(繪本西遊記)』에 그려진 쇠스랑을 든 저팔

"소문원이 여기 계시다! 네놈들은 이 댁 은자를 돌려주고 냉큼 꺼지거라!"

그 말을 들은 부자는 구원군이 온 줄로 알고 강도가 칼을 휘두를까 두려워서 큰소리로 외쳤습니다.

"장사님, 다가오지 마시오! 다가오시면 저부터 죽일 겁니다!"

그 소리를 들은 문원은 일단 문 밖으로 나왔습니다. 그러자 도적들은 일제히 금과 은을 자루에 담아 말 등에 지우는데 모두 스무 자루나 되지 뭡니까. 그들은 부자를 묶은 채로 끌고 현 경계에서 스무 리 너머까지 가서야 결박을 풀어 주었답니다. 부자는 그제서야 산발을 한 채로 허둥지둥 돌아가는 것이었지요. 그런데 뜻밖에도 문원이 문 밖으로 나오는 것이 아닙니까. 그는 말을 타고 먼 거리를 두고 뒤 따라오다가 부자가 안전하게 집으로 돌아간 것을 확인하자마자 서둘러 채찍질을 하면서 강도들을 쫓아갔습니다. 강도들은 쫓아온 것이 한 사람뿐인 것을 보고 대수롭지 않게 여겼지요. 그러자 문원이 호통을 치면서 말했습니다.

"냉큼 금과 은을 길 옆에 내놓거라! (…) 네놈들은 소문원을 모르느냐!"

그러자 강도들은 그 이름을 듣고 당황하면서 대답조차 못하는 것이었습니다.

"네놈들이 머뭇거린다면 … 일단 네놈들에게 본때를 보여 줄 수밖에 없지!"

그는 이렇게 말하더니 '쉭' 하고 화살을 날렸습니다. 그러자 어느새 그들 중 하나를 맞히는 바람에 말에서 떨어져 죽고 마는 것이었지요. 그러자 강도들은 깜짝 놀라서 우루루 말을 내려 길 옆에 무릎을 꿇더니 '살려 달라'며 애원하는 것이었습니다.

"물건을 놓고 가면 목숨만은 살려 주겠다!"

문원이 이렇게 호통을 치자 강도들은 모두 자루 속의 물건들을 내팽게
치고 맨몸으로 말을 타고 달아나 버렸습니다. 그래서 문원은 남의 집에
서 말을 몇 필 빌려 그 물건들을 지우더니 그 길로 부잣집으로 가서 전부
다 돌려주었지요. 그러자 마중을 나왔던 부자는 머리를 조아리면서 말했
습니다.

"이건 모두 장사께서 온 힘을 다해 찾아 오신 물건들입니다. 이제 제
것이 아닙니다!¹⁵ (…) 그러니 장사 댁에 드리도록 하겠습니다. 저는 하
나도 아깝지 않습니다!"

그러자 문원은 성을 내면서

"나는 당신 집이 봉변한 것을 딱하게 여기고 온 힘을 다해서 도와 준
게요. 내 어찌 사리사욕을 채울 생각이었겠소!"

하고 꾸짖더니 부자에게 모두 돌려주었습니다. 그리고 고개도 돌리지
않고 그 자리를 떠나는 것이었지요.¹⁶ 이 이야기는 힘으로 도적들을 제
압할 수 있는 경우인 셈입니다. 이 이야기를 증명하는 시가 있습니다.

---

15 【즉공관 미비】富翁亦達. 부자 노인장이 세상사에 밝기도 하지.
16 【즉공관 미비】還得妙. 잘 돌려주었다.

대낮에 협객¹⁷ 그 기세 흉악하니　　　　　白晝探丸勢已凶,

장사가 담소 나누며 해결할 수 없다지만,　　不堪壯士笑談中.

채찍 휘두르며 인상여의 벽옥 돌려주고　　揮鞭能返相如璧,

그 재물 모두 답례로 주니 더욱 호걸답구나!　盡却酬¹⁸金更自雄.

　이제부터 그 안목이 강도를 압도할 정도인 왕汪수재라는 사람 이야기
를 몸 이야기로 들려 드릴까 합니다. 손님들, 이 이야기의 내력을 알고자
하신다면 우선 제가 불러 드리는 『소상 팔경瀟湘八景』¹⁹부터 들어 보셔야
겠습니다.

17　협객[探丸] : '탐환(探丸)'은 글자 그대로 직역하면 '구슬을 꺼내다'로 해석된다. 반고의
　　『한서』「혹리열전(酷吏列傳)」「윤상전(尹賞傳)」에서 "장안에서 간교한 자들이 차츰 많아
　　지자 민간의 젊은이들은 무리를 이루어 관리를 살해하거나 대가를 받고 복수를 해 주었
　　다. 서로 구슬을 꺼내어 탄환으로 삼았는데 붉은 구슬을 잡은 이는 무관을 베고 검은 구슬
　　을 잡은 이는 문관을 베었으며 흰 것이 나왔으면 그들의 장례를 치루어 주었다[長安中奸
　　猾浸多, 閭里少年, 群輩殺吏, 受賕報仇, 相與探丸爲彈, 得赤丸者斫武吏, 得黑丸者斫文吏, 白
　　者主治喪]"라고 한 것이 그 증거이다. 나중에는 '협객'을 가리키는 말로 사용되는 경우가
　　많았다.
18　[교정] 갚다[酬] : 상우당본 원문(제1278쪽)에는 '잔 돌릴 수(酬)'로 되어 있지만 전후
　　맥락을 따져 볼 때 '갚을 수(酬)'의 별자이거나 글자를 잘못 새긴 것으로 보인다.
19　소상팔경(瀟湘八景) : 중국 호남성 경내를 흐르는 소수(瀟水)와 상수(湘水) 부근의 여덟
　　군데의 이름난 풍경을 읊은 가사. 북송의 학자 심괄(沈括, 1031~1095)이 저술한 『몽계
　　필담(夢溪筆談)』에 따르면, 탁지 원외랑(度支員外郞) 송적(宋迪)이 그린 산수화에서 그
　　여덟 풍경을 여덟 폭의 그림으로 형상화했는데, 평사낙안(平沙落雁)·원포귀범(遠浦歸
　　帆)·산시청람(山市晴嵐)·강천모설(江天暮雪)·동정추월(洞庭秋月)·소상야우(瀟湘夜
　　雨)·연사만종(烟寺晚鐘)·어촌낙조(漁村落照)가 그것이다. 이 중에서 소수나 상수와 직
　　접적으로 관련이 있는 것은 '동정추월'과 '소상야우'뿐이지만 후세 사람들은 나머지 여
　　섯 군데까지 그 지역의 풍경으로 일컫기 시작했다고 한다. 이 이야기에서는 '연사만종'이
　　'연서만종(煙嶼晚鐘)', '어촌낙조'가 '어촌석양(漁村夕陽)'으로 소개되어 있다.

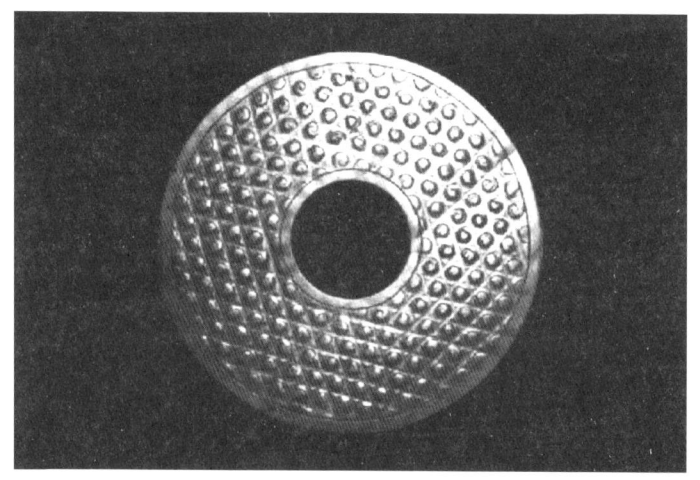
한대 곡문 옥벽 (중국 무한도서관 소장)

구름 잔뜩 긴 용퇴 옛 나루	雲暗龍堆古渡,
호수 이어진 녹각의 밭들	湖連鹿角平田.
저녁나절 긴 버들가지는 고개 숙이고 있고	薄暮長楊垂首,
아침나절 꽃 핀 보리는 어깨동무 하고 있네.	平明秀麥齊肩.
사람들은 봄나들이 하는 이 날 부러워하건만	人羨春遊此日,
길손은 배 대고 나니 밤이 일 년 같아 슬퍼하네.	客愁夜泊如年.
─『소상야우』	─『瀟湘夜雨』

상비[20] 둘은 구름 같은 머리 마악 손질한 듯   湘妃初理雲鬟,

---

20 상비(湘妃) : 중국의 고대 전설에 등장하는 인물인 아황(娥皇)과 여영(女英) 자매를 아울러 일컫는 이름. 요(堯) 임금의 딸로, 자매 둘이 모두 순(舜) 임금의 왕비가 되었다. 사후에는 상수(湘水)의 신이 되어서 '상군(湘君)'으로 불렸다고 한다. 한대의 문인 유향(劉向, BC77~BC6)이 지은 『열녀전(列女傳)』「유우이비(有虞二妃)」에 따르면, "두 왕비가

용녀가 갑자기 밝은 경대를 여누나.　　　　　　龍女忽開曉鏡.

은 쟁반 같은 수면엔 티끌 하나 없어　　　　　　銀盤水面無塵,

옥 같은 달과 하늘 같은 마음 서로 비치네.　　　　玉魄天心相映.

맑은 바람 부는 사이 쇳피리 부는 소리 들리고　　一聲鐵笛風清,

양 기슭 화려한 난간²¹에는 인적조차 끊어졌네.　兩岸畵闌人靜.

　－『동정추월』　　　　　　　　　　　　　　　　　──『洞庭秋月』

팔계²² 성 남쪽은 길도 아득히 먼데　　　　　　八桂城南路杳,

창오²³의 달 뜬 강에는 소리조차 없구나.　　　蒼梧江月音稀.

어젯밤 온 하늘에 풍광이 빼어나더니　　　　　昨夜一天風色,

오늘 아침 온 길마다 돛단배 오가네.　　　　　今朝百道帆飛.

거울 마주하고 일단 손네 얼굴 바라보며　　　對鏡且看妾面,

누각에 기댄 채 서방님 돌아오시기만 기다리네.　倚樓好待郎歸.

　－『원포귀범』　　　　　　　　　　　　　　　－『遠浦歸帆』

잔잔한 호수에 물결이 하늘까지 이어지고　　　湖平波浪連天,

수위가 내려가매 모래톱 천 리까지 이어지네.　水落汀沙千里.

갈대꽃 썰렁하매 가을 풍광 완연하고　　　　　蘆花冷澹秋容,

상수에서 죽었기 때문에 세간에서 그녀들을 '상군'이라고 불렀다[二妃死於江湘之間, 俗謂之湘君]"고 한다.

21 [교정] 난간[闌] : 상우당본 원문(제1279쪽)에는 '가로막을 란(闌)'으로 되어 있는데 '난간 란(欄)'의 별자로 사용되었다.

22 팔계(八桂) : 중국 고대의 지명. 지금의 광서성(廣西省) 계림시(桂林市) 일대에 해당한다.

23 창오(蒼梧) : 중국 고대의 지명. 지금의 광서성 오주시(梧州市) 관할의 창오현에 해당한다.

기러기 떼 들쑥날쑥 남녘으로 날아 가네.　　　　鴻雁差池南徙.

때로는 조각배 지나 가면　　　　有時小棹經過,

또 몇 무리 놀라 날아 가네.　　　　又遣幾羣驚起.

－『평사낙안』　　　　－『平沙落雁』

헌제[24]는 동정호[25]에서 종소리 잦아 들고　　　　軒帝洞庭聲歇,

상비 넋 깃든 보배로운 거문고 향기 잦아드네.　　　　湘靈寶瑟香銷.

호수 위 기나 긴 물안개는 자욱하고　　　　湖上長煙漠漠,

산 속의 유서 깊은 절은 까마득하기만 하구나.　　　　山中古寺迢迢.

종 치는 둥녘 숲 위로는 초승달 뜨고　　　　鐘擊東林新月,

24　헌제(軒帝) : 중국 고대 신화에 등장하는 제왕인 황제(黃帝)를 말한다. '삼황(三皇)'을 이어 중국을 다스린 '오제(五帝)' 중 첫번째 임금이다. 전설에 따르면 그는 소전(少典)과 부보(附寶)의 아들로 본래 성씨는 공손(公孫)인데, 나중에 희씨(姬姓)로 바꾸어서 '희헌원(姬軒轅)'으로 일컬어지게 되었고, 헌원의 동산에 살아서 '헌원씨(軒轅氏)'로 불렸으며, 유웅(有熊)에 도읍을 정해서 '유웅씨(有熊氏)'로 불렸다고도 한다. '황제'라는 존칭은 그가 재위하는 기간 동안 누런 용이 나타났기 때문에 그를 토덕(土德)의 상서로운 징조를 지닌 성인으로 간주하여 붙였다고 한다. 황제는 중국 문명의 시조로 여겨지는 한편 전통적으로 도교의 시조로 추앙되어 왔다.
　청대 말기의 학자 강유위(康有爲, 1858~1927)나 현대의 역사학자 고힐강(顧頡剛, 1893~1980) 등의 '의고학파(疑古學派)' 사학자들은 황제 및 삼황오제의 신화를 분석한 결과 그 역사성을 부인하고 전국시대에서 위·진·남북조시대 사이에 종교적 영향을 받아 만들어진 신화의 결과물로 판정하였다. 그러나 1990년대 이후로 중국 학계에서는 황제를 실존한 인물로 해석하는 경향이 강해지고 있다. 중국의 대표적인 검색 엔진인 백도(百度)에서 그의 생몰연대를 기원전 2717년에서 기원전 2599년까지로 소개하고 있는 것도 그같은 학계의 주장을 반영한 것이다.
25　동정호(洞庭湖) : 중국의 호수 이름. 호남성 북부와 장강의 남측에 위치해 있으며 주변의 4대 하천인 상수(湘水)·자수(資水)·원수(沅水)·예수(澧水)의 물이 유입된다. 그래서 강물이 범람하는 여름철에는 호수의 면적이 넓어지고 강물이 줄어드는 겨울철에는 면적이 좁아진다.

중 돌아가는 들판 나루에는 찬 물결 밀려드네.　　僧歸野渡寒潮.

　　－『연서만종』　　　　　　　　　　　　　　　　－『煙嶼晚鍾』²⁶

원대 화가 장원(張遠)이 그린 『소상팔경도(瀟湘八景圖)』의 『평사낙안(平沙落雁)』 부분

호수 어귀는 갑자기 어두워지고　　　　　　　　湖頭俄頃陰晴,

누각 위에서 망설이며 저녁 풍광 굽어 보네.　　樓上徘徊晚眺.

보슬보슬 보슬비 가뿐히 지나 가고　　　　　　霏霏雨障輕過,

번뜻번뜻 저녁 해가 빛 나누나.　　　　　　　　閃閃夕陽回照.

어부는 동쪽 기슭으로 조각배 옮기고　　　　　漁翁東岸移舟,

그리고 서쪽 물 굽이로 낚싯대 드리우네.　　　又向西灣垂釣.

　　－『어촌석양』　　　　　　　　　　　　　　－『漁村夕陽』

석항 호수 중앙에 들판 객줏집 있고　　　　　　石港湖心野店,

판교 길 어귀에는 인가가 있구나.　　　　　　　板橋路口人家.

---

26 [교정] 종[鍾] : 상우당본 원문(제1280쪽)에는 '종지 종(鍾)'으로 되어 있는데 전후 맥락
　　을 따져 볼 때 글자를 잘못 새겼거나 '종 종(鐘)'의 별자로 차용한 것으로 보인다.

젊은 여인네 상자에는 보리·가시연 들었고　　少婦篋中麥芡,
마을 노인 통발에는 물고기·새우가 들었네.　村翁筒裡魚蝦.
신기루는 바다 위로 아련하고　　　　　　　蜃市依稀海上,
이내 빛은 하늘 가인데도 지척 같구나.　　　嵐光咫尺天涯.
 -『산시청람』　　　　　　　　　　　　　　 -『山市晴嵐』

밭 이랑 가에 이제 막 매화 피고　　　　　　隴頭初放梅花,
강 수면에는 버들솜 두루 깔리누나.　　　　江面平鋪柳絮.
누각은 온갖 화려한 옥돌 속에 있고　　　　樓居萬玉叢中,
사람은 수정궁 깊은 곳에 있는데　　　　　人在水晶深處.
온 하늘에 흰 천막 낮게 드리워지고　　　　一天素幔低垂,
만 리 길을 외로운 조각배만 돌아 가누나!　萬里孤舟歸去.
 -『강천모설』　　　　　　　　　　　　　　 -『江天暮雪』

장원『소상팔경도』의『강천모설(江川暮雪)』부분

이 여덟 편의 가사는 모두 초[27] 땅의 경치를 다룬 것들로, 어떤 절강 땅의 사대부[28]가 지은 것입니다. 초 땅에서는 이 가사가 꽤 참맛이 있다고 여기고 다들 입에서 입으로 전하면서 외우는 것이지요.

이 동정호[29]라는 호수는 팔백 리나 됩니다. 수많은 산들이 빙 둘러 펼쳐지고 세 강과 이어져 있어서 도적들의 소굴이 되는 곳이지요. 우리나라 초기에 한나라를 참칭했던 진우량[30]은 초 땅을 근거지로 삼고 왕을 자처하다가 나중에 태조太祖[31]에게 멸망되었습니다. 지금도 그 자손이 서창[32]·홍국[33] 일대에 살고 있어서 그들을 '가진柯陳'이라고 하는데 자손이

---

27 초(楚) : 중국 고대의 지역명. 원래는 춘추·전국·한대에 대대로 그 일대에 존재했던 나라의 이름에서 유래했으며, 명대에는 지금의 호북(湖北)과 호남(湖南) 두 지역을 아울러 일컬었다.

28 사대부[縉紳] : 진신(縉紳)은 홀(笏)을 큰 띠와 가죽띠 사이에 끼운다는 의미로, 고대 중국 관리들의 옷 차림새를 두고 하는 말이기 때문에, 때로는 사대부(士大夫)를 가리키는 말로 사용된다.

29 동정호(洞庭湖) : 중국의 호수 이름. 호남성 북부와 장강의 남측에 위치해 있으며 주변의 4대 하천인 상수(湘水)·자수(資水)·원수(沅水)·예수(澧水)의 물이 유입된다. 그래서 강물이 범람하는 여름철에는 호수의 면적이 넓어지고 강물이 줄어드는 겨울철에는 면적이 좁아진다.

30 진우량(陳友諒, 1320~1363) : 원대 말기의 군벌. 어민 출신으로, 면양(沔陽), 즉 지금의 호북성 선도시(仙桃市) 사람이다. 처음에는 현의 관리로 있었으나 지정(至正) 11년(1351)에 홍건적의 대열에 가담하고 공로를 세워 원수(元帥)로 출세하였다. 나중에는 경쟁자들을 제거하고 강서(江西)·복건(福建) 등지를 공략하더니 강주(江州)를 도읍으로 삼고 한왕(漢王)을 자처하였다. 지정 20년에는 국호를 한(漢)으로 정하고 황제로 즉위했으나 23년에 파양호(鄱陽湖)에서 주원장에게 참패하고 구강구(九江口)에서 화살을 맞아 죽었다.

31 태조(太祖) : 명나라를 건국한 주원장(朱元璋, 1328~1398)을 가리킨다.

32 서창(瑞昌) : 명대의 현 이름. 지금의 강서성 북쪽과 장강 중류 남안에 자리잡고 있다. 진(秦)나라 때에는 구강군(九江郡), 한대에는 예장군(豫章郡)에 속해 있었으며 후한의 건안(建安) 연간(196~220)에 서창진(瑞昌鎭)으로 일컬어졌다. 오대의 남당(南唐)에 이르러 현으로 격상되면서 명대까지 그 이름이 인습되었다.

33 홍국(興國) : 명대의 현 이름. 강서성 남부와 평강(平江) 유역에 자리잡은 지금의 공주시(贛州市) 일대에 해당한다. 한대에는 공현(贛縣)에 속했으며 송대 태평흥국 7년(982)에 당시의 연호를 본따서 흥국현으로 불리기 시작하였다.

꽤 번창하고 있다고 합니다. 그 집안에서는 대대로 용기와 기운이 남다른 이들이 배출되었는데 그 중에서 한 사람을 주인으로 추대했답니다.

진우량 할거도. 굵은 표시를 한 호남·호북·강서 일대가
그 세력권이었다

그 집안은 위험을 무릅쓰고 싸움을 잘했으며 객상들을 약탈하곤 했지요. 그래서 그 지역에서 망명하는 무뢰한이 생기기라도 하면 어김 없이 모두 그들의 무리에 몸을 의탁하곤 했답니다. 그러다 보니 관군도 그들을 함부로 대하지[34] 못할 정도였지요. 아무리 유격[35]이니 파총[36]이니 하

---

34 함부로 대하지[正眼觀] : '정안구(正眼觀)'는 무시하거나 겁을 줄 생각으로 상대방을 똑바로 쳐다보는 것을 말한다. 여기서는 편의상 "함부로 대하다" 식으로 번역하였다.
35 유격(遊擊) : 명대의 무관 관직인 유격장군(遊擊將軍)의 약칭. 변방 수비군들 중에서 현지에 주둔하면서 하나의 군영·성(省)·지구의 방어·응원에 동원되는 기동부대를 지휘하였다.
36 파총(把摠) : 명대의 무관 관직. 명대에 도성을 수비하던 경영(京營)은 3대 병영으로 구성되고, 천총(千摠)과 그 아래의 파총 등의 하급 지휘관이 병력을 지휘하였다.

는 순시 무관들을 배치하고 현지에서의 비상사태에 대비하고 있었지만 모두가 그 집안의 어른들과 친분을 가지고 있었기 때문에[37] 지방관들도 그들을 어쩔 수가 없었지요. 그야말로 송나라 때의 양산박梁山泊[38]의 상황과 다를 바가 없었답니다.

계속 이야기를 들려 드리도록 하겠습니다. 황주부[39]의 황강현[40]에 왕수재라는 사람이 살았습니다. 그는 횡궁[41]에서 지냈는데, 집안 형편이 부유해서 가동家僮이 수십 명이나 되고 여종과 첩실도 방을 가득 채울 정도였지요. 그는 사람됨이 호탕하여 거리낌이 없어서, 영웅호걸과 친분을 맺기를 좋아했지요. 거기다가 임기응변도 남달라서 매사에 그의 손을 거치면 늘 볼만한 성과를 거두곤 했답니다. 그래서 별명을 붙여 그를 '왕汪 태공太公'이라고 불렀지요. 아마 그가 여망[42]과 맞먹는 지략을 가졌다고

---

37 【즉공관 미비】各處弁與盜皆然. 각지의 무관과 도적들이 다 그런 식이다.
38 양산박(梁山泊) : 중국 산동성 양산현(梁山縣)에 있는 호수의 이름. 양산은 산동성 제녕(濟寧)의 황하 하류에 자리잡고 있는데 이 일대를 흐르는 양대 하천인 문수(汶水)와 제수(濟水)이 합쳐져 양산박을 이루었다. 그 후로 황하의 물길이 바뀌어 범람한 강물이 양산박으로 흘러들어 송대에 8백 리에 달하는 큰 호수가 형성되었다고 한다. 이 일대는 산세가 험하고 물이 깊어서 북송 말기에는 부패한 조정에 저항하는 영웅호걸들이 이곳으로 모여들었는데, 명대의 소설가 시내암(施耐庵, 1296?~1370?)이 『수호전(水滸傳)』에서 영웅호걸들의 이상향으로 묘사한 바 있다.
39 황주부(黃州府) : 명대의 지명. 지금의 호북성 황강시(黃岡市) 황주구(黃州區) 일대에 해당한다. 수나라 개황(開皇) 3년(583) 제안군(齊安郡)을 황주로 개칭했고 명대에 이르러 태조의 홍무 원년(1368)에 황주로(黃州路)를 '황주부'로 개칭하고 호광행성(湖廣行省)의 관할하에 두었다.
40 황강현(黃岡縣) : 명대의 지명. 지금의 호북성 무한시(武漢市) 황강현 일대에 해당한다. 호북성 동부, 대별산(大別山) 남쪽 기슭, 장강 중류 북안에 자리잡고 있어서 교통·군사적으로 중요한 곳이다.
41 횡궁(黌宮) : 중국 고대에 향리의 학교를 부르던 이름. 때로는 횡문(黌門)·횡교(黌校) 등으로 불리기도 하였다.

산동성 양산현에 조성된 양산박 테마공원의 모습. 가운데에 양산ㅇ박 호걸들의 동상이 보인다

여겼던 게지요. 그의 집에는 애첩이 하나 있었는데 이름이 '회풍^{回風}'이었습니다. 그야말로 고기도 가라앉고 기러기도 내려앉을 정도의 미모와 달도 무색해지고 꽃도 부끄러워할 정도의 모습을 지니고 있었지요. 거기다가 시를 읊고 노래를 짓는가 하면 말을 달리고 새총을 쏘는 재주까지 겸비하는 등, 젊은이들 바닥에서 하는 일들이라면 못하는 것이 없을 정도였답니다.⁴³ 왕 수재는 후실들 중에서도 그녀를 가장 총애했을 뿐 아니라

---

42 여망(呂望) : 주(周)나라의 정치가 강상(姜尙)을 가리킨다. 강상은 자가 아(牙)여서 때로는 강자아(姜子牙)·강태공(姜太公) 등으로 불리기도 한다. 그 조상이 우(禹) 임금의 치수(治水)에 공을 세워서 여(呂) 땅에 영지를 하사받았기 때문에 때로는 여씨로 간주하여 여상(呂尙)으로 불리기도 하였다. 나이 여든이 다 되도록 위수(渭水)에서 낚시질을 하다가 그 곳을 지나던 주나라 문왕(文王)의 눈에 띄어 그 스승이 되었다. 문왕 사후에는 무왕(武王)을 도와 목야(牧野)의 전투에서 은나라 주왕[商紂]의 군사를 물리침으로써 주나라 건국에 큰 공을 세웠다. 그 보상으로 성왕(成王) 때 제(齊) 땅에 영지를 하사받으면서 그 후로 천년 동안 이어지는 제나라의 시조가 되었다.

43 【즉공관 미비】 佳伴. 고운 반려자로다.

거리를 거닐 때마다 그녀를 데리고 같이 다니지 않는 경우가 없었지요. 회풍의 아름다움을 어떻게 아느냐고요?

강 태공 초상

구름 닮은 살쩍머리 가볍게 매미날개처럼 빗고	雲鬢輕梳蟬翼,
비취빛 눈썹은 봄 산처럼 엷게 그렸네.	翠眉淡掃春山.
붉은 입술은 앵도 한 알을 붙여 놓은 듯	朱唇綴一顆櫻桃,
하얀 치아는 옥 조각 두 줄로 늘어놓은 듯	皓齒排兩行碎玉.
발그레한 얼굴에 꽃이 피었나	花生丹臉,

두 눈동자는 물을 오려 붙였나					水剪雙眸.

그 자태는 자연스럽고					意態自然,

기예는 여느 사람들보다 뛰어나네.					技能出衆.

사람 잡는 장사조차 괄목상대하게 만들고					直敎殺人壯士回頭覷,

참선에 든 선사조차 눈 돌려 바라보게 만드네!					便是入定禪師轉眼看.

　그러던 어느 날이었습니다. 왕 수재는 회풍을 데리고 악주[44] 고을로 갔습니다. 두 사람은 악양루[45]에 올라 드넓은 동정호에서 큰 물결이 허공까지 치솟는 광경을 감상했지요. 그때, 겨울 달이 물에 비치자 악양루에서 군산[46]을 바라보니 물에서 얼마 떨어지지 않는 것 같았지요. 그리고 나서 악주 성 남문[南門]을 나와 나룻배를 타고 호수를 건너 몇 리도 올라가지 않아 산자락에 당도했답니다. 거기서 가마를 대절해서 회풍과 함께 십여 리를 가서 가마를 내려 상군사[47]를 참배했지요.

44 　악주(岳州) : 명대의 지명. 지금의 호남성 악양시(岳陽市)에 해당한다. 원래는 파주(巴州)였는데 수나라 때부터 인근에 있는 천악산(天岳山)에 근거해서 악주로 불리기 시작했다고 한다.

45 　악양루(岳陽樓) : 중국의 명소. 호남성 악양시 서문(西門)에 자리잡고 있는 3층 누각으로, 동정호를 굽어 보고 있다. 북송의 정치가 범중엄(范仲淹, 989~1052)은 그 아름다운 풍경에 매료되어 「악양루기(岳陽樓記)」를 지으면서 그 명성이 더욱 높아졌다.

46 　군산(君山) : 중국의 명소. 호남성 악양시 서남쪽 동정호 안에 자리잡고 있다. 전설에 따르면 생시에 이곳을 찾았고 사후에 상수(湘水)의 여신이 된 순(舜) 임금의 두 왕비 아황(娥皇)과 여영(女英)을 '상군(湘君)'으로 부르면서 이름을 얻게 되었다고 한다. 때로는 '상산(湘山)' 또는 '동정산(洞庭山)'으로 불리기도 하였다. 이름에는 '산'이 붙어 있지만 실제로는 동정호 안에 돌출되어 있는 작은 섬이다.

47 　상군사(湘君祠) : 상군을 모시는 사당. 상군은 순 임금의 왕비가 되었던 요(堯) 임금의 두 딸 아황(娥皇)과 여영(女英)으로, 사후에 상수(湘水)의 신이 되었다고 한다. 한대의 문인 유향(劉向)이 지은 『열녀전(列女傳)』「유우이비(有虞二妃)」에 따르면, "두 왕비가 상수에서 죽었기 때문에 세간에서 그녀들을 '상군'이라고 불렀다[二妃死於江湘之間, 俗

억양루 전경

　그리고 사당 오른편으로 몇십 걸음을 가니 무성한 풀 속에 이비총[48]이
있는 것이 아닙니까. 왕 수재는 술을 가져다가 회풍과 함께 각자 한 잔씩
고시레를 했지요. 그리고 나서 반 리를 걸어서 숭승사^{崇勝寺} 밖까지 가니
큰 글자로 '유연산^{有緣山}' 세 글자가 씌어져 있지 뭡니까. 왕 수재가 그 뜻
을 풀지 못하자 회풍이 웃으면서 말했습니다.

　"우리 여인네와 꼭 같이 와야 한다는 뜻이로군요. 그렇지 않다면 왜
'인연이 있다'고 했겠습니까?"[49]

　謂之'湘君']"고 한다.
48　이비총(二妃塚) : 상군 즉 아황과 여영이 묻힌 것으로 전해지는 무덤.
49　【즉공관 미비】雅謔. 품격 있는 농담이로군.

그래서 왕 수재가 가서 그 절 중에게 물어보니 중이 말하는 것이었지요.

"이곳 산은 영험해서 질투심이 많은 사람이 나들이를 나와서 호수를 건너려 하면 어김 없이 매서운 바람과 탁한 물결이 사람을 막곤 하지요. 해서 여기까지 올 수 있는 분들은 인연이 있는 분들이라고 해서 그런 이름이 생겼답니다."

왕 수재는 웃으면서 회풍을 보고 말했습니다.

"그렇다면 나와 자네가 오늘 여기까지 온 것은 행운이라고 해야겠군!"

그 중은 그리고 나서 왕 수재를 여러 명승지로 안내하면서 들려주었습니다.

헌원대軒轅臺 : 바로 황제[50]가 여기서 청동솥을 주조하였다

---

50 황제(黃帝) : 중국 고대 신화에 등장하는 제왕. '삼황(三皇)'을 이어 중국을 다스린 '오제 (五帝)' 중 첫번째 임금이다. 전설에 따르면 그는 소전(少典)과 부보(附寶)의 아들로 본래 성씨는 공손(公孫)인데, 나중에 희씨(姬姓)로 바꾸어서 '희헌원(姬軒轅)'으로 일컬어 지게 되었고, 헌원의 동산에 살아서 '헌원씨(軒轅氏)'로 불렸으며, 유웅(有熊)에 도읍을 정해서 '유웅씨(有熊氏)'로 불렸다고도 한다. '황제'라는 존칭은 그가 재위하는 기간 동안 누런 용이 나타났기 때문에 그를 토덕(土德)의 상서로운 징조를 지닌 성인으로 간주하여 붙였다고 한다. 황제는 중국 문명의 시조로 여겨지는 한편 전통적으로 도교의 시조로 추앙되어 왔다.
청대 말기의 강유위(康有爲, 1858~1927)나 현대의 고힐강(顧頡剛, 1893~1980) 등의 '의고학파(疑古學派)' 사학자들은 황제 및 삼황오제의 신화를 분석한 결과 그 역사성을 부인하고 전국시대에서 위진남북조시대 사이에 종교적 영향을 받아 만들어진 신화의 결

동정호 안에 있는 군산도의 모습

주향정酒香亭 : 바로 한무제[51]가 여기서 신선계의 술을 얻었다

낭음정朗吟亭 : 바로 여선呂仙이 남긴 유적이다

과물로 판정하였다. 그러나 1990년대 이후로 중국 학계에서는 황제를 실존한 인물로 해석하는 경향이 강해지고 있다. 중국의 대표적인 검색엔진인 백도(百度)에서 그의 생몰연대를 기원전 2717년에서 기원전 2599년까지로 소개하고 있는 것도 그 같은 학계의 주장을 반영한 것이다.

51 한 무제(漢武帝) : 전한의 제7대 황제 유철(劉徹, BC156~BC87)을 말한다. 열 살 때 황제로 즉위한 후 찰거제(察擧制)를 시행하여 인재를 선발하고 '추은령(推恩令)'을 반포하여 제후국의 권력을 축소시켰으며 염철(鹽鐵)과 화폐의 제조권을 중앙정부에 귀속시켰다. 아울러 문화적으로는 "백가를 파출하고 오직 유가만 존숭하라(罷黜百家, 獨尊儒術)"는 동중서(董仲舒)의 건의에 따라 유가사상을 국가 통치이념으로 선포하였다. 재위기간 동안 동으로는 조선(朝鮮)을 정벌하고 남으로는 백월(百越)을 제압했으며 북으로는 흉노(匈奴)를 격퇴하고 서로는 대완(大宛)을 정복하는 등, 재위기간 동안 대외적인 전쟁을 빈번히 벌여 강역을 크게 확장하기도 하였다. 이처럼 다방면의 혁신과 업적으로 그 치세는 "중국 역사상의 3대 성세(盛世)"의 하나로 꼽힐 정도이지만 빈번한 대외정벌과 토목공사로 국고가 탕진되고 '무고(巫蠱)'의 내란으로 태자를 희생양으로 만들어 나라를 정치적 위기상황으로 몰고 가서 급기야 정화(征和) 4년(BC89) 「죄기소(罪己詔)」를 선포하고 자신의 죄를 참회하기까지 하는 불운을 맞기도 하였다.

유의정柳毅井 : 바로 유의[52]가 동정군 딸에게 서신을 전한 곳이다

중과 헤어진 왕 선비는 회풍과 함께 방장[53] 옆으로 나가서 헌원대로 올라갔습니다. 그리고 난간에 기대어 사방을 굽어보니 물과 하늘이 한 빛깔을 이루는 것이 아주 풍광이 아름답지 뭡니까. 이어서 왼쪽으로 가니 주향정이었습니다. 그리고 산문山門 왼쪽으로 돌아 나가서 낭음정에 오르고, 이어서 유의정으로 내려갔지요. 그 옆에 전서정傳書亭이 있는데 그 앞에는 또 자귤천刺橘泉 등 많은 고적들이 있는 것이었습니다.

이렇게 한참 노닐고 있을 때였지요. 가만 보니 산자락 아래에서 덩치가 큰 웬 사내가 걸어오는 것이 아닙니까. 풍채가 위풍당당한 것이 역시 구경을 하러 온 사람이었습니다. 회풍은 얼굴과 몸을 가린다고 가렸지요. 그러나 몸을 피할 만한 곳은 없었습니다. 아리따운 회풍을 발견한 큰 사내는 눈조차 돌리지 않고 위아래를 훑어보았습니다. 그러더니 두 사람을 바짝 따라다니며 걸음마다 그 곁을 서성거리면서 주위를 벗어나지 않는 것이었지요. 왕 수재는 그 사람을 보고 좀 부담스러웠던지 서둘러 산을 내려갔습니다. 이윽고 뱃전까지 왔을 때였지요. 가만 보니 그 사내도 산을 내려오더니 외마디 휘파람을 부는 것이 아닙니까. 그러자 왼쪽 가

52 유의(柳毅) : 중국 고전소설에 등장하는 인물. 『이문록(異聞錄)』에 따르면, 당대에 유의라는 선비가 과거에 낙방하고 귀향 길에 호숫가를 지나다가 양치기 여인을 만났는데, 자신이 동정호(洞庭湖)의 용왕인 동정군(洞庭君) 딸이라면서 편지를 자기 부친에게 전해줄 것을 부탁하자, 동정호로 가서 용왕을 만나고 그녀의 편지를 전했다고 한다.
53 방장(方丈) : 절의 주지가 기거하는 방.

까이에 있던 배 안에서 나발을 불어 호응하는가 싶더니 배에서 일이십 명이나 되는 우락부락한 사내들이 뛰어 내리더니 기슭의 그 사내를 향하여 '예' 하고 대답하는 것이었지요. 그 사내는 회풍을 가리키면서 말했습니다.

"이 여인을 데려다 대왕께 바치자!"[54]

사람들이 대답을 하더니 일제히 손을 쓰는데 매가 제비나 참새를 잡아채는 것 같았습니다. 결국 회풍을 그 배 위로 나꿔채더니 만봉선[55]을 끌고 동정호 방향으로 사라지지 뭡니까. 그런데도 왕 수재는 속만 썩일 수밖에 없었지요.

이 호수는 도적들이 출몰하는 곳으로 동굴이 하도 많아서 어디의 강도가 끌고 갔는지 알아낼 길조차 없었답니다. 참담하게도 둘이 갔다가 홀로 돌아왔으니 몹시 고통스러울 수밖에요. 그야말로

요정은 어드메로 가셨노?　　　　　　　不知精爽落何處,

---

54 【즉공관 미비】毫不費力. 기운을 쓸 것도 없겠군.
55 만봉선[滿篷] : 명대의 배의 일종. 큰 덮개와 돛이 달린 배. 체적이 크고 안정성이 있어서 풍랑에 잘 버텨서 장거리 이동에 유용한 배였다고 한다. 명대 말기의 과학자인 송응성(宋應星, 1587~1666)이 엮은 『천공개물(天工開物)』「주거(舟車)」에서는 "물에 띄우면 목 부분에 가로로 버팀대가 하나 있고 큰 노가 두 개 갖추어져 있어서 양쪽에서 저어서 움직인다[下水則首頸之際, 橫壓一梁, 巨櫓兩支, 兩旁推扎而下]"라고 소개하였다. 그 외형은 〈삽화 2〉의 작은 배를 참조하기 바란다.

僞漢裔奪姜山中

한나라 후예로 위장해 산에서 남의 첩 납치하다

설마 구름 가는 저 가을 물 속에 계신가?　　　疑是行雲秋水中.

애첩이 사라지는 광경을 두 눈으로 바라보는 왕 수재의 심정이 아마도 이런 것이었겠지요! 그러나 그는 계획이 있는 사람이었습니다. 그는 즉시 사람들을 시켜 사방으로 찾고 수소문을 했습니다. 그리고 성省 · 부府 · 주州 · 현縣에서 사람들이 북적거리는 도시라면 어디든 이런 방을 붙였지요.

"풍문이라도 듣고 알려 주는 사람에게는 은 백 냥을 상으로 내리겠다."

그리고 곳곳마다 두루 이렇게 알렸습니다.

"왕 씨댁에서 첩이 납치되었는데 큰 상을 걸고 자원자를 모집합니다."

예로부터 이런 말이 있지요.

"큰 상을 내리면　　　　　　　　　　　重賞之下,
용감하게 나서는 이가 있기 마련."　　必有勇夫.

왕 수재가 어느 날 성하省下에 갔을 때였습니다. 향승훈向承勳이라고 하는 도사[56]가 그와 막역한 친구여서 황학루에 술을 차리고 그를 초대했지

---

[56] 도사(都司): 명대의 관직명. 명대 초기에는 한 성(省)의 군정상의 대권을 장악할 정도로 막강했지만, 점차 그 직권이 축소되어 명말에는 그 지위가 4품 무관에 불과하였다.

요. 술을 마시는 도중에 왕 수재는 난간에 기대어 동정호를 굽어 보았습니다. 큰 강이 드넓게 펼쳐져 있고 구름과 안개가 아득하게 껴 있는 광경을 보다가 '애첩 회풍이 저 물안개 자욱한 어드메에 있을지도 모른다'는 생각이 들지 뭡니까. 그래서 소매를 떨치고 일어나 높은 소리로 구성지게 소자첨[57]이 지은 『적벽^{赤壁}』을 읊었답니다.

"넓디 넓은 곳 내 하염없이 바라보건만,　　　渺渺兮予懷望,

아름다운 그 이는 하늘 저편에 있구나!"[58]　　美人兮天一方.

이렇게 몇 번 부르다 보니 저도 모르게 눈물이 흐르지 뭡니까. 그 모습을 본 향 도사가 까닭을 물으려 하는 순간 곁에서 호위하던 웬 하인이 분연히 앞으로 나오더니 말하는 것이었습니다.

---

57 소자첨(蘇子瞻) : 북송의 정치가이자 문학가인 소식(蘇軾, 1037~1101)을 말한다. 본명은 식(軾), 자는 자첨(子瞻)이며, '동파'는 호인 '동파거사(東坡居士)'에서 유래하였다. 22세 때 진사에 급제하여 당시 조정의 실력자이던 구양수(歐陽修)의 인정을 받아 문단에 등단하였다. 정치적으로는 구법당(舊法黨)으로 분류되어 심한 취조를 받고 호북성(湖北省) 황주(黃州)로 유배되었다가 철종(哲宗)의 즉위와 동시에 복귀하여 예부상서(禮部尙書) 등의 벼슬을 역임하였다. 그러나 얼마 후 다시 신법당(新法黨)이 집권하자 해남도(海南島)로 유배되었다가 7년 후 휘종(徽宗)의 즉위와 함께 사면을 받고 귀환하던 중 사망하였다.

58 넓디 넓은 곳에 내 하염없이~[渺渺兮予懷望, 美人兮天一方] : 소식의 대표작 「적벽부」의 유명한 구절. 일반적으로는 渺渺兮予懷, 望美人兮天一方 식으로 5·7조로 끊고 "아득하고 아득하다 내 그리움이여, 아름다운 그 이 바라보아도 하늘 저편에 있구나!" 식으로 번역한다. 그러나 상우당본 원문(제1286쪽)을 보면 능몽초는 이 작품에서 渺渺兮予懷望, 美人兮天一方 식으로 6·6조로 끊고 있다. 만약 판각공이 잘못 끊은 것이 아니라면 명대 말기에는 이 두 구절을 6·6조로 끊었음을 알 수 있는 셈이다. 이렇게 끊을 경우 "넓디 넓은 곳 내 하염없이 바라보건만, 아름다운 그 이는 하늘 저편에 있구나!" 정도로 번역할 수 있다. 원전인 상우당본에서 이미 6·6조로 끊었고 그렇게 해석하더라도 번역에는 큰 문제가 없다고 보아 여기서는 능몽초의 구두법을 따랐다.

청대에 간행된 『만화당 화전(晩花堂畵傳)』의 소식 초상

"술을 드시면서도 우울해 하시니 … 댁의 작은 아씨의 행방을 알 수 없게 되셔서가 아닌지요?"[59]

"자네가 어떻게 알았는가?"

그러자 그 하인이 말했습니다.

---

[59] 【즉공관 미비】家丁亦是好漢家數. 하인 역시 좋은 사내로군.

"거리마다 방을 두루 붙이셨는데 누가 모르겠습니까? (…) 수재께서 저희 주인 마님을 초대해 잔치를 베풀어 주시기만 하면 쇤네가 그 행방을 확인해 드리도록 하겠습니다!"

그래서 왕 수재는 머리 숙여 절을 하면서 말했습니다.

"행방을 알아만 준다면 백 잔이라도 기꺼이 올리겠네!"

"여자 하나 때문에 이토록 마음을 졸이시다니요? (…) 일단 큰 잔으로 세 잔을 비우시고 저 친구에게 분명하게 일러 달라고 하시지요."

향 도사가 이렇게 말하자 왕 수재는 즉시 큰 잔을 가져다 손에 들더니 단숨에 세 차례나 들이키는 것이었습니다. 그리고는 한 잔을 더 따르더니 그 하인에게 주면서 말했지요.

"장사께서 분명히 일러 주시기 바라오! 그러면 백 금으로 보답하리다!"

"쇤네는 홍국주[60] 사람으로, 합려산[61] 아래에 삽니다. 해서 산 속에 사는 가진씨의 실정을 꽤 알고 있지요. 그 우두머리는 '가진 씨댁 큰 나리'

---

60 홍국주(興國州) : 명대의 지명. 홍무(洪武) 9년(1376)에 홍국부(興國府)를 고쳐 설치하여 무창부(武昌府)에 귀속시켰다. 지금의 호북성 황석(黃石)·대야(大冶)·통산(通山)·양신(陽新) 등의 현을 관할하였다.
61 합려산(闔閭山) : 중국의 산 이름. 지금의 호북성 양신현 동북쪽에 자리잡고 있다.

라고 부릅니다. 동생이 몇 명 있는데 다들 용기와 기운이 있어서 강호[62]에서 도적질만 하면서 지내지요. 그들 일족은 규모가 가장 크고, 이 일대에서 각자 두목을 두고 있는데 그 자만 주인 노릇을 하지요. 지난번에 듣자니 '악주 동정호에서 웬 미녀를 납치해 돌아와서 큰 나리에게 바쳤는데 아주 기뻐하면서 종일 술을 마시며 즐겼다'더군요. (…) 쇤네의 집은 그들로부터 십 리도 안 떨어져 있습니다. 그래서 상세하게 알 수 있었지요. (…) 그 미녀는 수재댁의 작은 아씨가 틀림없습니다!"

그 하인이 이렇게 말하자 왕 수재가 말했습니다.

"동정호에서 애첩을 납치 당했으니 그 소식은 진짜요!"

그러자 향 도사는 이렇게 말했습니다.

"그 자는 기개가 있고 의리를 중시하는 자입니다. 도적의 무리이기는 하지만 우리 관아와도 내왕을 했었지요. 상급 관청에도 은밀히 상납을

---

62 강호(江湖) : 세간, 세속. 『장자(莊子)』「대종사(大宗師)」의 "샘이 말랐을 때 물고기들이 그 땅에 서로 함께 있으면서 아무리 물기를 서로에게 불어주고 거품을 서로에게 적셔준다고 한들 강과 호수에서 서로 잊고 사는 것만은 못한 법이다[泉涸, 魚相與處于陸, 相呴以濕, 相濡以沫, 不如相忘于江湖]"라는 말에서 유래한 것이다. 그러나 '강호'는 의미상으로 하천이나 호수와는 무관할 뿐 아니라 실제로 존재하는 특정한 장소를 가리키는 것도 아니다. 이 단어는 조정이나 공직사회에서 멀리 떨어져 국가의 통제나 법률적 구속으로부터 유리된 민간을 가리키는 말로 사용되는 것이 보통이다. 중국문학(특히 무협소설)의 영역에서 '강호'는 협객들이 활동하는 세계, 심지어 암흑사회의 대명사로 받아들여지곤 한다.

동정호 풍광

하면서[63] 깊숙이까지 뒤얽혀 있소이다. 그래서 사방에서 편을 들어 주지요. 다른 도적들처럼 관군이 체포할 수 있는 자들과는 비교가 되지 않습니다. (…) 만약에 작은 부인이 그곳으로 끌려갔다면 … 아무래도 재결합은 포기하시는 편이 좋지 않을까 싶구려. (…) 이 세상에 미녀는 많습니다. 왕형께서도 버리시는 것이 옳겠군요. (…) 일단 후련하게 마십시다. 속앓이를 해 봤자 아무 보탬도 되지 않소이다!"

그 말에 왕 수재가 말했습니다.

---

63 【즉공관 미비】好官府, 好上司, 盜寧不滋廣? 참 대단한 관아 대단한 상사로군. 이러니 도적들이 어떻게 만연하지 않을 리가 있겠나!

"대장부가 이 세상에 태어나 어찌 사랑하는 첩이 남의 차지가 되는 것을 용납할 수가 있겠습니까? (…) 행방을 안 이상 꾀를 써서 되찾아 오지 않을 수야 있나요?[64] 제가 재주야 없지만 맹세코 되찾아 와서 그녀로부터 기쁨의 웃음을 얻고 말겠습니다!"

"일단 왕형의 출중한 재능을 두고는 봅시다마는 어디 말처럼 쉽겠소이까?"

그리고는 왕 수재는 시름을 내려 놓고 즐겁게 실컷 술을 마신 다음 헤어졌답니다.

이튿날, 왕 수재는 즉시 오십 냥을 그 향 씨댁 하인에게 건네고 제보해 준 데에 보답했습니다. 그리고는 향 도사로부터 그 하인을 밀정으로 쓸 수 있게 허락해 줄 것을 부탁하면서, 하인에게는 일이 성사되면 다시 오십 냥을 건네 백 냥을 맞추어 주기로 약속했지요. 향 도사는 왕 수재가 애첩에 미련을 가지는 것을 비웃으면서도[65] 그 자리에서 그 하인에게 '왕 수재 처소로 가서 그의 지시대로 따르면서 가진 일족이 어떻게 움직이는지 주시하라'고 명령했습니다. 은자를 받은 그 하인은 몹시 기뻐하면서 신바람이 나서 적극적으로 그가 시키는 대로 따랐답니다.

그 하인에게 가진 일가의 형제들 이름을 묻고 나서 왕 수재는 속으로

---

64 【즉공관 미비】已有成竹于胸中. 진작에 마음속에 계획이 세워져 있는 거야!
65 【즉공관 방비】不解人每如此. 내막을 모르는 자들은 늘 이런 식이지.

계획을 세우고 진정서를 쓴 다음 일단 병순[66]의 관아로 가서 고했습니다. 그런데 진정서를 보던 병순은 가진대 등의 이름을 발견하고 벌써부터 겁을 집어 먹지 뭡니까.[67] 그는 이 왕 수재를 보고 말했습니다.

"이 자는 만만한 상대가 아니오! 그대야 고작 여인이라는 사소한 일 때문에 이러는 것 아니오? (…) 내가 만약에 공문을 내려 보내고 사람을 파견해 체포하고 대질하다가는 분쟁의 실마리를 제공해서 큰 불행을 초래할 것이 분명하오. 절대로 안되오!"

"소생은 그저 증명서를 부탁드리는 것뿐입니다. 제가 알아서 가서 그 자와 곡직을 따지고 사람을 돌려달라고 요구하도록 하지요.[68] 대인의 사령도 필요 없고 그 자와 다툴 필요도 없으니 마음을 놓으십시오."

병순은 그가 쉽게 말하는 것을 보고 말했습니다.

---

66 병순(兵巡) : 명대의 군관 직함인 병순도(兵巡道)의 약칭. 감찰관이 군사 업무까지 겸직 하고 병력의 이동·작전 등을 감시하였다. 명대에 안찰사(按察司) 아래에 안찰분사(按察 分司)를 두고 그 관청의 수장인 안찰사(按察使) 아래에 안찰부사(按察副使)·안찰첨사 (按察僉事) 등을 두고 각 부·주·현을 감찰하는 것을 '분순도(分巡道)'라고 불렸다. 이 분순도들 중에서 군사 업무를 겸한 경우를 '병순도'라고 하였다.

67 【즉공관 미비】好兵道. 참 어지간한 병도로구나.
'병도(兵道)'는 명대에 병비도(兵備道, 장비 담당)·병순도(순찰 담당)·병량도(兵糧道, 군량 담당) 등의 군관들을 아울러 일컫는 이름. 일반적으로 안찰사(按察司)의 부사(副 使)나 첨사(僉事)로 충당했다고 한다. 청대 학자 양장거(梁章鉅)의 『칭위록(稱謂錄)』에 따르면 나중에는 해상 순찰을 담당하는 순해도(巡海道)가 추가되었다.

68 【즉공관 미비】秀才可容兵道數百. 수재가 병도 수백명은 상대할 정도로[배포가 크]군!

"증명서야 어렵지 않소. (…) 당장 그대의 진정서를 판정하고 번호를 매겨 인장을 찍은 다음 그대가 가져가게 해 주면 되지."

"소생의 뜻은 그렇게만 하려는 것뿐, 감히 이것저것 따로 부탁드릴 엄두도 내지 못 합니다. 그 증명서 한 장만 있으면 공무를 마치고 돌아올 수가 있으니까요."

병순은 반신반의하면서도 당직 관리에게 격식에 맞추어 깔끔하게 작성해서 왕 수재에게 주도록 분부하는 것이었습니다.

그 종이를 건네받은 왕 수재는 만족스러워서 기뻐했습니다. 벌써 애첩을 손에 넣기라도 한 것처럼 말이지요. 그는 향 도사에게 인사를 하러 와서 말했습니다.

"소생의 진정서가 인준되었기에 장군의 힘을 빌리러 왔습니다!"

그런데 도사는 고개를 가로저으면서 말하는 것이었습니다.

"우리더러 힘을 써서 병력을 차출해 그들과 싸우라고 할 거라면 … 그건 절대로 불가능하오!"[69]

---

69 【즉공관 미비】好都司. 참 어지간한 도사야!

"마음 놓으시기 바랍니다. (…) 다 필요 없습니다. 제게도 사람이 있으니까요. 그냥 평소에 모시는 강 위의 그 누선[70]이나 한 척 빌리고 강을 순시하는 순시선이나 두 척 빌려야겠습니다. 평소에 쓰시던 일산[우盖]이며 깃발이며 모자와 관복 따위도 한번만 빌려 주십시오. 이것들 말고는 병졸 하나도 도와주실 필요가 없습니다. 그냥 지난번에 소식을 알려 준 그 하인만 데려가면 충분합니다!"

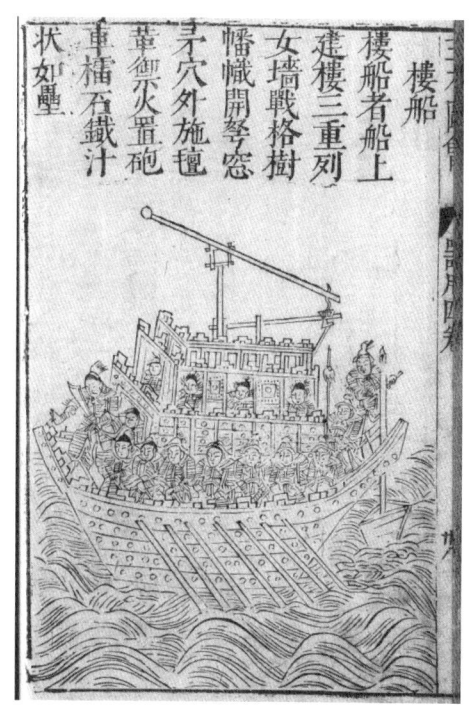

『삼재도회』에 소개된 누선의 모습

"어쩌려고 그러시오?"

"제게 다 생각이 있습니다. (…) 지금은 말씀드릴 수가 없고 … 일을 마치고 나서 뵙겠습니다."

---

70 누선(樓船) : 중국 고대의 배의 일종. 망루가 있는 2층 구조의 대형 선박. 다만, 배 위로 여러 가지 건물이 조성되어 있어서 무게중심이 상부에 있기 때문에 전복될 우려가 있어서 신속하게 움직이거나 해상을 운행하는 배로는 적합하지 않고 천천히 이동하거나 내륙 하천을 운행하는 배로 주로 활용되었다.

그래서 향 도사는 그 말을 따라 모두 왕 수재에게 빌려 주었습니다. 왕 수재는 몹시 기뻐하면서 한 달치 정도의 양식을 달달 긁어 준비하고 하인을 몇십 명 소집했습니다. 그리고 여기저기서 제복을 좀 빌려 모두 군사로 꾸민 다음 다 같이 가서 배를 출발시켰지요. 거기에 북에 호각까지 요란하게 울리니 그야말로 무관이 순시에 나서는 것과 같지 뭡니까. 그 광경을 증명하는 시가 있습니다.

천 리까지 늘어선 전선은 적벽까지 전해지고	舳艫千里傳赤壁,
이 날 강에는 화려한 배들이 다니누나.	此日江中行画鷁.
장군의 한대 호칭은 '누선'이더니	將軍漢號是樓船,
이번에는 반 선비[71] 붓 내던지고 출정하누나.	這回投却班生筆.

　누선을 몰고 하인들을 거느린 왕 수재는 '유격' 두 글자가 적힌 패액[72]까지 내걸고 그 길로 합려산 강 어귀까지 왔습니다.
　왕 수재는 뭍에 닿기 사오 리 전에 미리 초선 한 척을 보낼 때 두 사람

71　반 선비[班生] : 후한의 장군인 반초(班超, 33~102)를 말한다. 반초는 자가 중승(仲升)으로, 역사가인 반고(班固)의 동생이다. 학문에 뜻을 두고 당시의 도읍인 낙양의 궁정 도서관에서 문서 기록을 담당하였다. 그러나 변경에 흉노(匈奴)가 침범하여 약탈과 살인을 일삼는다는 소식을 접하고 붓을 던지고 스스로 군대에 입대하여 흉노 원정에 나섰다. 그리고 73년에 대장인 두고(竇固)의 휘하에서 별장(別將)으로 활약하여 큰 공을 세웠다. 정벌에 나선 뒤로 서역(西域)에 31년 동안 머물면서 선선(鄯善)·우전(于闐)·소륵(疏勒)·구자(龜玆)·언기(焉耆) 등의 나라들을 차례로 정복하였다. 나중에는 군사마(軍司馬)에서 장병장사(將兵長史)를 거쳐 서역도호(西域都護)로 임명되고 정원후(定遠侯)에 봉해졌다.
72　패액(牌額) : 명대에 관리의 행차를 알리기 위해 길잡이들이 높이 들고 다니던 목판. 그 목판에는 일반적으로 해당 관리의 직함이 적혀 있는 경우가 많았다.

중국 호북성 적벽시 서북부에 자리 잡은 적벽. 그러나 이곳이 역사 속의 적벽인지는 확실하지 않다

을 싣고 앞서 가게 했는데, 하나는 향 씨댁 하인이고 다른 하나는 심복 하인인 왕귀王貴였지요. 두 사람은 경패[73]를 하나 가지고 가서 현지 지역 주민들을 모두 불러내더니 신임 제독[74] 강양江洋 유격[75]을 영접하게 했습니다. 그 길에 붉은 명첩을 몇 개 지니되 왕王씨 성에서 한 획을 지우고 그 명첩에 이름을 '강만리江萬里'라고 쓴 다음 그 길로 가진대의 집으로 가서 전달하게 했지요. 그리고 그의 형제 몇 명도 각자 붉은 명첩을 하나씩 가

---

73 경패(硬牌) : 명대에 관아에서 사용하던 목패. 관할 지역의 관속이나 현지 유지·백성들에게 임시로 잡무를 처리하게 할 때에 주로 사용하였다.

74 제독(提督) : 명·청대의 관직명. 정식 명칭은 제독군무 총병관(提督軍務總兵官)이며, 한 성(省)의 육로 또는 수로의 관병을 통솔하였다.

75 유격(遊擊) : 명대의 무관인 유격장군(遊擊將軍)을 줄여 부른 이름. 변방 수비군들 중에서 현지에 주둔하면서 하나의 군영·성(省)·지구의 방어·응원에 동원되는 기동부대를 지휘하였다.

지고 가서 '새로 이 지역에 부임한 관리인데 가진대 나리의 명성을 듣고 인사를 왔다'고 전하게 하라고 일렀습니다.[76] 두 사람은 그 명령을 받들고 갔습니다. 그리고 나서 왕 수재는 사공에게 분부해서 배를 천천히 저어가게 하는 것이었지요.

계속 이야기를 들려 드리도록 하겠습니다. 향 씨댁 하인은 길을 잘 아는 입장에서 왕 씨댁으로부터 큰 상을 받았으니 그의 말을 따르지 않을 리가 있습니까? 그는 하인 왕귀를 데리고 함께 초선을 탔습니다. 얼마 지나지 않아 강기슭에 도착하자 두 사람은 경패를 어깨에 매고 뭍에 올라 가는 곳마다 말을 전했지요. 그러자 다들 신임 관리의 배가 온 것으로 알고 영접할 채비를 갖추는 것이었습니다.

이어서 하인은 왕귀를 안내해 함께 어떤 곳으로 갔는데 알고 보니 웬 장원이었습니다. 그 광경을 볼작시면

찬 기운 몸으로 엄습해 오고	冷氣侵人,
찬 바람 얼굴로 밀려 드네.	寒風撲面.
삼동에 지나는 길손도 없거니와	三冬無客過,
네 계절 동안 다니는 사람조차 드물구나.	四季少人行.
둥그런 푸른 전나무는 용의 모습 닮았고	團團蒼檜若龍形,
울창한 푸른 소나무는 범의 모습 같네.	鬱鬱青松如虎跡.

---

76 【즉공관 미비】 只因平日武弁慣通強盜, 所以計出于此. 평소에 무관들이 강도들과 내통하곤 한 덕에 거기서 꾀를 낸 것이리라.

이미 붉은 해 떠올랐지만　　　　　已昇紅日,

장원의 문 안에는 귀신불이 깜빡이고　　莊門內鬼火熒熒,

날이 어두워지기도 전에　　　　　未到黃昏,

옛 시냇물가에는 슬픈 바람 살랑거리네.　古澗邊悲風颯颯.

대야에는 사람 절인 젖을 담고　　　盆盛人酢醬,

널판으로는 돈 주조하는 화로 덮었는데　板蓋鑄錢爐,

문득 한 바탕 핏비린내 나니　　　驀聞一陣血腥來,

이제 보니 강도들 기거하는 곳이었구나.　元是强人居止處.

중국 전통 예술인 전지(剪紙)로 형상화 한 용과 범의 싸움

　향 씨댁 하인은 사실 현지의 토박이였습니다. 그렇다 보니 가진 씨네
사람들을 알고 지낸 적이 있었지요. 그래서 곧장 홍첩을 가지고 들어가
그 일을 알렸습니다. 가진대 나리는 향 씨댁 하인이 관청에 소속된 사령
임을 알고 있는 터였지요. 그러니 무슨 의심을 하겠습니까? 동생인 가진

이柯陳二·가진삼柯陳三 등과 같이 모여서 의논했습니다.

"이 관리가 우리 체면을 세워 줄 줄을 아는구나.[77] 그가 예의를 갖추어 대해 주니 우리도 당연히 예의를 차려 그를 맞이해야 되겠다. (…) 지금 과자 상자를 장만하고 양과 술을 준비하고 화려하게 장식한 다음 함께 맞이하러 나가자꾸나. 그렇게 우리가 예의를 갖추었음을 보이는 동시에 우리 형제의 위엄까지 드러내는 거지. 그 자의 행동거지를 보고 나서 그에 대한 대우를 어떻게 할지를 결정하면 된다."

이렇게 상의를 마친 그들은 그 일을 외부에 알렸습니다.

"관아의 순시선이 강 어귀에 당도했으니 한편으로는 가마꾼을 불러 가마를 매고 가서 손님에게 인사를 하도록 하자. 바로 출발해야겠다."

가진씨 형제는 정말 다같이 군복을 차려 입고 졸개를 이삼십 명 불러 모아 양을 끌고 술을 진 채 깃발을 받쳐들고 향과 초에 불을 붙인 다음 영접하러 산을 나왔습니다.

왕 수재는 배가 부두에 도착하자 빌려 온 관모와 관복을 몸에 걸쳤습니다.[78] 그리고는 가마꾼들을 모두 불러 여덟 명이 가마를 매게 해서 뭍

---

77 【즉공관 미비】強盜体面, 更是何等. 강도의 체면이래 보았자 얼마나 된다고!
78 【즉공관 미비】妙甚. 아주 기막혀!

에 올랐지요. 먼저 지역 주민들이 큰소리로 인사를 하자 가진 형제가 양쪽에 서서 허리를 굽혀 인사를 하고 나서 앞장 서서 길을 안내하는 것이었습니다. 그러자 왕 수재는 그대로 가진씨의 장원까지 가마를 매고 가게 했지요. 가마꾼들이 대청 앞까지 매고 갔을 때였습니다. 가마에서 내리자 가진씨 형제가 서둘러 의자를 가져다 가운데에 놓는 것이었지요.

"대인, 앉으시지요. 저희 형제가 인사를 올리겠습니다!"

가진대가 이렇게 말하자 왕 수재가 말했습니다.

"절까지 하실 건 없습니다! (…) 선생 형제들께서는 모두가 강호의 의사요 호걸들이시지요.[79] 본관은 부임하기 전부터 명성을 들은지 오래되었습니다. 그러던 차에 이번에 다행스럽게 이 지역에 부임해서 공들과 함께 할 수 있게 되었습니다. 그래서 일부러 인사를 하러 왔을 뿐입니다. 어찌 관리와 백성으로 나누는 예절에 얽매일 수 있겠습니까? 그저 손님과 주인으로 서로 대하는 편이 더 오래 가기 좋지요!"

가진씨 형제가 그래도 무릎을 꿇자 왕 수재는 한 손으로 부축해 일으키면서 연거푸 말했습니다.

---

[79] 【즉공관 미비】只此一語便是遇盜妙法. 이런 말이야말로 도적을 만났을 때의 기막힌 대응 방법이지.

"이러지 마시라니까요. (…) 우리 호걸들은 경우가 남들과는 다릅니다. 결코 일상적인 예절에 얽매여서는 안되지요."

가진씨 형제는 한 차례 겸양하더니 왕 수재에게 앉을 것을 권하고 세 사람은 시립侍立했습니다. 그래서 왕 수재가 서둘러 앉으라고 이르니 그제서야 좌우로 나누어 앉는 것이었지요.

가진씨 형제는 '유부가 이처럼 살갑게 대하는구나' 싶어서 몹시 기뻐하면서 서둘러 술을 준비하더니 서로 권하는 것이었습니다. 그러자 왕 수재는 허리띠를 풀고 옷을 벗더니 마음껏 잔치를 즐겼지요. 거기다가 시권[80]과 주령[81]까지 놀면서 한 치의 의심의 여지도 남기지 않았습니다. 이렇게 술이 오가는 동안에 여러 호걸들의 행적에 관한 이야기들을 주고받았지요. 그들은 주먹을 흔들기도 하고 소매를 걷기도 하면서 서로의 만남이 늦은 것을 아쉬워하는 것이었습니다.[82] 가진씨 형제는 진심으로 탄복할 뿐만 아니라 그 은혜에 고마워하기까지 했습니다.

---

80 시권(猜拳) : '시권(猜拳)'은 중국 고대에 술자리에서 흥을 돋구기 위하여 놀던 놀이로, '획권(劃拳)·시매(猜枚)·장구(藏鬮)·장구(藏鉤)' 등으로 불리기도 한다. 노는 방법은 가위 바위 보와 비슷하지만 승부를 결정하는 방법은 상당히 다르다. 두 사람이 각자 손가락이나 주먹을 내면서 숫자를 외치고 그 숫자가 쌍방이 낸 손가락의 숫자와 일치하는 쪽이 이기며, 진 쪽은 벌주를 마신다. 우리나라의 가위 바위 보는 근대 일본이 영향을 받은 것이다.

81 주령(酒令) : 중국의 전통적인 놀이. 술자리에서 참여자들이 한 사람을 영관(令官)으로 선정하고 남은 사람들은 시나 대련(對聯), 그 밖에 즉석에서 정한 규칙 등을 돌아가면서 차례로 대답해야 되는데, 이를 어기거나 틀리면 벌로 술을 마셔야 한다.

82 【즉공관 미비】推心置腹, 未有不服人者. 汪生雖出於詭, 然自是御盜之法. 허심탄회하게 대해 주니 그에게 승복하지 않을 이가 없는 게지. 왕 선비가 아무리 꾀를 쓰기는 했지만 이 역시 도적을 막는 방법이다.

"나리께서 이렇게까지 대해 주시니 저희는 충심으로 보답하고 죽어도 한이 없습니다! 강 위에서 긴급한 사태가 벌어졌을 때 불러만 주시면 당장 호응하도록 하겠습니다. 절대로 말썽을 일으켜 나리의 은덕을 저버리는 일이 없도록 하겠습니다!"

그 소리를 들은 왕 수재는 더더욱 신이 났습니다. 그래서 연거푸 백여 잔을 가득 채워 마시기를 마다하지 않았지요. 해가 중천에 떴을 때부터 한밤중이 될 때까지 마시고 나서야 작별인사를 나누고 배에 올랐지 뭡니까. 그리고 이 날은 가진대 나리가 술을 낸 셈 치고, 이튿날은 가진이가 술자리를 마련하고 사흘째 날은 가진삼이 술자리를 마련해서 각자 왕 수재를 초대했지요. 이때 가진대 나리가 또 말했습니다.

"지난번에는 갑자기 행차하셨으니 … 포함시키시면 않됩니다?"

하면서 또 하루 술자리에 초대해서 마시고 거기다 금과 비단까지 선물로 바치지 뭡니까. 그러자 왕 수재는 거절하지 않고 흔쾌히 수락했지요.[83]

술자리가 끝나고 배로 돌아가자 가진씨 형제도 모두 와서 고맙다는 인사를 하는 것이었습니다. 왕 수재는 그들을 배에 잡아 놓고 명령에 따라 술을 준비해 대접을 하려 했지요. 그러나 가진씨 형제는 사양하면서 말

---

[83] 【즉공관 방비】 □□□受慣的. □□□하는 것이 익숙한 게지.

하는 것이었지요.

"저희는 초야의 하찮은 자들입니다. 나리께서 마다하지 않으시니 술과 음식을 바칠 수 있는 것만 해도 크나큰 행운이온데 어떻게 언감생심 나리께서 베푸시는 술자리까지 욕심을 내겠습니까?"

그 말에 왕 수재가 말했습니다.

"대접을 받으면서 답례를 하지 않는 법은 없지요! 설마 폐만 끼치고 본관은 술자리를 베풀면 안된다는 법이라도 있습니까? 게다가 우리가 함께 하는 자리에서는 굳이 갚고 베풀 때에 관행에 얽매일 필요가 없습니다! 지난번에 댁을 찾아 뵈었을 때 여러분께서 술자리를 베풀어 주셨지요. 그런데 오늘 이렇게 왕림해 주셨으니 본관이 술자리를 마련함이 옳습니다. '장소를 만나면 공연을 한다'[84]는 말도 있는데 안될 것이 뭐가 있겠습니까!"

가진씨 형제가 사양하기 난감해 할 때였습니다. 어느 사이에 벌써 술자리를 준비해 상을 다 차려 놓았지 뭡니까. 왕 수재는 그 형제가 자리에 앉자마자 극단의 배우들[85]을 데려와 무대에 올리고 공연을 시켰습니다.

---

84 좋은 장소를 만나면 공연을 한다[逢場作戲] : 불교 어록인 『오등회원(五燈會元)』의 "강서도일선사(江西道一禪師)"조에 나오는 말. 원래는 유랑극단이 공터에 임시 극장을 가설하고 연극이나 곡예를 공연하는 것을 가리키는 말이었지만 여기서는 때에 맞추어 거기에 맞게 행동하는 것[臨機應變]을 두고 한 말로 사용되었다.

이날 공연한 것은 『도원결의』[86]·『천리독행』[87]같이 많은 호걸의 심금을 울리는 작품들이었지요.[88] 가진씨 형제는 모두가 시골 사람들인데 이처럼 떠들썩한 볼거리를 만났으니 어떻게 구미가 당기지 않을 턱이 있겠습니까?

그렇지만 왕 수재가 사공에게 '연극의 징과 북 소리가 들리는 것을 신호로 삼아 즉시 배를 몰고 가도록' 미리 은밀하게 분부해 놓았을 줄이야 누가 알았겠습니까! 달이 밝은 틈을 타서 강물이 흐르는 대로 배를 놓아 두었지요. 그랬더니 천천히 움직이는 바람에 선창 안의 사람들이 미처 그것을 눈치 챌 수가 없었답니다.

---

85 극단의 배우들[梨園子弟] : '이원자제(梨園子弟)'란 당대 중기에 현종(玄宗) 이융기(李隆基, 685~762)가 황실 정원인 이원(梨園)에서 육성한 궁정 가무단의 가수·악사·무용수들을 아울러 일컫던 이름. 송대 이후로는 원대 잡극(雜劇)·명대 곤곡(崑曲)·청대 경극(京劇) 등 연극 극단의 배우를 일컫는 말로 전용되었다.

86 『도원결의(桃園結義)』 : 명대 지방극의 작품 제목. 자세한 내용은 알 수가 없지만 제목을 따져볼 때 나관중(羅貫中)이 엮은 『삼국지연의(三國志演義)』에서 유비(劉備)·관우(關羽)·장비(張飛)가 복숭아 밭에서 의형제를 맺는 대목을 연극으로 각색한 것으로 보인다.

87 『천리독행(千里獨行)』 : 명대 지방극의 작품 제목. 자세한 내용은 알 수가 없지만 제목을 따져볼 때 『삼국지연의(三國志演義)』에서 조조(曹操)의 공격으로 유비·관우·장비가 뿔뿔이 흩어진 후 조조의 진영에 억류되어 있다가 유비의 행방을 전해 들은 관우가 다섯 관문을 지나고 여섯 명의 장수의 목을 베면서 유비를 찾아가는 과정을 연극으로 각색한 작품이다. 이 이야기는 원대에 소설 『삼국지평화(三國志平話)』나 연극 『천리주단기(千里走單騎)』로 창작되어 인기를 끌었으나 중국 정사에는 언급되지 않은 허구적인 내용이다.

88 【즉공관 미비】 必是弋陽腔. 익양강이었겠군.
'익양강(弋陽腔)'은 명대에 유행한 지방극의 일종으로, 강서성(江西省) 익양현(弋陽縣)에서 처음 시작되었다고 해서 '익양소리'라는 뜻에서 그렇게 이름을 붙였다. 징·북 등의 타악기 반주에 맞추어 무대 위의 배우가 노래를 부르면 휘장에 가려진 무대 뒤에 있는 합창단이 합창으로 흥을 돋운다. 과거에는 볼 수 없었던 이 같은 독특한 연출기법 때문에 빠른 속도로 각지로 전파되어 명대의 대표적인 연극의 하나로 발전하였다.

경극 『천리독행』에 등장하는 관우의 모습

  그렇게 수십여 리를 떠내려가고 나서야 공연이 끝났답니다. 그래도 주흥이 다하지 않자 계속해서 자리를 옮겨 둘러앉은 채 술잔을 주고 받고 주령을 놀았답니다. 배우들은 구성진 노래로 술을 권하면서 모두가 즐겁게 잔치를 즐겼지요.

  그러다가 배가 멀리까지 온 것을 눈치 챈 왕 수재는 그제서야 입을 열었습니다.

  "본관이 여러분의 사랑을 받아 이처럼 술잔을 기울이고 마셨으니 더할 수 없는 즐거움을 만끽했다고 해도 과언이 아닐 것입니다! 그런데, … 본관에게는 한 가지 작은 일이 있어서 여러분 앞에서 마음이 여간 편치가 않군요. 해서 여러분과 중요한 대책을 좀 상의하려 합니다만…"

그러자 가진씨 형제는 놀라면서 말했습니다.

"무슨 일인지 모르오나 … 일단 말씀해 주시면 … 소인들이 어디 명령을 따르지 않을 턱이 있겠습니까?"

그러자 왕 수재는 종을 시켜 휴대용 곽을 가져오게 했습니다. 그리고는 애초의 방문을 꺼내 손에 잡더니 묻는 것이었지요.

"'왕 수재'라고 하는 자가 여러분을 고발하고 '자기 애첩을 납치해 갔다'고 하던데 … 그런 일이 있었는지요?"

가진씨 형제는 서로를 마주보았습니다. 그러더니 숨길 수 없다고 여겼는지 가진대가 대답했습니다.

"어떤 여자를 악주에게 구했습니다. 이름이 '회풍'으로, 왕가네 사람이라고 하더이다. 지금 소인 집에 있지요. 제가 어떻게 나리를 속일 수가 있겠습니까!"

그 말에 왕 수재가 말하는 것이었습니다.

"여자 하나쯤이야 하찮은 일일 뿐입니다. 그러나 … , 왕 수재라는 분은 당대의 호걸로, 보통 사람이 아닙니다. 지금 그 자가 '도적들을 토벌해 주십사' 하는 상소를 올리기에 앞서 우선 그 진정서를 상급 관청에 올렸지 뭡니까. 그 바람에 그 관청에서 은밀히 이런 공문을 내어 본관에게 이 일을 처리하라고 분부하셨소이다. (…) 본관은 이 일대에서는 의리를 중요하게 여기는 사람입니다. 그러니 어찌 관군을 동원하여 분란을 일으킬 수가 있겠습니까? 그래서 여러분을 이곳으로 모신 것입니다. (…) 내일 나리를 좀 찾아뵙고 왕 수재와 그 사건을 대질해야 할 것 같아서요."

가진씨 형제는 그 말을 듣자마자 놀라서 얼굴이 흙빛으로 변하는 것이었지요.

"저희가 어찌 상급 관청의 나리를 함부로 뵐 수가 있겠습니까요? 재판정에 끌려가기만 하면 감금되고 … 불문곡직 하고 죽고 말 텐데요!"

세 형제는 저마다 그 자리를 벗어날 요량으로 일어나서 들창을 딱 열었겠다? 아 그런데 그 큰 강에 물안개가 끝없이 펼쳐져 있는 것이 아닙니까 글쎄! 게다가 배도 노도 없는 데다가 산벼랑 같은 것도 보이지 않았습니다. 그들의 소굴은 소굴대로 벌써 멀어진 상태였지요. 구원을 요청할 수도 없으니 더 이상 대책이 없었지요. 그야말로

날개[89]가 있으면 하늘로 솟아 오르고   有翅扑飛騰天上,

비늘이 있으면 깊은 연못 안으로 파고 들 것을!　　有鱗甲鑽入深淵.

땅으로 숨거나 하늘로 솟을 술법 하나 없으니　　既無竄地升天術,

지금 눈 앞의 재앙을 어찌 피하겠나?　　　　　目下灾殃怎得延.

자신들이 꾀에 넘어간 것을 깨달은 가진씨 형제는 다함께 무릎을 꿇더니 말했습니다.

"나리, 제발 목숨만은 살려 주십시요!"

"이 지경까지 되었으니 만일 상급 관청 재판정에 서지 않고는 본관도 변명할 방법이 없습니다. 그렇다고 재판정에 서게 된다면 … 여러분의 입장이 난처해지게 되겠지요. (…) 장기적인 안목으로 따진다면 … 본관이 이 공문을 말소하고 나리를 뵙지 않을 수도 있습니다."

그러자 가진씨 형제가 말했지요.

"소인들은 아둔하오니 … 나리께 좋은 방법을 부탁드립니다요!"

"왕 수재는 바로 그 애첩 때문에 다급해져서 일을 벌인 겁니다. (…)

---

89 [교정] 날개[翅髈] : 상우당본 원문(제1301쪽)에는 '날개'를 뜻하는 시방(翅髈)의 두 번째 글자가 '패거리 방(髈)'으로 되어 있으나 전후 맥락을 따져 볼 때 '날갯죽지 방(髈)'이어야 옳다.

지금 아예 초선 한 척을 보내 댁으로 신속하게 가서 그 첩을 이 배로 데려오는 수밖에 없겠습니다. 그러면 본관이 데려가서 관아에 인계하고 이 공문은 즉시 말소하면 되니까요. 그러면 공들은 관아에 끌려가지 않으셔도 됩니다."

"그게 뭐가 어렵겠습니까! 친필 편지를 써서 집안 일을 맡은 자에게 증명서로 주면 얼마든지 데려 올 수 있지요."

"이 일은 지체하면 안되니 … 어서 쓰십시오!"

가진대가 증명서를 쓰자마자 왕 수재는 향 씨댁 하인과 왕귀 두 사람을 불렀습니다. 한 사람은 길을 알고 한 사람은 사람을 아는지라 가만히 분부를 했지요. 이어서 증명서를 건네고 초선 두 척을 파견해 함께 저어 갔다가 즉시 보고하도록 일렀습니다. 그리고는 배에서는 일단 징과 북을 번갈아 울리면서 즐겁게 술을 마셨습니다. 가진씨 형제는 왕 수재가 태연한 것을 보고 나니 놀란 마음이 다소 진정되기는 했습니다마는 그래도 불안한 듯 바짝 긴장해 있었지요. 그래도 왕 수재는 내내 신바람이 나서 소탈하게 담소를 나누며 술 마시기를 쉬지 않는 것이었지요.

날이 밝을 때까지 기다렸을 때였습니다. 초선 두 척이 벌써 회풍 아씨를 태우고 나는 것과도 같이 보고하러 달려 오는 것이 아닙니까. 그러자 왕 수재는 즉시 자기 배로 건너오게 했지요. 회풍이 자기 배로 건너오자 왕 수재는 몹시 반가워하면서 배 한쪽 객실에 들어가 있게 했습니다. 그리고는 은자 네 덩이를 꺼내더니 다녀온 두 사람에게 각각 한 덩이씩 상으로 내리고, 두 배에도 각각 한 덩이씩 상으로 내렸지요. 그러자 사람들은 저마다 고맙다는 인사를 하는 것이었습니다.

이렇게 각자 돌려 보내고 나서, 왕 수재는 이번에도 술을 큰 잔으로 석 잔 따르더니 가진씨 형제와 작별인사를 나누고 말하는 것이었습니다.

"이 일은 이미 해결되었습니다. (…) 본관은 이 길로 상급 관청에 보고를 올려야 하니 공들도 여기 계실 것 없습니다. 이쯤에서 돌아 가시지요."

가진씨 형제는 감격한 나머지 '목숨을 살펴 주어 고맙다'고 인사를 했지요. 그러자 왕 수재는 가진대 나리의 수염을 잠시 쓰다듬으면서 말하는 것이었습니다.

"공들은 정말 왕 수재를 아시오? 바로 본관이올시다. (…) 내가 어디 새로 부임한 유격이겠소? 그저 애첩에 미련을 버리지 못해 이번 속임수를 벌였소이다. (…) 이제 애첩이 다시 내게 돌아왔구려. (…) 덕분에 여러분과 며칠 동안 잔치를 벌이면서 즐거움을 만끽했으니 이것도 인연을 맺은 셈이 아니겠소이까? 여러분, 감사합니다! 이로서 이별이로군요!"[90]

---

90 【즉공관 미비】原自豪傑作事, 語言行徑皆爽利. 애초부터 호걸처럼 일을 벌이더니 말이며 행동이 모두 시원시원하구나!

假將軍還
姝江上

장군으로 위장하여 강에서 애첩을 돌려받다

그러자 가진씨 형제는 꿈에서 막 깬 듯 술에서 막 깬 것 같지 뭡니까. 그제서야 마음의 짐을 내려놓고 저도 모르게 크게 웃더니 말하는 것이었지요.

"이제 보니 수재께서 이렇게도 재미있는 분이셨군요! 이처럼 호탕하고 거리낌이 없으시다니 정말 호걸이십니다! 투박한 우리들이 운이 좋아서 며칠 동안 술자리에 모셨으니 이것도 인연이라면 인연이겠지요. (…) 작은 아씨의 일은 … 모르고 실례를 범한 것이니 … 부끄럽소이다, 부끄러워!"

그리고는 형제가 각자 당초 지니고 온 은자를 허리춤에서 꺼냈습니다. 얼추 서른 냥이 넘어 보였지요. 가진대는 그것을 왕 수재에게 선물로 주면서 말했습니다.

"이거라도 작은 아씨의 혼수로 드릴까 합니다."

왕 수재는 몇 번이나 사양하다가 마지 못해 웃으면서 그것을 받는 것이었지요. 그리고 나서 가진씨 형제가 초선을 파견해 자신들을 보내줄 것을 부탁하자 왕 수재는 그들을 뭍으로 통하는 큰 길까지 데려간 다음 바로 풀어 주고 상륙하게 해 주도록 분부했지요. 그러자 가진씨 형제는 정중하게 작별인사를 하고 나서 배를 타고 그 자리를 떠났답니다.

왕 수재는 객실에서 회풍을 불러내더니 지난번에 놀랐던 일을 이야기해 주었습니다. 회풍은 회풍대로 흐느끼면서 이야기를 들려주는 것이었지요. 그러자 왕 수재가 말했습니다.

"이제 다시 내게 돌아왔으니 지난 일은 더 이상 거론할 것 없다. 일단 술이나 한 잔 마시고 놀란 마음을 가라앉히도록 해라."[91]

그리고 둘이서 목이 마를 때 죽을 얻은 것처럼 마음껏 술을 먹었습니다. 그리고는 배에서 함께 잠자리에 들었지요.

다음날 잠자리에서 일어났더니 배가 벌써 무창[92] 부두에 도착해 있는 것이 아닙니까. 그래서 왕 수재가 향 도사에게 인사를 가서 말했지요.

"배와 무기 등의 물건들을 빌려 주신 덕택에 이제야 임무를 완수했기에 모두 돌려 드립니다!"

"작은 부인은 어찌 되셨소이까?"

"보살펴 주신 덕택에 지금 배 안에 있습니다."

---

91 【즉공관 미비】封皮動了. (엉뚱한 자가)봉함 딱지를 떼어 버렸구만!
92 무창(武昌) : 명대의 지명. 호북성 무한시(武漢市)의 동남부와 장강 남측에 해당하며, 이웃한 한양(漢陽)·한구(漢口)과 서로 마주보고 있다. 지금은 무창과 한구·한양을 통합하여 무한시가 되었다.

황학루가 서 있는 무창시의 모습

"어떻게 데려온 게요?"

그러자 왕 수재는 새로 부임한 관리로 위장한 일, 그 집에 인사를 가고 그들을 속인 일을 한 차례 자세하게 이야기해 주었습니다.

"모두가 도사님께서 너그럽게 도와주신 덕분입니다. 도사님의 힘을 입은 바 크지요!"

"그런 일이 다 있었다니! (…) 정말 엄청난 담력과 지혜를 가지셨구려. 그래서 그런 꾀를 낼 수 있었던 게지! 왕형의 수완이라면 군사를 지휘할 수 있겠구려."[93]

그 자리에서 왕 수재는 또 오십 냥을 향 씨댁 하인에게 건넸습니다. 지난번에 그가 자원할 때 약속한 액수를 채워 준 거지요. 그리고는 따로 배한 척을 빌려 회풍 아씨를 태우더니 이어서 향 도사에게서 호위용 순시선을 한 척 부탁해 가동 등을 태웠지요.

준비를 다 끝낸 그는 병순도의 관아로 들어가 보고를 하고 당초의 공문을 반환했지요. 그러자 병순도가 묻는 것이었습니다.

"그 일은 그래 어떻게 되었소? 어째서 공문을 반환하러 왔소이까?"

그래서 왕 수재가 다시 자초지종 자세하게 이야기해 주었지요. 그러자 병순도는 웃으면서

"싸움도 벌이지 않고 범굴까지 들어가 사람을 구해 나오다니 … 정말 대단한 재능이요 대단한 발상이오! (…) 훗날 조정에 기용되어 변방을 지키는 큰일을 처리하는 것도 어렵지 않을 게요!"[94]

하고 칭찬을 아끼지 않는 것이었습니다. 그러자 왕 수재는 겸손하게 고

---

93 【즉공관 미비】沒用都司, 可以愧死. 쓸모없는 도사의 경우라면 부끄러워 죽을 노릇이다.
94 【즉공관 미비】不知兵道肯薦之朝廷否. 병도가 그를 조정에 추천이나 해 주려 할 지 모르겠구나.

맙다는 인사를 하고 관아를 나와 드디어 회풍을 태우고 황강까지 돌아왔지요. 황강 사람들은 그 이야기를 듣고 다들 경탄하면서 말했답니다.

"'왕 태공'의 이름 값을 제대로 하셨구나. 정말 그 명성이 헛된 것은 아니었어!"

이 이야기를 증명하는 시가 있습니다.

이제 보니 영웅은 행동이 남달라서	自是英雄作用殊,
범·이리조차 불러와 함께 지낼 배포 가졌네.	虎狼可狎與同居.
은밀히 검은 용 모시고 자는 수고 할 것 없이	不須竊伺驪龍睡,
어느새 턱 밑에 고이고 있던 여의주 돌려받았구나!	已得探還頷下珠.

1. 이각 박안경기의 창작과정

'이박'을 지은 능몽초凌濛初, 1580~1644는 명대 말기의 소설가·극작가이자 출판가이다. 명대 절강浙江의 오정烏程 사람으로, 자가 현방玄房이며, 호로는 초성初成과 즉공관주인卽空觀主人을 사용하였다. 그는 생전에 문학·예술·경학·역사 등 다양한 분야에서 저술을 남겼지만² 그 중에서도 가장 두각을 나타낸 것은 소설·희곡·가요 등의 통속문학 분야였다. 그가 지은 희곡을 당시의 유명한 극작가이던 탕현조湯顯祖, 1550~1616에게 보내고 조언을 부탁한 일이나, 당시 강남에서 연극 담론을 주도하던 또 다른 극작가 심경沈璟, 1553~1610의 무대 연출 스타일을 비판한 일, 또 자신이 운영하는 서방書坊을 통하여 『서상기西廂記』·『남음삼뢰南音三籟』 등, 당시 독서시장에서 인기를 끌던 희곡·가요집들을 펴낸 일 등은 능몽초가 통속문학의 소개와 창작에 얼마나 지대한 관심을 가지고 있었는지 잘 보여 준다.

동시대의 정치가이자 학자이던 사조제謝肇淛, 1567~1624는 능몽초의 출판관과 관련하여 이런 평가를 내렸다.

오흥의 능씨가 간행한 책들은 책을 만들어 이익을 노리는 데에 급급한 데다

---

1   이 부분은 2023년에 선보인 학고방판 『박안경기』(전 6권)의 것을 주로 활용하였다.
2   능몽초의 각종 저술 일람표는 2023년에 학고방 출판사에서 펴낸 『박안경기』 제6권의 425~426쪽의 것을 참조하기 바란다.

가, 사람을 부리는 데에도 인색하여, 그 사이에서 엮고 다듬느라 오자가 빈번하게 나오니 이 얼마나 해괴한 일인지 모른다. 그러면서도 『수호전』·『서상기』·『비파기』니 『묵보』·『묵원』이니 하는 책들은 거꾸로 온 정신을 집중하여 정성과 심혈을 기울임으로써 천의무봉의 태세로, 쓸데없이 희곡을 눈과 귀의 놀잇감으로 꾸미는 데에만 몰두하니, 이 또한 안타까울 따름이다.[3]

『오잡조五雜俎』는 만력萬曆 병진년1616에 완성되었으니 여기에 언급된 것은 능몽초가 한창 출판활동에 전념하던 30대 시절의 상황인 셈이다. 정통문학을 중시하던 사제조로서는 능몽초가 소설·희곡·서화첩 같은 통속서들에만 지나친 정성과 투자를 집중하는 행태가 상당히 불만스러웠던 것으로 보인다. 그러나 우리는 사제조의 이 볼멘소리를 통하여 당시 독서시장의 동향에 촉각을 곤두세우고 있던 능몽초가 '경·사·자·집經史子集'의 정통문학보다는 소설·희곡 등 통속문학에 훨씬 더 깊은 애정을 가지고 있었음을 확인할 수 있는 셈이다.[4]

수향거사는 『이각 박안경기』의 서문에서 능몽초의 통속문학 창작과 관련하여 이렇게 소개하였다.

3　『오잡조』권13 「사부1(事部 一)」: "吳興凌氏諸刻, 急於成書射利, 又慳於倩人編摩其間, 亥豕相望, 何怪其然. 至於水滸西廂琵琶及墨譜墨苑等書, 反覃精聚神, 窮極要眇, 以天巧人工, 徒爲傳奇, 耳目之玩, 亦可惜也."

4　문성재, 「명말 희곡의 출판과 유통 - 강남지역의 독서시장을 중심으로」, 『중국문학』 제41집, 2004.5, 제156쪽. 물론, 능몽초가 이처럼 통속문학의 창작과 출판에 몰두한 것은 해당 분야에 대한 개인적인 관심이 결정적인 요인으로 작용했다고 본다. 그러나 여기에는 당시 독자들의 성격이나 독서시장의 추세에 민감한 출판가로서의 그의 판단력도 한몫했을 것이다.

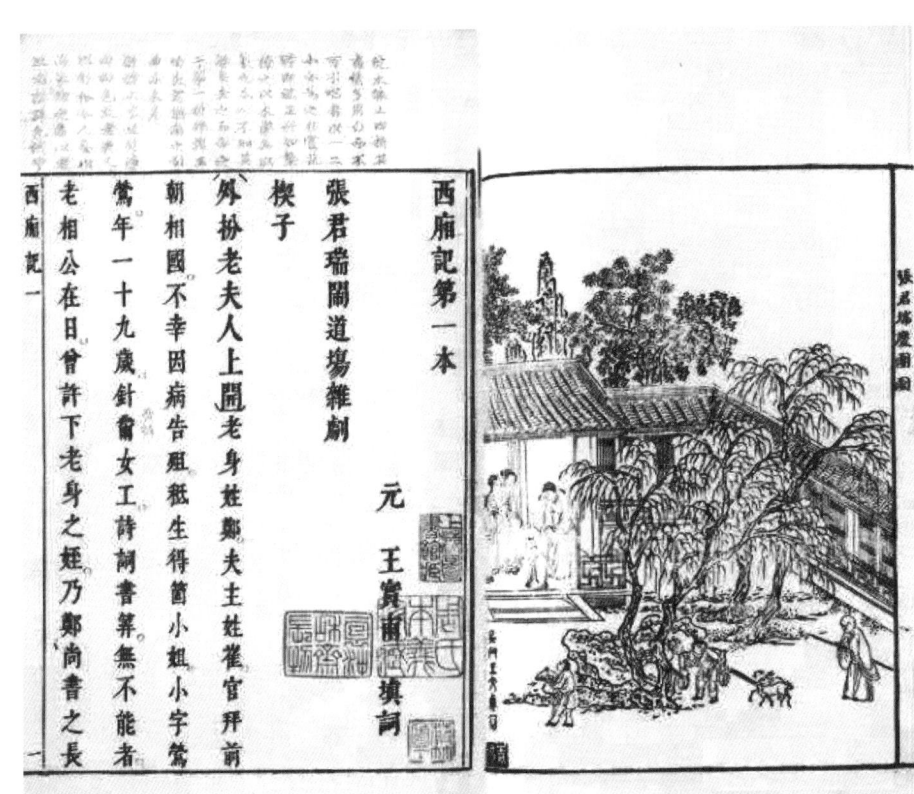

出판업을 가업으로 계승한 능몽초가 여러 색으로 인쇄해 펴낸 당시의 인기 희곡『서상기(西廂記)』

즉공관주인이라는 분은 그 사람 자체도 기이하거니와 그 글도 기이하며 그 역정 또한 기이하다. 뜻을 제대로 펼치지는 못 했으나 원대한 그 재능을 발휘하는 기회를 만나매 남는 재능을 내어 전기를 짓고 거기서 몸을 더 낮추어 연의를 지으니, 이 박안경기를 두 번에 걸쳐 간행하게 된 까닭이다.[5]

---

5   수향거사, 「이각 박안경기 서」.

수향거사의 증언은 ①능몽초가 통속문학 저술과 출판에 종사하기 시작한 시점과, ②능몽초가 희곡과 소설을 창작한 순서에 관하여 우리에게 두 가지 사실을 시사해 준다. 수향거사의 증언에 따르면, 능몽초가 통속문학에 관심을 가지고 창작에 착수한 시점은 "과거에서 뜻을 제대로 펼치지 못한" 때부터이다. 능몽초가 과거시험에서 "뜻을 이루지 못한" "정묘년의 가을"은 그가 48세 되던 천계天啓 7년1627이었다. 이 해 가을에 응천부應天府, 지금의 남경에서 거행된 향시鄕試에 지원했다가 낙방했기 때문이다. 그러자 그는 통속문학의 창작에 본격적으로 뛰어들게 된다. "전기를 짓고 거기서 몸을 더 낮추어 연의를 지으니"라는 수향거사의 증언을 통하여 초기에는 희곡 창작에 종사하던 능몽초가 거기서 한 걸음 더 나가 창작 범위를 소설로까지 확장시켰음을 알 수 있다. 이때 몸을 낮추어 지은 소설이 바로 숭정崇禎 원년1628 10월에 소주蘇州의 상우당을 통하여 선보인 『박안경기』초각이다. 그렇게 우연히 선보인 『박안경기』의 대성공은 능몽초가 그 후속작을 준비하는 데에 결정적인 계기를 제공하였다.

> 억지로 지어낸 말과 투박한 이야기들이어서 장독을 덮기에도 부족한 내용임에도 불구하고 날개를 달고 날고 다리를 달고 달리는 것처럼 빠르게 유행하였다. 서상은 우연히 한번 시도해 본 것이 성공을 거두자 '또 내겠다'고 하는 것이었다. 그래서 내가 웃으면서 '한번으로도 충분하지 않소!' 하고 말은 하면서도 도중에 멈출 수는 없다고 여겨 일단 이번에도 마흔 편을 엮기로 한 것이다.[6]

---

6   즉공관주인(능몽초), 「이각 박안경기 소인」.

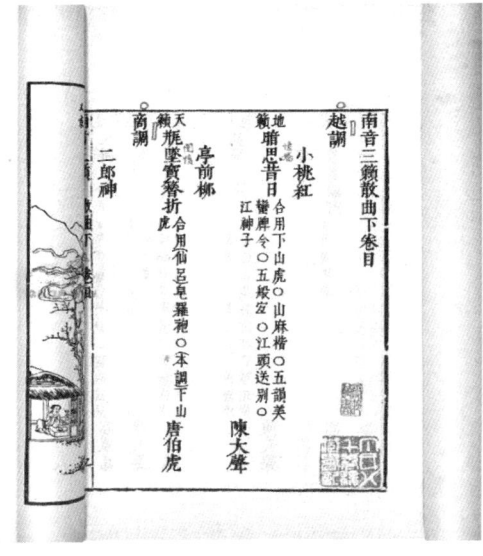

능몽초가 엮은 가곡집 『남음삼뢰(南音三籟)』의 본문과 삽화. 조판과 삽화에 상당한 공을 들인 것을 알 수 있다

　능몽초가 「이각 박안경기 소인」에서 밝힌 『이각 박안경기』 출판 경위에 따르면, 직접적인 계기는 전작 『박안경기』의 성공에 고무된 상우당 운영자 안소운安少雲의 간곡한 요청이었다. 그러나 본인 역시 "도중에 멈출 수는 없다"며 한번으로는 부족하다고 여겨 후속작을 내는 데에 동의했다는 것이다.

　그렇다면 『이각 박안경기』는 언제 정식으로 출판되었을까? 그 출판을 앞두고 수향거사와 능몽초가 각각 작성한 「이각 박안경기 서」와 『이각 박안경기 소인』을 보면 그 작성 시점이 "숭정 임신 겨울[崇禎壬申冬]"로 되어 있다. 능몽초가 살아 있을 때의 '임신년'은 명나라의 마지막 황제 주유검朱由檢, 1611~1644이 즉위한 뒤로 다섯 번째 해로, 서기 1632년에 해당

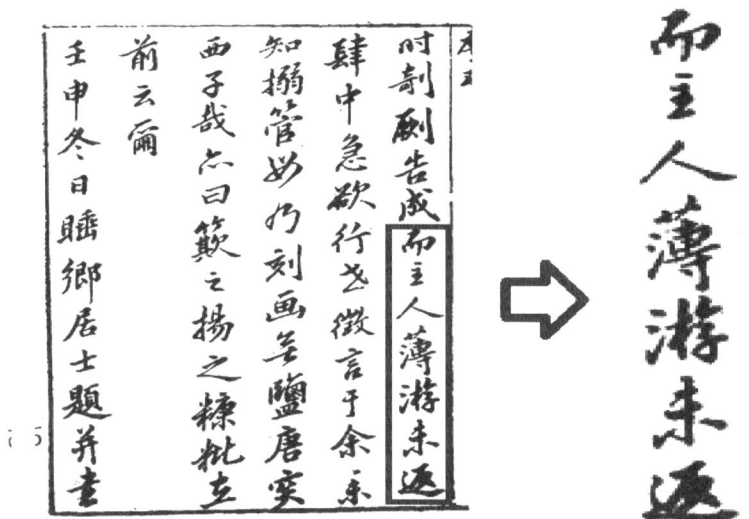

수향거사가 쓴 서문의 '박유미반' 대목. 이를 통하여 서문이 작성되던 시점에도 능몽초가 외지에 머물고 있었음을 알 수 있다

한다. 그 해의 "겨울"을 음력 11월부터 1월까지라고 본다면 양력으로는 1632년 연말보다는 그 이듬해인 1633년 연초일 가능성도 배제할 수 없다. 『이각 박안경기 소인』에는 능몽초가 그 글을 완성한 시점을 "임신년 겨울날[壬申冬日]"이라고 밝혔으나 수향거사의 서문과 날짜를 맞춘 것일 뿐 실제로는 해를 넘겼다고 보는 편이 합리적인 것이다.

『이각 박안경기』의 정식 출판이 해를 넘긴 숭정 6년[1633]에 이루어졌다는 사실은 수향거사의 증언을 통해서도 뒷받침 된다.

　　이제 책은 마침내 완성되었지만 (즉공관)주인이 벼슬을 지내느라 아직 돌아오지 않았다. 그러나 서사에서는 서둘러 책을 펴 내고자 하여 내게 서문을 청

탁하였다.[7]

　수향거사의 증언을 정리하면, 『이각 박안경기』를 인쇄할 목판은 모두
준비되었으나 그 직전에 작자인 능몽초가 공교롭게도 작은 벼슬을 지내
느라 객지에 머물고 있었고 '신상품' 출시 일정을 앞당기려는 안소운의
재촉으로 자신이 서문을 대신 작성했다는 것이다. 원문에는 능몽초의 벼
슬살이를 '박유薄游'로 표현했는데, 중국의 대표적인 검색 사이트 바이두
百度의 온라인사전에 따르면, 그 의미는 "하찮은 녹봉을 위하여 객지에서
벼슬살이를 하는 것為薄祿而官游於外"이다. 실제로 능몽초 연보를 확인해 보
면 능몽초는 숭정 6년 봄에 "강서포정사 반증굉의 남창 관아에 머물렀
다"고 소개되어 있다. 그렇다면 원문의 '박유'는 능몽초가 포정사 관청
이 있던 남창에서 반증굉의 고문으로 잠시 재직한 일을 가리키는 셈이
다. 그리고 그의 귀환을 학수고대하고 있던 상우당 안소운의 독촉으로
허겁지겁 작성한 것이 우리가 이 책 서두에서 읽은 그 짧은 「이각 박안
경기 소인」이다. 『이각 박안경기』가 정식으로 출판된 것은 숭정 6년이
었다고 보는 편이 합리적이라고 보는 이유이다.

2. 이각 박안경기의 체제

　현존하는 『이각 박안경기』 판본들 중에서 가장 일찍 간행된 것은 숭

7　수향거사, 「이각 박안경기 서」.

정 5년¹⁶³²에 소주의 상우당에서 간행한 판본^{이하 '상우당본'}이다. 이 판본의 경우, 중국에는 현재 국가도서관^{國家圖書館}에 소장된 것이 유일하다. 그러나 전체 내용에서 제13권~제30권까지의 분량이 사라진 채 절반 정도만 남아 있을 뿐이다. 그 뒤로 1941년에 일본의 닛코^{日光}를 방문한 중국의 서지학자 왕고로^{王古魯, 1901~1958}가 도쿄^{東京}의 내각문고^{內閣文庫}에서 또 다른 판본^{이하 '내각문고본'}을 새로 발견하였다.

이 판본의 경우, 맨 앞에 수향거사의 「이각 박안경기 서」와 능몽초 본인의 「이각 박안경기 소인」이 차례로 배치되어 있다. 이어서 목차와 삽화가 배치되고 그 뒤에는 40편의 작품 본문이 온전하게 엮여져 있다.

1) 목차

전작 『박안경기』와 마찬가지로, 수록된 작품 총 40편의 작품의 제목이 순서대로 소개되어 있다. 각 권의 제목은 장르가 다른 제40권을 제외한 나머지 39편이 모두 전형적인 명대 장회소설^{章回小說}의 양식에 따라 앞뒤 두 구절의 대구^{對句}로 구성되어 있다. 또, 각 구절의 글자 수는 7자구를 쓴 것이 총 18건, 8자구를 쓴 것이 총 18건으로 가장 많다. 반면에 6자구를 쓴 것은 제4권·제6권·제33권·제40권의 4건이 불과하며 그 중에서도 제40권은 제목이 대구가 아닌 단일한 구절로 붙여져 있어서 이채^{異彩}를 띤다.

2) 삽화

명대에 간행된 소설이나 희곡은 일반적으로 앞머리에 1~2장의 삽화를 배치하는 것이 관례였다. 『이각 박안경기』에도 제1권부터 제39권까지 총 78장의 삽화가 한꺼번에 배치되어 있다. 다만, 장르가 다른 잡극 희곡인 제40권 『송공명이 원소절에 소란을 일으키다[宋公明鬧元宵雜劇]』의 경우에는 삽화가 누락되어 있다. 능몽초 당시에는 희곡이나 소설에 일반적으로 삽화를 넣는 것이 관례였다는 점을 감안할 때, 제40권에 삽화가 누락되어 있다는 것은 이 부분이 나중에 뒤늦게 추가되었을 가능성을 시사해 준다. 만약 이 부분이 능몽초가 『이각 박안경기』를 선보이던 숭정 6년 당시의 원본이 맞다면 상식적으로 제40권에도 똑같이 삽화가 들어가 있어야 정상이기 때문이다.

3) 본문

제40권을 제외하면, 제1권부터 제39권까지는 권마다 우선 맨 오른쪽에 세로로 제목이 두 줄로 배열되고, 거기서 몇 칸을 띄운 다음부터 본문이 오른쪽에서 왼쪽으로 배열되어 있다. 본문은 쪽마다 10행씩, 행마다 대체로 200자씩 들어가 있다.

목판의 중심 하단에는 '상우당[尙友堂]' 세 글자가 표시되어 있으며, 일부 작품에는 해당 작품의 목판을 제작한 판각공[版刻工]의 이름이 표기되어 있다. 내각문고본의 경우, 제1권 상단에 '유음이 그리다[劉珫摹]'라는 문구가 들어가 있는데, 그 의미를 따져 볼 때 삽화를 그린 화공[畫工]의 이름으로

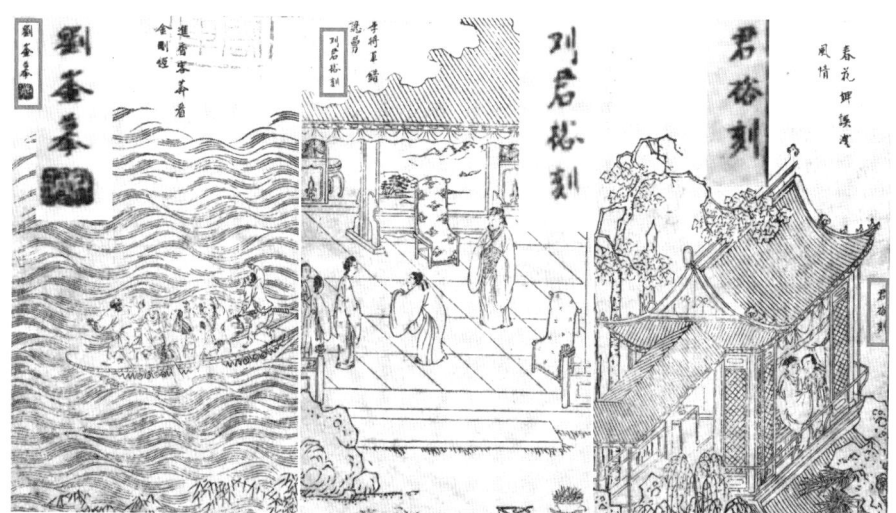

『이각 박안경기』 삽화에 표시된 판각공의 서명들. 왼쪽부터 '유음 모(劉盦摹)', '유군유 각(劉君裕刻)', '군유 각(君裕刻)' 등의 글자들이 보인다.

추정된다. 이 밖에도 제6권 상단에 '유군유가 새기다[劉君裕刻]', 제18권 하단에 '군유가 새기다[君裕刻]'라는 문구가 표시되어 있는 것이 확인된다. 문구의 의미를 따져 볼 때, '유군유[劉君裕]'는 해당 작품의 목판을 제작한 판각공의 이름인 것으로 보인다. 화공 유음과 한 집안 사람으로 추정되는 그의 이름은 다른 도서에서도 확인할 수 있다. 역시 내각문고에 소장된 명대의 『이탁오선생비평 서유기[李卓吾先生批評西遊記]』 제100회의 삽화 오행산하정심원일정도[五行山下定心猿一精圖]에 그려진 바위 옆에 표시된 '군유유씨가 새기다[君裕劉刻]'라는 문구가 그 예이다. 이를 통하여 유군유라는 인물이 명대 말기에 다양한 책의 삽화를 판각하면서 맹활약한 유명한 판각공이었으며, 당시에 출판용 목판의 판각 및 삽화 제작이 일종의 가업으로 전승되면서 직업화·전문화되었음을 짐작할 수 있다.

3. 평점 작자의 독특한 서사장치

각 권의 본문에는 중요한 대목마다 군데군데 작자의 입장을 피력하는 평점評點이 안배되어 있다. 일반적으로 '평評'이란 작품의 특정한 대목에 다는 작자의 소감이나 논평을 가리키는데, 그 위치에 따라 각 쪽의 꼭지에 다는 미비眉批, 본문 행간에 다는 방비旁批. 또는 본문 옆에 단다고 해서 '측비(側批)' 등이 있었다. 또, '권점圈點'은 마침표처럼 구문이 끝나는 곳을 표시하거나, 독자들에게 환기시키고자 하는 대목이나 구절을 부각시키는 역할을 하는 것으로, '。、●' 등으로 표시되었다. 이 독특한 서사장치는 원래 '설화' 시대에는 공연장에서 이야기를 들려주는 이야기꾼이 일종의 내포작가로 작품 속에 개입하면서 독자적인 목소리를 내는 데에 주로 사용되었다. 그것이 『이각 박안경기』에서는 작자인 능몽초가 그 이야기꾼의 역할을 대신하면서 독자들에게 자신이 강조하는 주제나 메시지를 전달하는 소통의 장치로 활용되었다.

명대 독서시장에서 평점은 희곡이나 소설의 주요 대목에서 이따금 요식적으로 간단하게 사용하는 것이 보통이었다. 그러던 것을 능몽초는 『이각 박안경기』에서 무려 979개의 각종 평점을 사용하였다. 그에게 있어 평점은 작품마다 자신이 강조하고자 하는 내용이나 전달하려 하는 메시지를 독자들이 쉽게 파악할 수 있도록 유도하는 장치였다. 이야기꾼이 공연장의 관중들을 염두에 둔 서사장치라면, 평점은 서재에서 책으로 이야기를 읽는 독자들을 배려한 소통장치였던 셈이다. 대단히 상세하면서도 때로는 치밀하게 안배된 이 평점들은 일종의 내포작가로 작품 속에

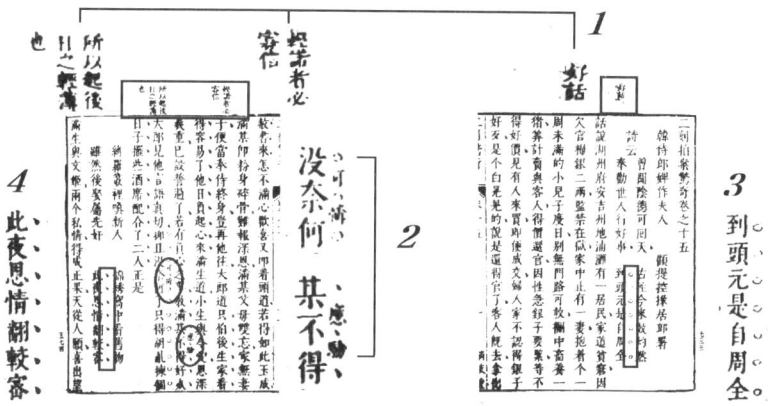

『이각 경기』의 평점 예시. 능몽초가 사용한 미비(1)와 방비(2), 권(3)과 점(4) 등 다양한 방식으로
자신의 의견을 개진하면서 독자와 소통하려 한 것을 볼 수 있다

직접 개입하면서 메시지를 전달하고 나아가 최종적인 목적'교화'을 달성
하고자 하는 작자능몽초의 의지를 느낄 수 있게 한다. 그래서 일본 학자 카
사미笠見는 평점이 고도로 활성화되어 작품 전체가 하나의 장편 논설과도
같은 성격을 보여 주는 것이 『박안경기』 서사의 가장 큰 특징"이라고 평
가하기도 하였다.[8]

4. 내각문고본의 의문점

지금까지 살펴보았듯이, 현재 존재하는 『이각 박안경기』의 판본들 중

---

8   카사미 야요이(笠見弥生), 「『초·이각 박안경기』의 언어에 관하여 (『初·二刻拍案驚
奇』の語りについて)」, 『동경대학 중국어중국문학연구실기요(東京大學中國語中國文學研
究室紀要)』, 제18호, 28쪽, 2015.

에 가장 온전하게 전해지는 것이 일본의 내각문고본임은 분명하다. 다만, 이 판본이 능몽초가 숭정 6년에 당시 독자들에게 선보인 바로 그 최초의 판본인지에 관해서는 몇 가지 의문이 제기되고 있다.

1) 상이한 표지

내각문고본이 숭정 6년의 원본이 아닐 가능성은 인쇄에 사용된 목판을 통해서도 제기된다. 대표적인 사례가 제5권 「양민공이 원소절에 아들을 잃고, 열셋째가 다섯 살에 황제를 알현하다」와 제9권 「경박한 신랑이 갑자기 신부와 이별하고, 고용된 시녀가 옥 두꺼비를 알아 보다」이다. 이 두 작품의 경우, 목판 가운데에 한결같이 "이속 경기二續驚奇"라는 문구가 표시되어 있다. 문제는 이 두 이야기를 제외한 나머지 36편의 작품에는 해당 위치에 모두 "이각 경기二刻驚奇"라는 문구가 표시되어 있다는 데에 있다. "2각 경기"를 '박안경기의 속편'이라는 뜻에서 "속 경기續驚奇"라고 이해할 경우, "이속 경기"는 '속 경기의 속편'이라는 뜻으로 이해해야 하는 셈이다. '이각 경기'와 '이속 경기'가 서로 다른 판본일 가능성을 배제할 수 없다는 뜻이다.

2) 중복된 작품

능몽초는 「이각 박안경기 소인」에서 "일단 이번에도 마흔 편을 엮기로 한 것이다聊復綴爲四十則"이라고 밝힌 바 있다. 상식적으로 해석한다면 이 "마흔 편"은 모두 전작 『박안경기』를 엮고 남은 "백량대를 짓고 남은 목

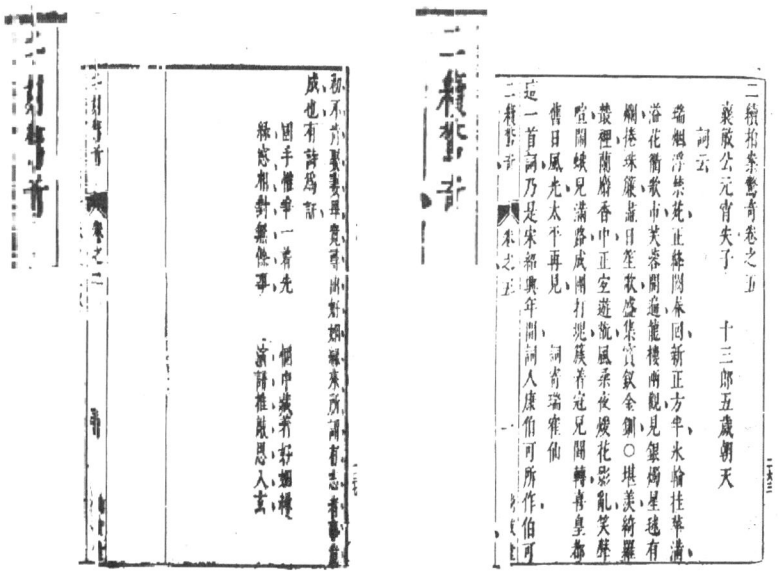

'이각 경기(二刻驚奇)'와 '이속 경기(二續驚奇)' 표시 사진. 동일한 판본에서 제목이 서로 다르게 표시되어 있는 것을 확인할 수 있다

재와 무창의 남은 대나무"를 새로 엮은 것이다. 전작에 수록된 작품들과는 '구분되는 별도의' 의화본 소설들이라는 뜻이다. 내각문고본은 문구에서 부분적으로 편차를 보이기는 하지만, 23번째 이야기인 제23권 「언니가 넋이 떠돌다 오랜 소원을 이루고 처제가 병상서 일어나 전날의 인연을 잇다」가, 그보다 4년 전에 간행된 『박안경기』초각의 제23권과 동일한 작품이다. 상식적으로 엄정한 창작관을 고수한 능몽초가 전작에서 이미 소개한 작품을 5년 뒤에 다시 끼워 넣었을 리는 없는 것이다.

3) 장르가 다른 작품

마지막 이야기인 제40권 「송공명이 원소절에 소란을 일으키다」가 장르의 성격상 소설novel이 아닌 희곡drama인 점도 납득하기 어렵다. 수향거사의 서문에서 보듯이, 희곡과 소설은 능몽초 당시에 각각 '연의演義'와 '전기傳奇'로 그 명칭이 분명히 구분되어 있었다. 그런데 장르가 다른 '전기'를 '연기'로 둔갑시켜 『이각 박안경기』에 '신작'으로 수록한다는 것은 논리적이지 않다는 뜻이다. 또, 『이각 박안경기』 목차 맨 뒤의 제40권 부분을 살펴보면 제목인 "송공명요원소 잡극宋公明鬧元宵襍劇" 바로 아래에 작은 글씨로 '부附'자가 들어가 있는 것을 확인할 수 있다. 여기서의 '부'는 정식 수록되는 본문과는 별도로 추가한 부록附錄임을 뜻한다. 이 글자의 존재만으로도 이 희곡이 능몽초가 『이각 박안경기』를 출판할 때 처음부터 "40편[四十則]"의 하나로 기획되고 수록된 작품이 아니라 제40권 자리에 나중에 누군가에 의하여 부록으로 끼워 넣어진 것임을 알 수 있는 것이다.

당시 복단대覆旦大 교수였던 중국문학 사학자 장배항章培恒은 이같은 의문점들에 문제를 제기하면서 다음과 같은 결론을 내렸다.

내각문고에 소장된 『이각 박안경기』가 세상에서 유일한 판본이기는 하지만 상우당에서 처음 발간한 판본은 아니다. 원래 수록되었던 제23권과 제40권은 이미 망실되었고, 그래서 『박안경기』의 제23권과 「송공명이 원소절에

소란을 일으키다」잡극 희곡을 각각 끼워 넣음으로써 40권을 채운 것이기 때문이다.[9]

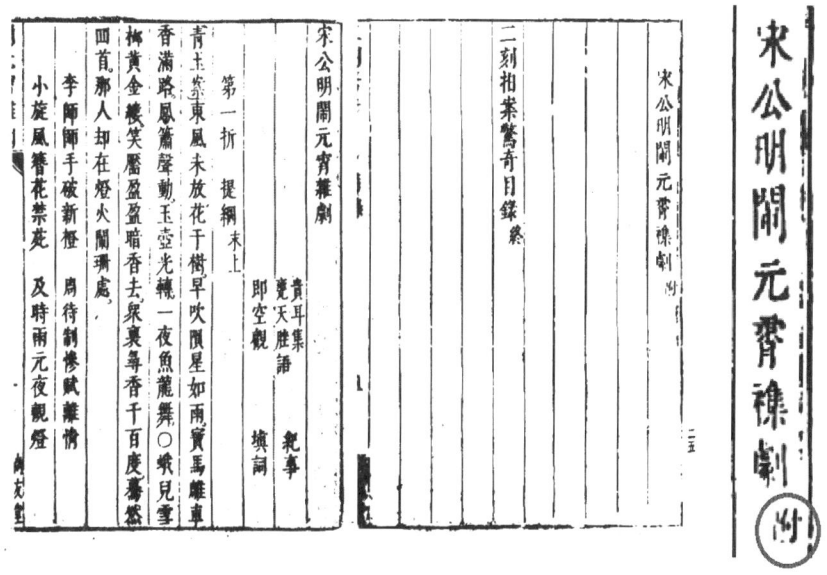

장르가 다른 제40권 희곡의 첫머리(좌)와 목차(우)의 '부(附. 동그라미 표시)'

5. 이각 박안경기의 소재들

중국 학계에서는 『이각 박안경기』를 "중국소설사에서 작자가 독자적으로 창작한 최초의 화본소설집"이라고 높이 평가하고 있다.[10] 그러나

9 장배항(章培恒), 「영인본 『이각 박안경기』서」, 『이각 박안경기』, 제3쪽, 상해고적, 1985.
   "內閣文庫所藏『二刻拍案驚奇』雖爲天下孤本, 而非尙友堂原刊足本; 原刊的第二十三卷
   與四十卷業已亡佚, 故將『拍案驚奇』的第二十三卷與『宋公明鬧元宵雜劇』分別補入, 以湊
   足四十卷之數."
10 석창유, 「『박안경기』전언」, 『박안경기』(초각), 강소고적, 제1쪽, 1990.

능몽초가 이 소설집의 줄거리와 인물들을 모두 혼자서 창조해낸 것은 아니다. 엄밀하게 말하면 『이각 박안경기』는 『이견지^{夷堅志}』·『전등신화^{剪燈新話}』·『제동야어^{齊東野語}』·『정사^{情史}』·『지낭^{智囊}』 등, 송대와 명대에 서면체 중국어'문언'로 지어진 단편 소설이나 희곡에서 발굴한 소재를 재구성하고 당시의 독자들이 이해할 수 있도록 구어체 중국어'백화'로 쉽게 부연하고 자신의 주장을 삽입하는 방식으로 재창작한 결과물이기 때문이다. 실제로 『이각 박안경기』에 수록된 작품들의 출처를 살펴보면, 홍매^{洪邁}의 『이견지』에서 소재를 취한 것이 제2권·제7권·제8권·제11권 등 총 12편으로 가장 많다. 그 다음이 제6권·제24권 등, 구우^{瞿佑}의 『전등신화』에서 소재를 취한 것이다. 이와 함께 제10권 등과 같이 『제동야어』에서 소재를 취한 것도 보인다. 그 중에는 제28권·제37권 등과 같이 풍몽룡의 『지낭보^{智囊補}』나 채우^{蔡羽}의 『요양해신전^{遼陽海神傳}』 등, 능몽초와 비슷한 시기인 명대에 지어진 소설에서 소재를 취한 것들도 포함되어 있다. 이 밖에도 제3권·제9권 등처럼, 능몽초 당시에 민간에서 유행하던 연극 희곡을 소설로 각색하고 재창작한 사례도 더러 보인다.

능몽초가 『이각 박안경기』에 수록한 작품들의 출처를 소개하면 다음 표와 같다.

이각 박안경기				이야기 소재 출처		
순서	제목	시대	작자	제목	편명	영향
1	進香客莽看金剛經 出獄僧巧完法會分	명		古今圖書集成·神異典一	金剛持念	
2	小道人一著饒天下 女棋童兩局注終身	송	洪邁	夷堅志補 권19	蔡州小道人	
3	權學士權認遠鄉姑 白孺人白嫁親生女	명	葉憲祖	丹桂鈿盒雜劇		撮盒緣傳奇 鈿盒奇緣(傅青眉)

	이각 박안경기			이야기 소재 출처		
순서	제목	시대	작자	제목	편명	영향
4	靑樓市探人踪 紅花場假鬼鬧	명				紫金魚傳奇 今古奇觀(제36회), 十三郎五歲朝天
5	襄敏公元宵失子 十三郎五歲朝天	송	岳珂	桯史	眞珠族姬	
			洪邁	夷堅志補8		
6	李將軍錯認舅 劉氏女詭從夫	원	瞿佑	剪燈新話		範頭巾
			葉憲祖	金翠寒衣記	翠翠傳	
			馮夢龍	情史	劉翠翠	
7	呂使者情媾宦家妻 吳大守義配儒門女	송	洪邁	夷堅志支戊 권9	董寒州孫女	買笑局金(傅靑眉)
8	沈將仕三千買笑錢 王朝議一夜迷魂陣	송	洪邁	夷堅志補8	王朝議	
9	莽兒郞驚散新鶯燕 偒梅香認合玉蟾蜍	명	葉憲祖	素梅玉蟾雜劇		蟾蜍佳偶(傅靑眉)
10	趙五虎合計挑家釁 莫大郞立地散神奸	송	周密	齊東埜語 권20	莫氏別室子	
11	滿少卿饑附飽颺 焦文姬生讎死報	송	洪邁	夷堅志 권11	滿少卿	死生怨報(傅靑眉)
			馮夢龍	情史	滿少卿	
12	硬勘案大儒爭閒氣 甘受刑俠女著芳名	송	洪邁	夷堅志支庚 권10	吳淑姬嚴蕊	
			周密	齊東埜語	嚴蕊	
			馮夢龍	情史	嚴蕊	
13	鹿胎庵客人作寺主 剡溪里舊鬼借新屍	송	洪邁	夷堅志補 권16	嵊縣山庵	
14	趙縣君喬送黃柑 吳宣教乾償白鏹	송	洪邁	夷堅志補8	李將仕	賣情扎囤(傅靑眉)
					吳約知縣	今古奇觀권38
			馮夢龍	情史	李將仕	剻縣君喬送黃柑子
15	韓侍郞婢作夫人 顧提控掾居郞署	명		不可緣		
			沈齡	三元記傳奇		
16	遲取券毛烈賴原錢 失還魂牙僧索剩命	송				
17	同窓友認假作眞 女秀才移花接木	명	洪邁	夷堅志堅甲 권19	毛烈陰獄	
18	甄監生浪呑秘藥 春花婢誤洩風情	명				
19	田舍翁時時經理 牧童兒夜夜尊榮	춘추				
20	賈廉訪贋行府牒 商功父陰攝江巡	송	洪邁	夷堅志補 권24	賈廉訪	
21	許蔡院感夢擒僧 王氏子因風獲盜	명				
22	擬公子狠使噪脾錢 賢丈人巧賺回頭婚	명	邵景詹	覓燈因話	姚公子	人鬼夫妻(傅靑眉)

이각 박안경기				이야기 소재 출처		
순서	제목	시대	작자	제목	편명	영향
23	大姉魂遊完宿願 小姨病起續前緣	원	瞿佑	剪燈新話	金鳳釵記	원잡극 碧桃花와 유사
			沈璟	一種情傳奇		
			馮夢龍	情史	吳興娘	
24	庵內看惡鬼善神 井中譚前因後果	원	瞿佑	剪燈新話	三山福地志	
25	徐茶酒乘鬧劫新人 鄭蕊珠鳴冤完舊案	명	何喬遠	九朝野記		
26	憎教官愛女不受報 窮庠生助師得令終	명				
27	偽漢裔奪妾山中 假將軍還姝江上	명	王同軌	耳譚		撮盒緣傳奇
						智賺還珠(傅青眉)
28	程朝奉單遇無頭婦 王通判雙雪不明冤	명	馮夢龍	智囊補		沒頭疑案(傅青眉)
29	贈芝麻識破假形 擷草藥巧諧眞偶	명		靈狐三束草	大別狐	
			馮夢龍	情史		
30	瘈遺骸王玉英配夫 償聘金韓秀才贖子	명		鴛鴦被雜劇		
			王同軌	耳譚	王玉英	
			馮夢龍	情史		
31	行孝子到底不簡屍 殉節婦留待雙出柩	명	李詡	戒菴漫筆		
			王同軌	耳譚		
			馮夢龍	情史		
32	張福娘一心貞守 朱天錫萬里符名	송	洪邁	夷堅志補 권10	朱天錫	義妾存孤(傅青眉)
33	楊抽馬甘請杖 富家郎浪受驚	송	洪邁	夷堅志丙 권5	楊抽馬	
34	任君用恣樂深閨 楊太尉戲宮館客	송	洪邁	夷堅志支乙 권5	楊戬館客	
35	錯調情賈母詈女 誤告狀孫郎得妻	?	馮夢龍	情史	吳松孫生	錯調合璧(傅青眉)
36	王漁翁捨鏡崇三寶 白水僧盜物喪雙生	?	洪邁	夷堅志支戊 권9	嘉州江中鏡	
37	疊居奇程客得助 三救厄海神顯靈	명	蔡羽	遼陽海神傳	遼陽海神	
			馮夢龍	情史		
38	兩錯認莫大姐私奔 再成交楊二郎正本	명				
39	神偷寄興一枝梅 俠盜慣行三昧戲	명				失印救火
						盜銀壺
40	宋公明鬧元宵	송	施耐庵	水滸傳 제72회		
			張端義	貴耳集		
			童甕天	甕天胜語		

6. 능몽초의 소설 창작 원칙 사실주의 고수

능몽초는 '이박'을 창작하는 과정에서 일관되게 고수한 원칙이 있었다. 그것은 바로 "교화에 죄인이 되지 않는다[不爲敎化罪人]"와 "뜻을 설득하고 경계하는 데에 둔다[意存勸戒]"는 것이다. 물론, 서둘러 작성된 『이각 박안경기 소인』에는 그것이 어떤 의미인지 구체적으로 언급되어 있지 않다. 그러나 그 전작 『박안경기』의 서문에는 그가 고수한 창작 원칙의 내용과 이유가 비교적 자세하게 언급되어 있다.

근래에는 태평성대가 오래 이어지다 보니, 백성들이 방탕해지고 그 뜻 또한 방종으로 치닫는 경향이 있습니다. 그래서 경박한 망나니들은 붓을 좀 놀릴 줄 알게 되기만 하면 지레 세상을 오도하고 잘못된 것들을 두루 가져다 쓰면서 황당무계한 것이 아니면 믿으려 들지 않는 바람에 그 내용이 하도 외설적이고 더러워서 차마 듣기조차 민망스럽기 일쑤이지요. 유가의 가르침에 죄를 짓고, 다음 생에 업보를 쌓기로는 이보다 더한 경우가 없을 것입니다. 더욱이 종이도 그런 책들 때문에 값이 올랐건만 그런 이야기들이 날개 없이도 퍼져나가고 다리 없이도 돌아다니곤 합니다[11]

서문에서 볼 수 있듯이, 능몽초는 유가에서 금기시하는 '괴·력·난·신[怪力亂神]'의 귀신 이야기와 지나친 음담패설을 다룬 책들이 당시의 독서

---

11 능몽초, 「박안경기 서」, 『박안경기』 제1권, 학고방 출판사, 2023. 아래의 인용문들 역시 『박안경기』 서문의 내용이다.

시장에 범람하면서 사람들의 도덕과 풍속을 부정적인 영향을 끼치는 데에 상당한 불만을 토로하고 있다. 유가적 교화를 무척 소중하게 여기는 정통 지식인인 그의 입장에서는 이 같은 사회병리 현상들을 일소하는 일이 정통 지식인에게 대단히 중요한 책무라고 여긴 듯하다. 그런 그에게 있어 교화의 죄인이 되지 않는 길은 소설을 통하여 어리석은 사람들을 계도하는 방법뿐이었다. 「박안경기 서」에서 밝힌 바에 따르면, 사실 능몽초가 『박안경기』를 짓게 된 가장 큰 이유도 당시 사람들의 땅에 떨어진 도덕관에 경종을 울리고, 나아가 잘못된 가치관을 바로잡자는 데에 있었다.

능몽초가 '이박'을 선보이면서 사실주의를 창작의 대전제로 표방한 것도 바로 이 때문이었다. 그는 "황당무계해서 믿을 수 없고[荒誕不足信]", "외설스러워 차마 들어 줄 수 없는[褻穢不忍聞]" 귀신 이야기나 음담패설이 횡행하는 현상을 비판하면서 "보고 듣는 범위 이내 및 일상에서 생활하는 영역[耳目之內, 日用起居]"에서 생생하고 익숙한 소재들을 토대로 소설을 창작할 것을 역설하였다. 그는 그 대안으로 기존의 퇴폐적인 창작 풍토와는 상반되는 접근방법, 즉 "보고 듣는 범위 이내 및 일상에서 생활하는 영역", 즉 일상생활을 토대로 한 소설 창작을 제안하였다. 이같은 사실주의적 접근방법은 「이각 박안경기 서」에서 수향거사가 당시의 소설가들에게 눈 앞에 펼쳐지는 '만물의 상태와 인간의 감정[物態人情]'에 주목하면서 사실주의[眞]의 예술적 경지를 지향할 것을 역설한 것과도 궤를 같이한다. 『박안경기』의 서문·범례와 상우당의 패기[牌記] 등에 "교화의 죄인이 되지 않겠다"는 몇 번이나 다짐이 등장하는 것은 소설의 사회적 교화에 대한 그의 각성과 의지가 얼마나 확고했는지 잘 보여 준다. 능몽초의 이 같은 창작 원칙은 실제로 『박안경기』에 이어 『이각 박안경기』에서도 일관되게 고수되었다.

> 그가 수집한 것들은 대부분 매우 사실적이고 근거가 있는 것들이다. 비록 더러 신이나 귀신의 이야기를 언급하기도 하지만 그래서 역사가인 사마천이 역사를 기술할 때와 마찬가지로 묘사가 사실적이다. … 이국적인 볼거리를 곁들이므로써 세속의 유생들이 가진 편견을 깨는 것도 나쁠 것은 없을 것이며, 요염한 미인이나 풍류 넘치는 밀회 따위를 다룬 이야기들의 경우도 소설집에 수록해야 할 것들이다. 다만, 세상의 풍속을 더럽히는 이야기들의 경우만큼은 모조리 배제시키려 노력하였다. 즉공관주인의 말을 빌리자면 참으로 '세상에서 내 이야기를 구할 수 있는 이들이 충신이나 효자가 되는 데에 어려움이 없게 해 줄 것이고 그렇게 되지 못하는 자들이라도 음행을 일삼지는 않게 될 것'이라는 격이다.[12]

능몽초가 '이박'에서 평범한 일상의 사회와 인물에서 소설적 재미를 찾으려고 노력한 것은 바로 '평범함도 기이함으로 승화될 수 있다[平淡爲奇]'거나 '기이함이 없는 것을 기이함으로 여긴다[無奇之所以爲奇]'라는 확고한 신념이 있었기 때문이었다.

그렇다고 해서 능몽초가 소설의 허구적인 요소들을 완전히 부정한 것

---

12 수향거사, 「이각 박안경기 서」.

은 아니다. 능몽초는 자신의 사실주의 창작 원칙을 관철하기 위하여 "사건의 진실과 허구, 이름의 사실과 거짓이 각각 반씩 섞이게 할 것[其事之眞與飾, 名之實與贋, 各參半]"을 제안하였다. 이는 사실주의에 입각하여 소설을 창작하되 필요에 따라서는 소설의 교화효과를 배가시키기 위하여 허구적인 요소를 양념처럼 적절하게 활용하는 융통성을 허용한 셈이다. 간혹 "작품들 속에서 귀신을 언급하고 꿈을 거론한 것들도 있지만 … 그 취지 역시 독자들을 설득하고 경계로 삼게 하는" 장치로서 운용한 것이라는 수향거사의 증언은 바로 이같은 배경 속에서 나온 것일 것이다. 실제로 그는 『이각 박안경기』에서 대부분 실제로 발생한 사건과 인물을 다룬 이야기들을 소개하면서 중간중간에 이국적인 볼거리나 풍류가 넘치는 남녀간의 사랑 이야기나 귀신 이야기들을 적절하게 활용하는 것을 주저하지 않았다. 그가 『이각 박안경기』에서 당시 사람들이 일상에서 볼 수 있는 각계각층의 다양한 인물들을 주인공으로 내세워 역시 일상에서 접할 수 있는 사건들을 위주로 스토리텔링을 이끌어간 것은 아무래도 "다룬 일들은 사람들의 정서나 일상과 가까운 것들이 많은 반면, 귀신·괴물 같은 허황된 것들은 그다지 다루지 않은 것이다[事類多近人情日用, 不甚及鬼怪虛誕]"라는 『박안경기』 시절부터의 초심을 고수한 결과로 해석된다.

7. 『이각 박안경기』의 해적판들

능몽초의 『이각 박안경기』는 숭정 6년에 출판된 이래로 독서시장에서 상당한 인기를 얻었던 것으로 보인다. 『이각 박안경기』가 출판되고 나서

'즉공관주인' 또는 '박안경기'라는 이름을 차용한 해적판이 잇따라 등장했기 때문이다. 대표적인 해적판이 바로『별본 이각 박안경기別本二刻拍案驚奇』이다.

'또 다른 판본의『이각 박안경기』라는 뜻으로 해석되는 "별본 이각 박안경기"는 정식 제목이『박안경기 2집拍案驚奇二集』이다. 현재 프랑스 파리 국가도서관에만 소장되어 있는 세계 유일본으로, 표지의 오른쪽 위에는 능몽초가 직접 엮었다는 뜻의 "즉공관주인 편차卽空觀主人編次"가, 왼쪽 아래에는 상우당의 목판을 사용했다는 뜻의 "본아 장판本衙藏版"이라는 문구가 들어가 있으며, 서두에는『이각 박안경기』의 것과 똑같이 숭정 6년에 작성된「이각 박안경기 소인」이 배치되어 있다. 중국의 서지학자 유수업劉修業, 1910~1993의 분석에 따르면, 이 판본의 목판은 제1권~제10권까지는 한 쪽의 절반半葉이 10행, 각 행이 20자씩으로, 내각문고본『이각 박안경기』와 같은 것이지만 제11권 뒤로는 한 쪽의 절반이 9행에, 각 행이 21자씩으로 구성되어 있다. 지금까지 서지학자들이 연구한 바에 따르면, 이 판본은『이각 박안경기』에 다른 소설집에 사용된 목판을 끼워넣은 것이라는 것이다. 실제로 그 다른 목판들의 체제는 북경대학교에 소장된 제3의 의화본 소설집인『환영幻影』의 체재와 정확히 일치한다. 말하자면 "별본 이각 박안경기"는 능몽초가 직접 집필한 세 번째 소설집이 아니라 서상안소운?이 기존에 출판되어 인기를 끌고 있던『이각 박안경기』에『환영』에 수록되었던 작품들을 섞어 인쇄한 뒤에 능몽초가 새로 엮은 소설집인 것처럼 둔갑시킨 해적판이라는 뜻이다. 제목은 다른데 책

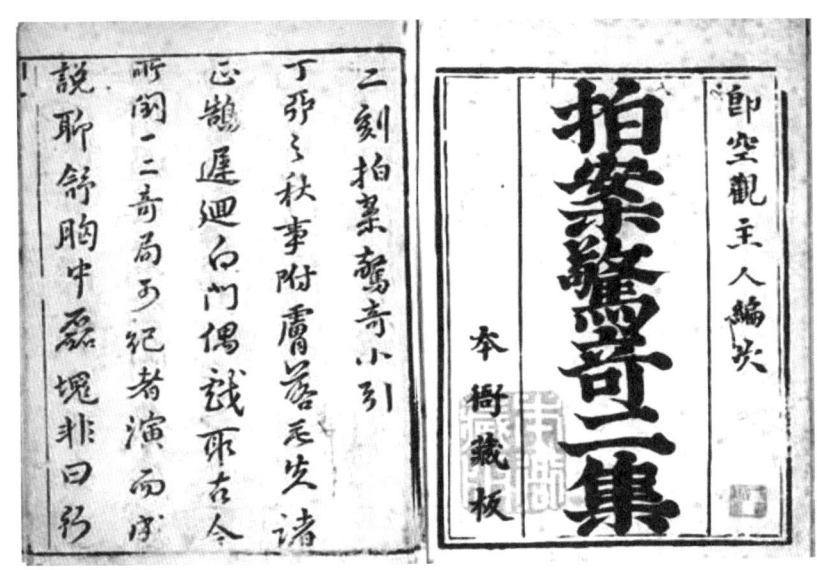

프랑스 파리 국가도서관에 소장된 『박안경기 2집』의 표지(우)와 『이각 박안경기 소인』(좌). 책 제목이 다른데 소개 글 내용은 그대로이다. 능몽초가 아닌 제3자가 만든 해적판이라는 뜻이다

을 소개하는 글의 제목은 그대로 「이각 박안경기 소인」인 것이 그 증거이다. 그 뒤에 지어진 『환영』 작품들을 끼워 넣어 34권 총 34편으로 엮어져 있다. 게다가 「이각 박안경기 소인」의 "마침내 그 이야기들을 베끼고 모아 책으로 엮은 것이 마흔 편이나 되었다[遂爲鈔撮成篇, 得四十種]" 대목의 '40四十' 부분은 교묘하게 깎아내고 '34卅四'로 바꾸어 놓았다. 제목 역시 부분적으로 편차를 보인다. 제1권~제10권까지는 『이각 박안경기』와 동일하나 『이각 박안경기』 제15권의 「한시랑비작부인, 고제공연거낭서(韓侍郎婢作夫人, 顧提控掾 居郎署)」가 여기서는 「강애낭신호주부인, 고제공연거낭서(江愛娘神護做夫人, 顧提控掾 居郎署)」 제2권로 앞부분이 바뀌어져 있는 것이 그 예이다.

『환영』은 명나라 숭정 16년[1643]에 처음으로 간행되었다. 따라서 이 둘이 합쳐진 "별본 이각 박안경기"의 존재는 그 출판 시점이 그보다 나중, 즉 서기 1643년 이후임을 시사해 준다. 중국 근현대의 서지학자인 정진탁[鄭振鐸, 1898~1958]·유수업의 연구에 따르면, 그 수록 작품들을『이각 박안경기』·『환영』과 비교하면 다음 표와 같다.

권수	환영 제목	출처	제목 비고
권01	滿少卿饑附飽颺 焦文姬生讎死報	이각 권11	
권02	江愛娘神護做大人 顧提控思超主政	이각 권15	韓侍郎婢作夫人 顧提控掾居郎署
권03	美男人拾簪得婚 女秀才移花接木	이각 권17	同窗友認假作眞 女秀才移花接木
권04	靴匕生浪吞秘藥 春花婢誤洩風情	이각 권18	
권05	遲取券毛烈賴原錢 失還魂牙僧索剩命	이각 권16	
권06	李將軍錯認舅 劉氏女詭從夫	이각 권6	
권07	呂使者情媾宦家妻 吳太守義配儒門女	이각 권7	
권08	沈將仕三千買笑錢 王朝議一夜迷魂陣	이각 권8	
권09	莽兒郎驚散新鶯燕 㑳梅香認合玉蟾蜍	이각 권9	
권10	趙五虎合計挑家釁 莫大郎立地散神奸	이각 권10	
권11	不苟存心終不苟 淫奔受辱悔淫奔	환영 제3회	情詞無可逭 羞殺抱琵琶
권12	李侍講無心還寶物 王指揮有意救恩人	출처 불명	
권13	恤孤仗義反遭殃 好色行凶終有賣	환영 제1회	看得倫理眞 寫出奸徒幻
권14	延名師誤子喪妻 設奸謀敗名殞命	환영 제27회	爲情花月逗 賠講差使書
권15	眈淫朋痴兒蕩産 仗義僕敗子回頭	환영 제8회	義僕還自守 浪子寧不回
권16	耽風情店婦宣淫 全孝義孤兒完節	환영 제6회	衆心還獨抱 惡計枉敎施
권17	貪淫婦歡偏受死 烈俠士就戮反超生	환영 제9회	淫婦情可誅 俠士心當宥
권18	老衲識書生于未遇 忠臣保危主而令終	출처 불명	
권19	富差貧夫婦拆散 尋親行孝父子團圓	출처 불명	
권20	死殉夫一時義重 生盡節千古名香	환영 제7회	生報華慕恩 死謝徐海義
권21	奸淫漢殺李移桃 神明官追尸斷鬼	환영 제13회? (본문 없음)	匿計佔紅顔 發棺蘇呆婿
권22	任金剛假官劫庫銀 張銅梁僞鏹誅大盜	환영 제15회?	動庫饒雖巧 擒兇智倍神
권23	認惡友謀害害命 舍正身斷獄懲凶	환영 제16회	見白鏹失義 因雀引明寃
권24	無福官叛而尋死 有才將巧以成功	출처 불명	
권25	狠毒郎圖財失妻 老實頭惡天咎婦	환영 제25회	緣投波浪裏 恩向小窗親

권수	환영 제목	출처	제목 비고
권26	忠臣死義鐵錚錚 貞女全名香撲撲	환영 제5회	烈士殉君難 書生得女貞
권27	報父仇六載伸冤 全父尸九泉含笑	환영제 2회	千金苦不易 一死樂伸冤
		이각 권31회?	行孝子到底不簡屍 殉節婦留待雙出柩
권28	痴人望貴空遭騙 賊禿貪財却受誅	환영 제28회	修齊邀紫綬 說法騙紅裙
권29	財色兼貪何分僧俗 冤仇互報那怕官人	환영 제29회	淫貪皆有報 僧俗總難逃
권30	飮盡毒禍起蕭牆 刺哲謀珠還合浦	출처 불명	
권31	穡陰功徒遭極品 棄糟糠暴死窮途	출처 불명	
권32	騙來物牽連成禍種 遇救主始終是功臣	출처 불명	
권33	逞奸計以婦賣姑 盡孝道將妻換母	환영 제4회	設計去姑易 賣舟送婦難
권34	孝女割肝救祖母 眞尼避地絶塵緣	출처 불명	

『이각 박안경기』의 명성을 차용한 또다른 해적판으로는 『삼각 박안경기三刻拍案驚奇』가 있다. 이 판본은 두 가지 판본이 있다. 먼저, ① 현재 북경 도서관에 소장된 판본은 속지에 또다른 의화본소설집으로 포옹노인抱甕老人이 엮은 『금고기관今古奇觀』의 제목에서 착안한 것으로 보이는 "형세기관形世奇觀"이라는 문구가 가로로 붙어 있으며, 제1회부터 제7회까지만 남아 있다. 또, ② 북경대학교 도서관에 소장된 판본은 총 30회가 전해지는데 명대 말기 판본과 역시 같은 시기의 것으로 추정되는 필사본이 남아 있다. 현존하는 『이각 박안경기』의 판본들을 표로 소개하면 대체로 다음과 같다.

이 판본은 원래 제목이 『환영』이며, 저자는 "몽각도인·서호낭자 합집夢覺道人西湖浪子 合輯"으로 기재되어 있는 것을 보면 원래는 몽각도인과 서호낭자가 함께 엮은 소설집 『환영』에 '표지 갈이'를 하여 마치 그것이 즉공관주인의 세 번째 소설집인 것처럼 둔갑시킨 것으로 보인다. 『환영』에 『형

소장자	제목	분량
마렴(馬廉)	삼각 박안경기	20여 회
북경도서관(정진탁 소장본)	형세기관	환영의 제1~7회
북경시 문물 부서	형세기관?	환영 총 21회
프랑스 파리 국가도서관	별본 이각 박안경기	제11~34회 총 24권이 이각과 다름 총 15회가 환영과 동일하나 나머지 9회는 환영과 다름
일본 좌백(佐伯)문고		

세기관』, 나아가 『삼각 박안경기』라고 제목을 붙였다는 것은 누가 보더라도 능몽초가 지은 『박안경기』와 『이각 박안경기』의 명성과 인기를 빌려 독자들을 끌어들이려고 한 것임을 짐작할 수가 있다. 『형세기관』이라는 또다른 제목이 『금고기관』의 명성을 차용하려 한 것과 같은 맥락이다.

이처럼 해적판이 줄줄이 만들어질 정도로 인기를 끌던 능몽초의 『이각 박안경기』와 『박안경기』는 명나라가 망하고 청나라로 왕조가 교체되는 난세를 거치면서 그 인기가 급격히 사그라들더니 청나라에서는 아예 '금서'라는 낙인까지 찍히면서 독서시장에서 완전히 자취를 감추었던 것으로 보인다.

1세　만력 8년 5월 7일[1580년 6월 18일]

절강[浙江] 호주부[湖州府] 오정현[烏程縣] 동성사포[東晟舍鋪][1]에서 부친 능적지[凌迪知]와 생모 장씨[蔣氏] 사이에서 태어남.

조부 능약언[凌約言]은 가정[嘉靖] 경자년[庚子年] 거인[擧人] 출신으로 벼슬이 남경[南京]의 형부[刑部] 원외랑[員外郞]에 이르렀고, 가정 병진년[丙辰年] 진사[進士] 출신인 부친은 당시 52세, 생모는 21세였다.

2세　만력 9년[1581년]

아우 능준초[凌浚初]가 태어남.

12세　만력 19년[1591년]

관학[官學]에 입학함.

18세　만력 25년[1597년]

늠선생[廩膳生]으로 편입됨.

21세　만력 28년 12월 5일[1600년]

부친 능적지가 72세로 사망함. 그 고을의 진사 주국정[朱國禎]이 조문을 옴.

1　동성사포(東晟舍浦) : 지금의 중국 절강성 호주시 직리진(織里鎭)에 해당한다.

23세   만력 30년^{1602년}

딸을 항주^{杭州}에 머물던 가흥^{嘉興} 출신 문인 풍몽정^{馮夢禎}의 손자 풍연생^{馮延生}에게 출가시킴.

11월 8일, 풍몽정이 혼인 예물을 지참하고 방문하자 외숙인 오몽양^{吳夢暘}과 함께 극단인 여삼반^{呂三班}을 불러 『향낭기^{香囊記}』를 무대에 올리고 한밤중까지 접대함.

24세   만력 31년¹⁶⁰³

정월 25일, 사돈 풍몽정이 덕청^{德淸}의 산소에서 차례를 지낸다는 소식을 듣고 호주에서 지인인 송종헌^{宋宗獻}·장염군^{張炎甫}과 함께 현지로 가서 술을 마시며 이경^{二更}까지 담소를 나눔. 26일, 일행은 호주의 청산^{靑山}으로 자리를 옮겨 나들이를 하고 수암상인^{守菴上人}을 만남.

2월, 풍몽정·복원상인^{復元上人}·송종헌과 함께 소주^{蘇州} 나들이를 하면서 배에서 시를 짓고 글을 논함. 이 자리에서 풍몽정은 능몽초가 입수한 원대에 출판된 『경덕전등록^{景德傳燈錄}』의 발문^{跋文}을 쓰는 동시에 『동파선희집^{東坡禪喜集}』과 『산곡선희집^{山谷禪喜集}』에 평점^{評點}을 붙여 줌.

8월 5일, 항주의 풍몽정을 방문하러 갔다가 그 자리에 있던 복원상인과 상봉함.

이 해에 왕서등^{王穉登}이 호주에 나들이를 왔다가 능몽초와 그 형 함초^{涵初}, 아우 준초의 융숭한 대접을 받고 병중에도 그 길로 능 씨네 차적원^{此適園}을 방문함. 얼마 후, 형 함초가 45세의 나이로 사망함.

26세 만력 33년^{1605년}

6월, 아내 심씨^{沈氏}가 장자 침^琛을 낳음.

9월 6일, 생모 장씨가 남경에서 사망함.

10월, 생모의 관을 고향으로 운구하고 풍몽정이 부고를 듣고 와서 조문함.

27세 만력 34년^{1606년}

국자감^{國子監} 제주^{祭酒} 유왈영^{劉曰寧}에게 글을 올림. 유왈영이 그 글을 병부^{兵部} 우시랑^{右侍郎}이던 경정력^{耿定力}에게 보이자 자신의 형인 경정향^{耿定向}의 진사 동기인 능적지의 아들이며, 경정향이 평소 능몽초의 글재주를 칭찬했다고 밝힘.

이 해에 선친의 지인인 남경 국자감 사업^{司業} 주국정^{朱國禎}과 인연을 맺음. 외숙부인 오윤조^{吳允兆}가 남경 처소를 방문하자 정담을 나누고 도서들을 감상한 후 자신이 지은 희곡의 서문을 써 줄 것을 부탁함.

같은 해에, 첫 번째 학술저서인 『후한서찬^{後漢書纂}』을 남경에서 출판하는 한편 선친의 지인인 왕서등에게 서문을 써 줄 것을 부탁함. 이 해부터 남경에 장기 체류함.

29세 만력 36년^{1608년}

자신의 희곡 5편을 당시 극작가로 명성을 날리던 탕현조^{湯顯祖}에게 보냄. 탕현조는 답장에서 그의 희곡에 대해 극찬함.

30세　만력 37년[1609년]

3월~7월, 내방한 원중도元中道를 남경 진주교珍珠橋 처소에서 접대함.
(…)

가을~겨울에, 주무하朱無瑕·종성鍾惺·임고도林古度·한상계韓上桂·반지항潘之恒 등과 진회하秦淮河에서 모임을 가지고 시를 지음.

37세　만력 44년[1616년]

12월, 첩 탁씨卓氏가 차남 보葆를 낳음.

40세　만력 47년[1619년]

탁씨가 삼남 초楚를 낳음.

42세　천계天啓 원년[1621년]

다색인쇄기법[套版]으로 『동파 선희집東坡禪喜集』과 『산곡 선희집山谷禪喜集』을 판각하는 한편 진계유陳繼儒에게 『동파선희집』의 서문을 써 줄 것을 요청함.

43세　천계 2년[1622년]

가을, 학술저서인 『시역詩逆』을 간행하면서 「시경인물고詩經人物考」라는 글을 부록으로 삽입함. 이 저술의 교정은 능서삼凌瑞森 등이 맡고 자신이 직접 서문을 씀.

44세　천계 3년^{1623년}

4월, 상경하여 알선^{謁選}에 참여함. 이때 마침 예부 상서^{禮部尙書} 겸 동각 대학사^{東閣大學士}에 배수된 지인 주국정도 능몽초와 같은 배로 상경함.

6월, 주국정과 함께 북경에 도착함.

45세　천계 4년^{1624년}

계속 북경에 체류함. 이 해 중양절에 모유^{茅維}·담원춘^{譚元春}·갈일룡^{葛一龍}·왕가언^{王家彦}·주영년^{周永年}·정도수^{程道壽}·장이보^{張爾葆} 등과 함께 가희인 학월미^{郝月媚}의 집에 모여 술을 마시고 시를 읊음.

47세　천계 6년^{1626년}

『규염옹^{虯髥翁}』 등 13편의 잡극^{雜劇} 희곡, 『교합삼금기^{喬合衫襟記}』 등 3편의 전기^{傳奇} 희곡 및 남곡^{南曲} 선집인 『남음삼뢰^{南音三籟}』를 완성한 것으로 보임.

48세　천계 7년^{1627년}

가을, 남경에서 응천부^{應天府} 향시^{鄕試}에 응시했으나 낙방한 후 『박안경기』 집필을 시작함.

49세　숭정^{崇禎} 원년 ^{1628년}

10월, 소주^{蘇州}의 상우당^{尙友堂}에서 『박안경기』를 정식으로 출판함.

11월, 첩 탁씨가 사남인 고^蟲를 낳음.

50세　숭정 2년^{1629년}

심태^{沈泰}가 자신이 엮어 간행하는『성명잡극 이집^{盛明雜劇二集}』에 능몽초가 지은 잡극『규염옹』을 수록함.

51세　숭정 3년^{1630년}

자신의 학술저서인『공문양제자언시익^{孔門兩弟子言詩翼}』을 간행하면서 아우 능영초에게 교정을 맡기고 자신은 직접 서문을 씀.

52세　숭정 4년^{1631년}

복건^{福建}에서 벼슬을 사는 친척 반증굉^{潘曾紘}의 도움으로 복건 제학사^{提學使} 하만화를 초청해 자신의 학술저서『성문전시적총^{聖門傳詩嫡家}』16권에 대한 서문을 부탁함. 같은 해에, 책이 간행되자 뒤에「신공시설^{申公詩說}」1권을 부록으로 수록함.

53세　숭정 5년^{1632년}

10월, 첩 탁씨가 오남 목^楘을 낳음.

겨울,『이각 박안경기』를 완성함.

54세　숭정 6년^{1633년}

봄, 강서 포정사^{江西布政使}로 있는 반증굉의 남창^{南昌} 관아에 머뭄.

5월, 반증굉과 작별하고 복건지역을 편력함. (…) 복건에서 조학전^{曹學佺}·이서화^{李瑞和} 등과 교류함. … 이서화의 글을 읽고 그의 급제를 예견함.

가을(?), 『이각 박안경기』를 정식으로 출판함.

55세 숭정 7년[1634년]
강서江西 남부를 순무巡撫하던 반증굉에 의해 그 막부에 초빙됨.

57세 숭정 9년[1636년]
반증굉이 군사를 거느리고 근왕勤王에 나서자 (…) 다시 상경해 과거에 응시하지만 이번에도 낙방함.

9월, 사촌형 반담潘湛의 초청으로 호주湖州 성 남쪽의 저산杼山에 올랐다가 「유저산부遊杼山賦」를 지어 낙심한 자신의 소회를 토로함.

58세 숭정 10년[1637년]
장욱초張旭初가 「오소합편吳騷合編」을 엮으면서 능몽초의 산곡散曲 「상서傷逝」·「석별惜別」·「야창화구夜窓話舊」 등 3편을 소개함.

60세 숭정 12년[1639년]
다시 향시에 응시했으나 이번에도 낙방함. 마지막으로 부공副貢의 자격으로 상해上海 현승縣丞으로 발탁된 것으로 보임시점에 논란. (…) 그 사이에 8개월 간 현령의 업무를 대리함.

왕년에 복건에서 알게 된 이서화가 송강부松江府의 추관推官이 되어 인사를 옴.

상해 현지 사대부들의 도움으로 조운漕運의 임무를 맡아 조[粟]를 북경까지 원만히 수송하고 귀환한 후 「북수 전부北輸前賦」와 「북수 후부北輸後賦」
를 지음.

해상방위 관련 업무를 담당함. 당시 적폐가 극심하던 염전에서 '정자
법井子法'을 추진하여 적폐를 해소하고 연해지역에서 그대로 적용하면서
여러 차례 상사의 칭찬을 받음.

63세　숭정 15년1642년

서주徐州의 통판通判으로 승진함. 이임할 때 상해의 백성들이 통곡하고
눈물을 흘리며 전송해 줌. 서주에 도착해 황하黃河가 메말라 거마가 다닐
수 있을 정도인 광경을 보고 세상에 우환이 생길까 우려하며 한숨 지음.
부임과 동시에 방촌坊村에 배치된 후 방하 주사防河主事 방윤립方允立과 황하
치수의 묘책을 궁리한 끝에 좋은 효과를 얻어 우첨 도어사右僉都御史로 총
독조운總督漕運·순무유양巡撫維揚을 겸한 노진비路振飛로부터 여러 차례 칭찬
을 받음.

64세　숭정 16년1643년

병비유서兵備維徐의 임무를 맡은 하등교何騰蛟가 황제의 명령을 받들어
유적流賊 진소을陳小乙 토벌을 위해 여량홍呂梁洪의 한협제漢協帝·당악공唐鄂公
의 사당에서 출진을 선포함. 공교롭게도 큰 바람이 불어 모래가 날리면
서 관군에게 불리해져 하등교가 대책을 구하자 와불사臥佛寺에서 한밤중
에 「초구 10책剿寇十策」을 작성해 바침. (…) 하등교가 그 건의를 받아들이
고 그를 '십구형十九兄'이라고 존대하자 감격해 성공을 위해 최선을 다할

것을 맹세함. (…) 하등교가 감기監紀의 소임을 맡기려 하자 사양한 후 혼자 말을 타고 적진으로 뛰어들어 조정에 귀순하도록 설득해 다음날 진소을 등이 무리를 이끌고 와서 투항함. (…) 하등교가 연자루燕子樓에서 고을의 문무 관리들을 위해 잔치를 베풀고 능몽초에게 술을 내리자 즉석에서 「탕산 개가陽山凱歌」·「연자루 공연燕子樓公讌」을 지음.

얼마 후 호광순무湖廣巡撫로 승진한 하등교가 능몽초를 감군첨사監軍僉事로 천거하고 휘하에 두려 했으나 그대로 방촌에 남아 치수에 전념함.

65세 숭정 17년1644년

「별가 초성공 묘지명別駕初成公墓誌銘」에 따르면, 정월 7일 밤, 이자성의 유적이 서주 성을 공격하면서 일단의 군사를 나누어 방촌을 약탈하자 백성들을 지휘해 성을 굳게 지킴. (원래 현지 민병을 훈련시키고 유적이 공격해 오면 근방의 병력이 지원에 나서고 유적이 대거 공격해 오면 봉화를 올리고 모두가 지원에 나서기로 약속했으나 유적이 서주 성을 거세게 공격하자 각지의 민병들은 그 서슬에 두려움을 느끼고 아무도 지원에 나서지 않아 혼자 고군분투함)

9일 동이 틀 때까지 사수하던 중 적진에서 투항을 제안하자 성루에서 그들을 꾸짖고 조총으로 몇 명을 쏘아죽임. 격노한 유적들이 맹공을 퍼부어 함락을 눈앞에 두자 백성들의 목숨을 지키기 위해 자결하려 했으나 백성들도 통곡하며 사수를 맹세하자 그때부터 단식에 돌입함. (…) 종복이 벼슬이 낮은데 굳이 죽을 필요가 있느냐고 반문하자 "나는 내 절개를 지키려 하는 것이다. 어찌 벼슬이 높고 낮음을 따졌겠느냐" 하고 말하고 몇 되나 되는 피를 토함. (…) 적진에 자신은 죽을 목숨이니 백성들은 다

치게 하지 말라고 부탁하고 12일 아침 "우리 백성들을 다치게 하지 말라"고 세 번 외친 후 세상을 떠나니 사람들이 모두 통곡하고 자결로 충성심을 보인 자가 열 명 넘게 있었음. 다음날, 성루로 진입한 적군은 죽은 능몽초의 안색이 살아 있는 것 같은 것을 보고 놀라면서 약속대로 한 사람의 목을 베고 세 사람을 창으로 꿴 후 나머지는 모두 살려 줌. 얼마 후 관군이 도착하자 유적은 도주하고 하등교는 그의 죽음을 전해 듣고 비통해 하며 관리를 보내 제사를 지낸 후 그의 시신을 담은 관을 호주로 옮겨 대산戴山 남쪽에 안장함.